Historia de un pecado

Historia de un pecado

Leonora Christina Skov

Traducción de Sofía Pascual Pape

Barcelona • Madrid • Bogotá • Buenos Aires • Caracas • México D.F. • Miami • Montevideo • Santiago de Chile

Título original: *Silhuet af en synder*
Traducción: Sofía Pascual Pape
1.ª edición: mayo 2012

© Leonora Christina Skov & Rosinante / Rosinante&Co,
Copenhagen, 2010
© Ediciones B, S. A., 2012
para el sello Bruguera
Consell de Cent 425-427 - 08009 Barcelona (España)
www.edicionesb.com

Printed in Spain
ISBN: 978-84-02-42127-2
Depósito legal: B. 12.301-2012

Impreso por LIBERDÚPLEX, S.L.
Ctra. BV 2249, km 7,4
Polígono Torrentfondo
08791 Sant Llorenç d'Hortons

Todos los derechos reservados. Bajo las sanciones establecidas
en el ordenamiento jurídico, queda rigurosamente prohibida, sin
autorización escrita de los titulares del *copyright*, la reproducción
total o parcial de esta obra por cualquier medio o procedimiento,
comprendidos la reprografía y el tratamiento informático, así como
la distribución de ejemplares mediante alquiler o préstamo públicos.

*A Edith Schmidt,
mi querida abuela*

*Muchas gracias a
Annette
por su amor y su paciencia*

*Y a Jonnie
por su amistad*

«Y conoceréis la verdad, y la verdad os hará libres»

(Juan, 8, 32)

AGOSTO 1973

Un nuevo comienzo

Durante los últimos años, y han sido muchos, no ha habido ni un solo día en que no haya pensado en mi vuelta a Liljenholm. Fue en noviembre de 1942, un poco pasadas las cuatro de la tarde, cuando mis pies se detuvieron por sí solos, justo donde finaliza la alameda de tilos y aparece ante los ojos, en todo su esplendor, la casona.

—¡Dios mío!

Mi querida Nella, delante de mí, se volvió. Su piel era como la porcelana y, a pesar del viento que soplaba, que hacía rato había deshecho su cuidado peinado recogido, se quitó un rizo de los ojos y, por un momento, dejó su maleta en el suelo.

—¿Qué pasa?

No se fijó en lo que mi dedo señalaba. Se levantó un poco más el cuello del abrigo y volvió a coger la maleta.

—Debes darte prisa —dijo, por encima del hombro.

—Pero ¿no ves que...?

—Tú, date prisa. Está a punto de caer una tormenta.

Hacía cinco años que no pasábamos por allí y en nuestra ausencia la mansión se había desplomado como un anciano jorobado. O tal vez solo fuera la maleza, que había crecido. Ahora, al atardecer, las plantas estaban al acecho. Trepaban por los muros de un rojo oscuro y cubrían la mayor parte de la portalada. Sin embargo, en medio de esa maraña parecía estar la puerta principal; una abertura en medio del matorral. Parecía... bueno, me cuesta explicarlo. Pero imagínese que abre un viejo y grueso libro que quiere leer. Sin sospechar nada, pasa un par de páginas, el papel cruje y usted espera naturalmente que la historia que conoce dé comienzo. Incluso es posible que ponga «capítulo 1», pero lo único que encuentra bajo la cubierta es un agujero del tamaño de un puño que atraviesa todas las páginas y que solo le permite leer las frases mutiladas. Esa fue la sensación que tuve al ver Liljenholm. Ni siquiera al acercarme vi más que aquella inquietante oscuridad donde debería estar la entrada.

—La verdad es que Liljenholm no ha envejecido precisamente con gracia y encanto —comenté, por decir algo que pudiera devolvernos la calma.

Nella ya casi se había metido en el agujero, flanqueado por dos leones de piedra de pie sobre las patas traseras, la dentadura a la vista, cubiertos de musgo. Apenas recordaba haberlos visto antes.

—No. ¿Acaso lo esperabas? —preguntó ella, y dio una palmadita distraída a uno de los leones.

El de la derecha había perdido la mitad de la melena, parecida a una peluca, de corte limpio, desde la coronilla hasta la mitad de la musculosa espalda. La seguridad en sí misma de la que hacía gala Nella me tomó por sorpresa, a pesar de que lo normal habría sido que no me sorprendiera. Al fin y al cabo era Nella, y no yo, quien había vivido aquí con su madre, Antonia von Liljenholm, durante dieciocho largos años.

¿Reconoce el nombre? Eso espero. Sin perjuicio de lo que pueda pensarse de Antonia, fue la autora de relatos románticos de terror más famosa de Dinamarca hasta la Segunda Guerra Mundial, aunque el tiempo ha hecho mella en su reputación póstuma. Incluso las novelas más importantes de las treinta y dos que escribió han caído en el olvido, como ocurrió con su biografía. Tal vez debería aclarar que quienes la rodeaban murieron o desaparecieron (o huyeron a Copenhague, como es el caso de Nella). Antonia pasó los últimos diez años de su vida completamente sola en esta casona. Murió a los cincuenta y dos años a causa de un cáncer. En 1936.

—Es increíble que soportara vivir aquí sola —exclamé, justo cuando vi aparecer el umbral de la puerta principal y Nella metía la llave en la cerradura y la giraba tres veces.

Habíamos acudido a la finca para poner orden en los papeles de Antonia y repasar las reliquias familiares antes de vender la casa y dar comienzo a nuestro futuro. Bueno, a decir verdad, al futuro de Nella, yo solo había acudido para hacerle compañía y echarle una mano en lo que pudiera. Podríamos decir que soy la convidada de piedra, aunque sería más exacto decir la convidada no enteramente de piedra, teniendo en cuenta las razones de mi presencia. Nella volvió la cabeza y nuestras miradas se cruzaron. Su semblante impasible, como una sábana recién planchada.

—¿Estás lista? —preguntó, y empujó la puerta, que se abrió con un suspiro de resignación.

Supongo que respondí que sí. Pero la verdad es que no estaba ni mucho menos preparada. Incluso hoy, muchos años después, tengo la sensación de que todo podría ser perfectamente una gran mentira; siento un fuerte y punzante malestar al pensar en el momento en que traspasé el umbral de la puerta. Todo lo que conocía desapareció a mis espaldas sin que fuera consciente de ello. De pronto todo se tornó incierto, y la verdad es que ni siquiera sé qué es lo que más me inquieta: que ocurriera o que no hubiera ocurrido.

Porque no volví a abandonar Liljenholm nunca más. Esta es la breve historia del asunto. ¿Y la extensa? Pues se la contaré, naturalmente, en cuanto haya acabado de escribir este prefacio. Aunque esperaré algo más para dar la palabra a la versión considerablemente más joven de mí. La que puso por escrito todo lo que sucedió en Liljenholm aquel invierno y lo que sucedió en los años previos y más tarde, en 1943, cuando se publicó la que sería la verdadera historia, *Historia de un pecado*. Bajo el apenas satisfactorio seudónimo de A. von Liljenholm, por cierto. Pero antes de que me pierda por completo en el pasado debo advertir que escribo este prefacio bajo presión. De hecho, no puedo entender que un libro como *Historia de un pecado* necesite uno, pero mi editora, por lo visto, no opina lo mismo. Se llama Bella. Es la hija de Nella, y eso que a mí nunca me costó demasiado decir que no, pero no puedo decirle que no a una persona que se parece tanto a Nella. A mi Nella. Eso es lo que consigue el amor.

El otro día, Bella pasó por Liljenholm y me besó en la mejilla, tal como suele hacer siempre. Es un placer para la vista, con sus largas piernas y el pelo desteñido por el sol, que se agita frente a su rostro. Un poco como esas escobas modernas que usa mi nueva y joven ama de llaves, pero más bonito, naturalmente. Tengo mis dudas en cuanto a la vestimenta de Bella, pero ella afirma que los vestidos cortos están de moda y es probable que sea verdad. Yo nunca tuve el privilegio de vestirme según los mandatos de la moda, así que será mejor que no me pronuncie al respecto.

—La editorial ha decidido reeditar *Historia de un pecado* en una nueva versión de lujo. Ya sabes, tapa dura, nuevo diseño de cubierta y todo lo demás —dijo.

—¿A santo de qué? —pregunté, y permítame que apunte que no solo vale la pena reeditar este libro con motivo de alguna fecha señalada.

—Pues porque hace exactamente treinta años que se publicó, ¿lo habías olvidado?

—¿No me digas?

Según mi amiga y secretaria privada, Marguerite, me he vuelto muy cínica con los años. Pero se debe única y exclusivamente a que cada vez me cuesta más ocultarlo. Aunque la vida hace lo que puede por disfrazarse, es siempre más de lo mismo. Y cuando, como yo, rebasas los setenta y cinco, las sorpresas son cada vez más tristemente escasas. Sin embargo, Bella me tenía una guardada.

—Sé que lo que voy a pedirte no va a gustarte —dijo, y atrapó mi mirada—. Pero el último deseo de Nella fue que escribieras un prefacio «cuando hubiera pasado un número considerable de años». Así lo formuló.

—¡Tonterías!

Bella alzó la mano, como solía hacerlo Nella, cuando quería hacerse oír. Tuve que apartar la vista un instante para recuperarme.

—*Historia de un pecado* significó exactamente lo mismo para mamá que para ti —continuó con énfasis—. Realmente deseaba que siguieras la historia hasta nuestros días.

En ese mismo instante, Marguerite entró en mi estudio con nuestro viejo perro pastor, *Simo Tercero*, pisándole los talones. Dejó dos tazas de café negro y una copa de whisky sobre la pequeña mesa supletoria que hice montar en el escritorio; tuve que reprimirme para no clavar los ojos en el nuevo color de su pelo. Es muy posible que el peluquero llame al tinte «aciano claro», pero la verdad es que el resultado es bastante curioso. E impresionante. Como si alguien hubiera colocado un sombrero arrugado sobre su cabeza.

—Aquí tenéis algo para coger fuerzas —dijo, y lanzó una mirada cargada de intención a Bella, que se la devolvió preocupada.

Considero que no hay nada peor que la gente hable como si tú no estuvieras. Aunque, sin duda, algunas de mis decisiones hayan sido cuando menos dudosas, aprecio muchísimo poder disponer de lo que es mío. Tal vez porque mis principios fueron difíciles y empecé desde abajo. Como niña de hospicio. Pero supongo que ya conocerá la historia de mi vida. Abrigo una esperanza vana, no tengo intención de ocultarlo. Durante muchos años me gané la vida, entre otras cosas, como secretaria, a pesar de tener un currículum de antecedentes penales tan largo como la lista de himnos del servicio divino de los domingos. Es de suponer que los años lo hayan borrado todo, me refiero a mis antecedentes penales. Pero dudo de que algún día tenga la conciencia limpia. Como me escribió una mujer sabia una vez: «Si has empezado a bailar al compás equivocado es imposible que consigas percibir el correcto.» Y qué razón tenía. Las malas decisiones acostumbran a reproducirse, primero en tu vida y luego en tu cabeza, aunque sí supe tomar una buena decisión en mi vida: escribir este libro.

El otro día, cuando Bella me habló de la idea del prefacio, dijo otra cosa que me llamó la atención: «No hace falta que insistas en que ya dejaste atrás, hace tiempo, *Historia de un pecado*, porque ya sabemos que no es cierto.»

¡Y qué razón tenía! Una vez que has expuesto tu vida ante lectores de todo el mundo, no hay nada que pueda considerarse acabado, al contrario. Estás expuesto a todos y de vez en cuando puede hacerse insufrible. Solo superado por las opiniones nada veladas de quienes influyen en el tema. En *Historia de un pecado* no me desmarqué lo bastante del nazismo, dijeron con la claridad que da ver las cosas con otra perspectiva. ¿Qué fue de la guerra, en realidad? ¿Se libró o no al otro lado de los muros de Liljenholm? Debería haberlo construido todo de una forma menos retorcida, debería haber escrito sobre otra cosa, debería haber utilizado menos efectos y haber retratado a más hombres, en lugar de a todas esas mujeres frustradas. En cualquier caso, ¿qué hacía tanta locura allí, por no hablar de todas las perversiones con las que nunca pedimos que nos confrontasen? Figúrese, eso fue lo que escribió un crítico en una ocasión en que, completamente en serio, prefería que, en su lugar, borbotaran justo debajo de la superficie. Sin embargo, el libro se vendió muy bien, tanto durante como después de la guerra.

A lo largo del camino ha habido luces y sombras... y denuncias. Que no fuera así habría sido raro, teniendo en cuenta lo controvertida que resultó ser finalmente la historia. Sé que no se debe interceder por los muertos, pero aun así haré una excepción. Porque no dudo, ni por un instante, de que *Historia de un pecado* nos concediera los mejores años de nuestras vidas a Nella y a mí. Yo escribía, Nella editaba. Es lo más cerca que he estado de una relación feliz.

Diré algo más. De esta manera escribir nunca se convierte en rutina, siempre hay algo que no sabes cómo decir. Pero se trata de las noches, cuando hace ya un buen rato que Marguerite, sus posibles invitados y mi ama de llaves se han acostado. Por lo general, me siento donde estoy sentada ahora mismo y donde se sentaba Antonia antes que yo. Ante el viejo escritorio del estudio, en el fondo de la torre con vistas al jardín. De pronto, me asalta la oscuridad y se cuela por los poros de mi piel. Los chirridos de los goznes de las puertas se introducen directamente en mi aparato circulatorio. En un abrir y cerrar de ojos advierto que estoy temblando y, poco a poco, los pensamientos asoman furtivamente. Siempre he llegado demasiado tarde a los acontecimientos más importantes sin ser consciente hasta mucho tiempo después. Me han pasado demasiadas cosas, pero nada me ha impedido ser feliz, y no sé qué es peor. Tengo una excelente carrera como escritora y, sin embargo, me siento despojada de todo, como un viejo perchero. He renunciado a demasiado y he recibido demasiado poco, así es como me siento.

He parido doce novelas, he escrito millones de palabras y, sin embargo, nunca conseguí decirle a Nella que significaba mucho más para mí que todas las palabras juntas. No es agradable tener que reconocerlo, pero a estas alturas probablemente yo sea más importante para mí misma que para los demás. A excepción de Marguerite, claro. Y tal vez de Bella.

—Acuérdate de hablar de la fotografía. Lo harás, ¿verdad? —me preguntó desde la puerta, justo antes de que su cabellera rubia desapareciera.

Si hay algo que odio es cuando los demás se hacen los listos y me dicen lo que tengo que contar y lo que no. Pero haré una excepción, ya que casualmente tiene razón. A diferencia de Antonia von Liljenholm, que las más de las veces se encontraba en cualquier reunión y, por lo tanto, en medio de cualquier fotografía, yo siempre he tenido un don especial para no salir en la foto. O bien porque he estado sentada voluntariamente aquí dándole a las teclas de mi, a estas alturas, anticuada Underwood, o bien porque tengo la costumbre de dar un paso atrás y alejarme de la multitud.

En cualquier caso debo añadir que los fotógrafos nunca se han esforzado mucho por captarme con sus cámaras. Supongo que debe de ser así cuando el físico no responde a las convenciones, cosa que tampoco ha llegado a preocuparme realmente. Sin embargo, sentada como estoy ahora aquí, me fastidia no poder regalarle una sola fotografía. Ni siquiera del indiscutible momento cumbre de mi carrera literaria. Porque si bien es cierto que se ha simulado mi presencia en demasía, también es cierto que no aparezco ni en una sola fotografía. De hecho, nadie parece haber caído en la cuenta de que yo estuviera presente, aunque eso no me impedirá mencionarlo aquí.

Tal vez conozca la famosa fotografía de 1959 en la que mi ahora difunta amiga Lula, más conocida como la autora Carson McCullers, invita a Karen Blixen a conocer a Marilyn Monroe y a Arthur Miller. Están sentados a la mesa de mármol de Lula, brindando con champán mientras esperan que lleguen sus ostras, y en medio de la mesa hay una fuente con uvas. Menciono la fuente porque yo me encontraba a su izquierda. Fuera de la imagen, como de costumbre, y nadie parece brindar conmigo. Arthur mira a la baronesa, lo mismo hace Marilyn, y en cuanto a Lula, no sé. Aunque me mira directamente en una de las otras fotografías, en las que aparecen solas la baronesa, Marilyn y ella. «¡Haz el favor de acercarte!», dice su mirada, y la verdad es que no sé por qué rehusé a hacerlo, pero me imagino que yo soy así. Cuando tengo que hacer algo a la fuerza no quiero. Aunque una belleza como Marilyn Monroe se incline hacia mí con su hermoso escote oliendo a Chanel N° 5.

Lo más extraño de hacerse vieja es que cada vez sueño más cuando estoy despierta. Con situaciones que no tienen vuelta atrás o que nunca se dieron, con Nella y Marilyn Monroe y los bailes de la corte que solía detestar. Quizá sencillamente sea una persona que vive mejor fantaseando que en la realidad. Esta idea me ha pasado por la cabeza en alguna ocasión, sobre todo porque con los años la realidad se torna con el tiempo cada vez más irrelevante para mí. Hubo un tiempo en que me sentía halagada durante semanas cuando recibía cartas de mis entusiastas lectores, pero ahora ni siquiera las leo. Las lee Marguerite, o eso creo. Es ella quien se encarga de mi correspondencia, y de un montón de cosas más, y quiero aprovechar la ocasión para darle las gracias. Hace cincuenta años que nos conocemos y Marguerite, mi más querida amiga, me ha sido indispensable siempre. Sueles mirar hacia otro lado cuando te lo digo. Pero nunca he estado tan agradecida por algo como el día en que accediste a mudarte a Liljenholm allá por 1943, cuando era más infeliz de lo que haya vuelto a ser nunca. Porque tú viniste, me quedé yo aquí. No quiero ni pensar en dónde estaría hoy de no haber sido así.

Por aquel entonces, en 1947, cuando se publicó la primera edición revisada de *Historia de un pecado*, me animaron a que dedicara el libro a los vivos, pero no lo hice. Lo dediqué a los muertos, y seguiré haciéndolo. Te echo muchísimo de menos, Nella. Todo lo que he escrito hasta ahora es para ti de todo corazón.

NOVIEMBRE 1941

La llegada

A pesar de que era la segunda vez en mi vida que visitaba Liljenholm, aquella tarde de 1941 tuve que respirar hondo antes de traspasar el umbral de la puerta. Lo primero que hice fue darle al interruptor de una lámpara dorada que al poco rato decidió encenderse. La maleta emitió un ruido sordo cuando la dejé caer al lado de la de Nella. Allí, en mitad del amplio vestíbulo, Nella tenía la espalda tan erguida como de costumbre. Sus manos apresaron rápidamente un par de rizos, que se recogió, y en su rostro algo redondeado vislumbré aquella mezcla conocida de ligereza y concentración. Nunca me cansaba de aquella actitud, y sigo sin hacerlo, pero en aquel momento debía de ocultar algo más, pensé. Si bien es cierto que, a primera vista, la casona parecía un lugar apacible, presentí sin atisbo de duda que la paz no reinaba ni mucho menos en ella.

Nella se había criado en este lugar, aunque pocas veces hablaba de su pasado. Bueno, de hecho ninguna de las dos lo hacía, porque Nella insistía en que estaba mejor donde estaba. Es decir, atrás. Sin embargo, yo sabía, sin la menor sombra de duda, que ella había sufrido más aquí que en cualquier otro lugar a lo largo de su vida y, sin embargo, ahora sonreía. Como si no reparara en que las viejas y silenciosas estancias de Liljenholm parecían sisear para acallar cualquier ruido a nuestro alrededor.

—Todo está igual —dijo Nella, y me costó pensar que estuviéramos viendo lo mismo.

La estancia estaba tapizada con un papel demasiado amarillo, amarillo oro para ser más exactos, y las baldosas arlequinadas del suelo estaban extrañamente cubiertas de pedazos de vidrio y marcos de espejos rotos. Como si un puño enorme hubiera levantado la estancia diez metros y la hubiera soltado a modo de juego, se me ocurrió. Incluso la barandilla de las imponentes escaleras de la derecha estaba destrozada, picoteada y rayada hasta hacerla irreconocible. No pude evitar pensar en la última vez que estuve aquí. Cinco años antes. Subiendo los peldaños, con Nella pisándome los talones y un solo pensamiento: «¿Es demasiado tarde? ¿Es culpa mía?» De pronto carraspeó.

—¿Me harías el favor de cerrar la puerta principal? Hace un frío tremendo.

Tenía razón. El frío se colaba por todas las rendijas, pero yo sudaba cuando la puerta se cerró con un suspiro. Estaba preparada para cualquier cosa, no para que me invadiera el miedo. No para sudar, una vez más. Considerándolo bien, podría decir sin riesgo a equivocarme que mis preparativos habían sido en vano, y eso no solía ocurrirme a menudo. En una de mis antiguas profesiones debía saber con exactitud a qué tenía que enfrentarme, y con esto espero no haber dicho demasiado. Intenté dirigir la mirada hacia el techo dañado por el agua, una bóveda sobre nuestras cabezas. Cada vez más alto, como si estuviera volando en círculos allá arriba. Luego desabotoné mi aparatoso y largo abrigo, me ajusté el traje de chaqueta e intenté encontrar una percha libre. Extrañamente, el perchero que había al lado de la puerta resultó estar intacto y de sus brazos colgaban muchos abrigos oscuros. Unos sobre otros. Sentí pinchazos en el corazón, como un acerico vuelto del revés.

—¿Te pasa algo? —preguntó Nella, y yo tosí tan fuerte que resonó en el techo posiblemente con demasiado estrépito.

—Estoy bien. Al fin y al cabo, nadie me ha obligado a venir, ¿no es cierto?

Lo era. Aunque nadie lo diría, yo había accedido a acompañar a Nella. El motivo era muy sencillo: de pronto había aparecido un comprador, para nosotras desconocido, interesado en Liljenholm. Se llamaba Hans Nielsen y escribía muy bien. Si Nella von Liljenholm no tenía intención de habitar la finca en el futuro, estaría muy interesado en adquirirla, no tenía ningún inconveniente en comprar todos los muebles y, naturalmente, por una suma considerable de dinero. ¿Podría llegar a convencer a la señorita para que considerase su oferta?

En mi humilde opinión no había gran cosa que considerar. Liljenholm estaba vacía desde la muerte de la madre de Nella, la gran escritora Antonia von Liljenholm, cinco años antes, y Nella, en su calidad de hija única de Antonia, lo había heredado todo. Pero se había negado a volver hasta entonces, algo que no parecía lógico, pensé. Hasta que yo misma me vi aquí manipulando torpemente mi abrigo y sudando como una loca. Bien mirado, hacía tiempo que Nella debería haber puesto orden en los documentos personales y los manuscritos póstumos de Antonia y haber puesto a la venta los muebles y enseres más valiosos. Si no por otro motivo, al menos porque la editorial, por lo demás excelente, estaba al borde de la quiebra y no había ninguna razón para que ella acabara como las ratas, y como yo, pudiendo evitarlo. Yo acababa de perder mi trabajo de secretaria por Dios sabe qué vez y no era precisamente por falta de aptitudes. Mi orgullo me dicta escribir que siempre fui la mejor, incluso llegada la hora del despido, y que, sin duda, mi aspecto y mi manera de ser tuvieron su parte de culpa en el asunto. Sencillamente no parecía ni me comportaba como se esperaba de una secretaria.

Lo pasado, pasado. Ahora, por fin, estábamos aquí, y el único cometido de Nella era preparar Liljenholm para su venta lo antes posible. ¿Y mi cometido? Bueno, puede que sea anticuada, pero en mi mundo una joven señorita soltera no debe quedarse sola en una casona abandonada, y menos aún durante varios días y noches, así que había decidido acompañarla y asistirla. Al fin y al cabo, una es cortés, aunque Nella realmente había hecho todo lo imaginable por convencerme de que no lo hiciera. Podía hacerse cargo ella sola, sostenía. No había ninguna razón para que yo invirtiera mis últimos ahorros en un billete de tren, y si tengo que serle sincera desde el principio, estimado lector, tampoco diría que la asistí únicamente por su cara bonita. La asistí, será mejor que lo admita ya mismo, porque sus ojos siempre se tornaban duros y negros en cuanto mencionaba Liljenholm, y yo sentía curiosidad. Quería saber el porqué.

Nella debió de preguntarme algo y, a juzgar por su semblante, llevaba un buen rato esperando mi respuesta. Pronto encontré un par de perchas libres detrás de todos aquellos abrigos. Según constaté todavía olían al pesado perfume oriental de Antonia, y lo dije. Nella inspiró.

—Pero ¿tú qué sugieres? —preguntó, y me hubiera gustado decir que votaba por dar media vuelta y volver a casa.

No sirvió de nada que mi abrigo ya estuviera colgado en una de las perchas y que, sin lugar a dudas, llevara poca ropa encima. Seguía sudando mucho y el olor a alcohol del perfume irritaba mi nariz e invadía mi garganta de tal manera que acabé tosiendo antes de poder contestar. Nella asintió.

—Bien, entonces daremos una vuelta por la venerable casa de mi infancia antes de deshacer las maletas —dijo, y volvió la mirada hacia la ventana semicircular sobre la puerta que en aquel mismo instante el cielo mudó de color, del gris claro al gris oscuro—. Nos dará tiempo antes de que oscurezca, ¿no crees?

Aquella noche parecía que iba a nevar, incluso podía llegar a haber ventisca. En cualquier caso, el viento había sido como una mano fría en la espalda camino de la estación a la casona.

Miré a mi alrededor. Los cristales estaban cubiertos de una conciliadora capa de polvo que indicaba que los destrozos no se habían producido recientemente. En realidad ya lo sabía. Los destrozos se produjeron la última vez que estuvimos aquí, y mi corazón empezó poco a poco a calmarse. Al fin y al cabo, no había nada que temer, ya no, solo debía asistirla, mostrarme galante y hacer que las cosas funcionaran debidamente. Así, pronto estaríamos de vuelta en Copenhague, el lugar al que pertenecíamos.

—Entonces, ¿qué estamos esperando? —pregunté, y Nella me abrazó tímidamente.

—A ti —dijo, y se desabrochó el abrigo con dedos diligentes.

Era una de esas prendas de vestir primorosas con los botones forrados de tela. De antes de la guerra, naturalmente. Nella solo lo usaba en ocasiones especiales; debajo llevaba el jersey de lana más grueso que tenía. Menos mal que al menos una de nosotras era consciente de lo que quería decir visitar Liljenholm en invierno.

—¿Vamos?

Cuando avanzó por el suelo de baldosas con paso firme parecía un personaje de una mala película muda. No dio muestras de hacer especial caso a los pedazos de vidrio. Alguien había destrozado el decorado y, sin embargo, ella hacía el papel de la hija que había vuelto a casa, que subía atropelladamente un par de peldaños hasta el primer salón, apoyaba el hombro contra la puerta y empujaba con todas sus fuerzas. La puerta emitió un profundo lamento en su marco abovedado y cedió.

—¿Te importa apagar la luz? Sería lamentable que la compañía eléctrica nos cortara la luz ahora mismo —dijo por encima del hombro.

Normalmente no dejo que me mangonee una mujer que tiene diez años menos que yo, pero esta vez hice una excepción y apagué la luz. Al hacerlo descubrí algo en la pared que me provocó un picor en las puntas de los dedos. Alargué las manos sin darme cuenta.

—¿Y el papel pintado del vestíbulo, Nella?

—Sí, ¿qué le pasa?

Su sombra cayó sobre la superficie amarilla, se desfiguró levemente, aunque todavía se apreciaban los largos y claros arañazos que recordaban con inquietud las marcas en el cuerpo de Nella. Las tenía tanto en la espalda como en el vientre y las piernas (como sin duda sospechará, nos conocemos bastante bien), pero había muchos más en las paredes. Algunos eran superficiales, otros profundos, y la mayoría corría en cinco rayas paralelas, así que podrá imaginarse sin dificultad el resto. Seguí un arañazo especialmente profundo con los dedos hasta la puerta abierta.

—¿Quién ha rasgado el papel pintado?

La luz pálida de la antesala a la que pasamos vino a mi encuentro, y Nella se rio.

—Verás, me temo que hemos sido muchos quienes lo hemos hecho a lo largo del tiempo —dijo, y el salón me contempló quedamente.

El oscuro suelo de madera y el secreter barrigudo que había contra una de las paredes estaban cubiertos de un polvo gris, al igual que la mesa alargada que se mantenía expectante en mitad del salón sobre sus patas talladas con forma de animal. Era imposible saber qué esperaba Nella, pero sin duda un par de sillas habrían ayudado.

—¿Lo arañabais?

Nella ya se dirigía hacia las dos ventanas que daban a la alameda de tilos. Asintió desde allí.

—Sí, por supuesto que arañábamos.

Y quién sabe, a lo mejor era una actividad normal en los círculos más selectos del sur de Selandia. Yo había vivido mis miserables cuarenta y tres años en el centro de Copenhague, así que no tenía ni idea de qué se hacía para matar el tiempo en una casona como esa. Bueno, aparte de que era evidente que intentaban impresionar a los invitados. En esta estancia, el papel pintado estaba cubierto de flores doradas, el estucado parecía la guarnición de un horrible pastel (no hay nada que deteste más que los pasteles), y en medio de algo que parecía una explosión menor de flores de estuco colgaba una araña de prismas de un tamaño desproporcionado. Parpadeé, pero no había duda. Los largos prismas de cristal entrechocaban en lo alto y una bola de cristal oscilaba de un lado a otro colgada de una cadena profusamente decorada. Nella sacó la gruesa tela roja de las cortinas de su letargo vertical y la examinó.

—Bueno ¿supongo que reconocerás la mayor parte de la casa? —dijo, por lo visto sin esperar respuesta afortunadamente para mí.

La última vez que estuve aquí me limité a atravesar la casona a toda prisa, así que si podía reconocer algo más bien era la atmósfera de las estancias en sí. La sensación inconfundible de no ser bienvenida y de que me miraban de arriba abajo con desaprobación, como si volviera a tener diez años. O, en mi caso, incluso más pequeña. Nella se envolvió en las cortinas.

—Debe de haber tela para varios vestidos nuevos, ¿no crees?

—Sin duda.

Si no tuvieras nada mejor que hacer probablemente podrías coser un nuevo guardarropa con las cortinas de Liljenholm, pero no servía de nada intentar abstraerse con palabrerías ni drapear la tela alrededor del cuerpo. A la estancia no le gustaban las visitas y Nella levantó la ceja cuando lo dije.

—La verdad es que Liljenholm nunca ha sido precisamente un lugar hospitalario —añadió Nella—. Creo que lo recordarás de la última vez que estuviste.

Sin embargo, en aquel momento lo único que recordaba eran todas las habladurías espeluznantes acerca de Liljenholm que había escuchado y leído a lo largo de los años. Sin realmente tomármelas en serio. De puertas que se cerraban de golpe y sonidos quejumbrosos a cosas que desaparecían para volver a aparecer en los lugares más inverosímiles. De hecho, una persona enajenada con el fantasioso *nom de plume* de madame Rosencrantz había escrito un librito en 1932. Se titulaba *La reina de los espectros*, y se vendió mucho más de lo que cabía esperar porque alegaba haber revelado los secretos macabros y sangrientos de Liljenholm y la mala fortuna de la familia. Ahora no lo aburriré con los detalles, sino que me limitaré a mencionar que la mala fortuna presuntamente consistía en que todas las generaciones de los Liljenholm tenían gemelos. Uno de los niños se las apañaba bien y salía adelante, mientras que el otro se volvía loco y se quitaba la vida para, más tarde, aparecerse en la casona, decían. Yo me sacudí como pude esas habladurías de viejas.

—Pero es que la última vez se dio una situación un tanto extrema —dije con toda la calma de que fui capaz—. Supongo que esperaba que, a estas alturas, todo hubiera cambiado.

El suelo encorvó el lomo y cedió. Probablemente sorprendido por los zapatos que lo pisaban. Mis viejos zapatos de caballero, las botas de tacón alto de Nella.

—Si yo fuera tú, dejaría de lado la esperanza durante los próximos días —dijo Nella secamente.

Inspeccionó la siguiente estancia con los brazos cruzados.

—Por eso me extraña tanto que ese tal Hans Nielsen esté tan interesado en comprar —prosiguió.

Ya habíamos tenido esta discusión un par de veces durante los últimos días. Nella decía que la gente de los alrededores hablaba tanto del asunto que difícilmente Hans Nielsen podía no haber oído cosas tremendas acerca de Liljenholm. Y yo, que seguramente lo único que quería ese tal Hans Nielsen era dejarlo todo atrás. Tal vez amara la naturaleza y los viejos árboles del jardín; además de que sus motivos daban igual siempre que comprara y pagara al contado.

Nella había avanzado un par de pasos, y el salón era muy parecido a la sala anterior. De hecho, la única diferencia era un tresillo frente a las dos ventanas. Aparte de una mesa de centro patizamba había un par de butacas y un mueble, no muy definido, entre silla y sofá.

—Una bèrgere, una poltrona —dijo Nella—. Aquí solía recibir mi madre a sus invitados.

En ese momento resultaba casi imposible imaginarse que el salón alguna vez hubiera estado lleno de vida, pero desde que Antonia se reveló al gran público con su primera novela, *Los ojos cerrados de Lady Nella*, en 1905, hasta que nació Nella, tres años más tarde, sin duda disfrutó de una rica vida social. Creo que Nella dijo algo más al respecto, pero lo único que realmente me preocupaba era la oscuridad que se cernía sobre nosotras. Resultaba más pronunciada aquí dentro. Tal vez porque un par de árboles altos tapaban las ventanas. Intenté insuflarle vida a una modesta lámpara de mesa sobre un aparador que había contra una de las paredes. Fue en vano. Tras las puertas de cristal del aparador estaba dispuesta una serie de viejos platos en soportes. Mi nuca crujió como lo hacía últimamente cuando echaba la cabeza hacia atrás de golpe. Sin duda, otra señal de mi edad avanzada.

—¿Qué ha sido eso?

Nella enmudeció. Entonces me di cuenta de que debía de llevar hablando mucho rato. El ruido volvió a oírse. Al parecer ligeros golpes que provenían del techo. Nella se volvió hacia mí. De pronto, sus bellos ojos verdes se tornaron negros y lanzaron sombras redondas sobre sus mejillas.

—Por tu bien —dijo—, oigas lo que oigas, veas o presientas, haz como si nada. Es lo único que puede ayudarte aquí, en Liljenholm, sé por qué lo digo.

En ese mismo instante, el último salón se iluminó en una tonalidad mortecina verde pino. Un salón cuadrangular que, por lo visto, hacía las veces de comedor. Me acerqué a Nella con cautela.

—Preguntar solo empeora las cosas, lo digo por experiencia —se apresuró a decir.

Podía ver el fino vello en su nuca.

—¿Qué pasaba si preguntabas?

Se agachó para recoger un puñado de cristales rotos azul celeste del suelo, que estaba cubierto por gruesas alfombras floreadas de tonos de color carne. Debía de ser triste heredar el mal gusto de otros, pero Nella no parecía reparar en ello.

—Entonces me daban tal paliza que no volvía a preguntar —confesó Nella, y de pronto los muebles de la estancia parecieron desproporcionadamente grandes.

Una mesa de comedor con sitio para al menos veinte comensales, un aparador con una infinidad de piezas de una vajilla de porcelana, retratos a tamaño natural en las paredes. Nella dejó a un lado los trozos de vidrio.

—Un accidente la última vez que estuve aquí, nada más —aclaró—. Un jarrón de pie que volcó.

En ese momento me pareció estar viendo su delicado cuerpo con demasiada nitidez. Las manos levantadas para defenderse. Su suave piel cubierta de golpes que más tarde se convertirían en cicatrices y que yo conocía tan bien como las calles de Copenhague.

—Siento mucho haberte presionado tanto para que volviéramos aquí —admití, y creí lo que decía como nunca había creído en nada.

Al fin y al cabo, había vivido bastante bien sin saber gran cosa de los primeros años de Nella y sin saber gran cosa de los míos: Y en cuanto a la economía desastrosa de Nella, tanto daba. Mis experiencias si no excelentes al menos podían ser útiles. Nella se acercó a una puerta de dos hojas que estaba cerrada y la abrió de par en par.

—Venga, sigamos —dijo sin preocupación—. Todavía tenemos que deshacer el equipaje.

Reconocí el olor inmediatamente. El a su vez polvoriento y aromático olor a libros viejos y, cuando el cristal esmerilado de la lámpara del techo se encendió tras parpadear, los vi. Estaban distribuidos a lo largo de las paredes en interminables hileras, lomo con lomo. Desde el suelo hasta el techo y en grandes pilas a cada lado de un sofá profundo con hojas talladas en los frontis. El brocado estaba gastado en uno de los extremos.

—¿Con qué te pegaba? —me oí preguntar—. ¿Porque supongo que fue Antonia quien...?

El vago contorno del hálito que salía de la boca de Nella se distinguía perfectamente y al echar un vistazo descubrí que el mío también era muy visible.

—¿Qué? ¡Ah!, bueno, por lo general con perchas de hierro.

Me miró con asombro.

—Pero tampoco es que sucediera a menudo, no te preocupes.

Se acercó al único tramo de pared que no estaba cubierto de libros. Se detuvo frente a una ostentosa fotografía en un marco aún más ostentoso.

—Mi gran suerte fue que no conocía nada más.

—¿Lo dices en serio?

Nella contempló pensativa el retrato. Era evidente que representaba a Antonia, repantigada en un sofá con una boquilla en los labios. Espero que sus largas pestañas estuvieran directamente pintadas sobre la fotografía. Al menos, espero por ella que no fueran de verdad.

—Sabes tan bien como yo que lo mejor puede ser no saber lo que es normal —dijo, y evitó mirarme echando la vista a un lado.

Junto al retrato había una pequeña escalera que conducía a una puerta cerrada, y la verdad es que no entendía por qué ese afán por complicarme en una discusión precisamente en ese momento. Así que fijé toda mi atención en la fotografía, que era poco probable que hubiera sido tomada en los últimos veinte años. Existen bastantes fotografías de Antonia, porque se dejaba retratar cada vez que la venta de sus libros se estancaba, así que casi puedo fecharla. De joven tenía las mejillas más redondas, los ojos inocentes y era más guapa, y durante los últimos diez años de vida se maquillaba mucho más que en la fotografía. Sus labios se volvieron más finos y las comisuras empezaron a arrugarse, mientras que las pieles con que cubría sus hombros eran cada vez más opulentas. A diferencia de Antonia misma, por cierto. A medida que el cáncer la carcomía, se tornó tan delgada como un galgo. Nella señaló algo.

—Echa un vistazo al fondo de la fotografía, en el espejo de la derecha.

Tendría que hacerme con unas gafas oportunamente. La zona que señalaba me resultaba difusa, y a Nella le hizo gracia.

—Pero ¿no ves que estoy allí sentada, de espaldas?

Ni siquiera se me había ocurrido buscar a Nella. Que yo sepa, Antonia siempre se dejaba retratar sola. Sentí el cristal frío contra mi nariz, pero entonces la vi. En el espejo, detrás de una lámpara de mesa que parecía estar encendida. Su pelo era una cortina ondulada alrededor del rostro y estaba tan erguida que ella misma parecía una lámpara. O sea, que mi vista tampoco es que estuviera tan mal. Había libros detrás de Antonia y bajo uno de sus brazos se vislumbraban las tallas del sofá.

—La foto fue tomada en esta estancia, ¿verdad? ¿Cuántos años tenías?

—Seis.

Nella se puso en cuclillas frente a la chimenea que estaba empotrada entre los libros.

—¿Me echas una mano?

Me apresuré a pasarle un par de leños resecos de un cubo que había en el suelo. Soy consciente de que hay algo que tengo que contarle aunque, en principio, no creo que sea yo el personaje importante en esta historia. Pero debo hacerlo. De lo contrario no entenderá por qué de pronto me sentí muy vacía y triste, hasta el punto de que Nella me miró con asombro.

—¿Te pasa algo?

De vez en cuando, la gente dice que Nella se parece a mí cuando tiene ese tipo de reacciones. Un signo de interrogación entre las cejas y los ojos ligeramente sesgados. Tengo que reconocer que lo cuento porque la comparación me enorgullece.

—No, ¿qué quieres que me pase?

Los leños parecían resistirse al intentó de Nella de encenderlos. Afortunadamente descubrí varias cajas de cerillas en un estante. «Qué suerte», pensé. En Copenhague, las cerillas se habían vuelto un artículo de lujo durante el último año. Y sí, me estoy yendo por la tangente. Nunca le había contado esto a nadie, ni siquiera a mi mejor amigo, Ambrosius, así que apenas sé por dónde empezar. Es el inconveniente que tiene guardar secretos demasiado tiempo, al final no sabes por dónde empezar. Pero se trata de los primeros cuatro años de mi vida. Ya sé que dije que vivía perfectamente sin saber gran cosa de ellos, y también es lo que suelo decir si alguien se atreve a preguntármelo. Pero la verdad es que siento que todo lo que desconozco de mí misma deja un vacío en mi interior: qué día es mi cumpleaños, quiénes eran mis padres, en qué me parezco a ellos, qué pasó durante los primeros años de mi vida. Y de vez en cuando, ante una familia o ante los tristes restos de ella, el agujero crece tanto que apenas soy capaz de ver otra cosa. Incluso cuando la familia es tan infecta como la de Nella.

Permítame que le ponga en antecedentes. Los abuelos de Nella, Horace y Clara, también vivieron, créanlo o no, en Liljenholm y una noche de 1898, sentados en su cama de matrimonio, junto a la ventana, miraban fijamente la esquina vacía del dormitorio. Pero no veían nada. Ya no. Estaban muertos y, por lo que se sabe, fueron Antonia y su hermana gemela, Lily, quienes los encontraron. No nos queda más que conjeturar qué hacían dos niñas de catorce años en el dormitorio de sus padres a esas horas de la noche, pero la causa oficial de la muerte fue suicidio. Por aquel entonces, Liljenholm tenía muchas deudas, así que era razonable suponer que Horace y Clara prefirieron morir antes que acabar sus días en el hospicio. O algunos se lo imaginaban, porque ya entonces corrían rumores acerca de los espectros de Liljenholm y se decía que

Horace y Clara habían despertado su ira intentando expulsarlos de las torres. También se decía que, a modo de castigo, los espectros habían despojado a los dos habitantes de Liljenholm de sus almas. Ahora se aparecían junto con todos los demás que habían muerto antes de tiempo.

El inoportuno fallecimiento de Horace y Clara no fue, por cierto, ni el primero ni el último en la familia de Liljenholm, y en este aspecto la famosa madame Rosencrantz tenía razón en algo. En todas las generaciones de los Liljenholm había gemelos y uno de ellos estaba loco y acababa quitándose la vida. La hermana melliza de Horace, Hortensia, se quitó la vida a los catorce años. En 1850. Saltó de uno de los grandes ventanales del piso de arriba y aterrizó en la rosaleda. Muchos años después saltó la hermana gemela de Antonia, Lily, desde el mismo ventanal. No existe ni una sola fotografía de ella porque cortó su imagen de todas las fotografías de familia antes de dar fin a su vida. Por lo que cuentan no era ni mucho menos tan guapa ni encantadora como Antonia y era mucho menos afortunada. En una familia distinguida como la de los Liljenholm, el primogénito lo hereda todo, el título, las llaves de la despensa, las arcas y las puertas, y Lily no era la primogénita. La primogénita era Antonia.

Mientras Lily permaneció soltera, Antonia se comprometió y casó con su gran amor, Simon. Tampoco hay fotografías de él en Liljenholm, porque cuando Lily manipuló la colección de fotografías de Liljenholm también lo eliminó a él de la imagen de la familia. Sin embargo, Lily, Antonia y Simon vivieron juntos en la casona durante varios años (sin haber sido felices, como ya habrá adivinado) gracias a los libros de Antonia. Por entonces ya había nacido Nella, tenía seis años cuando murió Lily. Además estaba la gobernanta...

—¿Cómo se llamaba la gobernanta?

Al fin Nella había conseguido prender fuego a los leños, pero era evidente que el tiro de la chimenea dejaba mucho que desear. El humo me provocó tos.

—¿Te refieres a Laurits?

Así era. La señorita Lauritsen. Había sido contratada muchos años antes, cuando Antonia y Lily apenas tenían unos meses, y una de sus muchas cualidades era que, según dicen, tenía poderes especiales. Era capaz de hablar con los muertos, y lo hacía. Además, en la práctica, hacía las veces de ama de llaves, niñera y madre de las gemelas después de la muerte de Horace y Clara, y también asumió esa función con Nella. Porque no solo perdió a su tía Lily a los seis años, también perdió a su padre y, en cierta medida, a su madre.

Pues Simon desapareció como si se lo hubiera tragado la tierra, más o menos al mismo tiempo que Lily. O mejor dicho, tragado por el agua, puesto que desapareció presuntamente durante una excursión de pesca. La muerte por ahogamiento era bastante probable y Antonia, sin duda, lloró las muertes de su amado esposo y de su hermana. Al menos para todo el mundo, excepto para la enérgica madame Rosencrantz, que afirmaba que, en realidad, el caballeroso Simon y la retraída Lily habían mantenido una relación durante años y que Antonia, en un ataque de celos y de insensata locura, había empujado a su hermana a la muerte y había asesinado y enterrado a Simon en algún lugar del enorme jardín. Pero yo no soy de las que cuenta chismes, así que permítame que me atenga a los hechos, que son que Antonia de pronto empezó a parecer mucho mayor en las fotografías oficiales. Sus ojos estaban llenos de tristeza, sus facciones eran más duras y se atrincheraba cada vez más en su estudio para escribir. Así que Nella se crio con la señorita Lauritsen, la persona de confianza más cercana y, cuando esta murió en 1926, se fue de casa. No volvió hasta diez años más tarde, con motivo de la muerte de su madre.

Se crean o no las historias fantasiosas de madame Rosencrantz, a mis ojos no se trata precisamente de una familia de ensueño. Por eso me resulta estúpido que el agujero dentro de mí haya crecido como creció. Por lo visto, lo único que hacía falta era la imagen de Antonia y Nella en una misma fotografía. Por lo que tengo entendido, una madre y una hija que apenas se conocían. Por añadidura fotografiadas en un ambiente tan poco familiar como este. Ahora Nella tenía los brazos en jarra.

—Tienes lágrimas en los ojos —constató Nella.

—No es más que el humo. Lo soporto muy mal, ya lo sabes.

Nella sacudió la cabeza y le di la razón. Mis lágrimas no tenían ningún sentido. Tal vez nunca haya tenido una gran familia, pero desde que me recogieron en un orfanato a los cuatro años he tenido una madre que me ha tratado como si yo fuera su propia hija. Se llama Lillemor, y es posible que vuelva a ella más adelante. Ahora solo quiero comentar que recién nacida fui entregada al orfanato de Vodroffsvej, en Copenhague. Orfanato también conocido como «La casa de los rostros alegres». Yo, por mi parte, me contentaría con recordar aunque no fuera más que una única cara de aquellos años, o incluso mejor: con que una sola de las personas de entonces fuera capaz de recordarme a mí. Hace tiempo que la directora y mi madre adoptiva están muertas y enterradas, pero en algún lugar habrá una hermana de leche o una empleada o una hermanastra. Alguien, cualquiera, a quien poder preguntar cómo era yo entonces. Es posible que parezca extraño, pero la mayor de las soledades es estar sola con tu historia.

—Así que ¿Simon y Lily acababan de desaparecer cuando se tomó esta fotografía de Antonia y de ti? —pregunté me temo que con muy poco entusiasmo, porque Nella me miró fijamente.

—Sí, supongo que sí —contestó—. ¿Podríamos acabar de una vez por todas esta visita guiada? Pareces estar necesitada de una pequeña pausa. ¿Quieres echarte?

—Pero, ¡qué dices!

Sin embargo en aquel momento estaba tan cansada que podía perfectamente haber dormido hasta la mañana siguiente. Nella se abrió paso entre la pared y yo, subió atropelladamente las escaleras hasta la puerta cerrada y de pronto supe lo que nos esperaba: el estudio semicircular de Antonia. Como sin duda ya habrá adivinado, en aquel momento yo no tenía precisamente un gran conocimiento de la anatomía de Liljenholm y, por lo tanto, no sabía que la estancia tenía esa forma por estar situada en el fondo de una de las torres de Liljenholm (en la otra hay una habitación de juegos en la que nadie, que yo sepa, ha jugado jamás).

Lo primero que vi fueron dos ventanas abovedadas. Daban a una maraña de plantas que, conjeturé, pertenecía al jardín de Liljenholm, pero ya estaba demasiado oscuro para que pudiera distinguir los árboles. Avancé un par de pasos y di un respingo cuando en aquel mismo instante la casona gimió. Algo crujía en algún lugar sobre nuestras cabezas. Me pareció que de forma muy ruidosa.

—Vaya, el viento arrecia —dijo Nella sin preocupación.

La luz de la lámpara del techo hizo que el descascarillado pareciera un detrítico y amarillento recortado, y la bombilla parpadeó un par de veces en lo alto, sin saber, no cabe duda, si quería o no encenderse.

—¿No tenías miedo? Me refiero a cuando vivías aquí.

Mi voz sonaba extrañamente oxidada.

—¿Miedo?

Nella soltó una risotada seca.

—No sabía lo que quería decir no tener miedo.

Nos quedamos allí un rato. Frente a uno de los ventanales había un escritorio despejado que dominaba toda la estancia, con una máquina de escribir reluciente encima, una Remington, y libros diseminados por el suelo. Una estantería atestada de libros seguía el arco que dibujaba la estancia hasta la chimenea junto a la puerta y frente a ella había una tumbona de flores. Tuve que esforzarme para mirar hacia la izquierda. Hacia la cama individual. La última vez que estuve, Antonia estaba echada en ella con las manos juntas sobre el edredón. Llevaba horas muerta.

—Es tan extraño —dijo Nella.

Cuando al final la miré bien, sus ojos eran como una capa de hielo fino.

—A pesar de que mi madre esté muerta y todo haya pasado, es como si todavía estuviera aquí. ¿No lo notas? ¿En el aire?

En aquel momento me pareció que más bien se dirigía al aire y no a mí, y eso me inquietó. La intensidad de su voz disminuyó.

—No me sorprendería que de repente se acercara a hurtadillas a nosotras y...

Se interrumpió a sí misma. Se acercó rápidamente a las ventanas y alargó la mano para coger algo del alféizar. Una vulgar caja de cerillas.

—¿Y qué, Nella?

—Es así. ¿No se terminará nunca? ¿Tú, qué piensas?

Volvió a dejar la cajita. Todavía había cerillas dentro, por lo que pude oír.

—Si esta historia sigue estando presente tantos años después de la muerte de todos, ¿qué demonios hace falta que pase?

Tiró de las cortinas verdes pardas, que llegaban hasta el suelo, pero solo el último tramo se dejó correr a regañadientes, y en el cristal de la ventana vislumbré una franja delgada de mi propia imagen reflejada. Mi traje de chaqueta me sentaba mejor en teoría que en la práctica y parecía cansada, los rizos despuntaban en todas direcciones, incluso cuando intenté atusármelos.

—Pero tú no estás muerta, Nella —señalé, en honor a la verdad, aunque no era la respuesta correcta y lo supe en cuanto salió de mi boca.

Siempre se me ha dado demasiado bien dar una respuesta equivocada a una pregunta acertada, sobre todo si era de Nella, y encima ahora mismo yo estaba allí, pisándome los pies con embarazo. Nella se quedó un buen rato mirándome, parpadeó, como solía hacer siempre que intentaba concentrarse.

—Pues la verdad es que me siento más muerta que viva desde hace mucho tiempo.

Abrió el cajón superior de un tirón. Todo estaba ordenado en pulcros montones.

—¿Por qué lo dices?

Antonia tenía sus cosas mucho más ordenadas de lo que las tuvo Nella alguna vez en su vida, incluso cuando yo personalmente puse en orden sus papeles. Había encontrado el último manuscrito inédito de Antonia con el título *Un puñado de huracanes*, cuya primera página estaba escrita en letras de imprenta. Sopló para quitar el polvo del escritorio y dejó los papeles a un lado. Ahí había, por lo menos, para pagar el alquiler del piso de Nella durante los próximos seis meses, pensé.

—Pues, sí. ¿Te extraña que me sienta un poco muerta de vez en cuando? —me preguntó, lo que me pareció tan fuera de lugar como tantas otras antes que esa.

De haber tenido el don de la palabra, le habría hecho saber exactamente lo contenta que estaba de que viviera conmigo y de que no estuviera muerta como el resto de su familia.

Sin embargo, cuando quise decírselo, Nella ya había abierto los siguientes cajones. Y lo hizo con tal fuerza que los montones de papeles se desordenaron. La esquela de Lily, recibos, tarjetones autografiados y cartas de los lectores se entremezclaban con cartas de pésame con motivo de la muerte de Lily, recortes de periódico y papel de carta con membrete con sus sobres correspondientes. Uno de los recortes llamó mi atención. Se trataba de una entrevista a Antonia. Por lo visto ofrecida poco después de la desaparición de Simon y con un retrato de perfil de Antonia von Liljenholm, la reina de los espectros, por citar el texto a pie de foto. La mirada de Antonia era tan triste como parecía estarlo ella, a tenor de lo que Nella leyó en voz alta:

«Mi marido era todo lo que yo nunca he sido. Estaba lleno de vitalidad, era divertido y cariñoso. Su belleza era notable. No sabe usted las veces que me he inspirado en él para mi trabajo.» // «¿Se refiere a cuando describió a los jóvenes amantes?» // «Sí, naturalmente. Ahora mismo, después de hacerme esta pregunta, no sé cómo podré seguir viviendo si no vuelve. Por cada hora que pasa mis esperanzas de volver a verlo decrecen.» // «¿Teme que haya fallecido?» // «Sí, lo temo, por supuesto.»

A partir de aquí, el entrevistador hizo grandes esfuerzos por convencer a Antonia para que desvelara el nombre de su amado e hiciera pública una fotografía, pero ella se negó: «Aprecio su solicitud e interés por mi situación, pero mi respuesta sigue siendo "no"», dijo, y Nella pareció molestarse.

—El final es casi lo peor —dijo y siguió leyendo—: «Gracias a Dios, tiene a su hija, ¿verdad, señora Liljenholm?» // «Sí, ¡gracias a Dios! Ahora mismo, es mi único consuelo. La niña tiene mucho de mi marido y de mi querida hermana, alabado sea su recuerdo.» // «También acaba de perder a su hermana, ¿no es cierto?» // «Sí, saltó por una ventana, la pobre. La depresión siempre ha estado presente en la familia. Espero de todo corazón que mi hijita se libre de ella. Creo que es algo que haría cualquier madre. Deseamos lo mejor para nuestros hijos.»

El entrevistador era demasiado educado para demostrarlo, pero era evidente que estaba asombrado. «¿Realmente existieron su marido y su hermana?», casi se le podía oír preguntar. «¿O sencillamente ha escenificado su muerte para vender más libros, Antonia von Liljenholm?»

Nella rompió lentamente el recorte por la mitad, hizo una bola con él y lo arrojó a la chimenea. Afortunadamente no había conseguido encender el fuego. De haber estado encendido, me habría costado mucho salvar los pedazos de papel y citar el texto fielmente. Me enderecé. Objetivamente, no soy muchos milímetros más allá que la media, pero por lo visto lo parezco. Sobre todo, junto a mujeres.

—¿Sabes qué? —dije, e hice un gesto con la cabeza hacia la puerta—. Ahora mismo me encantaría tomar una taza de té bien cargado.

Liljenholm se muestra desde nuevos ángulos

Un único pensamiento siguió azotándome, cuando Nella me condujo de vuelta a través de los salones.

—Bueno, aquí ya hemos estado antes —dijo—. Es posible que no te hayas fijado, pero aquí hay una puerta.

Así era. Una puerta que se confundía con el papel pintado dorado de la antesala, que daba paso a un salón muy parecido a la biblioteca, pero equipado con un piano, un reloj de pesas y un escritorio. Seguramente, Simon había utilizado la estancia como oficina mientras vivió allí; no pude evitar pensar en los posibles gemelos. En la mala fortuna de los Liljenholm. Porque si todas las generaciones tenían gemelos, y así era, incluso Nella me lo había confirmado, ¿qué había sido de su gemela? Yo había intentado tirarle de la lengua, por supuesto, sin duda un par de veces de más, pero lo único que quedó claro era que compartíamos destinos. Por mucho que Nella pensara e intentara recordar, los primeros seis años de su vida habían desaparecido como por arte de magia.

—Allí dentro está la sala de juegos —dijo, e hizo un gesto hacia una puerta cerrada al final de unas escaleras pequeñas como las que conducían al estudio de Antonia—. Mamá solía pasar mucho tiempo allí en su tiempo libre.

—¿Y qué me dices de las escaleras de la izquierda?

Tenía tanto frío que mis dientes castañeteaban y, a decir verdad, no podía culpar al aire helado y estático. Nella me miró preocupada.

—Bueno, tenemos que ir por aquí —continuó—. La cocina está ahí abajo. Luego, ¿no crees que deberíamos descansar un poco? La verdad es que pareces agotada.

Yo también había visto a Nella en mejores condiciones, pero me limité a asentir con la cabeza, aunque pensé lo mío. Porque una cosa era ser yo, que había olvidado las caras amables del orfanato. Y eso era ya de por sí terrible. Y otra mucho peor ser Nella, que, a lo mejor, había olvidado incluso a su propia gemela. Bueno, y bastante más, si había que creer a madame Rosencrantz. De pronto, mientras pisaba los talones de Nella bajando las escaleras mal iluminadas en dirección a la cocina, sus palabras se colaron en mi cabeza. «Que se permitiera a la pequeña Nella seguir viva probablemente se deba a su fuerte voluntad y a su gran parecido con Antonia», escribió en algún lugar de *La reina de los espectros*. «Antonia sencillamente dio por sentado que Nella era la gemela mejor dotada para sobrevivir y esperaba que continuara la producción literaria de mayor. Desgraciadamente, su otra hijita, Bella, no corrió la misma suerte. Antes de que la niña hubiera cumplido seis años, Antonia se encargó del asunto, la estranguló y la enterró en el jardín, al lado de Simon. Antonia quería acabar con la locura, pero la combatió con una locura aún más furibunda. La ironía del destino se viste de nuevos ropajes una y otra vez, pero la tragedia sigue siendo la misma.»

Nella había vuelto la cara hacia mí. Intentaba atrapar mi mirada.

—Estás muy callada.

—¡Oh!, verás, me he acordado de la historia que contó madame Rosencrantz sobre Bella y el infanticidio. ¿No creerás que...?

De pronto, un aire frío se abrió paso entre las puertas, las cortinas y la batería de cocina que colgaba en la pared. Nella se había puesto muy pálida. Sus mejillas estaban completamente blancas.

—No, no creo que haya tenido una hermana gemela llamada Bella ni que fuera estrangulada y enterrada en el jardín por mi madre; si es eso lo que me querías preguntar —dijo ella.

Mis pies se detuvieron sin que yo me lo propusiera. La cocina de Liljenholm era mucho más grande de lo que había imaginado. Sí, de hecho mucho más grande que todas las cocinas que había visto hasta entonces. Debía de haber sitio para al menos treinta sirvientes alrededor de la larga mesa en el centro de la estancia, y en la cocina de leña cabían diez ollas. La madera del suelo estaba gastada. La mesa era oscura. Nella se acercó lentamente. Pasó un dedo por las tapas polvorientas de una imponente colección de latas.

—Todo lo que hay aquí sigue recordándome a Laurits —dijo, y echó un rápido vistazo a su alrededor. Respiró hondo—. Todo, ¿lo comprendes? Me resulta casi insoportable que tenga que ser así. Tantos años después de su muerte.

Sobre la mesa de la cocina, dos grandes ventanas parecían apretujarse. Me acerqué a ellas y me incliné hacia delante.

—¿Y de qué murió la señorita Lauritsen?

Las ventanas eran tan bajas que estaban a ras del suelo, y Nella alargó la mano y empezó a abrir una lata detrás de otra sistemáticamente. Olisqueó un par de ellas y frunció el ceño.

—¡Oh!, de vieja, creo. Era bastante mayor por aquel entonces, me parece recordar que tenía más de setenta años.

—Pero ¡si setenta años no son nada!

Nella alzó triunfante una lata en el aire.

—¡Ya lo decía yo! ¡Auténticas hojas de té! Podremos tomar té de verdad, ¿eres consciente de esto?

—Té viejo.

Ni siquiera yo misma entendía por qué estaba tan malhumorada. Tras la caminata del último año por el desierto que había supuesto tanto sucedáneo de té, incluso era preferible un té pasado. Nella se limitó a poner los ojos en blanco.

—Por mí, puedes ir a buscar las hojas de manzano que guardas en la maleta —dijo, llenó un hervidor de hierro fundido con agua lo dejó sobre la cocina con un movimiento elegante.

Puso leña y encendió una cerilla y luego otra. Pasó un buen rato hasta que el fuego prendió. Resultaba extraño verla así: sintiéndose en casa en un lugar que no era un hogar para mí. Entonces acercó un taburete a la cocina y se sentó con sus delgados brazos alrededor de las rodillas como si fuera una niña pequeña. Como si contemplara algo que pendía en el aire. No soy capaz de describirlo de otra forma. Algo o a alguien. Luego sonrió, volvió la mirada hacia el viejo estudio de Simon y suspiró.

—¿Qué estás mirando?

Nella dio un respingo. En ese instante, el agua empezó a hervir y ella se levantó. Encontró dos frágiles tazas de té blancas en un armario detrás de la cocina y echó agua y hojas de té en la tetera.

—No estoy mirando nada —dijo—. ¿Tú ves algo?

Pues sí. Veía que Nella se había tranquilizado.

—¿Qué te parece si deshacemos el equipaje? —preguntó, después de dos tazas de té hirviendo que intentaban de todo corazón calentarnos desde dentro—. ¿Y descansamos un par de horas? —prosiguió—. Mañana podríamos lanzarnos a repasar mi estimable herencia materna.

Ladeó la cabeza ligeramente y yo sabía demasiado bien lo que eso significaba.

—Estás proponiendo que yo deshaga el equipaje, ¿es eso?

—¿Si te apetece?

No podía decir que así fuera, pero me apetecía aún menos soportar a Nella cuando ella prefería estar sola. Solía tocar el piano en esas ocasiones. O se echaba en la cama con los ojos cerrados y respiraba de forma tan débil que alguna vez he llegado a despertarla por miedo a que hubiera muerto.

—Arriba —dijo—, en el antiguo dormitorio de Antonia y

Lily. Propongo que durmamos allí, así que podrías deshacer las maletas en el mismo cuarto.

—¿En la habitación del suicidio?

La pregunta se me escapó, aunque tampoco es que fuera tan raro, la verdad. Estaba casi segura de que había sido esa la ventana que había servido de marco de varios de los últimos viajes de algunos miembros de los Liljenholm a la rosaleda, pero Nella se limitó a encogerse de hombros.

—Si quieres, puedes arrastrar tu colchón hasta una de las otras habitaciones del pasillo —dijo.

Y entonces caí en la cuenta. Antonia y Lily habían vendido los muebles de arriba para restablecer la economía familiar cuando Horace y Clara sufrieron una muerte más o menos voluntaria. Así fue. Más tarde, cuando desapareció Simon, Antonia donó su cama de matrimonio y demás muebles y enseres del dormitorio a la beneficencia, y solo Dios sabe por qué no donó también los muebles del dormitorio de los suicidios, enfrascada como estaba vaciando la planta. Sea como sea, la habitación de los suicidios era la única habitación amueblada de la planta superior, ¡y no pensaba dormir en una habitación vacía sin Nella!

—Ya me ocupo de dejarlo todo listo para nosotras —dije, en tono imperioso, y Nella sonrió.

Sin embargo, sus ojos ya estaban en otro lado.

—Entonces nos vemos más tarde —concedió, e hizo un gesto en dirección a las escaleras—. Yo, mientras tanto, estaré arriba tocando el piano.

Nella ya se había vuelto cuando contesté «sí» y me quedé petrificada. Si estaba en lo cierto, hablaba sola mientras subía las escaleras. O mejor dicho, murmuraba. Pronto la oí tocar una nota y luego otra. El piano no estaba afinado, pero eso no le impidió seguir tocando; y alguien habló. Nella, supongo, aunque ya no sonaba como ella.

Hace tiempo que escucho a Nella tocar el piano y la verdad es que lo hace bien. Y así tiene que ser. Durante varios años, antes de hacerse cargo de la editorial, se ganó la vida dando clases de piano. Pero cuando no toca más que para ella, las melodías se enmarañan de tal manera que no parece ser de este mundo. Es cierto que de vez en cuando se distingue la melodía, pero demasiado pronto se convierte en un monótono compás apenas audible que puede llegar a prolongarse durante horas. La mejor manera que tengo de relajarme, suele decir, y a la larga, el efecto es realmente adormecedor, aunque aquella noche mi propio cansancio se esfumó como por arte de magia.

Porque, cuando de pronto me encontré a solas, la cocina adquirió un aspecto muy diferente. Seguía siendo azul, pero de un azul tan oscuro que podías jugar al escondite en los rincones. Para ser sincera, no era precisamente un juego que fuera desconocido para mí. Aunque prefería saber con quién estaba jugando. En el alféizar de la ventana descubrí una palmatoria esmaltada en forma de concha con una vela a medio quemar, y me apresuré a encender una cerilla. Esperé hasta que la llama estuvo más serena que yo. Lo cierto es que podría haber elegido una salida más fácil, es decir, la escalera que conducía hasta Nella y la puerta que daba a la antesala. Pero en cambio opté por explorar la casona donde me hallaba. Frente a mí estaba el jardín, a la izquierda, las susodichas escaleras que conducían al despacho y a la sala de juegos, y, a la derecha, la biblioteca que llevaba al estudio de Antonia. A mis espaldas quedaban el comedor, la sala de té, la antesala y el vestíbulo. Fue allí donde divisé unas escaleras iguales a las que habíamos bajado en el extremo opuesto de la cocina.

Al principio creí que conducían a la biblioteca, pero al abrir la puerta que había al final de las escaleras me di cuenta de que me había equivocado. Cuando acerqué la vela para buscar un interruptor, la estancia pareció retrotraerse y algo me detuvo. En una de las esquinas había una persona, una mujer, sin lugar a dudas. Llevaba un vestido blanco ceñido en la cintura y alrededor del cuello uno de esos largos collares de perlas que la reina Alejandrina había puesto de moda unos años antes.

—¿Quién es usted?

Intenté levantar un poco la vela, pero no se veía nada a la altura del supuesto rostro de mujer.

—¿Quién es usted, señora?

Lo dije en voz tan alta que incluso Nella debería haberme oído. Aunque hubiera aumentado la intensidad del sonido del piano. Pero la mujer no contestó. Tampoco se movió. Al final encontré el interruptor. Lo pulsé.

Yo no diría que a partir de entonces todo lo viera bien claro, aunque sí comprendí que la mujer de blanco era un estúpido maniquí. También había otro al otro lado de las ventanas, con un vestido funerario negro. Era evidente que la habitación hacía las veces de vestidor, porque a mi alrededor había varios armarios, un tocador con todo tipo de chucherías y un par de espejos abatibles para poder estudiar el rostro desde todos los ángulos. Mi traje chaqueta tenía mejor aspecto que yo.

—¿Qué demonios quiere Nella contigo? —me gruñí a mí misma—. Te comportas como una niña pequeña a la que nadie puede llevar de visita. ¿Quién te crees que eres?

También dije muchas cosas más que no puedo reproducir por escrito, aunque de repente las palabras se secaron en mi boca. En mitad de una larga y complicada disertación sobre lo mal que estaba yo y lo evidente del caso a juzgar por mi comportamiento. Porque de pronto me asaltó la sensación de que alguien me estaba observando y me volví. Entrecerré los ojos. Al principio no vi nada, pero luego mi mirada topó con la pared más alejada. Alguien me miraba fijamente desde allí. No cabía la menor duda.

—¿Qué está pasando aquí?

Estaba más enojada que asustada, y mi vista, como ya es sabido, ya no era gran cosa. Pero me pareció que la boca de la aparición se movía.

—¿Qué dice?

No había ninguna duda, la boca se movía y di un paso adelante.

—¿Podría hablar un poco más alto?

Al instante mis propios ojos azules me devolvieron la mirada y el espejo en la pared se rio de la situación. Hacía un buen rato que estaba harta de esa habitación. Sí, y de este lugar, aunque era en todos los sentidos demasiado pronto, así que recorrí con decisión las estancias oscuras, saludé con la cabeza las reliquias familiares como si fueran viejos amigos y cargué con nuestras maletas, que estaban en el pasillo medio adormecidas. En realidad era tremendamente sencillo, me recordé a mí misma. Nella solo necesitaba tranquilidad y yo tenía que ocuparme de que las cosas funcionaran. De ese modo pronto estaríamos de vuelta en Copenhague con mucho más dinero que antes.

Las anchas escaleras gimoteaban a cada paso que daba y al llegar al final tuve dos opciones. Seguir por una escalera de caracol que conducía a la habitación de la torre oeste, o bien coger un largo pasillo con habitaciones a ambos lados. Lo recordaba de la última vez que había estado en la casona y, por lo tanto, sabía que llegaría a otra escalera de caracol que conducía a la habitación de la torre este. Lo último que me apetecía era tomar ese camino, así que apoyé el hombro contra la puerta de la primera habitación para abrirla. La habitación del suicidio. Antonia y Lily habían convivido en ella todos aquellos años, hasta que apareció Simon en sus vidas y se convirtió en la habitación de Lily, y parecía lo que era, un viejo dormitorio. Los escasos muebles blancos a lo largo de las paredes se habían vuelto amarillos con sus cantos pintados de dorado; me detuve en seco. En medio de la estancia había una cama con dosel, pero sin cortinaje. La cama de las gemelas, supuse. Era evidente que se trataba de una cama de matrimonio y no de dos camas individuales, y es posible que fuera muy normal dormir en la misma cama que tu hermana en los círculos más selectos del sur de Selandia. También, aunque fueras adulto. Sin embargo, en mi mundo resultaba extraño, tengo que reconocerlo. Me apresuré a dejar las maletas y algo me llevó a abandonar la habitación para volver a un pequeño cuarto a la izquierda de la escalera.

Bueno, será mejor que reconozca de buenas a primeras que fue la curiosidad lo que me empujó a hacerlo, porque, a pesar de que el cuarto parecía insignificante, no dudé ni un segundo de que era importante. Como cuando se conoce a una persona, eso seguramente lo habrá experimentado usted también, y de inmediato sabe que cambiará su vida. Por lo tanto entré en ella, y la verdad es que los muebles me recordaron bastante a mis escasas y ajadas pertenencias de la pensión Godthåb en Copenhague. Mi hogar durante los últimos años, podríamos decir, a pesar de que nunca me he sentido en casa allí. A la izquierda de la puerta había una cama ancha y descascarillada, a la derecha un escritorio con un solo cajón transversal, en el suelo una gastada alfombra redonda, y en el armario, detrás de la puerta, cinco vestidos de cuello alto y mangas largas de color gris oscuro colgaban de unas gruesas perchas de acero. Descolgué uno de ellos y lo sostuve delante de mí. Era considerablemente más grande que yo y, para ser sincera, eso quiere decir que era muy grande. La tela era rígida al tacto, el corte innecesariamente anguloso.

Las únicas fuentes de luz del cuarto eran una ventana muy alta, drapeada con una cortina de tela pesada y una lámpara de lectura sobre el escritorio. Tras buscar un rato encontré el interruptor en el pie mismo de la lámpara y una suave luz verde cayó sobre el tablero del escritorio. En su día, alguien debió de sentarse a trabajar a esta mesa, se me ocurrió. Retiré la silla y tomé asiento. Alguien dedicado a las labores de alguna forma, aunque no encontré ni agujas ni hilo en el cajón. De hecho solo había un viejo juego de naipes, un montón de papel de carta y sobres algo rústicos, un rosario con cuentas de madera y una cruz de plata. Miré a mi alrededor. Por muchas vueltas que le diera, tenía la sensación de estar molestando a alguien y mis movimientos así lo daban a entender. Conseguí sentarme con tanto sigilo que ni siquiera yo misma me oí.

—¿Hay alguien aquí?

Caí en la cuenta de que, de hecho, esperaba una respuesta, tan real percibía la presencia de un extraño. Oí un chirrido.

—¿Hola? ¿Hay alguien?

Algo volvió a chirriar y estrujé la tela del vestido hasta descubrir que debía de ser el viento, que se dejaba oír de manera bastante más manifiesta aquí en lo alto. Mis manos soltaron la tela lentamente. No recuerdo si ya por entonces estaba segura de que me hallaba en el cuarto de la señorita Lauritsen, pero estoy casi convencida de que sí. Sus dones especiales. La verdad es que, hasta ese momento, no había pensado mucho en ellos, tal vez porque mi cabeza había estado llena de contrariedades que me parecían mucho peores. Sin embargo, una vez allí, habría deseado con todas mis fuerzas tener al menos la valentía de la vieja gobernanta. Porque, sin duda, debió de ser muy valiente. Hasta donde recordaba Nella, la señorita Lauritsen había subido a las habitaciones de las torres todas las noches. «Estando ya en mi cama, la oía andar de un lado a otro», me contó una vez Nella. Y cómo no iba a ser así, teniendo en cuenta lo gorda que debía de estar la señorita Lauritsen. «A menudo, también la oía hablar con una voz profunda e insistente en lo alto de la torre», me contó Nella en otra ocasión. «No hay duda de que hablaba con alguien. Con los muertos, solía decir mamá. Cuando Laurits volvía a bajar, Liljenholm ya se había calmado. De pronto reinaba el silencio.»

Sobre una mesita de noche desvencijada descubrí un par de insignificantes fotografías enmarcadas, y reconocí inmediatamente a Nella en una de ellas. Llevaba la mitad del pelo recogido en la nuca con un enorme lazo, su boca era una raya ligeramente curva, sus ojos como platos. En ese mismo instante, la intensidad de la música que Nella interpretaba al piano volvió a subir y de pronto me sentí vencida por un cansancio que apenas podía explicar. Lo único que recuerdo es que me eché sobre la estrecha cama y me cubrí con una colcha. Olía débilmente a lavanda y de repente todos los sonidos parecían provenir de otro mundo. Lo que chirriaba ya no era el viento, sino algo vivo que se acercó a mi oreja derecha y que al principio era suave al tacto. Como un cachorro, tal vez. O el abrigo de pieles de una dama. Pero de pronto sentí un dolor punzante en el lóbulo de la oreja y la mano con la que quise golpear se quedó paralizada en el aire. El suelo se abrió a mis pies y había sombras por doquier. Una enorme sombra encorvada y un montón de pequeñas sombras saltarinas que se lanzaron de cabeza en el agujero y desaparecieron.

Me desperté de un sobresalto. El viento arrojaba grandes copos de nieve contra el cristal seguramente desde hacía un buen rato. Al menos la nieve ya se había depositado en el lado exterior del cristal y un par de ojos me miraban fijamente desde la mesita de noche. Los ojos de Antonia. Debía de tener unos catorce, dieciocho o veinte años, era imposible determinarlo. La fotografía estaba rota por la mitad, por donde Lily debía de haber estado. Apenas se apreciaba medio brazo, un poco de hombro y un zapato en la parte inferior derecha. Yo estaba convencida de haber visto el lugar donde se había tomado la foto antes. Hacía poco.

Mi espalda se resintió y mis piernas estaban rígidas, pero me obedecieron y avanzaron por el pasillo. Antonia y Lily debieron de estar aquí mismo, en la habitación del suicidio, cerca de la ventana, donde colgaban varias fotografías amarillentas que conformaban un dibujo fortuito. Se veían las fotografías cortadas por la mitad y a la izquierda se adivinaba un candelabro solitario y el marco del alféizar. La foto debía de estar invertida, pero por lo demás todo estaba igual, hasta que me acerqué y descubrí el polvo gris blanquecino que lo cubría todo. Me incliné hacia delante. Soplé con mucho cuidado y el motivo del marco central apareció nítidamente. Si no me equivocaba era una fotografía de juventud de Horace y de su probablemente demente hermana gemela, Hortensia, aunque parecía más asustada que loca. Muy parecida a él, o tal vez fuera al revés. Su pelo se rizaba a la altura de las orejas, el de ella un poco más que el de Horace, y sus ojos estaban muy separados. Tan separados que fue el primer detalle en el que me fijé. Algo en ellos me resultaba conocido. Aunque no conseguía saber qué.

—La de la derecha es mi abuela Clara.

Me volví sobresaltada, y Nella avanzó un paso hacia mí. Debería haber reparado en que había dejado de tocar.

—¡Me has asustado!

Contempló la fotografía con la cabeza ligeramente ladeada, como si estuviera pensando algo para sus adentros; yo también lo hacía. Desde su marco, Clara nos sonreía enigmática, con sus rizos bien peinados y encajes alrededor del cuello. Tenía la mirada perdida, como si ya estuviera en otro lugar, y de pronto me vino a la mente una de las suposiciones más alucinantes de madame Rosencrantz. Porque si había que creer en sus «fuentes fiables», no eran los espectros ni la quiebra económica los que habían acabado con las vidas de Horace y Clara. Fue la señorita Lauritsen, «la gobernanta no tan leal, quien hizo todo lo que pudo para su propio beneficio». Es un misterio qué podía haber ganado asesinando a sus amos. Como todo lo escrito por madame Rosencrantz, página tras página, las pruebas de peso se perdían en una neblina tan gruesa como la que envolvía Liljenholm en las primeras horas del día. Por un momento creí que Clara me guiñaba el ojo desde su lugar en la pared, pero debió de ser el polvo suspendido en el aire, que me hizo una jugarreta. Ahora Nella se acercó lentamente a la cama con dosel. E interrumpió mis pensamientos.

—A menudo pienso en cómo debió de ser en realidad la relación entre Antonia y Lily —dijo—. Mamá solía contarme que lo compartieron todo en su infancia...

—Sí, también la cama, por lo que veo.

Nella hizo caso omiso de mi comentario.

—En su infancia estuvieron tan incomunicadas del resto

del mundo como yo, así que supongo que tampoco tendrían a nadie más con quien compartir nada. Ninguno de nosotros jugaba con otros niños fuera de Liljenholm; en realidad, creo que apenas sabía que existían. Por eso supuso un gran golpe para mí salir al mundo y descubrir la cantidad de gente que había de mi misma edad. Yo me creía diferente a todos los demás, ¿me entiendes?

De hecho, la cama con dosel tenía cierto parecido con una jaula, sobre todo en contraste con la oscura madera del suelo. Los edredones despidieron nubes de polvo alrededor de Nella cuando se sentó. Yo la seguí, mientras intentaba ahogar la tos. Nella parecía divertirse con algo.

—Por cierto, no es tan insólito compartir cama, tú, mejor que nadie, deberías saberlo —dijo, y tenía razón—. Si bien mi hermana murió antes de que pudiera conocerla, yo he compartido cama con más de una persona a lo largo de mi vida.

Sin embargo, mi asombro por la relación tremendamente estrecha que mantenían Antonia y Lily no se disipó, porque debieron de ser absolutas antagonistas, pensé. Por lo que tengo entendido, Lily era una persona muy retraída, sin ningún interés por ser el centro de nada y ni mucho menos tan guapa ni tan afortunada como Antonia, como he mencionado anteriormente. (Me resulta demasiado fácil identificarme con ella. Por eso lo repito.)

—Así que ¿debió de odiar a su hermana cuando comprendió cómo sería el reparto de los bienes?

—Sí, desde luego, con el tiempo, los celos acabaron corroyéndola por dentro —dijo Nella, y cogió un par de almohadas de la cabecera de la cama y se dejó caer sobre ellas.

Una parte de mí no podía soportar que fuera capaz de leer mis pensamientos de aquella manera. Otra parte, desearía que los leyera más a menudo, para librarme así de sentirme tan sola con ellos. Cuando me eché sobre el colchón percibí que se hundía un poco.

—Los primeros años de tu vida no debieron de ser muy

divertidos —le dije a Nella—. Quiero decir, con Antonia y Lily en los salones al mismo tiempo.

El viento debió de arreciar y probablemente también había cambiado de dirección. Lanzaba los copos de nieve contra la ventana del suicidio como un lamento débil e insistente, pero Nella se volvió hacia el otro lado y me contempló. Tenía una profunda arruga entre las cejas.

—¿Qué le ha pasado a tu oreja? ¿Parece un mordisco?

Alargamos la mano al mismo tiempo, y me di cuenta de lo que Nella estaba viendo. El mordisco del ratón de mi sueño de antes. Se lo habría contado encantada, pero algo me lo impidió. Sin duda, mi orgullo. Podía soportar que me mordieran muchas cosas, no un roedor peludo.

—Me corté el otro día.

La arruga entre las cejas de Nella era ahora más pronunciada.

—Por mucho que insistiera mamá ante cualquier periodista, a mí siempre me habló mal de Lily —añadió—. He perdido la cuenta de las veces que me dijo que me parecía a ella, tanto de aspecto como de manera de ser. Yo no le gustaba, nunca entendí por qué.

—Estoy segura de que hizo todo lo que pudo para amarte —dije.

Me habría gustado decir algo más. Que una madre puede odiar a su hijo siempre y cuando haya hecho todo lo posible por amarlo. Sin embargo, las palabras se me atragantaron. No era la primera vez que me ocurría.

—¿A qué se dedicaba en su cuarto la señorita Lauritsen? El de las escaleras, ¿no es así? —pregunté e instantáneamente me sentí mucho mejor.

Nella se acercó a la ventana y corrió las cortinas con movimientos amplios.

—¿A qué te refieres?

Por un instante, Liljenholm crujió amenazante bajo nuestros pies. Dije que me sorprendía el bastidor de la mesa. La señorita no parecía precisamente una mujer dispuesta a arrastrarse a través de las largas noches de invierno bordando o haciendo encajes de bolillo, y Nella también pareció divertirse solo de pensarlo.

—No, claro que no, estimada amiga mía, Laurits escribía —dijo—. ¿Nunca te lo había contado ya? Llevaba un diario en el que escribía todas las noches. Yo solía sentarme en su cama a contemplarla. Me tranquilizaba.

—Así que ¿crees que...?

Nella sacudió lentamente la cabeza.

—No, yo diría que Laurits destruyó los diarios antes de morir, si te refieres a eso. Es lo que solemos hacer aquí, en Liljenholm, ahora ya lo sabes. Destruimos cualquier cosa que pueda perturbar la paz del hogar, y una vez que lo has hecho, simplemente esperas que realmente llegue la paz.

—¿Paz?

La palabra salió despedida de mi boca antes de que me diera tiempo a detenerla. Nella se acercó lentamente a su maleta, la dejó sobre una silla y la abrió de par en par. Sacó un par de vestidos, los alisó varias veces, más de lo que requerían.

—Pues sí. Si un habitante de Liljenholm no deseara la paz, ¿quién iba a hacerlo?

Metió una de las almohadas en lo más profundo del armario, puso la funda a otra y la dejó en mi lado de la cama; yo di un respingo. Algo crujió demasiado cerca de mi cabeza y de pronto la oscuridad se sumió a nuestro alrededor. Ahora, usted tal vez crea que sabe lo que eso quiere decir, pero créame, no lo sabrá hasta que haya experimentado la oscuridad en Liljenholm. Se coló hasta lo más profundo de mi alma, a través de mis ojos, esa fue la sensación que tuve. El aliento de Nella rozó mi mejilla derecha.

—Tranquila. La electricidad suele irse con cierta frecuencia. Volverá en breve.

—¿Estás segura?

Dejó algo a un lado y encendió una cerilla. Ahora había fuego en sus pupilas. La llama se desplazó a través de la estancia, alcanzó una mecha y se reavivó.

—Pero ¿tú no tienes miedo, Nella?

Se rio de una manera que yo desconocía y que tampoco estaba segura de que me gustara y, en ese mismo instante, volvió la luz con un clic. La verdad es que no recuerdo cuándo en el último tiempo me había sentido tan aliviada por tan poca cosa; tal vez fueran mis ojos, que me habían jugado una mala pasada. O el cambio repentino de la oscuridad a la luz. Sin embargo, Nella parecía haberse quedado lívida. Apenas un instante, hasta que se inclinó y me lanzó un tosco edredón, que me impidió ver nada más allá del polvo.

Una gobernanta se va de la lengua

Esa misma noche me desperté porque alguien gritaba. Un grito prolongado y muy penetrante. Al principio, no tenía ni idea de dónde estaba. Algo parecido a un saco de patatas cubría parte de mi rostro, como si alguien hubiera intentado estrangularme, pero se hubiera arrepentido a último momento. Hasta que no lo aparté no caí en la cuenta de que se trataba de mi almohada. Mi cuerpo estaba enredado en el edredón, que, a su vez, estaba enredado en la sábana, y yo sudaba, a pesar de que la temperatura que me envolvía debía de estar cerca de los cero grados.

—¿Nella?

Alargué la mano hacia el vacío donde ella antes yacía.

—¿Nella?

El edredón estaba retirado en su lado de la cama y la funda estaba helada. Algo cayó al suelo y se rompió en mil pedazos cuando intenté localizar las cerillas sobre la mesilla de noche, aunque finalmente conseguí encontrar lo que buscaba. La llama vaciló hasta que finalmente prendió, y Nella gritó algo que no pude oír. Su voz llegó de algún lugar en las escaleras.

Me eché sobre los hombros la primera capa que encontré y evité a duras penas pisar los cascajos. El suelo de madera estaba helado. El frío recorrió todo mi cuerpo y los pensamientos se atropellaron desde el pasillo hasta las escaleras. Me detuve frente a la puerta del cuarto de la señorita Lauritsen.

—¿Nella?

Estaba sentada en el suelo envuelta en el edredón de la señorita Lauritsen con un enorme montón de libros en las manos. Los típicos cuadernos de tapa negra, por lo que pude apreciar. El primero estaba abierto por la mitad.

—Perdóname si te he asustado —murmuró Nella sin levantar la mirada.

La luz verde de la lámpara del escritorio dibujó unos círculos en el suelo y Nella alargó la mano para indicarme que tomara asiento. La letra en el libro se inclinaba en un mismo sentido. Desgraciadamente no se dejaba descifrar por encima de su hombro.

—¿No serán, por casualidad, los escritos de la señorita Lauritsen?

Entonces descubrí que las mejillas de Nella estaban empapadas de lágrimas, que ella misma se secó. Rápidamente, como si no significaran nada.

—Hay muchos más diarios donde los he encontrado —dijo.

La luz de la lámpara de lectura arrojaba la larga sombra de la nariz sobre su mejilla. Cuando de verdad se esforzaba por serlo era bella de una manera muy distinta a la habitual.

—¿Y de dónde han salido estos diarios? —pregunté, pero Nella meneó la cabeza a modo de respuesta.

—Cuando estuve aquí, hace cinco años, experimenté las cosas más horribles aquí, en este cuarto —continuó—. Ahora prométeme que no pensarás mal de mí, ¿de acuerdo?

Nella no esperaba que yo respondiera. Se limitó a tomar aire y siguió:

—Entonces estuve a punto de convertirme en una asesina, y juré que nunca volvería a entrar en esta habitación. Sobre todo de noche.

Tenía ganas de decirle la verdad: «escúchame, si tuviera que evitar entrar en todos los lugares donde he estado a punto de asesinar a alguien, prácticamente no podría abandonar mi habitación en la pensión Godthåb». Sin embargo, me conformé con escuchar y asentir con la cabeza.

—Los mejores recuerdos de mi infancia están ligados a este cuarto —continuó, y abrió los brazos—. Así que, al final, decidí entrar aquí. Me senté en la cama de Laurits, como hacía cuando era niña y me despertaba y no podía volver a dormirme. Solía oír su estilográfica rasgando el papel, era como si la pluma la arrastrara a toda velocidad. Me resulta tan extraño que ya no esté aquí.

—¡Pero si lleva quince años muerta!

Lamenté haber hecho ese comentario en cuanto salió de mi boca. Yo, más que nadie, debería saber que es fácil echar de menos a los muertos durante años, de manera distinta con el paso de los años. El dedo de Nella se balanceó por la esquina del diario que estaba leyendo.

—Llevo leyendo dos horas —dijo—, de momento al azar, y nunca habría imaginado... La verdad es que nunca creí que...

Me miró como si yo fuera un capítulo que se le resistía en uno de los libros que editaba.

—Por lo que he podido apreciar, Laurits anotó todo lo que vio e hizo, desde que la contrataron en 1884 hasta que murió. Y voy a decirte una cosa. No sabemos nada de nada. La señorita Lauritsen lo sabía todo. Es tan demencial que ni siquiera me veo capaz de contarte lo que he leído hasta ahora.

En un primer momento pensé que Nella lo había dicho sobre todo para despertar mi curiosidad, pero pronto me daría cuenta de que no era así. Nella señaló con la cabeza hacia una alfombra redonda y deshilachada que había en medio del cuarto.

—Los libros están ahí, en una gran caja metálica, bajo uno de los tablones.

Tenía razón. Debajo de la alfombra me esperaban dos tablones sueltos que más bien parecían una trampilla. Había un espacio del tamaño de dos dedos en cada uno de ellos, y cuando los agarré y levanté vi los libros en pulcras hileras con las fechas marcadas en el lomo. 1-1-1898/1-1-1899, 1-1-1900/1-1-1901...

Saqué los primeros cinco tomos del hueco y la mirada de Nella se deslizó por el montón. Me pareció que con dulzura.

—Tenemos mucho que agradecer a las casualidades —dijo—. Y a los ratones.

Por un instante sentí aquella cosa suave y viva rozando mi mejilla y, enseguida, un mordisco. Nella asintió.

—Estaba aquí sentada tranquilamente pensando en Laurits cuando de pronto oí un chillido. Así que levanté los tablones para ver qué era y vi la caja metálica. Entonces volví a oír el chillido, que no provenía del interior de la caja, como había creído. Porque resultó que la caja estaba llena de libros. Hasta que no la aparté un poco, no descubrí los ratones que había detrás. Parece que llevan tiempo viviendo ahí. Pero, de pronto, cuando estaba leyendo, uno pasó corriendo por encima de mi brazo.

—Y entonces, ¿gritaste?

—Sí, lo siento.

Se ciñó el edredón alrededor del cuerpo. Olía un poco a lavanda y los pensamientos se precipitaron a través de mí. Acerca del sueño, que tal vez fuera real, y de la señorita Lauritsen, que no había seguido precisamente las normas de buena conducta de Liljenholm cuando decidió esconder los diarios en lugar de destruirlos.

—Creo que Laurits quería que los leyera —dijo Nella—. Si no, no me explico por qué los escondió. ¿Tú qué crees?

En ese mismo instante, una puerta se cerró de golpe y di un respingo. Nella alargó la mano para darle un pequeño apretón a las mías.

—Liljenholm te da la bienvenida una vez más —dijo.

Su mano estaba muy caliente y, como de costumbre, deseé que aquel momento se prolongara un poco más. Tal vez sea mi destino querer siempre más de lo que me dan. En cualquier caso, Nella me soltó y volvió la cabeza hacia el montón de diarios.

—¿Qué te parece si nos ponemos manos a la obra y leemos los diarios?

Ella empezó por el principio y yo por la mitad. Acerqué la luz a las páginas hasta que las primeras líneas se unieron formando frases que ni siquiera yo había osado imaginar. Y eso que, debo decir, soy bastante fantasiosa. Por si usted todavía no se había dado cuenta.

Ni dormimos ni comimos lo suficiente durante las siguientes horas, pero leímos todas las confesiones de la señorita Lauritsen. Nos intercambiamos los diarios, seguimos leyendo. Una sola vez Nella se echó a llorar y apoyó la cabeza en mi hombro. Balbuceó algunas preguntas: «¿Cómo pudo la señorita Lauritsen permanecer entre nosotros sabiendo lo que sabía? ¿Cómo pudo hacerme eso? Nunca habría dicho que madame Rosencrantz tenía razón en lo que decía, pero... Y esta clase de comportamiento, ¿crees que será hereditario? ¿Crees que yo...?»

En otra ocasión, cerró uno de los diarios de golpe.

—Ahora mismo, no soporto leer más acerca de la habitación de la torre. ¿Podrías tú seguir leyendo durante un rato? —me suplicó.

Le quité el diario de la señorita Lauritsen de las manos en respuesta, leí, leí y me sorprendió lo escrito.

—¿También has tropezado con el «Episodio»? —me vi obligada a preguntar.

Al principio, Nella pareció considerarlo, luego asintió. Laurits había escrito a menudo sobre él, siempre con «e» mayúscula, como si fuera importante, pero ¿por qué nunca escribió en qué consistía? Nella se encogió de hombros cuando se lo pregunté.

—Tal vez incluso Laurits tuviera sus secretos. Supongo que todos los tenemos —dijo.

Francamente, no recuerdo cuándo una respuesta me inquietó tanto.

Tres días más tarde terminamos de leer los diarios sin saltarnos ni una sílaba. O quizá, llegados a este punto, debería hablar solo de mí. Al fin y al cabo, no se me había escapado que Nella se había quedado pensativa mirando a la nada durante un par de horas y había anotado esto y aquello en una pequeña libreta que siempre llevaba encima. Luego se estiró en el viejo reclinatorio de Laurits y su espalda crujió. Me alegró no ser la única obligada a llevar a rastras un esqueleto ruidoso.

—Me siento como si llevara días con fiebre alta —dijo.

Yo asentí con la cabeza, aunque más bien me sentía tan hecha polvo como la sábana debajo de mí y probablemente igual de arrugada. Sin embargo, no tenía arrestos para mirarme en un espejo y constatar, por Dios sabe cuántas veces, que parezco un cadáver ambulante. Así que me levanté y propuse, con gran tino, que cocináramos algo.

Ninguna de nosotras mencionó los diarios, que estaban esparcidos por el suelo como un sepulcro profanado. Los escalones chirriaron estrepitosamente, por ligeros que fueran nuestros pasos. Yo me salté la mitad, pero los restantes se quejaron si cabe aún más y el olor al perfume oriental de Antonia se volvió más intenso («Tienes que dejar de llamarlo oriental», garabateó Nella en el margen. «¡Que yo sepa, los lirios blancos no tienen nada de orientales!»). Los abrigos de Antonia hacían guardia en el vestíbulo como soldados silenciosos. Me pareció que resultaban mucho más inquietantes que hacía tres días y la antesala aguardaba expectante conteniendo la respiración. Todavía no estaba dispuesta a aceptar las visitas prolongadas, pero al menos no era tan hostil. Me coloqué debajo de la araña y Nella se acercó a mí. Cuando la rodeé con mis brazos, el sol se puso tras las copas de los árboles, blancas como la nieve, al otro lado de la ventana. Un prolongado soplo de viento sonó a canto en la casona.

Una idea cobra forma

Durante la cena, Nella me expuso su propuesta. Estábamos sentadas en el comedor, en uno de los extremos de la larga mesa, y a nuestro alrededor colgaban cuadros de antepasados, reproducidos con primorosas pinceladas y miradas vigilantes. En el puesto de honor, al fondo de la sala, reconocí a Horace y, si el retrato era fiel, los años transcurridos desde la fotografía en la habitación del suicidio habían cincelado duras líneas en su rostro. Pómulos salientes, mentón anguloso y rizos más cortos o simplemente habían desaparecido del todo. Es posible que, a primera vista, su aspecto resultara imponente, vestido con una especie de uniforme profusamente decorado y un venado muerto con cornamenta bajo uno de sus pies. Pero sobre todo daba una sensación de extraña desnudez de la que era consciente, como si estuviera expuesto contra su voluntad. Yo dudaba de que lo soportara, pero mi conocimiento de su persona era escaso y sigue siéndolo. La señorita Lauritsen raras veces lo menciona, a pesar de ser su amo.

—He estado pensando... —dijo Nella y su mirada pasó de mí a Horace y luego a la vela que había encendido con la leve esperanza de crear un ambiente un poco más acogedor.

—¿Sí? —Mi cuchara se hundió en las gachas y de pronto el silencio se instaló en Liljenholm. Como si cada una de las estancias esperara oír lo que diría.

—Creo que podría salir un libro de todo esto —siguió Nella, y mi cuchara se detuvo en el aire, entre la vajilla heredada y mi boca entreabierta.

—¿Un libro?

—Sí, como los libros de Antonia, solo que sus historias eran inventadas, al menos en parte, y este debe reflejar la verdad. La verdad de Liljenholm, ¿comprendes adónde quiero llegar? Sin todas esas damiselas, los sombríos barones y los hijos caballerosos y todo lo demás.

Ya debe de saberlo, estimado lector, pero por si acaso, permítame precisar que Nella hacía alusión a la primera novela de Antonia antes mencionada, *Los ojos cerrados de Lady Nella*, y «todo lo demás» abarcaba, entre otras cosas, un matrimonio sin descendencia, un ama astuta, un amor secreto y una escena de amor envuelta en metáforas lacrimosas. Si usted ha leído cualquiera de las últimas novelas de Antonia reconocerá la fórmula, porque nunca se desvió de ella. Nella me miró expectante.

—Solo tienes que escribir la verdad, es lo único que te pido —dijo Nella.

Las tallas a lo largo del borde de la mesa me hirieron el estómago.

—¿Yo?

Nella asintió con un gesto.

—Sí, pero sobre todo habrá que resumir y compilar los diarios de Laurits hasta convertirlos en una historia coherente. Con eso ya habrás avanzado mucho.

Debí de menear la cabeza un buen rato porque de pronto Nella me miró fijamente. Sus ojos eran del mismo color verde oscuro que las paredes a nuestro alrededor, pero más brillantes. Como abetos en una mañana de invierno, se me ocurrió.

—Sabes bien lo duro que es llevar una carga a cuestas de la que apenas sabes algo —dijo—. Ahora, cuando por fin los diarios de Laurits han dado respuesta a lo que lleva tanto tiempo atormentándome, lo único que quiero es que desaparezca. Que salga de mí. ¿Lo entiendes?

Mi estúpida cabeza asintió. Si había algo que entendía era el sueño de que, un buen día, todo lo que te oprime se disipará y saldrá volando hacia el mundo exterior, que tal vez incluso viva su propia vida. Nada sería más importante para mí como conseguirlo. Salvo ponerlo en conocimiento de los demás y que lo comprendieran.

—Entonces, ¿por qué no lo escribes tú misma...?

—Porque no soy capaz —me interrumpió Nella—. Como podrás entender, ya me pregunté si sabría hacerlo mientras leía los diarios. Claro que lo hice. Pero yo no soy escritora, como le gustaba repetir a mi madre en los momentos en que estaba más agresiva conmigo, y nunca lo seré. Sencillamente no tengo ese talento. A diferencia de ti.

—Pero si no soy más que una miserable secretaria —dije con la boca chica, tengo que reconocerlo, y la reacción de Nella fue también sacudir la cabeza.

—Las dos sabemos muy bien que siempre has querido escribir —continuó y, me da vergüenza admitirlo, tenía razón.

Hasta donde alcanza mi memoria, siempre he albergado la vanidosa idea de que mi verdadera vocación era escribir libros. Novelas para ser más exactos. Y cuando después de cien intentos tuve que admitir que no había ni una sola historia coherente en mí, pensé que ser secretaria era algo parecido. Pero me equivoqué.

—No tengo la menor duda de que eres la persona adecuada para la tarea —oí decir a Nella.

Y aunque no soy en absoluto susceptible a los halagos, los elogios de Nella sobre mis dotes para la escritura fueron más de lo que podía resistir. Teniendo en cuenta que mi viejo sueño galopaba por la pista como un caballo circense desbocado y que me sentía tan buena como el pan. ¡Imagínese! ¡Yo podía facilitarle la vida a mi amada Nella! ¡Despojarla de la carga que soportaban sus tiernos hombros!

Y además... bueno, no debería dármelas de ser mejor de lo que soy. Como ya es sabido, el sirviente no es más importante que su señor y un emisario no es más que quien lo ha enviado, etcétera. El caso es que la biografía de madame Rosencrantz fue arrancada de las estanterías en cuanto se publicó y pensé que esos mismos lectores tal vez compraran la verdadera historia y pagaran en moneda contante y sonante. Aunque debo señalar que esta novela no estaba pensada para ser una máquina de hacer dinero. Se me ocurren métodos más sencillos para ganar dinero que darle a las teclas. Pero cuando asentí con la cabeza y dije: «Si realmente estás convencida de lo que dices lo intentaré.» Nella contuvo la respiración y contestó: «¿Estás segura? ¿De verdad lo harías por mí?» Creo que las dos soñamos un poco con una vida sin gachas pegajosas y facturas impagadas.

Nella cambió la posición de sus pies debajo de la mesa.

—Tengo otra idea —dijo.

Antes de seguir, hay algo de lo que tendré que hacerlo partícipe. Algo que sucedió en aquel momento. Porque mientras Nella hablaba, me imaginé en el estudio de Antonia. Frente a la vieja Remington de Antonia y palabras por todos lados. En mi cabeza, en mis dedos, en pulcros montones sobre el escritorio. Me inclinaba hacia delante para releer un par de páginas, tachaba unas líneas y escribía con mi rotulador rojo. Y de la nada aparecía una mujer con un extraño uniforme. Sus pasos eran más ligeros de lo que cabía esperar a tenor de su gran volumen y alrededor del cuello llevaba un medallón. Oscilaba de un lado a otro cuando se inclinó hacia delante y me susurró al oído. Nella me miró con preocupación.

—¿Me estás escuchando?

Abrí la boca y volví a cerrarla. Nella sacudió la cabeza.

—He dicho que en vez de venderle Liljenholm a ese tal Hans Nielsen, al que no conozco, podríamos mudarnos aquí las dos temporalmente. ¡Por favor, no digas que no hasta que haya acabado de hablar! Estamos de acuerdo en que no es la mejor solución del mundo, pero nos resultaría mucho más barato si dejaras tu habitación en la pensión y yo me ocupara de la editorial desde aquí. Así también nos libraríamos de los racionamientos, de oscurecer las ventanas y del toque de queda y de los tiroteos. Visto así, aquí tendrás paz para escribir, ¿no te parece?

—¡Tienes que estar de broma!

La frente de Nella se frunció en un largo surco.

—Deja que te sea completamente sincera —dijo. Se habían soltado un par de sus rizos y pensé que se los recogería inmediatamente, pero ella siguió hablando—. Por mucho que me empeñe, mi historia, este lugar, me persiguen constantemente, me halle donde me halle en este país. A estas alturas, no me queda más remedio que aceptarlo. Así que qué más da quedarme aquí hasta que dejen de hacerlo, eso es lo que pienso, y la verdad es que ya lo he decidido. Cualquiera que sea tu decisión, pienso quedarme por aquí un tiempo.

En rigor, la decisión de Nella no debería haberme cogido por sorpresa. A pesar de que puede parecer frágil, prefiere romperse en mil pedazos a permitir que alguien cuide de ella, y la sola idea de que Nella pudiera quedarse sola aquí mientras yo volvía a Copenhague dio por cerrado el asunto. Preferiría llevarme un susto de muerte que morir por echarla de menos (al contrario que Nella, por lo visto. ¿O tal vez me echara de menos?). En ese mismo instante, volvió la visión que había tenido antes. La voz susurrante en mi oído: «Acércate a Nella cuanto puedas, conócela bien.»

—Solo accederé si me cuentas todo lo que nunca has querido revelarme. Tanto de tus años aquí en Liljenholm como de hace cinco años, cuando Antonia agonizaba y volviste —dije con más calma de la que realmente sentía.

Nella movió los pies inquieta. El largo surco en su frente se había hecho aun más profundo, pero yo continué:

—Todo mi respeto por los diarios de la señorita Lauritsen, Nella, pero si hay que resumir y reunir la información, tendrás que hacerlo tú misma. Lo que yo quiero es contar toda la historia de Liljenholm. No solo una parte. ¿Lo comprendes?

Nella se levantó bruscamente y, aunque al principio creí

que aceptaba mis condiciones, descubrí con cierto asombro que parecía dirigirse a la puerta.

—¿Qué hacemos, Nella?

Encendió la vela que tenía más cerca a modo de respuesta y la biblioteca apareció ante nosotras. Avanzamos a través del cuarto de la doncella y la despensa, seguimos bajando las escaleras hasta la cocina y allí descubrí un agujero cuadrado en el suelo. Resultó ser la escalera que conducía al sótano. Los peldaños estaban bastante mal, al igual que la barandilla, cosa que constaté a medio camino, cuando me precipité escaleras abajo con gran estrépito. Nella encendió una solitaria lámpara de techo.

—Cuidado con la barandilla —murmuró desde algún lugar delante de mí; algo que podría haber dicho mucho antes.

—¿Qué hay aquí abajo?

El olor a podrido era inconfundible, y mis piernas temblaban tanto que apenas podía poner una delante de la otra. Nella avanzaba por un pasillo.

—Por lo que tengo entendido, no son más que cuartos vacíos y un montón de vino de no sé cuándo —contestó—. Por cierto, aquí, a la derecha, están los fusibles. Debes saberlo, por si vuelve a irse la luz.

No me gustó su respuesta. Realmente ya tenía bastante con todas las habitaciones vacías de arriba, teniendo en cuenta que se suponía que tenía que vivir aquí. Envuelta en el vacío, por lo visto.

—¡Entra, por favor!

—Pero, Nella, ya sabes que yo no... así, normalmente...

—¡Chitón! Venga, coge un par de botellas y déjate de tonterías. Tenemos que celebrar nuestro acuerdo. ¡Ven! ¡No, no! ¡No basta con dos botellas, por favor!

Cuando volvimos a subir, Nella sacó las mejores copas con pies dorados de Liljenholm; parecían corolas aplastadas. No tengo ni idea de dónde las sacó, porque lo primero que hizo fue ordenarme que pasara de largo al llegar al estudio de Simon, el del piano, y me metiera en el siguiente salón cuadrangular, al fondo de la torre oeste, desde donde también se veía el jardín. Al menos de día. Sin embargo, apenas se veía mi propio reflejo, y aquí parecía lo que era, cuadrada. Alguien demasiado mayor para mantenerse despierta durante días. Estaba paralizada. Tenía la sensación de que había algo extraño y persistente, más extraño que en el cuarto de la señorita Lauritsen. Un frío cortante me atravesó.

—¿Si pudieras relajarte un momento?

El vino parecía negro en la copa que Nella me ofreció.

—Pero ¿no lo notas?

La presencia desapareció en cuanto brindamos.

—¿Notar qué?

—Nada —contesté, fiel a la verdad.

El vino se sedimentó en la copa formando un dibujo difuso que me dio esperanzas de que Nella abandonaría cualquier intención de beber en adelante. Aunque por lo visto le encantó el sabor a alcohol y a la fermentación sufrida por el vino, porque volvió a brindar.

—Hace años que quiero contarte una historia —dijo, y tomó asiento en un viejo sofá de color remolacha.

Era el único mueble del salón, así que me uní a ella con cautela. Los muelles cedieron con gran estrépito y Nella balanceó el pie pensativa, vació su copa y volvió a llenarla.

—¿Más vino?

Esta vez, la superficie burbujeante estaba demasiado cerca del borde de la copa. Se me mancharon los dedos con el brebaje pegajoso cuando haciendo equilibrios me lo llevé a los labios. Nella ya había vuelto a llenar su copa.

—No logro explicarme por qué la historia es importante, ¿comprendes? —dijo, y apuró su copa—. Pero estoy convencida de que tiene que ser importante y me gustaría mucho... Bueno, si fuera yo la escritora, empezaría por aquí.

—¿Quieres que empiece con una historia que ni siquiera tú sabes por qué es importante?

Nella asintió.

—Es lo primero que estoy segura que recuerdo y lo primero que uno recuerda de su vida suele tener alguna explicación, ¿no te parece?

Sus párpados se contrajeron levemente.

—Sigue siendo un enigma para mí qué fue realmente lo que vi aquella tarde. He estado a punto, una y otra vez, de creer que lo había descubierto y, cuando estábamos sentadas en el cuarto de Laurits leyendo, mi único deseo era que nos lo revelara. Porque Laurits también estuvo presente. Por eso creo que hay cosas que ni siquiera Laurits fue capaz de anotar en sus diarios. Temo que hayan sucedido muchas más cosas aquí, peores de lo que somos siquiera capaces de imaginar.

—¿O sea, que crees que lo que recuerdas tiene algo que ver con el famoso «Episodio»?

—No tengo ni idea, pero evidentemente me lo he preguntado.

Nella alargó la mano para coger la botella y se sirvió una copa.

—Estoy lista si tú lo estás —dijo y, sin duda, lo estaba.

Mi memoria no es fotográfica, pero, modestia aparte, es bastante mejor que la de la mayoría. Así que aquí está la historia que me contó Nella.

—Tenía seis años cuando sucedió —empezó—. El viento zarandeaba Liljenholm como solía zarandearme mamá cuando había hecho alguna travesura. Y cuando saqué las piernas por el borde de la cama de mi pequeña habitación... la que hay al lado de la habitación del suicidio. Quizá ya la hayas visitado...

Sacudí la cabeza y Nella siguió:

—Bueno, pues cuando saqué las piernas por el borde de la cama supe que mamá me zarandearía aun más fuerte si descubría que había abandonado mi cama. Tenía mi pequeño timbre rojo, que debía pulsar si me faltaba algo, para que acudiera Laurits. «¿Qué puedo hacer por ti, señorita Nella?», me preguntaría. Así había sido durante todas las semanas que llevaba enferma en cama, tosiendo sangre y con pesadillas febriles en las que me estrangulaban. Pero en aquel momento todo era distinto. Seguía sudando y tenía frío, no estaba sedienta ni dolorida. Un ruido en la planta baja había despertado mi curiosidad. Parecía un llanto. Al principio, me recordó lo que había oído a menudo y que provenía de la habitación de la torre este, aunque...

—¿Un ruido?

No pude evitar interrumpirla, incluso con cierta ansiedad. Nella asintió con la cabeza entre dos tragos.

—Sí, a menudo se oía un quejido apenas apreciable que venía de arriba. «Los espectros gimen», solían decir mamá y Laurits. Debía mantenerme lo más alejada posible y dejar en paz las rarezas de Liljenholm, decían. Así no me pasaría nada.

Las dos nos estremecimos al mismo tiempo.

—Pero en este caso, el llanto era bastante más angustiante que los ruidos de la torre. Cuando yo lloraba, mamá siempre me decía: «¡No seas tan histérica, Nella!» En aquella época lo decía muy a menudo, así que yo sabía que estar histérica equivalía a estar sentada en el fondo de un pozo negro del que no se podía salir. Entonces intenté incorporarme; mis piernas tenían un aspecto terriblemente enfermizo a la pálida luz del atardecer, que se colaba a través de los resquicios de las cortinas. Las venas eran como una red de pesca extendida, mucho más azules que mi piel, y mis dientes castañeteaban a pesar de que me había cubierto con la capa más gruesa que tenía. Avancé a hurtadillas en dirección al llanto. El sonido se mezclaba con la voz de Laurits, que sonaba como cuando me consolaba. En el suelo de la sala de juegos descubrí un bulto. Era el bulto el que gritaba.

Los ojos de Nella se escurrieron de las ventanas al papel pintado floreado que nos rodeaba. Había manchas de viejos escapes de agua que parecían obscenas flores marrón oscuro.

—Entonces la habitación estaba casi tan vacía como ahora,

salvo por un caballito de balancín y unos tarugos de madera en una esquina —prosiguió—. El bulto se mecía hacia delante y hacia atrás en el suelo. Algo le dolía, nunca había oído a nadie lamentarse de aquella manera, y cuando Laurits se enderezó tuve que cerrar los ojos con fuerza y volver a abrirlos. Pero no había duda.

Nella tenía la mirada vacía.

—El bulto era mamá, era... discúlpame, alguien, más allá de la capa que cubría sus hombros y yo ni siquiera sabía que podía ser alguien, ¿me entiendes? Para mí, había nacido con aquellos vestidos largos y su rígida máscara a modo de rostro, y ahora de pronto estaba allí. Tenía la boca abierta y las piernas separadas. Parecía estar sangrando, yo no podía ver por dónde, y su rostro estaba húmedo y el pelo se le pegaba a la piel. «Por favor, ponte bien la capa y subiremos para que puedas acostarte», le dijo Laurits. «Ven, te ayudo.» Pero mamá la señaló con un objeto plateado que luego dirigió contra su propio vientre con un rápido movimiento. O un poco más abajo. Y recuerdo claramente lo que gritó: «La he oído gritar. Gritaba. Estoy segura de haberla oído, ¡y tú me la arrebataste!». Laurits se sentó a su lado. Se pelearon por el objeto y Laurits resultó ser la más fuerte. Laurits siempre fue la más fuerte. Arrojó el objeto, que aterrizó cerca de mis pies. Era el abrecartas de mango de plata de mamá. Su hoja estaba cubierta de sangre. «Pero si no gritó, cariño mío», le oí decir a Laurits y su voz temblaba como nunca la había oído antes. «No podía gritar por la sencilla razón de que estaba muerta. Sabes que lo estaba. ¿Entiendes lo que te digo? ¡Sabes perfectamente que está muerta!»

—¿Y qué más?

Nella volvió la cabeza hacia mí. Le brillaban los ojos.

—Bueno, supongo que volví a la cama sin hacer ruido, pero no lo recuerdo. Tampoco recuerdo cuánto tiempo permanecí en cama enferma, ni qué era, en realidad, lo que me pasaba. Pero de vez en cuando, a lo largo de los años, volvía a oír el llanto de mamá desde la sala de juegos. Por lo general, de noche, cuando ella creía que yo estaba dormida. Lo único que se me ocurría era desaparecer entre los edredones hasta que dejaba de llorar. Y pensé... o intenté pensar que no había visto ni oído nada aquella tarde. No lo había hecho. Que, sencillamente, la fiebre me había provocado visiones. Sin embargo, en los días que siguieron, mamá renqueaba de una manera extraña y se llevaba la mano al vientre; y luego alguna vez vi que tenía las palmas de las ma-nos y los antebrazos cubiertos de cortes. De vez en cuando también lo estaban las palmas de las manos de Laurits.

—¿Y no preguntaste nada?

Nella nos sirvió vino a las dos. Hasta el borde y un poco más.

—No, nunca le pregunté a nadie qué demonios estaba pasando —dijo—. Yo no sabía gran cosa, ya sabes, y además era incapaz de decir que había visto a mamá en ese estado.

Nos quedamos un rato sin decir nada. A esas alturas yo ya estaba algo mareada y la sola idea de Antonia, desnuda, con las piernas separadas y un abrecartas en las manos me hizo girar en el sofá.

—¿Así que crees que hablaba de Bella? —fue lo único que se me ocurrió decir.

Nella no parecía especialmente impresionada.

—Vas a tener que dejar en paz de una vez la historia de terror de madame Rosencrantz sobre mi hermana gemela asesinada —dijo—. Ya te he dicho lo que pienso de ella. Francamente, en última instancia, el único lugar donde podría caber esta historia es en *El aposento de las doncellas*.

El aposento de las doncellas es una de las novelas de Antonia. La había leído en una ocasión en que las cosas se habían puesto un poco feas. Nella se rio condescendiente. Probablemente de mí.

—Acabémonos las copas y abramos una botella más, ¿te parece? —preguntó en tono ligero.

Intenté dominar un pensamiento que no dejaba de escapárseme. Algo acerca de Antonia apenada. Un sentimiento que nunca habría dicho pudiera sentir esa mujer, extrañamente fría.

Lo que pasó luego aquella noche es confuso, está envuelto, por así decirlo, en una nebulosa. Y es que pronto hubo tres botellas de vino vacías en el suelo junto al sofá. El vino sabía mejor cuanto más bebíamos. Estaba en la naturaleza del vino de Liljenholm, me aseguró Nella. Yo intenté varias veces hablarle de mi visión, hasta aquí llega mi memoria.

De pronto había una gran sombra encorvada. Se lanzó de cabeza al agujero donde encontraste los diarios. Creo haberla visto otra vez hace poco... La señorita Lauritsen, ¿no es así? Llevaba un medallón alrededor del cuello y me susurró...

Pero hacía tiempo que Nella había dejado de escucharme.

—Hay más allí abajo —dijo, refiriéndose al vino, que, por lo visto, atestaba el sótano.

No creo que haga falta mencionar que tras decirlo cayó redonda. Con la cabeza sobre el apoyabrazos y una sonrisa beatífica en los labios que mantuvo hasta que el sol se elevó sobre las copas de los árboles del jardín. Lo sé porque cuando abrí los ojos, aturdida por otro mundo, ella seguía sonriendo y recordé la historia de Antonia y el abrecartas. Intenté imaginarme la situación, pero por entonces ya había demasiada luz en la estancia y no había ni rastro de sangre, ni del caballito. Lo único que vi fue algo que en mis recuerdos no encajaba; algo que sigo viendo. Por muchas vueltas que le dé, no encaja en la historia de Liljenholm que conozco y eso me preocupa. Porque la verdad acerca de mis dotes para la escritura es que nunca he conseguido dar por terminada una historia con inicio, desarrollo y desenlace, a pesar de tener las tres partes en mente y de solo tener que ponerla por escrito. Así que, ¿cómo voy a desarrollarla si me faltan partes vitales de la historia?

Los últimos ejercicios preliminares

Puedo revelarle que la cuestión no ha mejorado después de un mes y medio. La verdad es que los problemas no han hecho más que aumentar con el tiempo, incluidos los contratiempos en Liljenholm; ironías del destino en su versión más pura. Que yo sepa, fue Nella y no yo quien quiso quedarse aquí, hasta que las abrumadoras historias la hubieran abandonado y hubieran quedado plasmadas en papel. «Hasta acabar con todo», tal como lo formuló ella. Por eso resulta extraño que yo siga estando sola en Liljenholm desde hace tres semanas y cuatro días. ¡Tres semanas y cuatro días! No puede ni siquiera imaginarse lo lentamente que pasa el tiempo cuando se está en guardia. Además de que las distracciones dejan bastante que desear por estos lares. No hay teléfono, ni señal de radio, el correo solo llega una vez a la semana y en cuanto abandono el viejo estudio de Antonia corro el riesgo de sufrir sabañones, tanto en los dedos de las manos como en los dedos de los pies.

¿Y Nella? Bueno, supongo que vive la vida loca en Copenhague, mientras yo escribo estas palabras. «Así la madre, así la hija», podríamos decir también, pero para eso hay que conocer parte de los antecedentes y ahora mismo no tengo ni idea de cómo llegar a ellos. Así que permítame que me limite a decir que Nella tenía que haber vuelto a Liljenholm hace dos semanas, si su promesa hubiera tenido el mismo valor que la leña que cortó y con la que prendo la lumbre, que me ha dejado los brazos tan pesados como adoquines. Nella hizo la promesa una noche hace exactamente tres semanas y cuatro días, cuando llamó a la puerta del estudio de Antonia y asomó la cabeza. Llevaba la melena suelta como pensamientos un día de verano.

—¿Qué tal vas?

En las manos llevaba un jarrón con una lastimosa mezcla de ramas de candelilla, corazoncillo fresco y bayas. Antes de que me diera tiempo a protestar, las dejó sobre la mesa del escritorio de Antonia, en ese momento despejada. Habíamos dedicado una semana a hacer limpieza general, ordenar y revisar un sinfín de armarios y cajones de la planta principal en busca de objetos de valor o sencillamente informativos. Aunque sin demasiado éxito. Era evidente que Antonia había sido más partidaria de destruir todo lo que pudiera perturbar la paz doméstica que su gobernanta.

—Acabo de empezar a escribir —dije.

Y no es por quejarme, pero sin miedo a exagerar había tardado mucho en llegar hasta este punto. Siéntese y la inspiración le llegará desde arriba. ¡Ja! Lo único que me llegó a raudales desde lo alto fue la nieve, nieve y más nieve cuando no tormentas, y luego, claro, todas las historias que Nella me había contado a las tantas de la noche. Muchas tan monstruosas que apenas sabía qué hacer con ellas. Pero por fin estaba sentada, describiendo nuestra llegada a Liljenholm, y me sentía casi arrojada de vuelta a ellas, así que prefería que no me molestaran. Nella me brindó su sonrisa más encantadora cuando lo dije.

—Pero, bueno, si es precisamente de lo que quería hablar contigo —añadió, y mis manos se paralizaron sobre las teclas de la Remington negra de Antonia.

—¿Qué quieres decir?

Sospechaba y temía lo que estaba a punto de decirme. Además, me estaba resultando bastante difícil incluir los detalles adecuados en la descripción de nuestra llegada, así que se podría decir que mi humor también había pasado por mejores momentos. (He vuelto a escribir la escena más de diez veces en las últimas semanas y supongo que, por la cuenta que me trae, me honra no haber dejado entrever mi frustración hasta ahora.)

—Escúchame un instante —dijo Nella—. Ya sabes que voy a tener que volver a Copenhague. Para organizar la mudanza, ¿lo comprendes? Rescindir el contrato de alquiler de mi piso y desmantelar la editorial. Naturalmente, eres muy bienvenida si quieres acompañarme, pero...

Las dos conocíamos la continuación: yo solo tenía dinero para el billete de tren de ida y Nella a duras penas tenía para el de vuelta. Así que podía elegir entre quedarme en Liljenholm o quedarme en Copenhague. Nella ladeó la cabeza. Debería mirarme así más a menudo.

—¿Quieres que pase por la pensión Godthåb para recoger algunas de tus pertenencias? —preguntó, y a punto estuvo de soltar una risotada.

—¿Qué pensabas recoger?

Nella sabía tan bien como yo que todas mis posesiones eran transitorias. Cuando me mudé a la pensión adopté la vida, los muebles, un viejo edredón y un par de candelabros bañados en cera del antiguo huésped; había llegado el momento de traspasarlo todo. Compadezco al nuevo huésped que haya tomado posesión de mis cosas.

—Bueno, pero ¿debo informar...?

—¿A Lillemor? No, gracias. Pero sí te pediría que...

—Vale, vale, no te preocupes, hablaré con Ambrosius.

Nella parecía cansada. Por motivos que no conocía, nunca le cayó bien mi mejor y único amigo, y me extrañaba que tuviera tanto interés en conocer a Lillemor. Por eso, en ningún caso, quiero que Nella y Lillemor se encuentren. Ni siquiera yo misma sé por qué me molesta tanto la idea.

Nella tomó asiento en la vieja poltrona de flores frente a la biblioteca de Antonia, y esa visión me reconfortó. Nella frente a lo único que ejercía una atracción permanente sobre mí, es decir, la obra de Antonia, sus treinta y dos novelas. Todas sus ediciones y en todos los idiomas ocupaban la estantería, y todos los días acababa inevitablemente frente a ellas. A veces, simplemente sacaba a la luz un lomo dorado detrás de otro, admiraba la encuadernación y la calidad del papel, olía su contenido. Otras veces leía algunos pasajes al azar o párrafos enteros, mientras intentaba ignorar que habían sido escritos precisamente aquí. Al fin y al cabo, no puedes evadirte con un libro si se desarrolla en el lugar del que intentas escapar. O al menos yo no sé hacerlo. La tapicería floreada le confería un brillo más cálido de lo normal a Nella.

—Entonces, ¿ya has descubierto cómo empezar a escribir al terminar los ejercicios preliminares? —preguntó.

Y no, no lo había decidido todavía, así que me dejé llevar por mi curiosidad.

—Había pensado empezar por tus experiencias en el lecho de muerte de Antonia. ¿Qué te parece?

Nella apoyó las piernas en el reposabrazos de la poltrona y se acomodó.

—Ya me lo imaginaba —dijo.

Y lo cierto es que no logro adivinar si lo dijo a modo de elogio o de ofensa. De soslayo, esbozó una sonrisa.

—¿Y qué me dices de tu parte de la historia? ¿No deberías incluirla también?

Examinó pensativa un montón de vistosos libros de bolsillo que yo había reunido en el suelo y noté que me sonrojaba.

—¿Mi parte de la historia? ¿A qué te refieres?

Se pueden decir muchas cosas de los libros de bolsillo, pero me temo que solo se pueda decir que son elegantes si uno no tiene ni sombra de buen gusto. Las contraportadas están provistas de textos sensacionalistas que nada tienen que ver con el contenido y las ilustraciones de portada son aún peores. Mujeres en diminutas combinaciones y hombres con cuerpos modelados a lo Rodolfo Valentino en *El jeque*. No quiero entrar en reflexiones más profundas acerca de lo que eso dice de mí, pues todos me chiflan. Aunque en ese mismo instante no; Nella acababa de lanzarme la mejor de sus sonrisas.

—Bueno, la verdad es que no se puede decir que seas insignificante para el desarrollo de la historia —dijo, y al principio intenté quitarle hierro al asunto.

—¡Déjalo ya! ¡No soy más que un personaje secundario al que casualmente le han dado la palabra!

Pero ni siquiera yo creía que lo fuera, y espero que se me permita escribirlo sin que se dé por supuesto que es una manera de echarme flores a mí misma. Porque es evidente que soy fundamental para el desarrollo de esta historia. Incluso diría que tremendamente importante. Supongo que también es una de las razones por las cuales Nella me pidió a mí y no a cualquier otra secretaria que pusiera la historia por escrito. Aunque por desgracia todavía no estoy en disposición de explicar con exactitud por qué soy importante. Nella asintió comprensiva cuando lo dije. Había vuelto la mirada hacia la estrecha cama de Antonia.

—¿Por qué no vas un momento a buscar vino? —preguntó, como si «un momento» pintara algo en una frase que implicara tener que pasar por el sótano de Liljenholm—. Intenta evitar las botellas de cuando el rey de diamantes era la sota de diamantes. A cambio, yo intentaré contártelo todo en el orden correcto.

Sin embargo, y para mi asombro, Nella empezó contándome una historia que nada tenía que ver con la del lecho de muerte de Antonia, y sigo pensando en ella desde entonces. Es una incógnita saber dónde encajarla con la gran historia sobre Liljenholm, así que ahora lo escribiré aquí con la esperanza de que lo haga de alguna manera.

Nella empezó vaciando un par de copas de vino y clavando la mirada en algún lugar indefinido durante un buen rato.

—Yo solía ser una niña muy obediente, pero una noche

me harté de las habladurías de mamá y de Laurits acerca de las habitaciones de las torres y lo peligroso que sería para mí subir a ellas.

Nos sirvió vino a las dos, a pesar de que su copa era la única que estaba vacía, y pasó la mano por la tapicería floreada de la poltrona varias veces.

—Tal vez, antes de empezar, deberías saber que de pequeña era sonámbula, pero por entonces había dejado de serlo. Hacía varios años que no me encontraba de pronto en la cocina con los ojos abiertos, pero sin saber dónde estaba y, en cualquier caso, aquella vez la sensación fue completamente distinta. Mucho más real.

—¿A qué te refieres?

Nella vació su copa y se volvió a servir vino.

—Lo recuerdo todo —dijo—. Aquella noche el viento soplaba con fuerza y resultaba difícil determinar de dónde provenían los ruidos. Pero eso ya lo sabes.

Tiene razón. Hace tiempo que advertí que Liljenholm suena de una manera especial cuando sopla el viento, como si los chirridos saltaran de estancia en estancia al azar. A menos que uno conozca bien la casa, es casi imposible saber dónde empiezan y acaban los ruidos. Nella respiró profundamente.

—Durante mucho tiempo creí que Liljenholm solo manifestaba su malestar general por el tiempo, pero entonces oí ese profundo y silencioso quejido y al instante siguiente los pasos de Laurits subiendo las escaleras. Siguieron por el pasillo, pasaron por delante de mi puerta; por sus pasos supe que se estaba haciendo mayor. Cada vez arrastraba más los pies y aquella noche se detuvo varias veces al subir la escalera de la torre este. Seguramente también estaría cansada, la pobre. Mamá la había maltratado todo el día. Yo conocía cada uno de los sonidos de la mansión. Las llaves de Laurits que tintineaban ante la puerta de la habitación de la torre, el chirrido de los goznes de la puerta al abrirse. Yo esperaba que se cerrara de golpe, pero no lo hizo y me levanté de la cama.

—¿De veras?

Nella no me prestó atención. Por un momento creí ver una sombra bailando en el suelo, pero no eran más que sus pies, que se movían de arriba abajo.

—Sí, me levanté. Era verano, así que iba poco abrigada. Un camisón de franela, eso era todo. Se enredó entre mis piernas cuando avancé sigilosamente pasillo abajo y subí las escaleras, y al final de ellas divisé una luz. Una luz dorada sobre una de las paredes curvas. El resto de la estancia estaba a oscuras. Volví a oír el quejido. Parecía venir de todas partes. Y de pronto oí que la puerta se cerraba de golpe a mis espaldas.

Nella entrecerró los ojos. Habría dado cualquier cosa por ver lo mismo que estaba viendo ella en aquel momento.

—En la pared, la que estaba iluminada, descubrí unas sombras que casi se confundían unas con otras. Una de ellas parecía estar echada en una cama de algún tipo. Luego he llegado a pensar que seguramente se trataba del viejo diván y que, con un poco de buena voluntad, podría tratarse de Laurits, que se inclinaba sobre él. Aunque estoy muy lejos de estar segura. La sombra era informe como una mancha de tinta; de pronto no vi nada.

Nella recogió las piernas.

—Alguien me tapó los ojos y tiró de mí haciéndome tropezar. Se me clavaron astillas en los pies, y el quejido pasó a ser un leve susurro. Alguien me llamó de una manera realmente extraña: «¿Nella? ¿Eres tú? ¡Ven aquí! ¿Nella? ¡Ven!» Me oí a mí misma emitir un sonido lastimoso, sentí dolor. Me habían arrancado un gran mechón de pelo de la frente, pero no lo descubrí hasta más tarde, cuando me miré en el espejo. En aquel momento estaba segura de que iba a morir, pero entonces oí a mamá susurrándome al oído. Quería saber si estaba despierta y lo que había visto, y yo contesté que nada, durante todo el trayecto escaleras abajo hasta llegar a mi habitación. No me quitó las manos de encima hasta que estuve echada donde tenía que haber estado todo el tiempo, y no caí en la cuenta hasta que era demasiado tarde de que... ¡Oh!, resulta difícil hablar de esto...

Me apresuré a ofrecerle mi pañuelo y Nella se tapó el rostro con él un buen rato. Se secó las lágrimas y estrujó el pañuelo en una mano.

—Mamá tenía una almohada en las manos. Demasiado cerca de mi boca. «Si has visto algo tienes que contármelo ahora mismo», dijo. Yo fingí estar dormida. Con los ojos como platos, como cuando era sonámbula. El perfume de mamá me pareció más dulce que de costumbre. Bueno, ya conoces el aroma, y se hizo más penetrante cuando se inclinó sobre mí. Clavé la mirada en la almohada mientras esperaba que me cubriera por completo, pero no pasó nada más.

—¿Se fue?

—Sí, bajó a la primera planta y poco después Laurits salió con su llave, tal como acostumbraba hacer. Sus pasos eran incluso más lentos que antes. Y me repetí que no había visto nada, a pesar de que no era así, que no eran más que sombras y que las sombras no hablan. Sin embargo, al día siguiente, Laurits me miró de una manera rara, de eso no cabe duda, pero no me preguntó, como habría deseado, por el mechón arrancado, porque me dolía. Se limitó a peinarme hacia delante, de manera que cubriera la calva, y me sentí muy sola. Fui consciente de los peligros a los que me exponía en Liljenholm, peligros de los que ni siquiera Laurits podía salvarme.

Supongo que puedo revelar que Nella tenía toda la razón del mundo. Liljenholm era un lugar peligroso y el lecho de muerte de Antonia incluso mucho más que de costumbre. Lo tuve clarísimo en cuanto Nella me contó la historia hasta el final. Había amanecido y yo me sentía todo menos valiente, cuando Nella hizo la maleta y se abrochó el abrigo con dedos raudos y seguros. En mi cabeza, las frases daban vueltas y más vueltas: «¡No me atrevo a quedarme aquí sentada, escribiendo sobre las experiencias en el lecho de muerte de Antonia, si tú no estás aquí! Es demasiado, pero demasiado real, ¿lo comprendes?» Sin embargo, me limité a cargar con su maleta, la llevé hasta el vestíbulo y le pedí que me aclarara cuándo volvería a verla.

—¡Oh!, no creo que esté fuera mucho tiempo —dijo con serenidad. Tenía los ojos rojos de cansancio—. A más tardar dentro de dos semanas.

—¿Me lo prometes?

Me dio un beso por respuesta y, sin duda, debería haberle preguntado a ella antes que a mí misma si eso era un sí o un no.

El jarrón con las ramas de candelilla, bayas y corazoncillo, a estas alturas exánimes, sigue en medio del escritorio y se parece cada vez más a un espantapájaros desorientado. Muy adecuado, he pensado cuando en alguna ocasión me he mirado en el espejo y he apretado los dientes. Y he conseguido escribir las páginas que usted ha leído hasta ahora. Son más páginas de las que jamás había escrito seguidas. Lo cierto es que Liljenholm se ha portado bien conmigo y se ha mantenido en calma. A pesar de haberme interrumpido varias veces, la primera semana tras la partida de Nella, en muchísimas ocasiones. Me sobrecogía cuando una puerta se cerraba o algo crujía sobre mi cabeza, o el viento viraba lanzando la nieve directamente contra mi ventana, y las palabras de Nella daban vueltas en mi cabeza. «Por mucho que oigas, veas o percibas, haz como si nada. Es por tu propio bien.»

Con el tiempo, las palabras parecen haberse asentado en mi interior. Sigo sobrecogiéndome cuando toda la casa cede como si llevara demasiado tiempo en una misma postura, y la inconfundible sensación de no ser bienvenida y estar mal vista tampoco es que haya menguado. Además, la noche que retiré mi edredón y descubrí un abrecartas con el mango de plata que, con toda seguridad, no estaba allí por la mañana, me sentí cualquier cosa menos tranquila. Sin embargo, intenté hacer como si nada. Intenté mantener la calma. Los dedos pulgar e índice de mi mano derecha se cerraron alrededor del abrecartas y con la otra mano abrí la ventana del suicidio y lo dejé caer, aquellos funestos metros, sobre la rosaleda.

—Adiós —dije en voz alta, casi esperando oír una respuesta.

Fue la única vez que llegué a considerar seriamente si me estaba volviendo loca, poco a poco, en este lugar. «¿Por qué no me haces el favor de volver cuanto antes?», escribí. «Me temo que me estoy volviendo loca, aquí sola.» Nella siguió sin contestarme. Por supuesto.

El cartero no se llevará mi nueva carta hasta mañana, así que, en el mejor de los casos, Nella la recibirá el viernes y es poco probable que tenga noticias suyas hasta dentro de ocho días. De modo que aprovecharé para exponerle lo que me contó Nella acerca de lo ocurrido hace cinco años, cuando volvió para postrarse a los pies del lecho de muerte de Antonia. Espero, aunque solo sea un poco, no echar tanto de menos a Nella.

SEPTIEMBRE DE 1936

Telegrama de un amigo

He dudado seriamente por dónde empezar la historia de Nella. ¿Debería hacerlo en el momento en que Nella se echó junto al cadáver de la señorita Lauritsen? ¿O cuando Nella estuvo a punto de saltar por la ventana del suicidio, pero en el último momento decidió cambiar sus ahorros por una miserable buhardilla en Copenhague? Modestia aparte, he intentado empezar por las dos historias, y un par más de las que evitaré hablar, y tras un par de páginas me he quedado con la sensación de que faltaba algo. Algo importante. Así pues, permítame intentarlo una última vez.

La historia de Nella empezó con un telegrama que casi no llega a su destino. Había tenido uno de esos días duros, alumnos de piano imposibles en lugares imposibles de la ciudad y, como colofón, un tranvía imposible que con su habitual precisión se detuvo demasiado lejos de su puerta principal. Tuvo que correr a través de una cortina de lluvia amarilla y al doblar la esquina de Hedebygade cayó en la cuenta, como tantos otros días, de que su vida, de principio a fin, no tenía alicientes. Es un hecho, solía decir cuando las escasas personas que frecuentaba se preocupaban por su bienestar, y las palabras resonaron en sus pies. Un hecho. Saltó por encima de un par de tapas de alcantarillado y levantó la mano como saludando, cuando un hombre vestido de negro se apartó para que ella pudiera pasar. El hombre giró sobre sus talones. Nella oyó sus pasos pisándole los talones.

—¿Disculpe?

Nella conocía a los hombres y sus «disculpe», pocas veces significaban que querían preguntar por el camino a la panadería más cercana, sobre todo a esas horas del día. Ocultó las llaves en el puño y pasó por delante del edificio vecino, que, como de costumbre, estaba a oscuras. La puerta principal de su casa necesitaba una capa de pintura, un detalle que, pensó, al introducir la llave en la cerradura, reflejaba a las mil maravillas el estado de su vida.

—¡Es usted muy reacia a detenerse, señorita!

Su respiración rápida alcanzó la oreja izquierda de Nella y se disponía a cerrarle la puerta en la cara cuando el pie del hombre se interpuso.

—¿No será usted por casualidad Nella von Liljenholm?

Hacía diez años que Nella había sido Nella von Liljenholm por última vez. Quería dejar atrás todo lo que aquel nombre significaba. Sin embargo, se volvió. Podía haberlo hecho un poco antes, pues el hombre llevaba el uniforme de la compañía de correos.

—Pone Holm en la puerta, pero la dirección concuerda y supuse que sería usted.

El hombre levantó las cejas.

—¿Siempre está tan enojada, señorita?

El gato ahogado que había en ella bufó que eso, desde luego, a él no le importaba. Pero el cartero abrió su cartera sin más y de pronto pareció muy triste.

—Tengo un telegrama para usted.

—Me cuesta creerlo.

Nella llevaba años sin recibir un telegrama, pero el cartero seguía rebuscando en su cartera. Parecía algo que podría doblarse con gran facilidad y quedarse en nada si antes lo desinflaban.

—No basta con creer, tiene que saber, debería saberlo —dijo de pronto el cartero, y extendió la mano para darle el telegrama.

Nella intentó darle las gracias en un tono de voz autoritario. Un poco como cuando uno de sus alumnos llevaba tiempo ensayando y, sin embargo, seguía tocando mal. Pero el cartero pareció entristecer aún más.

—En realidad, ha sido una suerte que la viera —añadió, e hizo un movimiento de cabeza—. Si no, tal vez, habría recibido el telegrama demasiado tarde.

—¿Eso cree?

—Sí, me temo que sí.

Nella se disponía a comentar que desde luego no era tan torpe como parecía, pero entonces su mirada cayó sobre el impreso y sus ojos se quedaron pegados a las palabras. Las leyó varias veces. Paralizada.

Antonia von Liljenholm está agonizando y quiere verla STOP Dese prisa STOP Un amigo

—¿Quién rayos es «Un amigo»?

O bien el cartero no tenía pestañas o bien eran completamente blancas. En cualquier caso, su mirada era extrañamente penetrante. De pronto parpadeó asombrado.

—Como podrá entender, no tengo ni idea —contestó, y levantó la mano para despedirse—. No soy adivino, ¿sabe, señorita? Lo único que hago es repartir telegramas.

—Pero...

—Adiós, Nella von Liljenholm, espero que llegue a tiempo para ver a su pariente.

Los dos segundos que alargó la palabra «pariente» bastaron para que sonara como una pregunta. Pero ya había desaparecido en medio de la lluvia que en ese mismo instante arreció. Sin embargo, Nella no se fijó especialmente en la situación. Incluso cuando el resto de Copenhague estaba iluminado por el sol, siempre había, por extraño que pueda parecer, una enorme esponja de nube justo sobre su edificio; aunque no solía haber un cartero con la mirada fija frente a la puerta principal. Cuando parpadeaba, sus ojos parecían manchas negras en las retinas de Nella. Al subir las escaleras hasta su buhardilla, Nella estrujó el telegrama hasta convertirlo en una diminuta bola de papel.

Durante años, las noches de Nella se habían parecido tanto las unas a las otras que apenas lograba distinguirlas entre sí, pero aquella su frío apartamento parecía distinto. Más pequeño y oscuro, con sus escasas pertenencias arrinconadas contra las paredes. Se dejó caer en la silla más cercana y pensó en la muerte inminente, le dio vueltas y más vueltas y no logró comprender por qué le había sorprendido tanto. Al fin y al cabo, la muerte nos llega a todos. Eso al menos le habían enseñado los años pasados en Liljenholm. Sin embargo, Antonia no era alguien que pudiera morirse, así, literalmente. Era la persona que quedaba cuando todos los demás habían muerto. El abrigo de Nella formaba charcos en el suelo. Debería quitárselo, pero sus manos se detuvieron en el borde de la mesa, sus dedos se deslizaron por la madera sin que ella se lo propusiera.

Pensó que quienes se habían relacionado con Antonia a lo largo de la vida debían de estar muertos hacía tiempo, salvo ella y un editor en algún lugar allí afuera. Desde hacía diez años, cuando Nella abandonó Liljenholm sin siquiera despedirse, Antonia no había dado señales de vida. Nella no podía estar segura de nada. Teóricamente, Antonia podía haber hecho muchos amigos dispuestos a enviar telegramas a la hija pródiga en Copenhague. Al fin y al cabo, mientras Lily vivió, antes de que perdiera la razón y Simon desapareciera, Antonia había tenido muchos amigos e invitados y se había carteado con escritores y personalidades del mundo de la cultura. Antonia había mencionado bastantes nombres a lo largo del tiempo, pero ninguno se había puesto nunca en contacto con Nella. Además, era poco probable que Antonia tuviera tiempo para amigos dada la productividad de la que daba muestras. Durante los últimos diez años había escrito un libro al año con la puntualidad de un reloj. Nella lo sabía, pues de vez en cuando pasaba por una librería y encontraba los últimos en la hilera de la L de Liljenholm. Nunca los bajaba del estante, ni siquiera los tocaba. Simplemente constataba que existían. En cierto modo se había convertido en un ritual, al igual que los escalofríos que también entonces la recorrieron.

Las palabras del telegrama se reían de ella desde sus líneas saltarinas. Nella se levantó y encendió todas las luces del piso. Los rincones resplandecían, las grietas del techo se estiraban en toda su longitud. Hasta entonces había pensado que lo mejor era saber exactamente dónde estaba Antonia. Es decir, frente a la máquina de escribir, donde había estado siempre. Cuando, un par de días después de haber visitado una librería, los escalofríos habían menguado, recuperaba el sosiego durante un año. Hasta que se veía obligada a volver a pasar por una librería. Pero esta vez era diferente. Empezó a andar de un lado a otro, de la cocina al salón. Se despojó del abrigo, se alisó el pelo mojado hacia atrás. Esto era algo muy distinto y era poco probable que una vuelta por la librería fuera a cambiar nada.

El vecino de abajo golpeó su techo. Nella debió de haber hecho más ruido del habitual. Se dejó caer en el centro del sofá, donde la tela estaba blanca, desgastada. Lo mejor sería que lo reconociera cuanto antes. Ya no sabía dónde estaba Antonia, y menos aún si era cierto que quería verla.

Sus piernas se negaban a quedarse quietas. Cruzaron la habitación con pasos decididos. Tanto daba si el vecino acababa haciendo o no agujeros en él. Su maleta se abrió sola. Saltaron un par de vestidos de sus perchas, se doblaron y se acomodaron dentro. «No bastan», pensó Nella, pero los vestidos debían de ser más optimistas que ella en lo referente a la duración de la visita. Lo mismo podía decirse de la media pastilla de jabón y el poquito de perfume que quedaba en el fondo de un frasco, que se lanzaron voluntariamente a la maleta. Contó el dinero. Le alcanzaba para el billete de tren; eso era todo. Contó sus buenas razones para emprender el viaje; fue suficiente con los dedos de una mano. Con un dedo. El miedo era lo único que la impulsaba y, mientras convencía a un conocido de que se hiciera cargo de sus clases de piano y a otro de que regara sus plantas, sintió que estaba creciendo. Alrededor de medianoche era tan grande su miedo que daba saltos en su interior.

Lo que quedaba de ella estaba sentado en la cama temblando.

Pesadilla en la biblioteca

Hasta donde alcanzaba su memoria, la habían estrangulado todas las noches que pasó en Liljenholm. En sueños, no en la realidad, se decía a sí misma, pero su corazón se negaba rotundamente a calmarse. Sentía una opresión en el pecho y tuvo que levantarse y ponerse a andar. Del dormitorio al salón y luego a la cocina, hasta que salió el sol al otro lado de las ventanas inclinadas y Liljenholm se fue extinguiendo poco a poco. Las oscuras reliquias, las largas cortinas. En el suelo era tan pequeña que todo descollaba a su alrededor. Llevaba zapatos de charol de suelas duras. Bajaron corriendo las escaleras de Liljenholm, atravesaron la antesala, el salón de té y el comedor y se metieron en la biblioteca, y sintió un extraño cosquilleo en el estómago. Sabía que alguien la esperaba allí, alguien a quien conocía muy bien, y abrió los brazos. Pero en el mismo instante en que esperaba que ese alguien la cogiera en brazos sintió unas manos fuertes alrededor del cuello. En el sueño y no en la realidad, por amor de Dios, en el sueño, aunque estaba convencida de que no solo se trataba de un sueño. Era espantosa esa sensación que la obligaba a salir de la cama todas las noches.

Alguien debió entonces de intentar estrangularla en la biblioteca de Liljenholm. Alguien que no dudó en apretar con todas sus fuerzas. Trató de ver, parpadeó varias veces, pero la persona alta como una torre que tenía enfrente se había sumido en la oscuridad. Las manos del ente temblaban por el esfuerzo y lo único de lo que Nella estaba segura era de que las manos estaban frías y húmedas, y de que eran mucho más fuertes que las suyas. Todavía hoy no sabe a quién pertenecían. Lo peor de todo era que debían de pertenecer a alguien de su entorno familiar. Su madre o su padre o Lily o la señorita Lauritsen. Aunque también podían pertenecer a un extraño, pero ¿a quién? No recordaba que hubieran recibido visitas.

Mientras el tren avanzaba a paso de tortuga de una estación mugrienta a otra, cada vez más cerca de Liljenholm, demasiado cerca de Liljenholm, los pensamientos de Nella vagaron de la pesadilla a Simon. Durante la infancia de Nella, Antonia le hablaba de él todos los días. Nella se secó las lágrimas en el abrigo cuando lo pensó. Llevaba la última hora haciéndolo, pero no le había servido de nada. Debió de oír miles de veces que Simon era una persona increíblemente noble. Guapo, caballeroso, inteligente y, la verdad, era una pena que Nella no hubiera heredado ni una cosa ni otra, pero así es el destino. Caprichoso.

«Pero ya lleva muchos años muerto», le había dicho Nella, cuando se hartó, deseosa de que Antonia lo dejara donde, indudablemente, descansaban sus restos. En el fondo del lago junto con sus artículos de pesca o lo que fuera que hubiera llevado consigo. Nella se imaginó a Antonia. Su rostro moldeado por un material duro que, al hablar, se agrietaba en las comisuras de los labios.

«Cada vez te pareces más a Lily», le decía. «Ella también metía el dedo en la llaga siempre y hurgaba hasta que obtenía una reacción, pero puedes ahorrarte el esfuerzo. No tengo más que decir y la puerta está allí. Sí, detrás de ti. ¿A qué estás esperando?»

Nella nunca se atrevió a decir que estaba esperando una explicación plausible, aunque era evidente que lo hacía. Sin duda había pensado que, en algún momento, Antonia se la daría voluntariamente. Que le contaría por qué Lily se había quitado la vida y Simon había muerto, y por qué todo había cambiado y ella no recordaba nada, ni a su propio padre ni a su tía. Finalmente llegó la explicación de Antonia. O al menos un pequeño retal de ella.

Nella dio un respingo en el compartimento del tren y un hombre la miró preocupado desde el asiento de enfrente. Tenía el pelo rizado, fijado con brillantina; se retiró un mechón del flequillo de los ojos, que eran muy azules.

—Está llorando, amiga mía. Aquí tiene, tome.

Nella se sorprendió. La voz era indiscutiblemente la de una mujer y miraba a Nella directamente a los ojos, le ofrecía un pañuelo recién planchado. A Nella se le encendieron las mejillas, no se equivocaba; la mujer le guiñó el ojo. Tenía unas pestañas muy largas.

—Todo irá bien —dijo.

Y Nella tuvo ganas de decir cómo eran realmente las cosas: «No va de ninguna manera y me temo que todo empeorará a partir de ahora.» Pero en su lugar agradeció su amabilidad y apretó el algodón almidonado contra sus ojos hasta que todo se tornó blanco.

Antonia estaba furiosa la última vez que se vieron. Hacía diez años y, sin embargo, le pareció que podía haber sido ayer.

—¿Qué estás haciendo con mi nota? —le había preguntado con voz temblorosa, y Nella se había sentido diez años más joven de los dieciocho que entonces tenía.

—Yo... Simplemente la he encontrado.

Desde hacía un tiempo los rasgos de Antonia se habían vuelto más tenebrosos. Como si alguien hubiera bajado la luz de su rostro.

—¿Simplemente la has encontrado? ¿Dónde la has encontrado, simplemente? —había preguntado, y Nella no había podido decirle «en tu cajón», así que le había soltado la primera mentira que le vino a la cabeza.

—Dentro de un libro. *Frankenstein*, de Mary Shelley. Estaba sentada en tu estudio leyéndolo, y entonces... el papel se cayó... Justo en medio del párrafo en que el asesino huye.

Antonia llevaba el pelo recogido en un moño demasiado tirante. Movía los ojos hacia arriba y hacia los lados.

—No sueles mentirme —dijo—. No es propio de ti, Nella.

Cada vez que Nella recordaba el incidente veía a Antonia crecer varios palmos delante de ella, alta y poderosa, aunque su sentido común le decía que hacía tiempo que le sacaba una cabeza a su madre. Incluso cuando Antonia llevaba sus tacones más altos, y lo hacía a menudo, incluso cuando Nella estaba sentada escribiendo, seguía siendo más alta que su madre. En aquella ocasión, Antonia había ladeado la cabeza, como si lo pensara.

—Dame la nota. ¡Ahora mismo, Nella!

Antonia había arrugado lentamente la nota en letras de imprenta y la había arrojado al fuego de la chimenea, pero Nella las recordaba. También recordaba exactamente lo que había pensado al leerlas. «Estimada Lily, tienes razón, no podemos seguir así. No hay más remedio, tenemos que acabar con esto. Tu Simon.»

—¿Mantenían papá y Lily una relación amorosa, mamá?

En realidad, Nella había pensado en eso a menudo. Tal vez porque, de no ser así, el odio que Antonia profesaba a Lily era desproporcionado. Entonces vio las cejas de Antonia. Unas finas líneas que despegaban y echaban a volar.

—¡No, por Dios, claro que no! —contestó Antonia—. Simon y yo nos amábamos. Él lo era todo para mí. Ya lo sabes.

—Pero ¿por qué...?

Nella se agachó cuando Antonia se acercó a ella, pero Antonia no le habría pegado ni con su dura y plana mano ni con las perchas. Se limitó a darle unas leves palmaditas en la mejilla.

—¿Por qué, qué?

Nella intentó enderezarse.

—¿Por qué entonces papá le escribió a Lily que debían acabar con algo y firmó con un «tu Simon»?

Antonia llevaba un buen rato mirándola de forma extraña.

—La verdad es que llevo todos estos años intentando protegerte —dijo—. Dios sabe que nunca lo has sabido valorar, así que quizá tengas razón. Tal vez debería contarte la verdad. Supongo que ya eres suficientemente mayor para oírla. Tienes dieciocho años, ¿verdad?

Nella pensó que entonces todo se arreglaría. Simon en realidad había amado a Lily, como afirmó madame Rosencrantz pocos años más tarde. Pero Antonia dijo algo bien distinto y sus ojos no parpadearon ni una sola vez.

—De no haber sido por ti, Nella von Liljenholm, tanto Simon como Lily seguirían estando aquí hoy. Esta es la triste realidad, hija mía. Fue todo por tu culpa. Tú los mataste, ¿estás satisfecha?

Las mandíbulas de Antonia subían y bajaban sin parar, pero a Nella le resultó imposible escucharla. Naturalmente lo intentó, pero solo pescó algo así como «nunca deberías haber nacido» y se vio a sí misma salir corriendo del estudio, atravesar la biblioteca, el comedor y el salón de té. Las motas de polvo en el aire se detuvieron como insectos asustadizos y la señorita Lauritsen no apareció por ninguna parte. Por supuesto que no. Su Laurits llevaba muerta dos semanas aunque ella no pudiera dejar de buscarla. En la cocina, en el cuarto de arriba, en el vestidor donde la señorita había pasado tanto tiempo arreglando la ropa. Sin embargo, a medida que fueron pasando los días fue como si toda Liljenholm hubiera expirado lentamente con ella. Ni siquiera las escaleras rechistaron cuando Nella empezó a subirlas hacia la primera planta. En la habitación del suicidio, la luz entraba a través de la ventana formando un amplio cono.

—¿Laurits?

La única persona a la que quería no le había contestado. En los últimos días la casona había registrado un cambio. Se trataba de los colores. Se habían tornado extrañamente pálidos, como si llevaran demasiado tiempo expuestos al sol; y al hacerlo todo a su alrededor se había vuelto gris. Incluso el aire parecía distinto. Como agua en sus pulmones. Y Nella dio una vuelta más, parecía haber sido arrastrada por el polvo hasta la ventana. El cristal enfrió su frente. Seguramente era verdad que Lily era igual que ella. Al fin y al cabo, Lily era la hermana gemela sin talento. De pronto, todo lo gris se tornó blanco. ¿Habría experimentado Lily lo mismo? Y lo blanco suspiraba cálidamente y se abría un poquito. Una grieta cordial y sugestiva.

La mujer en el asiento de enfrente se levantó y bajó su maleta del portaequipajes.
—Cuídese mucho.
Nella siempre había sentido debilidad por las medias sonrisas como la de aquella mujer.
—Lo mismo digo... ¡Eh, espere un momento! ¡Su pañuelo!
Pero la mujer ya había desaparecido y la estación miró expectante a Nella. En la siguiente tendría que bajarse. Sintió que el sudor se abría camino por su espalda. Se había preparado para muchas cosas a lo largo de los años, pero no para tener que volver a aquel lugar. El pálido paisaje invernal, los pueblos empobrecidos, el recuerdo de la última vez que estuvo allí. En la habitación del suicidio con una sola idea clara en la cabeza.

Aquel día, los zapatos no quisieron abandonar sus pies y Nella dejaba oír un sonido agudo y penetrante. No le prestó atención más que un instante. Se escuchó a sí misma, que por entonces ya había empezado a sonar como si fuera otra, y le resultó sorprendentemente fácil abrir las ventanas, subirse al alféizar y hacer caso omiso de los rizos que se le habían soltado. Sería un cadáver feo, hiciera lo que hiciera. Desollada por las rosas rojas y amarillas en flor allí abajo, aunque ese, en realidad, no era más que un pequeño detalle. Exceptuando las espinas, los pétalos eran bastante suaves y el corazón de Nella había recuperado su ritmo. Un sonido pausado y sordo que se repetiría diez veces, y entonces habría llegado el momento de soltarse del quicio.

Sin embargo, al llegar a diez, un sonido fuerte y ronco la había dejado helada y se había pegado al quicio en lugar de saltar, y había caído al suelo. Volvió a oír el sonido ronco. Parecía venir de la habitación de la torre, pero no estaba segura. Los colores habían vuelto lentamente.

—¿Laurits? ¿Eres tú?

Su voz había denotado cierta esperanza necia y de pronto oyó a alguien en las escaleras.

—¿Laurits?

Pero no era Laurits, lo supo antes de descubrir a Antonia en la puerta. Con una línea en lugar de una boca. Si Nella no estaba muy equivocada había decepción en sus ojos. Su mirada se desplazó por la habitación sin detenerse y, en ese momento, Nella se sintió como un mueble desechado. O aun peor, como un mueble que era demasiado insignificante para ser desechado. En esto, Antonia desapareció. Sus pasos recorrieron el pasillo en dirección a las escaleras de la torre, una puerta se cerró de golpe en lo alto y algo se volcó o fue derribado. Luego llegó el silencio. Lo único que Nella supo entonces con certeza era que Liljenholm acababa de salvarla de la muerte, pero no estaba agradecida. Entonces, no.

Sus piernas habían corrido a toda prisa hasta el cuarto contiguo a la habitación del suicidio. En su día fue el dormitorio de Horace y Clara, pero durante los últimos dieciocho años había sido su habitación. Nella abrió entonces, de par en par, una vieja maleta de color pardo rojizo, que durante un rato se balanceó. Aunque pronto se cerró con sus escasas pertenencias. Menos de las que en realidad poseía. Tres vestidos marrones y un frasco de colonia, un peine y un cepillo, ropa interior para una semana, la libreta de música amarilla y la verde con la frase Dominio Público impresa en la portada, unos ahorros y un par de collares de perlas, que pensó podría vender si llegaba a necesitarlo.

Nadie intentó detenerla cuando arrastró la maleta escaleras abajo y luego hasta el vestíbulo, donde incluso los abrigos de Antonia le dieron la espalda. Encontró su abrigo entre los muchos que había, el largo con cinturón. Se lo ciñó con tanta fuerza que a punto estuvo de partirlo por la mitad, y fue una sensación agradable. El cinturón le mordió la carne mientras las piernas luchaban por aumentar la distancia una de la otra durante todo el trayecto hasta el final de la alameda de tilos. Liljenholm había empequeñecido a sus espaldas. La última vez que se volvió le pareció ver una sombra en la ventana enrejada en lo alto de una de las torres. Como si Liljenholm le hubiera guiñado el ojo, se le ocurrió y sin saber por qué había saludado con la mano. No había ninguna razón, pensó cuando salió corriendo de nuevo, para despedirse de Liljenholm, que no le había hecho precisamente la vida fácil en los últimos dieciocho años. Pero se sentía tan aliviada por alejarse de aquel lugar que le entraron ganas de agitar la mano una y otra vez y correr más deprisa y agitar la mano hasta ver la estación y el tren sobre los raíles en dirección a Copenhague.

Pero en ese momento entraba rodando en la estación de la que se había despedido hacía diez años y se sentía más o menos como los frenos chirriantes. Todo se detuvo en su interior. Sus pies se descolgaron de ella y cruzaron el andén y saludó con la cabeza al hombre de la taquilla, que aunque la reconoció no la saludó. Era evidente que los habitantes de los alrededores de Liljenholm no se habían vuelto más hospitalarios después de la biografía de madame Rosencrantz. Hay que decir que incluso la biografía había conducido a varias detenciones, según los diarios, ya que diversos locos de la zona se habían propuesto encontrar los famosos cadáveres del innominado esposo de Antonia y de la pequeña Bella en el jardín. Al amparo de la noche se habían puesto a cavar; era evidente que no habían leído con atención *La reina de los espectros*. De haberlo hecho, habrían sabido que Antonia estaba escribiendo en su estudio a aquellas horas. Si bien es verdad que no tenía teléfono y que las denuncias se hicieron más tarde, tenía un bastón y con él pudo golpearlos con la misma fuerza con que lo hacía cuando echaba pestes.

Nella intentó imaginarse la situación mientras recorría el último kilómetro a pie y le resultó inquietantemente fácil. Antonia era capaz de aterrorizar a cualquiera. Ni siquiera hacía falta que estuviera presente. Nella intentó ignorar el sudor que pegaba la ropa a su cuerpo, a pesar de los siete u ocho grados. Estaba aquí única y exclusivamente porque Antonia había reclamado su presencia. Se lo repitió una y otra vez, pero a cada paso que daba le parecía menos probable que así fuera. Tanto que Antonia hubiera mandado llamarla como que esa fuera la razón por la que se encontraba en el lugar. Cargó con la maleta, pero apenas consiguió cargar consigo misma.

De pronto tuvo claro que estaba allí, en Liljenholm, porque, por la razón que fuera, las preguntas le impedían escapar. Durante todos aquellos años, cada día se había preguntado por qué no recordaba nada y quién había intentado estrangularla y por qué ella, Nella, de alguna manera, podía ser la culpable de la muerte de Simon y de Lily. ¿Era posible, por mucho que su madre se empeñara en negarlo, que Simon hubiera amado a Lily? ¿Y no habría sido Antonia quien, en realidad, los había asesinado? Nella conocía perfectamente el sepulcro de Lily. Antonia solía acudir al cementerio una vez al mes para arrancar las malas hierbas que crecían entre las piedrecitas alrededor de la gran lápida blanca. «Lily von Liljenholm (1884-1914) Descanse en paz», rezaba, pero nunca se encontró el cadáver de Simon.

La mirada de Nella se desvió hacia la derecha. Hacia el lago, que estaba al acecho entre las colinas, hasta el bosque de abetos. Sobre el paisaje descansaba una niebla que nunca parecía disiparse, ni siquiera en días de mucho sol, y pensó en su padre. Porque debía de seguir descansando en el agua junto con las artes de pesca. Había perdido la cuenta de las veces que había pasado por la orilla del lago durante su infancia. Tenía la esperanza, aunque fuera poca, de que la corriente hubiera llevado uno de sus anzuelos hasta la orilla. O un pedazo de tela de su ropa. Cualquier cosa, de hecho, que pudiera poner punto final a la incertidumbre. Cuando se mudó a Copenhague intentó evitar pensar en el asunto para librarse de él. Pero en realidad, más bien, sin ser del todo consciente, lo había ocupado todo. Casi podía oír la risa despectiva de Antonia. «¿Profesora de piano, dices? Bueno, supongo que esperaba un poco más de ti, pero, por otro lado, ya he sufrido otras decepciones en mi vida. ¿Realmente es todo lo que has conseguido, Nella?»

Entonces aparecieron las torres cubiertas de cardenillo de Liljenholm tras un cerro yermo. «Sí, en eso me he convertido, mamá. Siempre has sabido que no tengo talento, ¿no es así?» Las torres parecían más altas y finas de lo que las recordaba y en el tejado había algo raro. Entrecerró los ojos para ver a través de la niebla. Desde luego, la última vez que estuvo allí el tejado no estaba cubierto de musgo ni los muros desnudos de un rojo oscuro, de plantas trepadoras medio marchitas. De pronto, un par de nubes amenazantes gris azulado recorrieron el cielo y muy poco después sintió las primeras gotas contra su frente. Lo último en lo que pensó antes de salir corriendo por el sendero de grava fue en las rosas. Diez segundos más tarde cayó una terrible tormenta.

Reencuentro con los muertos

Antonia solía cambiar las cerraduras de Liljenholm regularmente y por eso Nella se sorprendió al descubrir que su llave entraba. La puerta principal se abrió con un sonoro chirrido, y ella dejó la maleta en el suelo con tanta fuerza que las baldosas resonaron estupefactas. Encendió la luz con un rápido movimiento. Había algo más que el olor a cerrado del vestíbulo. Como si se hubiera mezclado con algo ácido. Y el espejo oval ante el que se detuvo era más pequeño de lo que recordaba.

—¿Mamá? ¿Mamá, estás ahí?

Sin embargo, Antonia permaneció callada como una tumba; yo jamás habría elegido una expresión tan manida, pero Nella insiste en que fue así como lo sintió. Como una tumba que se abría y en su interior vio los fríos restos de la señorita Lauritsen. La mañana en que la encontró muerta en la cama, cuando quiso sorprenderla con una bandeja con el desayuno. Nella dejó la bandeja sobre el escritorio y se echó al lado de Laurits, tan cerca de su gran cuerpo como pudo, y le susurró al oído. Todas las palabras cálidas que nunca le había dicho antes porque no le habían salido hasta entonces.

Sigue sin saber cuánto tiempo llevaba echada susurrando y cuánto llevaba Antonia en la puerta mirando. Pero de pronto Nella la oyó hablar en voz baja y profunda y con los labios apretados. «Me la quitaste», dijo, y Nella no supo a quién se dirigía Antonia. O, llegados al caso, de quién hablaba. Las lágrimas brotaban de sus ojos, pero el resto de su cara permanecía extrañamente impasible. «Mamá, ¿estás llorando?», preguntó Nella, pero para entonces Antonia ya se había ido.

Ahora Nella se enfrentó a sí misma en el gran espejo del vestíbulo y se atusó el pelo, que había oscurecido y se había tornado más fuerte en los últimos diez años. El colorete rosa en sus mejillas le confería un aspecto enfermizo a la débil luz amarillenta de la luz del aplique; se miró a los ojos. Sus pupilas parecían más grandes que de costumbre y la lluvia había hecho que el rímel de sus pestañas se corriera un poco. Si era cierto que se parecía a Lily, como solía decir Antonia, sin duda Lily debió de ser, en algún momento, muy poco agraciada. Nella intentó arreglarse el moño tan primorosamente recogido antes y retocar los labios con carmín rosa, pero sus manos se negaron a obedecer.

Cuando subió los escalones y abrió la puerta de la antesala, lo primero que advirtió fue que todo era más frío y oscuro de lo que recordaba. Las cortinas colgaban indecisas en las ventanas; tanto en el salón de té, como en el comedor y la biblioteca, y una puerta se cerró de golpe en algún lugar de la mansión.

—¿Mamá?

Por un instante, le pareció oír un tenue llanto sobre su cabeza, pero podía ser el viento, que lanzaba la lluvia contra los muros. Se bajó instintivamente las mangas largas un poco más.

—¿Mamá, estás ahí?

El cristal esmerilado de color humo en el techo de la biblioteca se iluminó y el viento le echó la zarpa al tejado. Pronto fallaría la luz, a menos que Antonia hubiera cambiado los fusibles. La puerta de su estudio estaba abierta. Las luces estaban encendidas y al principio Nella creyó ver lo de siempre: los anchos hombros de Antonia tras el escritorio, su espalda encorvada sobre la vieja Remington. Sin embargo, lo único que permanecía como siempre eran las hojas manuscritas apiladas en pulcros montones sobre la mesa del escritorio, como solían estarlo cuando Antonia estaba lista para enviarlas a la editorial. Nella tuvo que menear la cabeza con fuerza, pero eso no cambió que hubiera un ser humano echado en la cama de la izquierda. Parecía una mujer y difícilmente podía tratarse de alguien que no fuera Antonia, pues Nella reconoció las finas cejas y los pómulos, que se habían tornado aún más prominentes. Sus clavículas despuntaban como las varillas torcidas de una percha.

—¿Mamá? ¿Me oyes?

Las clavículas no se movieron en absoluto. Tampoco cuando Nella se sentó en el borde de la cama. Del rostro de Antonia quedaba poco más que una máscara mortuoria. La piel era tan pálida que la ropa de cama blanca parecía beis, pero no tenía canas, ni siquiera en las sienes. El pelo rodeaba su rostro como una corona negra y brillante.

«Entonces, a pesar de todo, he llegado tarde», pensó Nella, y sus manos quisieron tocar a Antonia, pero se detuvieron a medio camino. Era el velado grito de nuevo, esta vez sobre su cabeza, y no sonaba como si se tratara de lluvia y golpes de viento. El hormigueo anestesiante en sus sienes se extendió hasta sus brazos, que se tornaron insensibles de una manera que conocía demasiado bien. Nella se obligó a respirar hondo. Aspiraba y expulsaba el aire lentamente. Sin embargo, se detuvo en mitad de una inspiración. En rigor, el aire no debería estar colmado del perfume de Antonia. Desde luego no debería ser tan penetrante, como si se lo hubiera puesto en las últimas veinticuatro horas. En ese mismo instante, el pecho de Antonia se elevó. Nella no se equivocaba. Subía y bajaba, y Antonia abrió los ojos lentamente. Sus cejas se contrajeron como en una convulsión febril.

—¿Qué diantres haces aquí?

La voz de Antonia sonaba diferente. Más ronca y débil, y

Nella se había preparado para enfrentarse a muchas cosas, pero no para hablar con una difunta que luego resultó estar viva. Muy raro si quieren mi opinión.

—Pero es que yo... —fue lo único que consiguió contestar, y Antonia alzó la mirada hacia el techo abovedado.

Estaba tan agrietado que cabía temer que fuera a derrumbarse en cualquier momento. Y lo cierto era que Nella no sabía si deseaba que fuera así.

—¿Quién te ha pedido que vinieras? —preguntó Antonia.

Una pequeña sonrisa se deslizó por sus labios cuando el débil gemido se repitió y Nella contestó, fiel a la verdad, que no lo sabía. Había recibido un telegrama, eso era todo, y había pensado que lo mejor sería...

—No te he pedido que me soltaras discursos.

Los dientes de Antonia parecían demasiado largos al hablar y el olor que desprendía a moribundo era tan impresionante como su aspecto. Un soplo cálido de putrefacción. Antonia se relamió a conciencia antes de escupir las palabras.

—No te quiero aquí.

—Pero te he traído algo, mamá. ¡De Copenhague! Espera un momento, deja que lo saque del bolso, ya verás.

Aquella misma mañana, Nella había estado dando vueltas como una loca en busca de una caja de bombones de lujo, a pesar de que, en realidad, no tenía ni tiempo ni dinero para comprarla. Al final, se había decidido por los mejores de Anthon Berg, de botellitas rellenas de licor. Cuando Nella era pequeña, el chocolate era el único lujo que Antonia se permitía (y que permitía a la gente que la rodeaba, por cierto. No era, pues, de extrañar que Nella, a estas alturas, no probara el chocolate). Sin embargo, cuando Nella le ofreció la caja, las comisuras de los labios de Antonia se relajaron.

—¡Tiene que ser una broma!

—Pero, mamá, si suelen....

La caja, temblorosa, estaba suspendida en el aire. Una disculpa desacertada envuelta en papel de plata vistoso, le dio tiempo a pensar a Nella antes de apartar el pensamiento. Si tenía que seguir disculpándose por ser quien era al menos quería saber exactamente qué había hecho mal. Antonia tosió e intentó levantar la mano, pero acabó desistiendo. Sus uñas rascaron furiosas el papel y Nella sacó la caja. La profesora de música que llevaba dentro se levantó. Ella, que había estado detrás de una banqueta de piano corrigiendo las manos de niños nerviosos durante tanto tiempo que a veces consideraba si no lo había hecho en sueños. Le preguntó entonces a Antonia si quería comer o beber algo, si le faltaba algo, si quería que llamara a un médico. Los pulmones de Antonia emitían unos sonoros pitidos. Debía de tratarse de una neumonía a punto de succionarle las últimas fuerzas que le quedaban.

—¡Por el amor de Dios, déjame en paz! —dijo.

Pensándolo bien, en el fondo era increíble el montón de cosas que Antonia había deseado hacer en paz a lo largo de los años: leer en paz, estar en paz, por el amor de Dios y todo lo demás.

—Voy por un vaso de agua para ti.

Las comisuras de los labios de Antonia cayeron hasta la barbilla.

—No te atrevas a darme agua —susurró, mientras Nella fingía no haberla oído.

Al menos los años en Liljenholm habían servido para algo, pensó. Todo lo que había aprendido a ignorar, llegado el momento. Tuvo que obligar a sus pies a atravesar la biblioteca, el vestidor y el pasillo, y a bajar las escaleras de la cocina. Tuvo que respirar hondo antes de encender la luz. ¡Oh, Laurits! Todavía la presentía en el aire, en los cacharros, incluso en la gran cocina. El agua en la cocina estaba roja por el óxido. La dejó correr por el dorso de sus manos hasta helarse de frío. La dejó correr un poco más, pero no podía engañarse. La añoranza no se dejaba ahogar de ningún modo.

Mientras la tormenta arrojaba algo que sonaba a un montón de leña sobre la tierra, Antonia protestaba cuanto podía.

—Primero dejas que me pudra y luego de pronto te presentas aquí —susurró, mientras Nella acercaba el vaso de agua a sus labios—. Vienes aquí... y te haces cargo... como si todo te perteneciera. Como si merecieras poseer nada...

El agua corrió por la barbilla de Antonia y mojó la funda de la almohada. La voz de Nella vibró de impaciencia.

—¡Venga! ¡Bebe un poco de agua, mamá!

Sin embargo, Antonia volvió la cara y cerró los ojos con fuerza, como si realmente esperara que Nella le arrojara el contenido del vaso a la cara. Y no se lo hubiera reprochado de haberlo hecho, pero dejémoslo ahí.

—¡Desaparece! —balbució Antonia, en cuanto ella apartó el vaso, pero Nella no tenía ninguna intención de desaparecer, y su madre parecía saberlo.

Sus facciones se relajaron lentamente.

—No deberías haber nacido —murmuró finalmente, y Nella tuvo que recordarse a sí misma que ya lo había oído todo antes.

Todas las acusaciones, todas las maldiciones, todas las maneras en las que había fallado como única heredera de Liljenholm. «¡Profesora de música! ¡El colmo de la ambición!» Cuando las palabras de Antonia resonaban en su cabeza solía ponerse en movimiento, para que se diluyeran; casi se había convertido en una costumbre. Así que abandonó el estudio lentamente y con la misma parsimonia volvió. Trajinó con la chimenea y un par de alfombras, arrastró una poltrona floreada hasta la estantería y bajó una cruz gamada de plata, que colgaba de la pared tras el escritorio, y la arrojó en la papelera. Sentía alivio cuanto más rápido se movía. A través del vestidor y por las escaleras hasta la cocina. Seguía estando vacía sin la señorita Lauritsen. Incluso después de todos estos años, que, por alguna extraña razón, parecían no haber pasado por la casa. El pan de centeno que había comprado aquella mañana en la panadería ya estaba demasiado duro para los cuchillos desafilados de la cocina. Nella cortaba y serraba. Y el débil lamento se repitió. Cuando partió el pan en dos, Nella oyó a su madre reclamarla.

Un par de semanas memorables

Hace exactamente catorce noches, mi nueva y discutible amiga, Liljenholm, me dio una especie de preaviso. Aunque no tengo muy claro de qué. Había acabado, en más de un sentido, en la carbonera del sótano, pues Nella no había dado señales de vida desde que se marchara seis semanas antes, a pesar de que yo le había escrito una carta tras otra suplicándole que lo hiciera. «¡Me voy a volver loca aquí sola! Si dentro de una semana no estás aquí, volveré a Copenhague. ¡Que te den!» Pero la verdad es que no me fui, aunque llevaba dos semanas seguidas amenazando con hacerlo. Seguía en mi estudio dándole a las teclas de la máquina de escribir mientras me sentía cada vez más idiota y rechazada. Antonia había soportado la soledad durante años, intenté recordar. Si ella podía, yo también, al menos un tiempo más. Al fin y al cabo, mi trabajo avanzaba según los planes, como usted habrá podido observar, y que Nella no cumpliera su promesa no significaba que yo también tuviera que romper la mía.

Pero justo cuando mejor lo estaba pasando, sumida en mis pensamientos, ora desairada, ora puro corazón, se fue la luz. La casona quedó completamente a oscuras. No veía nada a un palmo de mi nariz, aunque conseguí encontrar un candelero a tientas. Logré encender una cerilla. Me levanté con determinación y abrí la puerta. Al bajar, las pequeñas escaleras crujieron mucho y mis pies se detuvieron. Con escasa determinación, me temo. Evidentemente, conocía la distribución de Liljenholm lo suficiente para saber que, después de atravesar la biblioteca, doblar a la derecha y meterme en el vestidor, llegaría a la escalera, que conducía a la cocina y a la trampilla del sótano donde estaban los fusibles. Pero de pronto me pareció que los libros estaban extrañamente vivos en la oscuridad y que en las esquinas de la habitación había sombras que no había visto antes allí. «¡Sobre todo, procura hacer como si nada!», murmuré en voz alta, mientras la llama titilaba ligeramente delante de mí. Obligué a mis pies a seguir avanzando. Me concentré en los siguientes dos pasos y nada más.

Como podrá imaginarse, tardé un buen rato en recorrer el camino hasta el sótano, donde finalmente encontré los fusibles. Pronto la solitaria bombilla iluminó las escaleras con su luz blanca y fría, y yo respiré aliviada. Pero cuando me entretenía contemplando las telas de araña que colgaban del techo como enredaderas mustias, descubrí algo que brillaba en el suelo. Era el medallón de la visión. El que colgaba del cuello de la mujer con sobrepeso que, supuse, era la señorita Lauritsen. La cadena estaba pulcramente dispuesta debajo de él, como si estuviera expuesta en un escaparate. Lo recogí del suelo y durante un buen rato lo sostuve en la mano; sentí cómo el frío metal se iba calentando. Saltaba a la vista que se trataba de oro de veintiún quilates.

Lo primero que se me ocurrió fue, naturalmente, que debía de habérsele caído a Nella cuando bajamos la última vez. Mientras lo consideraba, la puerta principal se abrió y volvió a cerrarse sobre mi cabeza. Alguien hablaba, reconocí una de las voces. La voz de Nella. Los pasos de Nella por el suelo de baldosas.

—¿Estás ahí? —gritó, y la verdad es que, a esas alturas, yo misma había empezado a dudarlo.

La puerta se volvió a abrir y cerrar. Me apresuré a subir las escaleras y atravesé la casa. También es posible que gritara: «¡Sí, estoy aquí, Nella!» O, seamos sinceros, grité como si lo que quedara de mí fuera lo que queda de un perro que lleva demasiado tiempo solo meneando el rabo. Nella estaba en el vestíbulo con cinco maletas, dos sombrereras y un montón de archivadores a su alrededor. Sus manos toqueteaban nerviosas los botones de su elegante abrigo. Después de las largas semanas de espera injustificada y del todo injustificable tenía ganas tanto de abrir los brazos como de lanzarle el medallón a la cabeza. Sin embargo, ya tenía bastante con el nudo en la garganta que me imposibilitaba hablar. El collar colgaba de mi dedo.

—¡Pero si es el medallón de Laurits!

Entonces Nella se acercó a mí. El ceño fruncido, me quitó el medallón y lo estudió detenidamente.

—¿Dónde lo has encontrado?

Se estaba peleando con el cierre.

—Laurits solía llevarlo en ocasiones especiales. Hace años que no lo veía —contestó, sin siquiera mirarme.

—Pues lo he encontrado en el sótano. La luz se ha ido.

El cierre del medallón estaba estropeado, por mucho que se esforzara en abrirlo, y la cosa no mejoró cuando intenté abrirlo yo. Era evidente que Nella estaba mucho más interesada en el estúpido medallón que en mí, y de nada sirvió que parpadeara y carraspeara y le diera la espalda. Cualquier idiota se habría dado cuenta de que estaba llorando, incluso el más idiota de todos, y Nella me miró boquiabierta.

—¿He hecho algo malo? —se atrevió a preguntarme.

Espero haber sido capaz de hacerle comprender mi problema. Creo que un mes de espera en Liljenholm puede entristecer a cualquiera, pero en descargo de Nella hay que decir que se disculpó muchas veces. Por lo visto había resultado muy laborioso trasladar la editorial, porque la mayoría de los camiones de mudanzas estaban parados y los que no lo estaban costaban una fortuna, a la que Nella no tuvo acceso hasta que se puso en contacto con Ambrosius. Siempre se puede contar con él, aunque Nella sigue poniendo los ojos en blanco cuando lo digo.

—No tenía ni idea de que me estuvieras esperando —dijo varias veces—. Creía que estabas escribiendo.

—Diría que las dos cosas no son excluyentes.

Olía a un nuevo perfume. De rosas, creo. O de lirio de los valles.

—Sueles preferir estar sola a estar acompañada, así que ¿cómo querías que supiera...? —murmuró a mis espaldas.

No entiendo de dónde ha sacado esa idea. «Escucha, Nella», querría haberle dicho. «Prefiero mil veces tu compañía a la mía.» Pero en su lugar dije a su peinado recogido que sin duda había sido un mes tremendamente productivo y que lo único que me pasaba era que estaba agotada porque había estado escribiendo desde las primeras horas de la mañana. Bueno, eso, y que la invitaba de buen grado a que leyera todas las páginas en cuanto encontrara un hueco para hacerlo. Entonces comprendería que su compañía era muy apreciada.

Evidentemente, yo contaba con que se pondría manos a la obra enseguida y que empezaría a leer, pero por lo visto tenía cosas más importantes a las que dedicar su tiempo. Los primeros días estuvo trajinando con los archivadores, cambiando los muebles de sitio en el antiguo estudio de Simon y esparciendo un océano de papeles por todos lados. Pronto dejé de poder ver el piano, aunque a menudo podía oír a Nella tocándolo. Bueno, todavía puedo, al menos de vez en cuando. Escalas, parece ser, y luego esos extraños retazos de melodías. Cada vez que crees escuchar una melodía que conoces se confunde con otra que, seguramente, nunca habías escuchado antes. Hago lo que puedo por concentrarme en esta historia, pero a estas alturas me cuesta tanto como cuando Liljenholm y yo fuimos abandonadas a nuestra suerte.

Hace diez días quise hacerle una visita inocente en el estudio; había presentido el sonido de su máquina de escribir dentro. Al otro lado de la puerta, que permanecía cerrada desde primeras horas de la mañana. Sin embargo, cuando llamé a la puerta y asomé la cabeza por el resquicio, Nella se limitó a mirarme distraída. Tenía el flequillo alborotado.

—Ahora mismo estoy liada —dijo, y de eso no cabía duda. Estaba sentada en medio de un revuelo de papeles y en un gesto que no admitía dudas bajó la mirada y siguió escribiendo. De nada sirvió que yo dijera: «¡Bueno, pues no te molesto!», y me quedara esperando allí mismo. Ella se limitó a cambiar de sitio un montón de libretas que parecían ser las de la señorita Lauritsen, abrió una y murmuró «muchas gracias». A su lado, en algo que parecía un cenicero, estaba el medallón de la señorita Lauritsen. Seguía cerrado.

Hoy he descubierto que, efectivamente, Nella se entretiene con los diarios de la señorita Lauritsen, cuando no prepara la publicación de *Un puñado de huracanes*. (¿Le he contado que es Nella quien ahora edita los libros de Antonia? Si no es así, ya lo sabe, estimado lector.) Se dedica a transcribir y compendiar los diarios. Lo descubrí al pasar por su estudio cuando ella no estaba; dentro de un rato hablaré de dónde estaba Nella en ese momento. Porque antes permítame que le diga que mi única intención fue regar sus plantas. No quiero que usted piense que pretendía fisgar entre sus cosas, porque es ahí, como podrá entender, donde yo pongo el límite. Abrí por pura casualidad el cajón inferior de su escritorio y allí estaban. Apenas ocultos debajo de unas hojas de papel en blanco. Luego seguí regando y llegué a la conclusión de que Nella debía de estar trabajando en la compilación de los diarios para su publicación. Probablemente, en una edición complementaria a este libro.

El tiempo dirá si acerté en mis conjeturas. Supongo que cuando Nella haya leído mi manuscrito lo sabré, pero eso tiene visos de retrasarse un tiempo. En cualquier caso ha dedicado su precioso tiempo a revolver toda Liljenholm en lugar de «estar liada con algo» en su estudio.

—Si hay más diarios o cartas o fotografías en algún lugar, pienso encontrarlos —me ha dicho las veces que he intentado convencerla de que abandonase la expedición, como llama a su proyecto.

Sobre todo me preocupa lo que implican zonas críticas como el jardín, el sótano, la primera planta y las habitaciones de las torres, ya que hace un momento, tras serias deliberaciones, he entendido cuáles podían ser las consecuencias. De todas formas, seguía en ascuas en mi estudio, incapaz de escribir ni una línea, lo que, bien mirado, no nos interesa ni a mí, ni a Nella, ni a usted. Así que me dirigí con paso firme a la habitación de la torre este y al llegar a la puerta, en un primer momento, creí malinterpretar lo que estaba viendo. Y esperaba que así fuera, pues al fondo de la habitación había una mujer sentada en el diván deformado y su cabellera le cubría el rostro como si un alga estuviera fuera de lugar. En las manos sostenía algo oscuro, algo casi negro. Con un rápido movimiento se retiró el pelo.

—¡Me has asustado!

Era Nella, descubrí, y la estancia estaba tal como la recordaba. Oscuros armarios a lo largo de una pared, libros encuadernados de punta a punta de la otra, en lo alto ventanas cubiertas de rejas que a duras penas dejaban entrar la luz. Un estrecho cono de luz caía sobre los pies de Nella.

—¿Por qué no bajas?

Mi voz sonó como si hubiera permanecido bajo la lluvia demasiado tiempo.

—De esta forma, la verdad acerca de Liljenholm nunca se acabará de escribir. ¡Jamás! Soy incapaz de concentrarme mientras tú corretéas por aquí arriba.

Por lo que pude ver, la cosa oscura en las manos de Nella era un mechón.

—Es mi propio pelo, de cuando fui agredida aquí —dijo en un tono de voz apagado—. Estoy completamente segura. ¿No te das cuenta de que es importante?

—¿Más importante que nuestro libro?

Me lanzó algo blanco y reblandecido.

—El pelo colgaba de una de las vigas de este pedazo de cuerda.

—No has contestado a mi pregunta.

Se quedó mirándome un buen rato. No era la primera vez que yo no tenía ni idea de en qué pensaba Nella.

—Tal como lo veo yo, tu libro y mis expediciones tienen la misma importancia —dijo—. Pero no te preocupes, empezaré a leer tu manuscrito. ¿Ya estás tranquila? Solo necesitaba unos días para reunir el valor suficiente. Creo qué tú, de haber estado en mi lugar, también lo habrías necesitado.

Nella levantó la mano, como hace siempre que quiere que la escuchen.

—Solo hay una persona capaz de descubrir más de sí misma que una misma, y es la persona que mejor te conoce.

—¿Estás diciendo que...?

Pero Nella se limitó a sacudir la cabeza y retomó lo que tenía entre manos. Examinar el diván, por lo visto. Se levantó y lo echó hacia delante, se sentó en el suelo y metió las manos entre los muelles. Si al menos hubiera mostrado la misma determinación cinco años antes, sin duda, todo habría sido muy distinto ahora. Pero Liljenholm hace cinco años... Bueno, ¿quién puede decir cómo me habría conducido de haber sido la hija de la casa y mi madre moribunda hubiera reclamado mi presencia?

Nella descubre ciertas cosas

Antonia hablaba en voz tan baja que Nella se vio obligada a inclinarse hacia delante. Tuvo que tragar saliva varias veces para digerir la rebanada de pan que acababa de devorar.

—¿Podrías hablar un poco más alto, mamá?

—Quiero pedirte algo.

Antonia separó los labios con dificultad. De hecho, eran más carnosos que el resto de ella. Los labios de una viva en el rostro de una muerta, y entonces se volvieron más finos.

—¿Me prometes que harás lo que yo te diga?

La tormenta parecía mucho más amenazante, desde que había anochecido, y algo cayó al suelo en algún lugar sobre sus cabezas. Porcelana, parecía.

—¿Me lo prometes? —insistió Antonia, y Nella corrió las cortinas lentamente.

Alisó la tela hasta el suelo y retiró unas pelusas invisibles de la tela verde parduzca, descolorida por el sol. De alguna manera, Antonia debió de conseguir sacar las manos de debajo del edredón. Ahora intentaba juntarlas.

—Tienes que quemar el montón que ves allí. En el suelo, al lado de la estantería. No me dio tiempo a deshacerme antes de acabar aquí.

Los párpados de Antonia empezaban a cerrarse.

—Es mi último deseo —murmuró, y Nella alargó la mano

para coger los primeros recortes del montón, de una revista, por lo visto.

Antonia tosió hasta casi ahogarse.

—No quiero... bajo ningún concepto...

Antonia seguía tosiendo y Nella levantó el montón y se lo llevó hasta la poltrona y la alfombra, que esperaban expectantes. Después de encender la lámpara de lectura, también expectante, Antonia había recuperado por fin el aliento.

—No quiero, bajo ningún concepto, que leas ni una sola sílaba —ordenó.

Pero Nella ya había empezado.

Para empezar, se zampó veinte entregas de un folletín de 1898, publicado en la revista literaria *Revuen*, a juzgar por la pulcra indicación de fuentes en la esquina derecha. Su título era *Los azotados* y si bien es cierto que la trama se desarrollaba en una casona que, con un poco de buena voluntad, podía llegar a recordar a Liljenholm, el lenguaje era tan pesado como la pintura de un paisaje, y la protagonista, Elisabeth Rose, parecía tan neurótica como aburrida. Además, Nella no entendía su comportamiento. Elisabeth Rose apenas hacía nada, más allá de bordar fundas de almohada con aguja insegura, mientras los espectros movían cosas que significaban algo para ella, de una punta a la otra de la casa. Cuando lo descubría, se echaba y se negaba a abandonar su diván durante varios días seguidos. A lo largo de la historia, su malvado padre la entrega para casarse a un terrateniente aún más malvado a quien Rose acaba abandonando para unirse al hijo caballeroso de este. Nella pasó las hojas hacia delante y hacia atrás.

El folletín era obra de una mujer y el nombre que figuraba era Antonia Lily. Los nombres aparecían uno al lado del otro, como si fuera la cosa más natural del mundo. Antonia Lily. Tras varias entregas, unas cartas al director demostraban que Antonia Lily había tenido lectores muy fieles que sentían curiosidad por saber quién se ocultaba tras el seudónimo. Nella contó con los dedos. En 1898, Antonia y Lily no tendrían más de catorce años y era poco probable que hubieran podido escribir el folletín solas. ¿O sí?

Antonia murmuró algo desde la cama que hizo que los recortes cayeran al regazo de Nella y mientras se afanaba en recogerlos su asombro fue creciendo. Antonia nunca mencionó que Lily y ella hubieran escrito historias en su adolescencia. Al contrario, pues había afirmado varias veces que Lily no tenía talento ni interés por la escritura, incluso en una ocasión fue más lejos.

—Supongo que, a la larga, los celos pesaron demasiado —había dicho impasible unos años antes del primer encuentro de Nella con la ventana del suicidio.

Nella podía imaginársela, más joven que ahora, pero con los ojos igual de viejos.

—Lily siempre era la que se quedaba al margen, mirando, mientras Simon y yo... Bueno, ya sabes lo mucho que significábamos el uno para el otro.

»Cuando te tuvimos a ti, los celos de Lily se volvieron desproporcionados, y luego estaban mis libros. Se vendían muy bien, nunca se había visto nada igual. Estaba aquí y allá y por todas partes, como suele suceder cuando los diarios escriben sobre ti. Con los años Lily se volvió una amargada incoherente. Perdió el control delante de nuestros ojos y no puedes imaginarte lo que significó ser testigo de aquello. Intenté, naturalmente, salvarla de sí misma; todos lo hicimos. Pero por entonces Lily... La Lily a la que yo amaba, ya hacía tiempo que había desaparecido. A veces pienso que he pagado un precio muy alto por mi éxito. Más alto de lo que sospechaba cuando tuve que hacerlo.

Por lo general, Antonia no era el tipo de persona que se deja mirar durante muchos segundos seguidos. Por lo general habría concluido la conversación con Nella hacía tiempo, pero aquel día había vuelto la cabeza hacia el jardín. Era primavera, así que aquel día la ventana estaba abierta.

—Lily empezó a merodear por Liljenholm, sobre todo por las habitaciones de las torres. Nunca sabías cuándo volvería a aparecer con su ropa desgarrada para acusarme de lo peor, así que empecé a pasar más tiempo aquí dentro. Simon se desplazaba a Copenhague cada vez con más frecuencia. Al fin y al cabo, tenía que gestionar su editorial.

—Entonces, ¿nunca estaba aquí?

Nella pareció consternada y lo estaba, y Antonia alargó la mano para coger un cigarrillo de la pitillera que había sobre el escritorio. Un regalo de Simon. Sus nombres estaban grabados en la parte delantera con el signo «et» entre ellos.

—Sí, sí, claro que sí. Claro que estaba. ¿Por dónde iba? Ah, sí, ya lo sé...

Encendió el cigarrillo con la llama de la vela más cercana.

—Con los años, el comportamiento de Lily se tornó decididamente amenazador. De pronto empezó a decir que los espectros le habían ordenado que nos matara. Tanto a ti como a mí, como a Simon, y posiblemente también a Lauritsen. «Los espectros exigen que recibáis vuestro merecido castigo», me dijo. «Te han regalado todo lo que vale la pena tener, Antonia, y no debería haber sido así. ¡Yo tenía que haber sido tú!»

—¿O sea, que crees que...?

Antonia siempre le había parecido compulsiva cuando inhalaba el humo de un cigarrillo.

—¿Si creo qué? —había preguntado, como si realmente no lo supiera.

—Bueno, si crees que Lily asesinó a papá antes de saltar por la ventana.

Antonia soltó el humo por la comisura de los labios.

—Espero que no —había dicho con una voz extrañamente mortecina—, pero solo Dios sabe las veces que he considerado la posibilidad.

Nella había reconocido el brillo en los ojos de Antonia. El brillo peligroso que presagiaba una explosión.

—Empecé a sentirme como una presa en mi propia casa, ¿lo comprendes?

Antonia volvió a inhalar el humo. Soltó una nube vertiginosa hacia la primavera, al otro lado de la ventana.

—Apenas podía abandonar esta habitación sin que Lily me asaltara con sus insanas acusaciones, y si quieres que te diga la verdad, lo único que deseaba era que se esfumara, así, de esta manera.

Antonia chasqueó los dedos y parpadeó con tal ímpetu que las pestañas cayeron sobre sus mejillas y después rozaron las finas líneas negras que se suponía eran sus cejas. Y siguió con su relato, de pronto en un tono de voz más bajo:

—Es posible que suene duro, Nella, pero realmente Lily me había llevado tan lejos que de buen grado la habría empujado por la ventana si ella no hubiera saltado antes.

Nella todavía recordaba el estado de su corazón en aquel preciso momento. Se saltó un latido detrás de otro.

—No lo hiciste, ¿verdad?

—¿Qué no hice?

Las pestañas de Antonia se crisparon un poco más que de costumbre, pero podía perfectamente deberse al viento.

—No la empujaste por la ventana, ¿verdad?

Antonia hizo el gesto con la mano que solía hacer cuando quería que Nella desapareciese.

—Acabo de decirte que saltó ella —dijo.

Y Nella hizo lo que le pedía y se aseguró de cerrar bien la puerta tras de sí.

Por aquel entonces, Nella siempre hacía lo que Antonia le pedía, aunque más tarde cambiaron las tornas. Mientras Antonia dormía en la estrecha cama individual, los ojos de Nella siguieron leyendo. Todo parecía indicar que esta tal Antonia

Lily había escrito un folletín al año hasta 1904. Pulcramente recortado, pulcramente fechado, los folletines se parecían hasta en los títulos. *El último secreto*, *Los invertidos*, *Los muertos vivientes*. Nella debía de llevar un buen rato leyendo, porque sus ojos estaban secos como el papel, pero estaba demasiado ocupada para hacer algo al respecto. Las jóvenes señoritas y los malvados padres, los maridos viejos y los jóvenes amantes, las casas encantadas y las agujas de bordar se confundían delante de sus ojos. De pronto dio un respingo.

Era el título. El folletín de 1904 se llamaba *Los ojos cerrados de Lady Nella* y en la esquina derecha, al lado del título, aparecía la fotografía de una mujer de cabello ondulado que cubría parte de su bonita sonrisa con él. Se intuía un simpático espacio entre sus dientes incisivos. «Estamos en disposición de desvelar que Antonia Lily es una joven, bella y noble doncella de apenas diecinueve años», rezaba bajo el pecho de la mujer. «Nos ruega que les saludemos y les demos las gracias por la desbordante atención que le han brindado», y en lugar de un punto aparecía una sinuosa y elegante firma que acababa en un borrón. Volvía a aparecer el nombre de Antonia Lily. Firmaba cada entrega. La mujer desconocida seguía sonriendo. En algunas entregas, llevaba la melena peinada hacia atrás o hacia delante. En otras, su pecho estaba oculto por cuellos o pieles, y en una se reía y guiñaba el ojo.

Nella ya había emprendido la lectura, pero una hoja de papel amarillento despuntaba del montón y una caligrafía pulcra se interpuso. Muy inclinada y puntiaguda, como si las palabras hubieran sido bordadas con una aguja de coser. Resultó que ocupaban varios cientos de páginas; Nella echó un vistazo. No cabía la menor duda, tenía un manuscrito original en sus manos, lleno de tachones y anotaciones hechas en azul en el margen, imposibles de descifrar. La persona que prefería el azul escribía, en el mejor de los casos, como ovillos de lana desenrollados por encima de las elegantes frases bordadas, y Nella comparó las páginas. Las elegantes frases bordadas se volvían más redondas en los rasgos circulares y más largas en las íes en tan solo media página, y después volvían a tornarse angulosas, y así sucesivamente. El papel cambió de calidad varias veces, donde se había añadido algún párrafo, y en un momento dado, la estilográfica azul tomaba la palabra y la conservaba a lo largo de ocho páginas. Los ojos de Nella se detuvieron en una palabra. En un nombre. Un nombre que se repetía, y el nombre era el suyo. Nella, Nella, Nella.

Sus pies llegaron hasta la estantería antes de que le hubiera dado tiempo a detenerlos y sus manos localizaron sin dificultad *Los ojos cerrados de Lady Nella*. La primera edición encuadernada en piel roja con estampación dorada. Sabía exactamente dónde estaba y, por un instante, su dedo titubeó en el lomo con letras doradas. Volvió a titubear, ya entonces con el pesado libro en el regazo.

El diario de Hortensia

Lamento la inoportuna interrupción, pero hace un momento Nella entró corriendo en el estudio. Al principio intenté insinuarle que estaba en mitad de su historia detectivesca, así que ¿sería tan amable de otorgarme la necesaria paz para seguir trabajando? ¿Aunque solo fuera durante los dos días siguientes? Sin embargo, ella sacudió la cabeza.

—La historia de Antonia Lily tendrá que esperar un momento —dijo, y después de haber leído minuciosamente lo que me había dado, me inclino por darle la razón.

Le ruego que me disculpe, estimado lector, tenía muchas ganas de revelar lo que Nella averiguó cuando abrió *Los ojos cerrados de Lady Nella*, pero su nuevo descubrimiento sencillamente me ha afectado demasiado para dejar que pasara desapercibido.

¿He mencionado que se trataba del diario de Hortensia, la hermana de Horace, del año en que murió? Veo que no, pero así es. Del 2 de enero al 15 de abril de 1850, finamente forrado con papel blanco y la palabra «Diario» escrita en letras plateadas, por lo que nadie puede poner en duda su contenido. O mejor dicho, sí se podría, pero ya volveré a ello más tarde. Porque antes tengo que decir que estuve a punto de sufrir un síncope cuando supe dónde lo había encontrado Nella.

Durante los últimos días ha estado sentada en silencio en su estudio, leyendo las páginas anteriores, y las pocas veces que la he visto parecía satisfecha con casi todo. Aunque la verdad es que ayer pensó que sonaba «un poco demasiado cruel», y en mi ánimo no está, desde luego, echarme flores. Sin embargo, esta mañana confirmó mi sospecha de que estaba reuniendo los diarios de la señorita Lauritsen para publicarlos. «Para que también salga a la luz la parte de la historia que le corresponde a Laurits», como suele decir. Aunque, por lo que tengo entendido, no se trata de un tomo complementario de este libro, sino de un segundo tomo independiente. Así que con esto espero que haya quedado todo zanjado.

En pocas palabras: yo creía, ingenuamente, saber dónde estaba Nella. Es decir, en el estudio, frente a mi manuscrito, y me inquieta descubrir que ha pasado casi toda la mañana, sin que yo lo supiera, en la habitación de la torre este. Por lo visto sigue rastreando la zona y fue precisamente sobre la viga antes mencionada donde encontró el diario. Justo encima del pequeño gancho del que pendía el pelo que le habían arrancado, y como bien dice ella, esto le hace pensar que el libro estaba escrito pensando en ella.

Las entradas del diario son muy breves. Casi como poemas, sostiene Nella, y si lo dice será porque es verdad. Mis conocimientos del arte de la poesía se limitan a los poemas que nos aprendíamos de memoria en el colegio. Pero volvamos a lo que nos interesa. Nella leyó todos los fragmentos del diario en voz alta y para nuestra sorpresa las atrocidades mencionadas (o mejor dicho, las no mencionadas) eran muy anteriores a lo que sabíamos por los diarios de la señorita Lauritsen. Según Nella, la señorita Lauritsen no había sido contratada por Horace y Clara hasta treinta años después de que Hortensia diera su salto mortal. El día que cumplió catorce años, el 15 de abril, por cierto. Nella se frotó las sienes.

—¿Tú qué crees que es tan terrible que ni siquiera puede escribirlo?

Me disponía a contestar, pero entonces caí en la cuenta de algo.

—Por lo que recuerdo, la señorita Lauritsen escribe en algún momento sobre una sospecha relacionada con Hortensia. Pero no reparé especialmente en eso, porque todo lo demás me pareció mucho peor. Me temo que me precipité.

—¿Y qué me dices de la difunta Elisabeth, de quien escribe Hortensia? ¿También la menciona Laurits?

—No, no que yo recuerde.

Aquí tal vez debería decir que la señorita Lauritsen escribió acerca de más de una mujer llamada Elisabeth, puesto que el segundo nombre, tanto de Antonia como de Lily, era Elisabeth. No demasiado original que digamos. Sea como fuere, esta Elisabeth debió de vivir treinta años antes y si hubiera vivido en Liljenholm, es de suponer que Antonia la habría mencionado. O al menos a esa conclusión llegamos Nella y yo. En un abrir y cerrar de ojos, Nella fue hasta la puerta.

—¿Recuerdas más o menos dónde Laurits escribió acerca de sus sospechas?

Nella sacó la pequeña libreta que siempre llevaba consigo.

—Creo recordar que fue cuando la economía de Liljenholm realmente empezó a resentirse. Justo antes de la muerte de Horace y Clara.

Nella asintió con la cabeza y tomó nota.

—Voy a averiguarlo. ¿Serías tan amable de esperarme? —me pidió.

Mientras espero aprovecharé para transcribir un par de pasajes del diario de la pobre Hortensia. Así usted mismo podrá decidir si Nella y yo nos inquietamos por nada.

02.01.1850

Ha ocurrido algo de lo que nunca podré hablar. Ya sé que es culpa mía, pero no sé lo que he hecho para merecerme un castigo tan duro. Ojalá Elisabeth hubiera estado aquí, así podríamos haber hablado de otra cosa, pero está muerta. ¿Alguna vez cesará el sentimiento de añoranza?

20.02.1850
Anoche volvió a pasar lo terrible. Nunca sé cuándo sucederá. Es casi lo peor de todo. Ojalá pudiera cerrar la puerta con llave, pero no sirve de nada. La verdad es que, ahora mismo solo se me ocurre qué me ayudaría, pero sería un pecado. ¿Un pecado aun mayor?

02.03.1850
Temo que me voy a ahogar. Me han amenazado. Mi boca está sellada y, sin embargo, siguen amenazándome. No sé qué hacer, vuelvo a oír cosas. En la habitación de la torre todo ha vuelto.

10.03.1850
Lo peor es que ahora Dios seguramente me habrá abandonado. Cuando mamá me preguntó por qué me había quitado la cruz, mentí y dije que la había perdido. Ella me dijo que entonces podía pedir una para mi confirmación. ¿PARA MI CONFIRMACIÓN?

28.03.1850
Esta mañana, mamá me preguntó si estaba bien y le dije que no. Ya no me preguntó nada más. TODOS han empezado a darme la espalda. ¿A lo mejor ya se me nota?

13.04.1850
Ya no hay palabras que puedan describir lo que siento. Mis uñas están rasgadas hasta la raíz.

15.04.1850
Creo en una vida después de esta para los dos.

—¡He encontrado el pasaje! ¡Aquí, léelo!
Nella acaba de dejar uno de los diarios de la señorita Lauritsen a mi lado y con su dedo señala el pasaje. Modestia aparte,

mi memoria debe de ser insuperable, porque se trata de, a lo sumo, diez líneas, y ahora llevamos un buen rato mirándolas fijamente. O mejor dicho, yo llevo un buen rato mirándolas fijamente. Nella apoyó la frente contra el tablero de la mesa y sigue haciéndolo, y de vez en cuando murmura a la gastadísima madera de caoba que la señorita Lauritsen indudablemente tuvo razón en sus sospechas. También es mi hipótesis. Mucho me temo que es así como hay que entender este suicidio. Por mucho que quisiera, estimado lector, ahora mismo no puedo entrar en detalles. No es mi intención reservarme la información, pero la sospecha de la señorita Lauritsen es sencillamente demasiado atroz para que pueda pronunciar las palabras. Tendré que volver a ella cuando haya reunido las fuerzas necesarias para hacerlo.

Cuando el fuego se lo llevó todo

Nella dice que suspiro mucho, y créame, estimado lector, usted también lo haría si tuviera que poner por escrito la historia detectivesca de Nella. Porque de la misma manera que Nella era una brillante detective, también erraba estrepitosamente. Pero ahora me estoy adelantando a los acontecimientos, así que permítame volver al momento en que Nella abrió lentamente *Los ojos cerrados de Lady Nella*.

«Para Simon, el amor de mi vida», rezaba la primera página. El papel crujió cuando Nella pasó las páginas. Temió despertar a Antonia en la cama, pero tuvo que volver a mirar; no cabía duda. La joven Antonia de la portada la miraba fijamente, sus largas pestañas se veían espesas y la luz partía su rostro en dos. La mitad visible aún tenía las facciones delicadas bajo la gruesa capa de maquillaje y el pelo ondulado, no muy diferente al de la modelo del folletín, aunque considerablemente más corto. Un peinado elegante. Tenía sentido que Antonia hubiera creado una moda con él cuando se publicó *Los ojos cerrados de Lady Nella*.

Nella no había pensado en eso antes, pero la verdad es que se parecía mucho a Antonia en esa fotografía, sobre todo por los ojos y la expresión de su cara. Si resultaba que se parecía aún más a Lily, como Antonia insistía en afirmar, tenía que ser casi una réplica. Pero no se parecía a la Antonia de entonces. Probablemente es lo que ocurre cuando uno pasa muchos años ante la máquina de escribir. Nella repasó rápidamente los papeles en busca de fotografías. De Lily o de cualquiera. Sin embargo, lo único que encontró fue la esquela de Lily, impresa en papel de periódico, arrugada. «Nuestra amada Lily von Liljenholm (1884-1914) ha dejado este mundo. Con profunda tristeza, la familia», era todo lo que decía, y debajo del texto había una rosa dibujada; tenía que ser una broma teniendo en cuenta la forma en que se suicidó. Nella encontró la esquela en diferentes versiones. No era una broma. Había rosas en todas las esquelas, y en una de ellas, un tallo de rosa entero se retorcía formando un marco lóbrego alrededor del texto.

El viento debió de haber arreciado hasta alcanzar la intensidad de un temporal. Golpeaba el lado norte de Liljenholm y los ojos de Nella se desplazaron furtivamente del libro al folletín y luego al manuscrito. A bote pronto, salvo por alguna que otra corrección, era exactamente el mismo texto. Pasó a otro capítulo y fue hasta el final. Seguía sin haber diferencias. En todas las versiones, Lady Nella se escapaba con su joven amante y se establecía en una vieja y ruinosa mansión señorial. El final era llamativamente sentimental: «Estaban echados debajo del gran cerezo del parque y Nella no se cansaba de contemplarlo. Sus labios turgentes y largas pestañas, que creaban sombras en sus mejillas al parpadear. "Nos tenemos el uno al otro, y eso es lo más importante", susurró él. "Siempre será lo más importante, Nella. Tú y yo somos mi razón de vivir." Las manos de Nella, instintivamente, buscaron el pelo de su amado. Sus lánguidas ondas la habían fascinado desde el principio. "Y es por ti y por mí que yo vivo, mi amor", contestó ella, justo cuando los primeros pájaros empezaron a cantar. Así se quedaron, anhelantes, inmóviles en un instante que era largo como la vida misma.»

Nella recordaba vagamente haber leído el diálogo hacía mucho tiempo, pero sobre todo recordaba las palabras de Antonia cuando terminó:

—Escribí el final a modo de declaración de amor a tu padre —había dicho—. Fue una época mágica, cuando estábamos prometidos y recién casados, Nella. Bueno, de hecho, ha servido de inspiración para muchas de mis novelas desde entonces, pero creo que ya te lo había contado antes.

En ese preciso instante, Antonia había sonreído de verdad. La idea de Simon seguía siendo lo único capaz de provocar esa sonrisa. Nella pretendía solamente que Antonia dijera que era igual de mágico cuando ella nació. Apenas un poco mágico, ¿verdad, mamá? Sin embargo, por entonces la sonrisa de Antonia ya había desaparecido.

—¿Por qué siempre tienes que destrozarlo todo? —había preguntado Antonia, y también se había puesto de pie—. ¿Qué demonios quieres de mí, puedes decírmelo?

Había tantas cosas que Nella podía haber contestado, pero respondió lo único que estaba segura de que Antonia querría oír:

—No quiero nada de ti, mamá.

Incluso lo repitió un par de veces, pero los pasos de Antonia ya se habían alejado y su voz se mezcló con la de la señorita Lauritsen en la cocina. La voz de mando. Cuando Antonia estaba enfadada, la señorita Lauritsen tenía que hacer limpieza general, y el jardinero, podar los árboles y adecentar los arriates. Aunque no lo necesitaran.

Mientras Antonia seguía durmiendo, Nella le daba vueltas y más vueltas a las tres versiones de *Los ojos cerrados de Lady Nella*. Sentía un picor por dentro, como solía pasarle cuando algo no encajaba. En algún momento entre el manuscrito y el libro terminado, la rubia Antonia Lily se había convertido, como por arte de magia, en la morena Antonia von Liljenholm, aunque el texto seguía siendo el mismo. ¿La gente no se había extrañado? Por lo visto no. En cualquier caso, las primeras veinte ediciones, de lujo, de bolsillo y traducciones, se sucedían en largas hileras desde la ventana hasta la puerta. Nella colocó la primera edición en su sitio habitual casi en el instante de encontrarse de frente con la mirada de Antonia. Como congelada en su cráneo.

—¿Por qué hurgas en mis cosas?

Parecía que tuviera que haber necesitado más fuerzas de las

que Antonia realmente tenía para expresarse en frases completas y, sin embargo, continuó:

—Te pedí que me hicieras un favor, Nella.

Antonia se quedó un rato con los ojos cerrados.

—Te lo pedí, y tú vas y haces todo lo contrario. ¿Puedes explicarme qué es lo que he hecho mal para que seas así?

Los ojos de Nella recorrieron presurosos el estudio y de haber podido salir corriendo por la puerta, sin duda, lo habrían hecho. Lejos del montón de papeles que estaban esparcidos por todos lados. Pero, en su lugar, Nella recogió los papeles a toda prisa, se sentó frente a la chimenea y alimentó el fuego con todos y cada uno de los folios. Lo único que escondió fue la esquela, a saber para qué la querría. Había bastantes cartas privadas en el fondo del montón. Algunas en danés, otras en inglés. También las quemó, ya que estaba metida en faena, poniéndose todavía las cosas más difíciles de lo que estaban, según me contó Nella. Aun sabiendo que un par de las cartas podrían ser de Simon a Antonia. ¡De Simon a Antonia! ¡Y las estaba quemando!

—Mamá me pidió que las quemará y eso fue lo que hice, ¿no lo entiendes? —suele decirme Nella, como si el mundo fuera tan sencillo.

Se pone furiosa cuando se lo hago notar.

—¿No podrías intentar ponerte en mi lugar?

¡Como si la estuviera oyendo! Pero me resulta sencillamente insoportable pensar que las llamas convirtieron un bocado exquisito detrás de otro en cenizas, justo aquí, detrás de mí, hasta que no quedó ni un miserable sello de correos. Naturalmente, me he manchado de tizne recorriendo desde el sótano hasta la buhardilla para asegurarme de que así era.

Cuando Antonia estuvo segura, la misma noche en que había seguido sus indicaciones, Nella creyó ver una leve contracción en la comisura de sus labios. Sus labios habían empezado a perder color y Nella acercó la butaca a la cama.

—¿Mamá? ¿Me oyes?

En su defensa debo decir que Nella tenía la cabeza más despejada de lo que la mayoría la tendría en su situación. Entre otras cosas le preguntó a Antonia, sabiendo lo que hacía, si Lily y ella habían escrito los folletines juntas.

—¿Qué folletines?

Los ojos de Antonia centellearon un instante, luego perdieron su brillo como el cristal esmerilado.

—Al principio todo era distinto —susurró Antonia—. La verdad es que antes de que Lily se volviera loca escribía bastante bien. Pero entonces los espectros la poseyeron. Como a nuestros padres. Creo que se resistió, pero no la soltaron, la...

Nella hizo lo que pudo para que Antonia siguiera contándole, pero sus párpados ya se habían cerrado. Su respiración era cada vez más espaciada.

—Entonces, ¿quién era la mujer que aparecía retratada como Antonia Lily en las revistas? ¿Mamá? ¿Me oyes?

Los brazos de Antonia parecían espárragos congelados y Nella los soltó en cuanto se dio cuenta de que los estaba zarandeando. La cabeza de Antonia se hundió en la almohada.

—Se llamaba Karen.

—¿Karen?

Las facciones de Antonia se confundían con la funda de almohada, al tiempo que los intervalos en su respiración se hacían más largos. Pronto no quedó más que un estertor irregular y Nella miró fijamente hacia el interior de la chimenea. Lo único que le apetecía era gritarle todas sus preguntas, pero en su lugar se metió en la cocina. Cortó en rebanadas lo que quedaba del pan de centeno y se dejó caer en una de las viejas sillas. Cerró los ojos. Si conseguía dejar de pensar demasiado en el asunto, tenía la sensación de que la señorita Lauritsen estaba sentada detrás de ella, sosteniéndola para que no se cayera.

Un largo adiós

Los relojes estaban más de acuerdo en la hora que en el compás a seguir. Las doce campanadas sonaban una tras otra por toda Liljenholm cuando, de pronto, en algún lugar por encima de su cabeza, Nella oyó un grito. La voz le resultaba familiar. Se levantó precipitadamente de la poltrona floreada.

—¿Laurits? ¿Eres tú?

Nella se quedó un rato inmóvil. Escuchando con toda la atención que pudo, si yo hubiera sido ella creo que me habría vuelto a sentar en lugar de escurrirme con sigilo por la puerta del estudio. Antonia podía expirar en cualquier momento y los oscuros salones de Liljenholm no eran precisamente una experiencia de la que no pudiera prescindir. Pero, por lo visto, Nella ve Liljenholm de una manera absolutamente distinta a la mía y lo mismo hizo entonces.

—Estamos de acuerdo en que nunca ha sido un lugar relajante, pero al menos de noche te puedes ocultar en la oscuridad —ha dicho hace apenas un momento, cuando ha entrado con la bandeja con mi desayuno y *Simo* pisándole los talones.

Es un perro pastor bonachón que uno de los vecinos le regaló a Nella y la verdad es que me he llegado a encariñar con él. Sobre todo porque a menudo se echa debajo de mi escritorio y me calienta los pies.

—Cuando te has sentido observada durante mucho tiempo aprendes a apreciar la oscuridad —continuó Nella—. Entonces te pones una especie de hábito cuando quieres inspeccionar las dependencias más a fondo.

—Ah, ¿sí?

Tuve que reprimirme para no mirarla fijamente. En la habitación de la torre ha encontrado los viejos vestidos de Antonia, de cuando *Los ojos cerrados de Lady Nella* trajo la dicha económica a los habitantes de Liljenholm, y un montón de vestidos y joyas aún más viejos, de la época de Hortensia y Clara. Y de acuerdo, sin duda, el vestido lila con una estola de piel que se ha puesto para la ocasión debió de costar una fortuna, con todo ese tafetán y esa seda y no sé qué más. (Esto último no es del todo cierto. Sé muy bien qué más, pues me he criado con tejidos decentes, pero esa es otra historia.) El hecho es que todos los vestidos sin excepción hacen que Nella parezca una señorita del siglo XIX que ha aterrizado en nuestros salones. Nella se ciño la estola un poco más alrededor de los hombros. O estaba raída en el borde o especialmente polvorienta.

—¿No habrás llegado a donde...? —preguntó, y cuando asentí con la cabeza, ella se dejó caer en la poltrona floreada con tal ímpetu que sus piernas desaparecieron debajo de ella.

—Bueno, tenía que pasar —dijo, y asintió más veces de las estrictamente necesarias—. Antes o después tenías que llegar a la terrible experiencia.

Era cierto. Antes o después lo haría, solo espero que tenga más sentido para usted que, aquella noche, la oscuridad fuera como un hábito protector para Nella. En algún lugar sobre su cabeza se volvió a oír el grito, esta vez sonó, sin lugar a dudas, como la voz de la señorita Lauritsen, y Antonia murmuró algo desde la cama. Sin embargo, no parecía ser la respuesta a lo que estaba haciendo la señorita Lauritsen allí, en ese momento.

Nella había olvidado que es una gran proeza moverse sin hacer ruido. Los pies deben deslizarse con la mayor flexibilidad y delicadeza. No rígidos, con los dedos duros que tienden a chocar contra el umbral de la puerta y vuelcan jarrones de pie. Un jarrón ventrudo rodó por una de las alfombras persas del comedor y dio contra las patas de la mesa crujiendo. De haberlo oído, la niña Nella habría sacudido la cabeza de la Nella adulta. Ahora, la Nella adulta se puso de puntillas, giró los tobillos hasta que dejaron de crujir y dejó que sus pies reconocieran el suelo de madera que tenía delante. Si nadie la oía, casi no existía, y si no existía, no había ninguna razón para tener miedo.

Debió de repetirse esta letanía miles de veces cuando se deslizaba desde el estudio de Antonia hasta su dormitorio en la primera planta, y seguía haciéndolo. Los escalones eran como una familia entera. Sabía exactamente cuál podía pisar y cuál pondría el grito en el cielo, y en el cuarto de la izquierda, donde terminaban las escaleras y el pasillo de distribución que recorría la primera planta empezaba, vio... Bueno, entiendo que suene increíble. La verdad es que yo también he tenido mis dudas, pero Nella habla del asunto de una manera tan vívida que me inclino a creerla. Vio una enorme sombra redonda que conocía muy bien. Inclinada sobre el escritorio demasiado pequeño que parecía aún más pequeño de lo habitual, débilmente alumbrado como estaba por la triste lámpara de sobremesa. La sombra creció cuando Nella abrió la puerta con cautela y no era tan solo una sombra. La señorita Lauritsen estaba sentada al escritorio, envuelta en su vestido gris más bonito, y su estilográfica se deslizaba veloz por las líneas de algo que parecía una libreta. Pequeña y con las tapas rojas. Nella no recuerda haberla vuelto a ver, ni antes ni después.

—Laurits, ¿eres tú?

Más tarde, Nella hizo muchos intentos por olvidar la visión con la que se encontró (¡y a mí, personalmente, me gustaría olvidar que una vez conseguí dormir allí dentro!). Según Nella, la boca de la señorita Lauritsen fue lo peor. Su gran boca deforme. Sus labios se habían retirado de las encías y le faltaban todos los dientes. Sin embargo, sus ojos eran los mismos. Sus rubias pestañas centellearon.

—Vete de aquí cuanto antes, pequeña Nella —susurró, y su cuello y sus antebrazos estaban cubiertos de gruesos y supurantes abscesos y de heridas abiertas. Brillaban en todos los matices imaginables del rojo al azul.

Nella tuvo que reprimirse para no mirar.

—Si te das prisa no te pasará nada, te lo prometo —insistió la señorita Lauritsen, y el enorme agujero en su cara creció—. Cuando te vayas tienes que prenderle fuego a todo, mi niña. Liljenholm tiene que arder en llamas, hace tiempo que tenía que haberlo hecho. Hay tantas cosas que debería haber hecho de otra manera y tantas cosas para las que ya es demasiado tarde. No hay nada que salvar, ¿escuchas lo que te estoy diciendo?

Su aliento era tan putrefacto que Nella tuvo que volver la cara; de pronto sus mejillas se humedecieron. Parpadeó. Eran sus ojos y lo único que tenía ganas de hacer era pedir perdón. Por horrible que fuera el aspecto de la señorita Lauritsen no quería apartar la mirada de ella.

—No pienso irme, Laurits, acabo de llegar, yo...

La señorita Lauritsen volvió el rostro de Nella hacia el suyo. Tenía la mano helada.

—Tienes que hacer lo que te digo, mi niña. ¿Me oyes? Las cerillas están allí. Este lugar es demasiado peligroso para ti. Sabes que solo te deseo lo mejor en este mundo.

No quiero ni pensar lo mal que podían haber ido las cosas si esta conversación se hubiera prolongado mucho más. Sin embargo, gracias a Dios, fue interrumpida por un insistente tintineo que sobresaltó a Nella. Se frotó los ojos. Pero eso no cambió el hecho de que volviera al estudio de Antonia, medio sentada, medio echada en la poltrona. Y por encima estaba el rostro marcado por la muerte de Antonia como una luna brillante.

Si me pregunta a mí, es un enigma de dónde pudo sacar Antonia las fuerzas para levantarse de su lecho de muerte. Por entonces estaba tan débil que apenas le quedaban arrestos para morir, pero sin duda su fuerza de voluntad era de otro mundo. Desplazó la mirada de la puerta a un punto detrás del hombro izquierdo de su hija y Nella quiso volver la cabeza en la misma dirección. Ya sentía la contracción en sus vértebras cervicales. Pero en ese mismo instante, Antonia cayó sobre ella como una manta de huesos, sostenida por un camisón blanco y transparente con encajes en las mangas.

—¡¿Mamá?!

El aliento putrefacto de Antonia le provocó unas terribles náuseas y la apartó instintivamente. Antonia se desplomó como un fardo en el suelo sin oponer ni la más mínima resistencia. Yacía completamente inmóvil.

—Ayúdame —susurró Antonia desde el suelo y la mirada de Nella voló por toda la estancia—. ¿Nella? No puedo levantarme.

Ahora, la voz de Antonia era más insistente y la mirada de Nella se había fijado en algo que antes había estado en el alféizar de la ventana. Detrás de su hombro izquierdo. No cabía duda, era una caja de cerillas.

Si yo hubiera sido nuestra heroína Nella von Liljenholm habría dejado a Antonia donde estaba, sumida en su propia ruina, y habría dirigido toda mi atención hacia el tintineo. Es verdad que, por entonces, ya había dejado de sonar, pero es innegable que acababa de salvar a Nella de prender fuego a la casa de su infancia. Ahora bien, como es sabido, yo no soy Nella, ni creo que se pueda considerar una verdadera heroína. Me temo que por eso me he ganado la vida de maneras que llevarían a cualquier persona decente a hacerse cruces. En cualquier caso, Nella se desprendió de la caja de cerillas que había en el alféizar de la ventana y se inclinó sobre Antonia. Estaba echada de cualquier manera, con la cabeza debajo de un brazo. Resultó más difícil de lo esperado localizar sus axilas y levantarla del suelo. Sin embargo, en cuanto Nella la incorporó se dio cuenta de lo alarmantemente ligera que era. Casi tan ligera como el aire, se le ocurrió a Nella. O como una marioneta de su misma estatura. En el momento en que su cabeza dio con la almohada se le cerraron los ojos. Al principio, Nella creyó haber visto mal. Se apresuró a arropar a Antonia con el edredón y luego acomodó otra almohada bajo su cabeza. Pero no se equivocaba. Los labios de Antonia formaron un mudo gracias.

Tras el encuentro con la señorita Lauritsen, Nella decidió mantenerse despierta hasta que Antonia se hubiera ido al cielo (o a donde fuera que se dirigiera. Yo no soy quién para juzgar). Y en rigor, debería haber sido como coser y cantar. Liljenholm crujía en los lugares más insospechados, evidentemente disgustada por las condiciones climáticas. Sin embargo, la cabeza de Nella siguió asintiendo hasta que finalmente oyó un ruido lastimero y prolongado. Podía provenir de cualquier lado, pero Nella apostó de nuevo por algún lugar sobre su cabeza y se enderezó. Con un poco de buena voluntad podía ser un animal que se había quedado encerrado. ¿Un gato, quizás? El sonido se repitió y de pronto oyó un nombre. Cuando se levantó tenía los pies dormidos. Alguien llamaba a Simon.

Giró los tobillos hacia un lado y hacia otro hasta que las articulaciones crujieron y la llamada lastimera volvió a oírse. Por un instante le pareció que sonaba un poco como la voz de la señorita Lauritsen, pero el sueño extrañamente real seguía tan presente que no podía estar segura. La biblioteca estaba algo mejor iluminada que la última vez. Una luz pálida sobre los techos y algún que otro punto de luz en las esquinas. Con tal de que no la oyeran casi no existiría, y si casi no existía no había razón para tener miedo, pero ¿qué demonios...? Se quedó inmóvil en el salón de té. Sus rodillas entrechocaban al compás de una puerta en algún lugar sobre su cabeza. Le había llamado la atención la ventana. Algo que se movía en la oscuridad, muy cerca del cristal, y de pronto volvió a verlo. Algo que daba saltos y que casi se confundía con las ramas. Tenía que ser un animal, pero le parecía extraño. Los ciervos eran demasiado espantadizos para acercarse a Liljenholm y no creo que los pájaros dieran saltos como esos.

—¿Hay alguien?

Apretó la nariz contra el cristal; no se equivocaba. Una figura vestida de negro se alejaba a paso rápido. De pronto, antes de que le hubiera dado tiempo a reaccionar, solo se veía la maraña de ramas.

Llegados a este punto, yo habría preferido escribir que fue la curiosidad lo que la empujó a seguir. De ser posible, fuera de Liljenholm y detrás de la figura. Pero Nella insiste en que se limitó a subir las escaleras sigilosamente y que ni siquiera consideró la posibilidad de abandonar la casona.

El sonido lastimero crecía en intensidad a cada paso que daba. De hecho, sonaba como varias voces plañideras, pensó, y si no se equivocaba, la de la señorita Lauritsen era una de ellas. Gritaba algo así como: «¡Perdóname, te lo ruego!» Y el nombre de Simon era recurrente. El pasillo de la primera planta siempre resulta más largo de como lo recuerdas. Nella lo atravesó corriendo. Corrió y corrió, y subió un peldaño de las escaleras que conducían a la torre este. El peldaño soltó un sonoro crujido. Luego se produjo un silencio demasiado prolongado.

—¿Simon?

Ahora las voces eran más roncas. Nella levantó un pie con cautela y lo apoyó en el siguiente peldaño. Se sobresaltó. Algo se rompió allí arriba y con una lentitud infinita Nella desplazó el peso sobre ambos pies. Un soplo de viento golpeó Liljenholm y cuando las voces se abrieron paso a través del ulular ya no parecían de este mundo. Aun así, Nella siguió avanzando, se saltó un peldaño que parecía estar suelto y se le escapó un grito. Porque en el momento en que divisó la puerta de la habitación de la torre descubrió a una figura encorvada en el peldaño superior. Sin duda era la señorita Lauritsen. Estaba de espaldas y en la mano sostenía las llaves de Antonia. Con un movimiento rutinario dio vuelta al llavero un par de veces hasta que encontró la llave que buscaba, la metió en la cerradura y se volvió.

Sin embargo, Nella no tuvo tiempo de ver su rostro. Su boca, que indudablemente era tan grande y deforme como antes. Porque en ese mismo instante se fue la luz con un chasquido. Y Nella clavó la mirada en la penetrante oscuridad. Nunca la había experimentado tan densa, salvo a lo mejor aquella vez en la habitación de la torre. Cuando las sombras. Pero entonces llegaron las voces de todos lados y Nella se sentó en las escaleras, a escasos peldaños de la puerta. De pronto se quedó paralizada.

—Mis piernas cedieron y las escaleras... No tengo ni idea de cuánto tiempo estuve sentada allí, ni por qué grité de aquella manera —añadió Nella, la famosa noche que me contó la historia completa. Y un par de historias más, por cierto.

—Gritarías porque tenías miedo —la tanteé, pero ella sacudió la cabeza.

—No, grité como una loca. No lo puedes entender porque nunca te has oído a ti misma gritar de esa manera —dijo, y eso no es del todo cierto. Pero dejé que siguiera creyéndolo.

—Ni siquiera reconocía mi propia voz —continuó Nella—. Al final, me quedé tan ronca que todo lo que salía de mí parecía pasado por papel de lija. Sentí una terrible quemazón recorrer mi cuerpo y debí de arañarme. No sé quién podía haberlo hecho si no. Mi piel se hinchó alrededor de las lastimaduras y tenía mechones de pelo en las manos. También creo que llamé a Laurits, aunque me parece que no estaba allí. O mejor dicho, en un momento dado sentí algo frío que rozaba mi mejilla, fue un gesto tierno, pero también pudo haber sido perfectamente una corriente de aire de la torre. Lo que sí recuerdo es que de pronto estaba sentada abriendo y cerrando las manos. Tuve que hacerlo muchas veces hasta conseguir agarrarme de la barandilla para incorporarme.

Por lo que dice, Nella se quedó así un buen rato, hasta que descubrió que Liljenholm estaba sumida en el silencio, y sus pies se pusieron en movimiento. Podían haber subido como si nada, al fin y al cabo, la llave seguía en la cerradura, pero no lo hicieron. Dieron un pasito hacia delante y luego otro. Pronto llegó a la primera planta, casi se sabía el camino hasta la planta baja con los ojos cerrados. Oyó a Antonia llamarla y se sorprendió. Su madre sonaba tan mandona como en los viejos tiempos.

—¡Ven ahora mismo, Nella!

—¡Sí, sí, ya voy, mamá!

Y mientras Nella avanzaba a tientas desde el vestíbulo hasta la antesala, que parecía mucho más grande en la oscuridad, echó de menos a la señorita Lauritsen, que siempre sabía cómo arreglar las cosas. Sobre todo problemas de electricidad. La luz solía volver pronto, cuando ella bajaba al sótano y cambiaba los fusibles.

—¿Qué haces? ¿Por qué no vienes?

Las palabras de Antonia se resquebrajaron. Cuando corrió a través del comedor hasta la biblioteca, Nella evitó a duras penas caer en una de las muchas alfombras. Resoplaba más que de costumbre cuando entró en el estudio.

—Pero ¿qué te ha pasado, hija mía?

Nella entrecerró los ojos y lo único que vio fue el tenue contorno de la cama de Antonia.

—¿A qué te refieres?

Las largas lastimaduras hinchadas en las palmas de sus manos se hicieron más evidentes y Antonia dijo a Nella que sabía perfectamente a qué se refería.

—Has conocido a los espectros, ¿verdad? Los que se llevaron a Lily y a mis benditos padres. También están a punto de apoderarse de ti, ¿no es cierto, Nella?

Llegados a este punto, me resulta absolutamente imposible comprender que Nella se sentara en el borde de la cama de Antonia y apoyara la cabeza contra su edredón. Justo encima de sus costillas, que subían y bajaban involuntariamente. Nella dice que no lo entiendo porque no tengo madre, y es así. Sin embargo, me consuela pensar que Antonia tampoco lo entendió, a pesar de que su madre, Clara, viviera hasta que ella cumplió catorce años.

—¿Qué haces, por el amor de Dios? —susurró con su extraña voz rota.

Pero Nella no se dejó perturbar. Tampoco por los largos jadeos de Antonia.

—Solo llegué hasta la escalera que conduce a la buhardilla —dijo, dirigiéndose a las costillas de Antonia, que parecían los dientes de un rastrillo contra su mejilla, y que entonces descendieron un poco.

—¿Eso hiciste?

El edredón olía tanto al perfume de Antonia que Nella llegó a marearse y sintió algo en el pelo. Como si a alguien se le hubiera caído algo en él. Era la mano de Antonia.

—Está bien, Nella —murmuró Antonia—. Tienes que mantenerte alejada de las habitaciones de las torres, ya lo sabes. Si no, los espectros acabarán castigándote también a ti.

Parecía que cada una de sus palabras la fatigaran. Nella se levantó. La caja de cerillas seguía en el alféizar. Tal vez fuera el fulgor de la llama lo que hizo brillar los ojos de Antonia. La comisura de sus labios se contrajo levemente.

—Vaya pareja estamos hechas, tú y yo.

Nella, por instante, se detuvo en medio de un movimiento. Fue el tono de su voz lo que la sorprendió. Una ternura que nunca había percibido. Se apresuró a secarse la cara en el pañuelo que había pertenecido a la mujer del tren. Intentó recogerse el pelo, que se había soltado en todas direcciones.

—Había voces allí arriba. Llamaban a Simon, mamá. ¿Por qué lo hacían?

Nella parecía dirigirse de alguna manera a los libros que se alineaban de un lado al otro de la estantería. Su mano cogió uno conocido, negro y con letras doradas. *La reina de los espectros* no pintaba nada en la estantería de Antonia y, sin embargo, Nella tenía una primera edición en las manos. Firmada por madame Rosencrantz, «gracias de todo corazón», y su «gracias» no pintaba nada allí, por sentido que fuera su agradecimiento.

—Los espectros no sacarán gran cosa llamando a Simon —oyó que decía Antonia—. Hice que desapareciera para siempre. Alégrate de que así sea, Nella.

El libró cayó al suelo con un ruido sordo y crepitante.

—Pero ¿qué dices? ¿Mamá? ¿Qué dices?

Los ojos de Antonia ya se habían cerrado y espiró toda su fatiga. A Nella le pareció que pasaban varios minutos hasta que Antonia volvió a respirar.

—Simon era un diablo taimado —murmuró Antonia, tras varios intentos—. Siempre lo he odiado. Me quitó a mi hermana.

Nella debió de incorporarse en el borde de la cama de Antonia sin darse cuenta. El mundo daba vueltas a tal velocidad, que distorsionaba la voz de Antonia. Su aliento estaba demasiado cerca, soplos cálidos contra la mejilla de Nella. Se alejó instintivamente.

—¡No sabes lo que dices! —exclamó, aunque a esas alturas Nella ya no estaba tan segura.

Algo se rompió en su interior. Tal vez fuera su corazón, le dio tiempo a pensar, antes de que todo se fundiera en rojo.

—¡Todos estos años te he oído hablar de mi magnífico padre y vuestra magnífica relación! Y la única vez que me permití insinuar que mi padre había mantenido una relación con Lily... ¿recuerdas lo furiosa que te pusiste? ¿Por qué no me lo contaste todo sin más, mamá? No habría cambiado nada para mí. Si ni siquiera los conocí. Solo te conozco a ti.

Los sobresaltos habían afectado seriamente la voz de Nella. No parecía la suya.

—¿No recuerdas lo que tú misma me dijiste? —insistió—. Cuando estabais recién casados, vuestra relación era maravillosa y erais tremendamente felices, ¿lo recuerdas ahora? Papá era un hombre increíblemente noble, por si lo has olvidado. Lo has echado tanto de menos que le has dedicado todos los libros a él, ni uno solo a mí.

Los ojos de Antonia se abrieron lentamente. Parecían más cansados que nunca. Cansados y algo más.

—Ese era el acuerdo —dijo en voz tan baja que Nella se vio obligada a inclinarse hacia delante.

El aliento de Antonia le provocó náuseas.

—¿Podrías hablar un poco más alto, mamá?

—Ese era el acuerdo —repitió Antonia—. Sin embargo, al final él incumplió su parte. Se fue de la lengua. Por eso probablemente ese estúpido te haya hecho venir.

—¿Quién?

Antonia articuló sus últimas palabras con dificultad.

—Si él puede romper su compromiso, supongo que yo también. Así al menos sabrás la verdad antes de que yo...

—Pero papá se ahogó en el lago, ¿verdad?

Nella se vio a sí misma de pequeña. Sus pequeñas piernas, que corrieron hasta la orilla del lago. Los ojos, que escrutaban el agua con la esperanza de encontrar algo de él que ahuyentara la incertidumbre. De pronto Antonia le guiñó un ojo.

—No es más que la explicación que acordamos para justificar su desaparición —susurró—. En realidad, abusó de mi amada hermana y seguramente tú también habrías sucumbido si no nos hubiéramos librado de él. Estuviste en un tris varias veces.

—¿Abusó de Lily?

Contrajo los labios.

—Tu padre la precipitó por el abismo, Nella. Acabamos odiándolo las tres. Él...

Era evidente que Antonia intentaba recuperarse.

—Le preocupaba mucho su fama póstuma a ese diablo —dijo unos minutos más tarde—. ¡Para Simon, el amor de mi vida! Me obligó a hacer teatro todos estos años y a dedicarle mis novelas, para que nadie descubriera el pedazo de cerdo repugnante que era en realidad.

Puso mucho énfasis en «cerdo repugnante».

—Pero, entonces, ¿sigue vivo?

Antonia apartó la mirada de Nella. Parecía que acariciaba todos sus libros con la mirada, y arrugó levemente la boca.

—Desde luego espero que no —dijo, y no cabía duda.

Algo parecía divertirle y, en ese mismo instante, un grito desesperado atravesó Liljenholm... A Nella se le encogió el corazón.

—Entonces, ¿por qué ahora lo llaman los espectros?

—Porque son unos necios.

—Pero...

—Los espectros son necios, pequeña Nella. Ya verás, algún día serás un buen espectro.

Los gemidos se repitieron, esta vez más débiles, de hecho mucho más débiles, y la boca de Nella estaba tan seca como los leños que se levantó para arrojar a la chimenea.

—Pero dijiste que era culpa mía que Simon y Lily hubieran desaparecido. ¿También eso era mentira?

Por mucho que revolviera las ascuas no quedaba allí ni una sola chispa viva. Tuvo que contenerse para no gritar.

—¿Cómo pudiste decirme algo así, si no era culpa mía? Todos estos años has permitido que yo creyera... He creído que era «yo» quien había hecho algo terrible. ¡Ha estado a punto de matarme! ¿Mamá? ¿Escuchas lo que te digo?

Arrojó un manojo de cerillas encendidas sobre los leños. Miró fijamente el fuego, que se propagó poco a poco.

—Hay más de una historia, Nella —oyó que Antonia susurraba a sus espaldas, y su voz parecía extrañamente ausente.

Nella se volvió. Los ojos de Antonia estaban abiertos de par en par.

—Está la historia de tu padre. Ahora ya la conoces. Y luego está tu historia, la de Lily y la de Lauritsen, y la de tus abuelos y sus padres, y seguramente incluso más. Más no puedo decirte.

—¿Por qué no?

Parecía que Antonia estaba escuchando algo, pero Nella no estaba segura.

—Porque te mataría saber más, más de lo que ya sabes —contestó finalmente, mirando la lámpara del techo, que se movía suavemente de un lado a otro, e intentó toser.

Un estertor apenas perceptible, hasta que Nella logró incorporarla. Se quedaron así un rato. Más tiempo del necesario.

—¿Podrías ser sincera conmigo? —oyó preguntar a Antonia, que volvió a toser.

Nella tuvo que golpearle con fuerza la espalda.

—¿Realmente habría significado algo para ti, Nella, si te hubiera dedicado mis libros?

Si Nella hubiera tenido opción, las lágrimas no le habrían impedido ver las cosas claras. Pero cayeron sobre el pelo de Antonia, sin que pudiera evitarlo, y rodaron por su cuello mojando la ropa de cama y dejando grandes manchas.

—No... no tenía ni idea —dijo Antonia, cuando Nella finalmente la recostó en las almohadas y alisó el edredón—. No creía que el mundo de los libros fuera tu mundo, Nella, yo...

Se interrumpió a sí misma.

—Dios sabe que no siempre he sido la madre que podrías haber deseado. Pero he hecho todo lo que he podido para protegerte. Ojalá supieras cuánto.

—¿Y qué me dices de cuando me amenazaste con estrangularme?

Antonia no debió sentirse complacida, pero lo aparentaba. Complacida y muy cansada.

—Fue una excepción, mi amor —murmuró, y Nella se vio obligada a caminar de un lado a otro.

Lo único que le apetecía era dar una patada.

—¿Una excepción?

Le dio a algo que resultó ser un montón de libros. Volcaron bajo sus pies y Antonia parpadeó varias veces.

—Sí, no has querido darte cuenta de que yo...

El crepitar de la chimenea ahogó su voz durante un largo instante.

—¿De que tú qué?

—Que siempre he querido lo mejor para ti. Ahora mismo estás pisando *El salón de los espejos*.

—¿Qué?

—El montón de libros que has volcado.

Nella se disponía a seguir pisándolos, pero algo se lo impidió. El texto de la contraportada, tan parecido al texto de las contraportadas de todas las demás novelas de Antonia. La misma joven señorita y el mismo padre malvado, el mismo esposo viejo y el mismo joven amante, y de pronto descubrió algo que no encajaba. Porque si Antonia decía la verdad y si «el amor de mi vida, Simon» nunca había existido, difícilmente podía haber inspirado a Antonia para el personaje del joven y viril amante, como siempre había sostenido. Y si él no la había inspirado para crear al joven y viril amante, ¿quién lo había hecho entonces? ¿Estaría Simon reflejado en los libros en otra figura?

—¿Fue Simon quien te inspiró para crear al padre malvado y al viejo esposo en todos tus libros?

Como era de esperar, Antonia se mantuvo en silencio, a pesar de que Nella repitió la pregunta. Luego abrió un ojo.

—¿Lo dices porque tenía treinta años más que yo?

Nella estaba tan sorprendida que olvidó por completo preguntar en quién se había inspirado para el papel del joven amante. Hasta ese momento, en su cabeza, Simon había sido un joven y ardiente caballero, y su mirada cayó sobre el panfleto de madame Rosencrantz que había en el suelo. Lo único que le apetecía era ver cómo se lo llevaban las llamas. O mejor todavía: ver cómo las llamas se llevaban ciertos pasajes y dejaban el resto para que este supiera, de una vez por todas, cómo era quedarse atrás, abierto y herido.

—Entonces, ¿tú eres madame Rosencrantz? ¿Mamá? Antonia suspiró y se quedó inmóvil.

—¿Eres tú?

Nella dejó el libro sobre la mesa del escritorio y la boca de Antonia se abrió y cerró varias veces. Su respiración era tan débil que Nella tardó algunos minutos en escucharla y alrededor de los párpados de Antonia se extendieron visibles sombras azules.

—¡Contéstame! —insistió Nella una última vez, pero solo obtuvo por respuesta el ulular del viento.

Si no se equivocaba, el viento estaba amainando. De pronto se sintió tan cansada que se desplomó literalmente sobre Antonia. Hay que pasar una temporada en Liljenholm y experimentar el cansancio que puede sobrevenirle a uno en este lugar para entender que pudiera quedarse dormida en diez segundos. Pero así fue. En un sueño tan profundo como en el que nunca había caído antes, ni volvería a caer jamás.

De pronto se encontró entre las reliquias y las largas cortinas, demasiado conocidas para ella. Era tan pequeña que todo descollaba a su alrededor, calzaba sus zapatos de charol con las suelas duras. Corrían a través de las estancias de Liljenholm, como lo habían hecho todas las noches hasta donde alcanzaba su memoria, y aceleraron. Sin embargo, cuando se detuvo esperando que la cogieran en brazos, sintió unas manos fuertes alrededor del cuello y levantó la mirada.

Se sobresaltó al oír un ruido prolongado y quejumbroso, y empezó a parpadear una y otra vez. Sin embargo seguía viendo con toda claridad a la persona que había intentado estrangularla noche tras noche. La imagen no era en absoluto nebulosa. La oscuridad no la había envuelto. Allí estaba, echada en el suelo del estudio, y en el sueño, sus mejillas más redondas y las clavículas apenas una insinuación en el escote amplio y blanco. Los ojos eran los mismos que ahora se cruzaron con los suyos y se cerraron.

—Pronto llegará la hora —susurró Antonia con una voz que ya no sonaba a su voz.

Al principio Nella creyó que lo que lo había cambiado era la intensidad de la luz. Ahora se escurría entre las cortinas. Nella se levantó demasiado rápido. El estudio pareció dar un par de vueltas antes de volver a calmarse, y los ojos de Antonia se abrieron.

—¡Ayúdame...!

No parecía que estuviera viendo lo mismo que Nella. Los muebles polvorientos. Los montones de libros volcados.

—¿Qué debo hacer? ¿Mamá?

La boca de Antonia se crispó en algo entre sonrisa y grito, y de pronto Nella fue consciente de la gran diferencia. El silencio reinaba por doquier. Al otro lado de las ventanas. En las torres. Lo único que oía era la voz de Antonia, cada vez menos intensa.

—Tienes que encontrar a mi hija...

Nella tomó las manos de Antonia.

—Pero si estoy aquí. ¿Mamá? ¡Estoy aquí!

Las manos de Antonia se tornaron rígidas un momento, luego apretaron levemente las de Nella.

—No, tú no, cariño.

—Pero yo soy tu hija. ¿Antonia? ¿Me oyes?

Las comisuras de sus labios se contrajeron un poco y miró a Nella. Sin duda la veía.

—Yo no soy Antonia —susurró, justo cuando el primer rayo de sol del día caía sobre el escritorio—. Soy Lily.

Asuntos vecinales y libretas

Solo podemos suponer lo que Nella pensó cuando Antonia expiró con el nombre de Lily en los labios. La noche que me contó la historia de principio a fin, al menos afirmó no recordar nada.

—Pero ¿consideraste si lo que Antonia dijo acerca de Simon y Lily podía ser verdad? —pregunté—. Por no hablar de su hija, a la que de pronto quiso que encontraras. Tuviste que preguntarte qué era, en realidad, lo que Antonia intentaba explicarte. Bueno, ¡y luego está el sueño!

—¿Qué pasa con el sueño?

—Pues que fue una revelación, si quieres mi opinión. Entonces supiste quién había intentado estrangularte. Supongo que debe de ser de lo primero que recuerdas de tu infancia, más allá del episodio del abrecartas. Y si hubiera sido yo...

—Pero no lo eras.

—No, no, pero el sueño tuvo necesariamente que llevarte a considerar quién era más peligroso, Simon o Antonia. O Lily, como por lo visto Antonia prefería que la llamaran cuando el Señor la reclamó.

Pero Nella tenía la mirada vacía, por muchas palabras que yo quisiera poner en su boca. Solo cuando se disponía a hacer la maleta para poner rumbo a Copenhague y trasladar la editorial aquí, abrió los ojos de par en par.

—Recuerdo que los colores fueron desapareciendo lentamente —dijo en voz baja—. Como después de la muerte de Laurits. Primero palidecieron extrañamente, luego se tornaron grises. Estaba sentada en el borde de la cama de mi madre, viéndolo todo gris y blanco. A mí misma, juntando sobre el edredón las manos de mi madre, que casi parecía una santa, sobre todo por su rostro. Su piel poco menos que recién planchada. No parecía haber estado viva jamás, y pensé: «¿A lo mejor jamás existió? ¿A lo mejor es algo que me he inventado?»

—Y luego, ¿qué?

Con un hilo de voz, Nella contestó que no recordaba nada más. De haber sido hoy, ahora mismo, sentada aquí, habría insistido para que lo pensara un poco más. Es muy posible que madame Rosencrantz basara un libro en sus propias especulaciones exaltadas, pero la verdad es que yo no soy así. Quiero saber la verdad y solo eso, y lo quiero saber también por usted, estimado lector. Así que, con un poco de buena voluntad, podríamos decir que por consideración a usted abandoné mi estudio de puntillas con *Simo* pisándome los talones. Atravesé el vestidor, bajé las largas escaleras de la cocina y subí los peldaños que conducen al estudio de Nella.

Su puerta seguía cerrada, pensé que estaba muy ocupada transcribiendo y compilando los diarios de la señorita Lauritsen. Desde luego tampoco quería molestarla y, naturalmente, por eso hice callar a *Simo* y miré por el ojo de la cerradura. Pero no quisiera que usted creyera que es así como suelo conseguir la información. Bueno, como decía, miré por el ojo de la cerradura. Los diarios estaban apilados en altas torres en el caótico escritorio de Nella, tal como solían estarlo siempre. Y Nella no estaba inclinada sobre las teclas. Caminaba de un lado a otro de la habitación mascullando para sí, las mejillas coloradas y el pelo suelto; pero eso no fue lo más alarmante. Espero que perdone mi indiscreción, estimado lector. La verdad es que Nella se había quitado el vestido y lo había dejado sobre el taburete del piano como si se tratara de algo apestado, y lo único que llevaba era una combinación blanca y transparente.

Ahora bien, no voy a decir que nunca había visto nada igual, porque vi un poco de todo en mis buenos tiempos. Además, Nella y yo compartimos la cama con dosel y eso puede interpretarse como se quiera. Pero desde luego este atuendo estaba muy lejos de sus habituales modosos camisones. La verdad es que apenas puedo describir la emoción que sentí, sorpresa entre otras cosas. La combinación era tan escotada que sus pechos casi se salían y las aberturas laterales llegaban hasta tan arriba... Bueno, no creo que tenga que entrar en detalles. Bastará con que diga que mis mejillas estaban más o menos tan sonrojadas como las de Nella cuando llamé a la puerta. Se volvió de un sobresalto y abrió y ni a *Simo* ni a mí nos costó demasiado parecer sorprendidos. He visto muchas cosas en mi vida, pero nunca una combinación que ocultara tan poco.

—Estoy en mitad de algo —murmuró Nella en cuanto se tranquilizó, y por extraño que parezca, no alargó la mano para coger el recatado vestido, sino el diario abierto que había sobre el escritorio.

Un buen rato después conseguí concentrarme en lo que sus dedos señalaban.

—¿Estás señalando una fecha?

Al menos el ancho encaje del escote de su combinación debería haber sido menos transparente, sobre todo al inclinarse de la manera en que lo hizo.

—Sí, es la fecha de la última entrada en el diario de Laurits —dijo Nella, y la combinación crujió levemente cuando se incorporó. Su voz se interpuso—. Los últimos tres días de la vida de Laurits no aparecen, y me sorprende —continuó—. Nadie ha arrancado las hojas, así que he llegado a la conclusión de que debe de faltar un diario, y si no me equivoco, es importante.

Supongo que era del todo inútil insinuar que probablemente la señorita Lauritsen tenía otras y mejores cosas que hacer que llevar un diario en sus últimas horas. Antes de morir. Y sin embargo, lo hice.

Nella suspiró.

—No dejo de pensar en la pequeña libreta de Laurits de mi pesadilla —dijo—. Creo que tenemos que buscarla. La verdad es que estoy convencida de que es importante. Es algo que presientes, ¿sabes?

Y yo me vi obligada a precisar que, de hecho, en ese momento yo buscaba algo bien distinto. Esperaba que me diera una descripción exhaustiva de lo que había pensado y sentido cuando Antonia murió, de manera que yo no tuviera que conjeturar como una madame Rosencrantz cualquiera. Para mi sorpresa, Nella asintió.

—¡Oh!, bueno, eso...

Retiró un par de hilos sueltos de la tela del vestido.

—¿Prometes que no te reirás?

Me miró fijamente por debajo de aquellas gruesas ondas de pelo que brillaban como si las hubiera bañado en aceite.

—Es mi abuela Clara. Tiene que ver con ella y no logro descubrir qué es. De pronto sentí mucho calor en medio de toda esa historia del diario desaparecido de Laurits, y me quité el vestido. Esta combinación perteneció a Clara. Estos últimos días he llevado sus combinaciones para de alguna manera tenerla más cerca. ¡Sí, tú ríete! Tú también tienes un aspecto muy raro últimamente.

Nella miró de arriba abajo los pantalones largos con pliegues marrones que yo había encontrado en uno de los armarios. Probablemente pertenecieran a Simon, al igual que la camisa a rayas y el chaleco oscuro con bolsillo en el pecho. En realidad, solo me faltaban un reloj de bolsillo y un par de zapatos decentes. Cuando Nella quiso cruzar las piernas tuve que apartar la mirada.

—¿Se llevaban enaguas tan provocativas como esas en 1890?

Nella se encogió de hombros.

—En teoría, esta combinación puede perfectamente ser de 1854 —contestó—. Cuando Clara se casó con Horace. Tenía también otros tantos ligueros y ligas y medias de seda. Escondía todo en una pila de sombrereros, con su nombre, en la habitación de la torre.

—¿Y qué es lo que te extraña de Clara? Quiero decir, para que tengas que corretear por ahí de esa guisa.

Por respeto a mi paz espiritual desabroché el vestido abandonado sobre el taburete del piano lo suficiente para que Nella pudiera ponérselo por la cabeza. Olía levemente a lirios de los valles.

—¡Oh!, seguramente no es nada... ¿Me puedes abrochar el vestido, por favor? Solo que Antonia y Lily deberían haber llevado de segundo nombre el de su madre y el de su abuela. Era costumbre entonces, así que me cuesta creer que Clara y Horace pusieran Elisabeth a sus dos hijas, a no ser que tuvieran una razón de peso para hacerlo.

—¿A lo mejor les gustaba el nombre?

Los botones se me escapaban entre los dedos, pero Nella, impasible, siguió hablando:

—Yo creo que más bien les pusieron ese nombre por alguien.

Casi podía ver su combinación a través del modoso vestido de tafetán. Desgraciadamente, el canesú estaba suelto donde tenía que haber estado su pecho. Nella cruzó los brazos.

—Pero ¿me estás escuchando?

Y dije, con toda la franqueza que pude, que su teoría me parecía muy interesante.

—Pero si todavía no has oído mi teoría —suspiró Nella—. Ahora viene. Pues he descubierto que, en realidad, Laurits mencionó de pasada a la amiga fallecida de Hortensia, Elisabeth, en una ocasión, y de momento es la única Elisabeth con la que he topado. Así que pienso... Bueno, mi teoría, de momento, es que su segundo nombre tiene que ser por ella.

—¿Y ella quién es?

Al levantarse, el vestido de Nella sonó como los tulipanes recién abiertos. El color era más bonito que el corte. Un tono violeta claro o magenta en lenguaje técnico (sé más de estas cosas de lo que podría parecer en un principio). Nella empezó a moverse a través de la estancia a pequeños trompicones.

—Elisabeth, la hija de los Frydenlund, de un par de kilómetros de aquí —dijo, como si yo no supiera dónde estaba Frydenlund. De allí habíamos sacado a *Simo*, así que no debería ser muy difícil recordarlo.

»Laurits escribe que Elisabeth murió un año antes que Hortensia, y no entiendo por qué lo menciona siquiera —prosiguió Nella—. Parece un poco una ocurrencia repentina, aunque no sé. Sea lo que fuere, he calculado que Elisabeth de Frydenlund llevaba muerta treinta y cinco años cuando Antonia y Lily nacieron.

—Pues es mucho tiempo para seguir recordándola.

Nella se recogió el pelo con un movimiento rápido y se lo sujetó con horquillas.

—Sí, ¿verdad? —dijo—. Sobre todo, teniendo en cuenta que Clara se casó con Horace cuatro años después de la muerte de Hortensia y cinco años después de la de Elisabeth. Por entonces, Horace tenía dieciocho años y Clara dieciséis, y se podría decir... Bueno, tú también sabes lo mucho que aprecian a los herederos las familias como la mía, pero Clara no tuvo gemelos hasta los cuarenta y seis años. Resulta extraño que pasaran tantos años, ¿no te parece?

Si llegados a este momento yo le hubiera pedido a Nella que precisara si cuarenta y seis años le parecían muchos, ella habría puesto el grito en el cielo y me habría soltado algo acerca de «mi problema con la edad», como ha empezado a llamarlo. Así que en su lugar decidí constatar algo del todo objetivo:

—Simplemente no veo por qué Horace y Clara iban a ponerles a sus hijas el nombre de la hija de los vecinos muerta hacía tanto tiempo. Y si quieres que te sea sincera, tampoco veo por qué es importante —añadí, y Nella se detuvo.

—Estás enfadada por algo.

Me examinó con detenimiento. Pero ¿qué se había creído? ¿Enfadada? ¿Yo? También se lo dije, tal cual, y Nella retomó su paseo de un lado a otro de la habitación.

—Si eres capaz de desprenderte de tu mal humor —dijo—, yo diría que Clara, y posiblemente también Horace, aunque de eso no estoy tan segura, mantenía una relación bastante más estrecha con la hija del vecino de lo que podríamos imaginar.

—¿Y en qué basas tu tesis?

Nella me guiñó el ojo.

—La ropa interior —contestó. Su tono de voz era apasionado.

—¡Venga, tú también has visto a Horace! Ninguna mujer con dos dedos de frente se vestiría de esta guisa por él, porque sabría que era imposible enardecerlo. Y sabiendo lo que sabemos de él y de sus... ¿cómo lo diría?, sus preferencias, hay muchas razones para creer que Clara buscó otros pastos. En cualquier caso, pienso investigarlo. Y encontrar el diario que falta.

Supongo que mis cejas levantadas insinuaban lo poco convencida que estaba, y estoy, de hecho. Veamos, si Nella se siente cercana a su difunta abuela materna correteando por ahí con sus combinaciones transparentes, que la inspiran para inventarse prolijas historias sobre vecinos y libretas, pues adelante, aquí paz y después gloria. Pero sentada en el estudio de Nella habría preferido que me hablara de las horas posteriores a la muerte de Antonia. Nella se sentó cuando lo dije. Ahora su vestido parecía un tulipán muy grande y abierto. Respiró profundamente un par de veces. Y luego empezó a contar.

La teoría de Nella

A decir verdad, Nella no me contó nada inmediatamente. Lo cierto es que se quedó sentada con la mirada perdida un buen rato, hasta el punto de que tuve que contar los tictacs del reloj de pesas para poder soportar la espera. Iba por el número quinientos cincuenta y cinco cuando Nella finalmente abrió la boca.

—No hay mucho más que contar —empezó diciendo, y la verdad es que me sonó demasiado prometedor.

En cualquier caso, me vi obligada a intercalar un «pero...», y al final Nella acabó asintiendo con la cabeza.

—A eso voy —dijo—. Primero fueron los colores, que se volvieron extrañamente pálidos y... ¿Esto ya te lo he contado?

—Sí, me parece que sí.

Nella contempló un par de pajaritos que se columpiaban cada uno en su rama del cerezo, al otro lado de la ventana. Meneó la cabeza.

—Seguía sintiéndome como si se hubiera roto algo en mi interior, pero no sabía qué —dijo Nella—. Fue como mirarme en el espejo, pero la de allí dentro se había hartado de imitarme y, en su lugar, hacía lo que le daba la gana. Comprendo tu sorpresa. Aquí donde me ves, estuve velando a mi madre todo el día, no me moví de su cama, mientras la otra daba vueltas por Liljenholm, destrozando y maldiciendo y haciendo aspavientos.

—¿Te refieres a tu reflejo?

Hice todo lo posible por no sonar afectada, y Nella asintió con la cabeza.

—Las sombras eran extrañamente reales en el vestíbulo. Saltaban del papel pintado y se amontonaban a mi alrededor, y yo me defendía. Con las uñas y un cuchillo del pan que encontré en la cocina. Partí la sombras por la mitad, pero seguían allí y cada vez eran más. Lo único que se me ocurrió fue defenderme aún más, en todos lados y con todos los medios. Las puntas de mis dedos seguían sangrando un buen rato después, ¿lo recuerdas?

Me limité a asentir con la cabeza.

—En medio de todo eso se me ocurrió una idea —siguió, y llegados a este punto, yo habría preferido que no hubiera levantado las manos, como si todavía estuviera arañando el papel pintado. Sus ojos se abrieron más de la cuenta. Solo se veía el blanco de sus ojos.

»Pensé: "Seguro que es así como mamá se sintió durante todos estos años y ahora me ha llegado el turno a mí. Nos sentimos como dos personas en una. Eso es lo que nos pasa."

Nella debió de llorar cuando le llegó la revelación, porque de pronto las lágrimas empezaron a correr por sus mejillas. Me apresuré a ofrecerle mi pañuelo. Los pliegues de la plancha hacían que pareciera de papel cuando lo desdobló.

—De repente todo tenía sentido —continuó—. Del mismo modo que nosotros, los habitantes de Liljenholm, al principio nos sentíamos como una de ellas y solo de vez en cuando percibíamos a la otra. Como un furibundo huracán que empezaba en el estómago y derribaba todos los sentimientos cotidianos. Sin embargo, poco a poco, la otra persona se hacía con los mandos. La otra, la furibunda, que lo destrozaba todo. No había nada que pudiéramos hacer, aparte de dejar que lo hiciera, eso fue lo que sentí, y algo me dijo que a mamá le gustaba esa transformación que había experimentado. ¡Piensa en el desprecio con el que se refería a Lily! La verdad es que no parecía precisamente que anhelara ser ella. Y me llamó la atención que... La mala fortuna de Liljenholm, ¿sabes? Caí en la cuenta de que, tal vez, no se trataba de gemelos, sino de que, antes o después, todos los habitantes de Liljenholm cambiaban de personalidad. Que se volvían locos y, en algunos casos, en una amenaza mortal para sí mismos... y supongo que también para los demás. Y pensé, "seguramente mamá esperaba que me ocurriría a mí". Como cuando encontré la nota de Simon en su cajón y ella me dijo que no era propio de mí hurgar entre sus cosas. Supongo que temía que me estuviera transformando en otra persona.

—¿Temía?

—Sí, no creo que hubiera sitio para dos de su misma calaña en Liljenholm, ¿verdad?

De pronto, Nella parecía triste.

—Vaya casa de locos que habría sido con dos de nosotras aquí en Liljenholm —prosiguió—. Y además, la historia de Liljenholm ha demostrado que solo muy pocos miembros de la familia son capaces de cambiar para sobrevivir. Antonia lo consiguió, pero al verme a mí en la habitación del suicidio, antes de escapar a Copenhague, se dio cuenta, con cierta desilusión, que yo estaba condenada a sucumbir. Mi otro lado ni siquiera era capaz de sobrevivir lo bastante para tener un nombre, ¿no es cierto? Era una criatura desahuciada y a medio hacer.

Nella no había utilizado antes la palabra «escapar» para referirse a Liljenholm. Es increíble la enorme diferencia que puede suponer una sola palabra. Miró algo que había detrás de mí y yo me pregunté qué sería. En la pared colgaba una fotografía de Antonia, no era más que un pequeño retrato en un marco de plata, pero no consiguió retener mi mirada. Nella meneó la cabeza.

—De vez en cuando hablo con ella. Le cuento lo que pienso que debería haber hecho mejor y esa clase de cosas.

Desde luego debían de ser unas conversaciones largas, pensé, y quise decírselo, pero para entonces Nella ya había retomado su relato.

—Recuerdo que Liljenholm se detuvo y mis piernas con ella. Si mi vida hubiera sido un frasco con perlas de pronto se habrían ensartado en un hilo. De repente comprendí por qué solo había fotos de una de las gemelas y por qué todos los que habían visitado Liljenholm tras la publicación de *Los ojos cerrados de Lady Nella* solo habían conocido a Antonia y no a Lily, y por qué yo tampoco las recordaba a las dos, sino a una de ellas. Incluso, por qué todos los niños de Liljenholm habían estado aislados del resto del mundo hasta tal punto que nunca tuvimos un amigo fuera de los muros. Ni un solo testigo de lo que nos ocurría, ¿sabes? También entendí... Disculpa...

Se secó las lágrimas con el dorso de la mano, que se tiñó de negro por el rímel. Que alguien me explique para qué quiere esos afeites.

—De pronto entendí qué significaban Antonia Lily y las últimas palabras de Antonia. Por no hablar de la relación tan estrecha entre Antonia y Lily, que comprendía dormir en la misma cama, incluso de adultas, como tú también has comentado, y que Lily debería haber sido Antonia, como mamá dijo que le había dicho Lily. Resulta casi cómico, ¿no te parece? De pronto, incluso la extraña nota de Simon cobraba sentido. Quiero decir...

Nella abrió los brazos.

—Simon debió de casarse con la dulce y sumisa Lily, que, de repente, se convirtió en la furibunda Antonia, ¿no lo ves? Sospecho que debió de abandonarla porque no la soportaba y es evidente que ella desde entonces lo odió. Tanto que decidió hacerle creer a su propia hija que su padre había fallecido en circunstancias trágicas.

Rodeó su cuerpo con los brazos. Yo me vi obligada a lanzarle una pregunta más.

—Pero ¿tú creíste que podía estar vivo en algún lugar? —pregunté, y ella meneó la cabeza.

—¿Simon? ¡Oh!, verás, a esas alturas Simon me daba bastante igual. Al fin y al cabo, nunca formó parte de mi vida y, en cualquier caso, era apenas una incertidumbre punzante. De hecho, si llegué a pensar algo, más bien creo que me pregunté si en realidad había existido alguna vez. Si las gemelas eran una ilusión, también podía serlo Simon, ¿no te parece? Una única nota con su nombre, un montón de dedicatorias y la cháchara de mamá no tenían precisamente valor en sí. Mi verdadero padre podría muy bien ser... bueno, qué se yo... el vecino de Frydenlund o cualquiera. Estás pálida.

—¿De veras?

Intenté resucitar mis mejillas pellizcándolas, pero mis esfuerzos fueron en vano. Tuve que sentarme un momento.

—Entonces, ¿qué pensaste de la esquela de Lily? —pregunté cuando recobré las fuerzas, y Nella suspiró.

—Bueno, ¿no te parece bastante evidente?

En ese momento tuve que apretar los dientes con fuerza.

—Sabía con certeza que mamá se había transformado en otra persona cuando yo tenía seis años —dijo—. De ahí que tuviera sentido concluir que ella debió de ser Lily hasta que yo cumplí los seis y Antonia a partir de entonces. Pensé, bueno, de hecho imaginé, que entendía lo importante que fue para ella enterrar a Lily y convertirse en Antonia. Declararla muerta, publicar un anuncio, despedirse de ella para siempre. La verdad es que yo también sucumbí a las ganas de declarar muerta a Nella von Liljenholm a las primeras de cambio y llamarme simplemente Nella Holm. Que fue como finalmente acabé llamándome cuando volví a empezar en Copenhague, aunque nunca con el suficiente convencimiento como para convertirme en ella del todo. Y pensé en mí de pequeña. La conmoción que debió de suponer para mí que la madre a la que yo conocía fuera sustituida por alguien a la que ni conocía ni me gustaba, pero a la que, aun así, debía llamar mamá. No es de extrañar, pues, que mis recuerdos de los primeros años hayan desaparecido, ¿no te parece?

Los pájaros al otro lado de la ventana debieron de volar. De pronto, el árbol parecía viejo y enfermo.

—Entonces, ¿qué pensaste del asunto del sepulcro? —pregunté, y Nella se secó el dorso de la mano en mi pañuelo y lo dejó hecho una piltrafa.

—Al fin y al cabo, hay tanta gente que acaba en la tumba equivocada. Supongo que lo sabes, ¿no? —contestó Nella, y se rio.

No entendí por qué.

—La parte de mí que estaba sentada en el borde de la cama de mamá le contó todo lo que, de pronto, empezaba a encajar y... casi diría que lo discutimos —siguió Nella—. «Deberías haberme enseñado el hilo conductor antes», le dije. «No he hecho más que buscarlo. ¡Si tú supieras los años que he dedicado a hacerlo!» Pero ella sacudió la cabeza. «De todos modos nunca tuviste el cerebro suficiente para entender la complejidad del asunto hasta que no llegaste a experimentarlo tú misma», dijo ella. Y yo protesté, pero ya conoces a mamá. Sabes cómo eran sus bufidos cuando le daba por ahí. «¿No te he dicho ya que siempre intenté protegerte?» «¡Pero yo nunca te pedí que lo hicieras!» Mamá volvió a resoplar. «Cualquier madre decente habría hecho lo mismo. Cuanto más tiempo pudieras vivir en la inopia, cuanto más tiempo ignoraras tu tragedia, mejor para ti. Solo quería lo mejor para ti, eso ya te lo he intentado explicar muchas veces», y...

—Pero ¡si estaba muerta, Nella!

—¡Sí, sí, ya lo sé! Por entonces ya estaba fría y su rostro había empezado a hundirse como lodo gris. Seguramente por culpa del maquillaje. Se cuarteó por el nacimiento del pelo, la nariz y alrededor de la boca. Fui a buscar una jofaina y le lavé la cara. ¿Hice mal?

Nos quedamos sentadas un rato sin decir nada y el verde de sus ojos se movió un poquito. Sus pupilas parecían más dilatadas que de costumbre.

—Me sorprendió lo distinta que era mamá debajo del maquillaje —dijo—. Recuerdo que pensé que nadie la reconocería si solo hubiera visto sus fotografías de juventud. O tal vez, mirándola detenidamente, se podría reconocer sus ojos. Se parecen un poco a los tuyos, ahora que lo pienso. También tenía los párpados caídos y...

—¡Muchas gracias!

—No, no me refiero a los párpados caídos, ¿me entiendes? Apenas un poco más caídos que los de la mayoría; también había algo con la boca. Habría dicho que mueres como has vivido, pero no vi sonreír a Antonia plácidamente hasta que todo terminó. A nuestro alrededor, los colores cada vez eran más pálidos. Como diluidos en agua, eso es. Pensé en los años en que me había arrastrado por la vida con el único propósito de seguir viva como una condenada a muerte cualquiera, en que todavía no había comprendido adónde conducía todo esto. Lo inútil que era seguir respirando. Casi sentí cómo me transformaba y me convertía en una extraña para mí misma; y podía elegir resistirme o dejar de hacerlo. En breve no sería capaz de reconocer quién era yo, hiciera lo que hiciera. Lo sabía, y algo dentro de mí se calmó.

Me acerqué a la silla de Nella y mis pasos resonaron más duros de lo que pretendía. Nella se detuvo y levantó una ceja.

—¿Te pasa algo?

Intenté recapitular todo lo que había dicho. Como verá, estimado lector, hasta el momento más o menos lo he conseguido, pero me pareció que faltaba una conclusión de algún tipo. O mejor dicho, una conclusión parcial, y espero no haber dicho demasiado.

—Deja que piense...

Debió de pasar la tarde sin que me hubiera dado cuenta. En cualquier caso, los relojes dieron las cinco en Liljenholm.

—Hay una cosa que no encaja —sugerí, haciendo caso omiso de Nella, que añadió con un suspiro que, pensándolo bien, probablemente había más de una cosa que no encajaba.

»Entiendo que Lily se transformara irremediablemente en

Antonia —añadí—. Pero ¿por qué demonios crees que le iba a gustar ni siquiera un poco suplantarla?

En mi opinión, fue una buena pregunta. No es que pretenda echarme flores, aunque de vez en cuando no estaría mal que alguien lo hiciera. Nella, por ejemplo, pero en su lugar me pidió que me explicara.

Cuando, hace un rato, Nella acabó de leer todo esto, sostuvo que yo no había entendido nada del último intercambio de pareceres.

—Pues para tu información, sé muy bien lo que querías decir —declaró—, y, por cierto, esta mañana mis pechos no estaban a punto de salirse de la combinación de Clara. Exageras tanto que me cuesta reconocerme a mí misma. O la combinación, si nos ceñimos a la cuestión. En primer lugar, no es nada transparente y todo eso de los encajes... Vamos a ver, deja que me suba el vestido. ¡Perdona, pero me temo que te escandalizas muy fácilmente! ¿Tú dónde ves esos encajes?

Aquí realmente debo remitirme a mi libertad artística. «Para recrear la realidad», también podríamos hablar de mi intención, pero por lo visto Nella no sabe lo que es mejor para ella y la narración. Sea como fuere, rechazó todo lo que dije sin siquiera sopesarlo. Así que le ahorraré a usted los detalles y me limitaré a decir que hago lo que puedo. Me siento aquí con el sudor de mi frente e intento reproducir las historias de Nella de la manera más fiel posible o trato de sonsacarle verdades que hace tiempo Nella debería haberme contado.

—Bien, pero ¿por qué iba a gustarle a Antonia la transformación? —pregunté por segunda vez—. Al fin y al cabo, la transformación no la benefició. Perdió a su marido y, en cierto modo, también a su hija al convertirse en otra persona, y merecido lo tenía por lo que puedo ver. A fin de cuentas, Lily era mucho más dulce que Antonia.

Los tacones altos de Nella quebraron definitivamente la

imagen que tenía de mí misma. Cuando nos detuvimos una frente a la otra, ella medía varios centímetros más que yo.

—Pues la verdad es que pensé que sin duda mi madre estaba harta de ser dulce —dijo— y, además, la entiendo. Yo también estaba inmensamente harta.

La luz del atardecer se escurrió sobre la nariz de Nella, dejando ver un par de pecas claras. Hubiera deseado verlas tostadas por el sol, pero lleva los últimos cinco años absorbida por su trabajo editorial. Di un respingo cuando Nella alargó la mano y apartó un rizo poco favorecedor de mi frente.

—Al final sentí sinceramente que mamá me había protegido cuanto había podido —añadió—. Por primera vez en mi vida, me sentí verdaderamente amada y comprendida por mi propia madre, Antonia Lily, que quería lo mejor para mí, y luego resultó que no era más que...

Sacudió con tristeza la cabeza.

—Luego resultó que no era más que una maldita pista falsa, de principio a fin.

Salvada por el timbre

Nella miraba algo detrás de mí.

—Aquí tenemos una de muchas pruebas de mi quimera —dijo, y era verdad.

Porque en la pared, sobre el pequeño retrato de Antonia, colgaba otra fotografía. Yo había reconocido en el acto el marco de plata, dentro del cual había dos mujeres jóvenes cogidas de la mano. No eran idénticas, pero se parecían tanto que cualquiera hubiera apostado a que eran gemelas antes que hermanas. Era la fotografía rasgada en dos del cuarto de la señorita Lauritsen, ahora unida. Eran Antonia y Lily en una misma foto.

—¿Dónde encontraste a Lily?

Una sonrisa asomó a las comisuras de sus labios.

—¡Oh!, ya sabes, Laurits fue la persona a la que me sentí más cercana siempre, así que de pronto se me ocurrió que a lo mejor nos desharíamos de esta clase de fotografías insoportables de la misma manera.

Las lágrimas de Nella cayeron sobre el cristal cuando bajó la fotografía del clavo y retiró el paspartú del marco.

—Aquí —dijo, y enseguida vi a qué se refería.

La mitad de la fotografía llevaba años entre el marco y el paspartú. Todavía se intuía una débil improntora, como si una de las hermanas hubiera estado durmiendo y luego se hubiera levantado del mullido lecho rosa. Las lágrimas de Nella parecían demasiado grandes al caer sobre el papel.. Lo que más me apetecía en aquel momento era secarle las lágrimas con la suave manga de la camisa de Simon, pero en lugar de eso recogí el pañuelo del suelo y se lo ofrecí. Se dio unos leves toquecitos en los ojos.

—Cada vez que pienso en la historia de Antonia Lily, que quería lo mejor para mí, me desgarro por dentro —siguió—. Todas mis falsas ilusiones, mis esperanzas, que nada, absolutamente nada, tenían que ver con la realidad. ¿Cómo permití que se desbocaran de esta manera?

—Entonces no sabías que Antonia y Lily habían convivido —barrunté.

Nella apenas registró que le quitaba la fotografía y volvía a montar el marco.

—Sin embargo, lo que sí sabía era que mamá dedicó toda su vida a inventar historias —dijo—. Pero ¡si lo ha hecho siempre! Todos esos libros que recordaban ligeramente a la realidad, pero que en el fondo no eran más que un fragmento reescrito de ella. Y la especialidad de mamá, ¿no la has descubierto? Era capaz de acomodar las historias de manera que creyeras que habías adivinado toda la trama. Quién había hecho qué y con qué motivo. Todo encajaba a la perfección, salvo algunos pequeños detalles que seguían carcomiéndote por dentro y de pronto se desplegaban antes tus ojos.

—¿Como cuando Antonia dijo que ella era Lily?

Dos pares de ojos me miraron fijamente cuando volví a colgar la fotografía del clavo.

—Mucho antes de eso.

La voz de Nella estaba justo detrás de mí.

—Por ejemplo, cuando mamá me pidió que quemara los folletines de Antonia Lily. Ahora que lo pienso, estoy convencida de que sabía perfectamente lo que hacía. Tampoco es que fuera tan importante que esos malditos folletines acabaran en la chimenea antes de su muerte, ¿verdad? Mamá quería que yo leyera las obras de Antonia Lily porque quería abrirme los ojos acerca de la historia, ¿no te das cuenta? De pronto, brotaron todos los detalles como si fueran mala hierba. Y es gracioso, tal vez no sea gracioso la palabra, pero tienes que haber leído muchas de las historias de mamá para saber que las soluciones, sin excepción, hacen que las heroínas parezcan santas. Debemos creer, a cualquier precio, que las heroínas lo hacen todo por los demás, no por ellas mismas. Que viven y sufren por aquellos a los que aman, ¿y yo qué hice? Caí directamente en la trampa y di por supuesto que mamá era igual.

Nella entrecerró los ojos y se acercó al cristal.

—Ojalá supiera con seguridad quién es quién en la fotografía —dijo—. Hay días que creo que la de la derecha debe de ser Lily, porque la habían arrancado de la foto; otros, en que estoy segura de que se trata de Antonia, porque es la más guapa. Según Antonia, claro está. Eso me corroe por dentro. No sé si eres capaz de imaginártelo. Pero encontrarme aquí sin saber cuál de las dos es mi madre me resulta casi inaguantable.

La entendía perfectamente. Desde luego también a mí me habría corroído la duda. Y entonces Nella abrió los brazos con tal ímpetu que la fotografía a punto estuvo de aterrizar en el suelo.

—¡La gente tiene derecho al menos a saber quién es su madre! ¡No es justo!

Unas manchas rojas brotaron en sus mejillas.

—Disculpa, ya sé que no sabes...

Yo apenas había pensado en mí misma al respecto y desde luego no tenía intención de empezar ahora.

—No estoy, ni mucho menos, de acuerdo contigo en que todo lo que descubriste tras la muerte de Antonia no fuera más que una quimera —dije, espero que con convencimiento—. No cabe duda de que la historia de Antonia Lily estaba... cómo decirlo... bastante alejada de la realidad, pero al mismo tiempo no podemos ignorar que estaba terriblemente cerca.

Llegados a este punto, querría haberle dicho a Nella lo impresionada que estaba por lo que ella había descubierto en las peores circunstancias imaginables. Sin embargo, Nella meneó la cabeza con tal fuerza que guardé silencio y pensé lo mío. Por ejemplo, que yo nunca habría podido descubrir ni la mitad de lo que había descubierto ella, aunque, por otro lado, yo tampoco soy hija de la autora de novelas de terror romántico más famosa de Dinamarca. En cambio, entendería perfectamente que Nella se aferrara a la historia de que Lily se convirtió en Antonia, antes que dar ni el más mínimo paso hacia la historia que la aguardaba.

Porque sin riesgo de decir demasiado estoy en disposición de revelar que el maldito frasco de perlas que era la vida de Nella y, a fin de cuentas, también la de Liljenholm, volcaría pocas horas después de la muerte de la gran escritora, y que cada una de las perlas volverían a escurrirse del hilo. Me siento despiadada al escribirlo, sobre todo con usted, estimado lector, a quien acabo de arrastrar a la fuerza a través de la extensísima teoría de Nella. Pero desgraciadamente es la verdad. No es de extrañar, pues, que me haya mantenido alejada de ella durante largos períodos de tiempo.

Nella se quitó los zapatos de una patada. Su frente ardía contra mi cuello. Nos quedamos así un buen rato, o eso me pareció, porque también es muy posible que se trate de mi pequeña ilusión. Cuando es así, tiendes a alargar los instantes, ¿no es cierto?, hasta que ocupan lo que te gustaría que ocuparan. En cualquier caso, a Nella le dio tiempo a mencionar un sinfín de veces que me había contado todo lo que sabía.

—Excepto una cosa —susurró a mi clavícula, y era verdad.

Había una cosa que había obviado y mi estómago dio un vuelco, como cuando te subes a la montaña rusa del Tívoli y sabes que diez segundos más tarde saldrás volando en vertical a cien kilómetros por hora.

—Había anochecido...

Nella enderezó la cabeza, un instante, y me lanzó una de sus largas miradas. Una de las que nunca supe qué significaban.

—Mi reflejo había ido a parar a la habitación del suicidio —añadió—. No me preguntes cómo ni por qué la ventana estaba abierta de par en par. Hacía demasiado frío para tener las ventanas abiertas. Sobre todo si estás subida al alféizar de la ventana y te asomas para ver la rosaleda, que más bien parecía una oscura maleza.

—¿Y entonces...?

—¡Sí, sí, ya voy! Allí estaba mi reflejo y apuesto lo que sea a que esperaba que lo salvaran, una vez más. Que lo salvara Liljenholm o Laurits o cualquiera que se preocupara por él. Pero, en lugar de hacerlo, Liljenholm contuvo la respiración, por mucho que se asomara, y mi reflejo, tal vez, pensó que daba igual un número que otro. Diez, nueve, ocho, siete, seis, cinco, cuatro, tres, dos... Sin embargo, cuando llegó a uno, oyó un tintineo que la dejó helada en el alféizar. Al principio pensó que el sonido estaba en su cabeza. Luego se dio cuenta de que lo había oído antes. Y finalmente comprendió... Bueno, ¿quién iba a decir que algo tan sencillo como un timbre acabaría salvándome la vida?

Nella levantó la cabeza. Su mirada estaba muy cerca de la mía, y cuando me besó pensé en todos los veranos que nos aguardaban juntas.

AGOSTO DE 1936

Lillemor y Mary Pickford

He estado esperando ansiosamente este momento, estimado lector. Pues mi parte de la historia empieza aquí, un mes escaso antes del último encuentro entre Nella y Antonia, y si yo fuera usted, a estas alturas, la curiosidad estaría corroyéndome por dentro. ¿Quién soy yo? ¿Y qué importancia puedo tener para una historia que ni siquiera es la mía?

Llegados a este punto podría hacerle creer cualquier cosa, y la verdad es que me he sentido tentada de hacerlo, tengo que reconocerlo. Tengo muy pocas ocasiones para hacerme llamar Agnes von Krusenstjerna* (mi gran ideal) y convencer a alguien para que se lo crea. Pero, como dice Nella, no tiene sentido convencerle a usted de que soy la delirante escritora sueca Agnes von Krusenstjerna. En primer lugar, porque se suicidó el año pasado; y en segundo, porque tenía cuatro años más que yo. Como ya es sabido, no tengo ningún problema con mi edad, y sin embargo... En cualquier caso, no tengo la costumbre de hacerme pasar por alguien mayor de lo que soy. Ni por muerta, he de decir.

Así pues, permítame que me ciña a la verdad; me llamo

---

* Agnes von Krusenstjerna (1894-1940). Escritora y noble sueca. Fue una autora controvertida cuyos libros desafiaron la moral de la época. Su defensa de la libertad de expresión fue centro de polémicas. *(N. de la T.)*

Agnes Kruse. Si yo fuera usted habría esperado un nombre más espectacular, y si piensa que de alguna manera suena un poco como el de mi admirada autora, está en lo cierto. Pero, como ya es sabido, no basta con cerca de ni con casi. Mi nombre no es más que un batiburrillo de unas circunstancias por demás fortuitas.

En el orfanato de las caras alegres de Vodroffsvej no recuerdo que me llamaran Agnes. Supongo que el entorno no les inspiraba para hacer tal cosa, y cuando la señora viuda de Kruse me adoptó, recibí su apellido, puesto que yo no tenía ninguno. Desde que Nella me pidió que comenzara su historia con la anécdota de Antonia y el abrecartas he estado considerando si yo también debería abrir mi parte con el primer episodio que recuerdo. También he pensado que si resulta que realmente es importante tendré que hacerlo. Así pues, aquí está.

Aquel día de verano de 1902, cuando la señora viuda de Kruse me recogió en el orfanato, la luz era tan fuerte que todos tuvieron que protegerse los ojos con las manos. Ella también lo hizo. Desde donde me hallaba, escondida detrás de las cortinas, la vi doblar la esquina de Vodroffsvej, cruzar la plaza y elegir la escalera de la derecha. Me fijé sobre todo en su vestido. Era blanco y de muchas capas que se movían al andar; en los pies llevaba unos zapatos de tacón alto. No vulgarmente altos, pero lo bastante altos para que tuviera que bajar la mirada para ver los escalones que iba dejando atrás. Por eso no me vio en la ventana, aunque yo la vi lo suficiente para constatar que era mucho más guapa que todas las mujeres que había visto hasta entonces, cuando a las niñas del orfanato nos enviaban a dar una vuelta.

—¡Es muy feo mirar fijamente a la gente, Agnes! ¿Me escuchas? —me había chillado la nodriza mientras tiraba de la manga de mi vestido.

El recuerdo es bastante difuso, pero, si la memoria no me falla, también me había gritado enfadada mientras me trenzaba el pelo aquella misma mañana.

—Tienes que darle la mano a la señora viuda de Kruse y decirle «Buenos días, señora, y muchas gracias por hacerse cargo de mí». Y no la mires fijamente, ¿me oyes?

Yo pensé que la señora viuda de Kruse sería muy mayor, puesto que era viuda, pero la señora viuda de Kruse que levantó su precioso y redondeado brazo y llamó a la puerta tenía la piel lisa y el pelo negro dispuesto en delicadas ondas. Su boca era roja y carnosa, saludó a la directora, y de pronto la directora se llamaba señorita Pontoppidan y tenía la voz de un pájaro cantor.

—¡Entre, entre, por favor! ¡Ahora iré a buscar a la pequeña Agnes! —dijo, y los tacones altos de la señora viuda de Kruse resonaron en el suelo.

—¡Oh!, creo que ya la he encontrado —anunció la señora viuda de Kruse, y su mano en mi hombro era muy cálida.

Olía a dos cosas que conocía bien: a rosas y a canela. Tal vez por eso me volviera y rodeara sus piernas con mis brazos, o simplemente me sintiera muy aliviada sabiendo que pronto tendría una madre de verdad, como las niñas de los libros que las señoritas solían leernos por la noche.

—¡Agnes!

La voz de la directora mostraba su enojo, pero la señora viuda de Kruse se rio con tal alegría que lo sentí hasta en las piernas. Se agachó y me cogió en brazos. Vista de cerca, su cara se parecía un poco a las ciruelas suavemente rosas que en su día cubrieron el césped detrás del orfanato, y la voz de la directora insistió:

—¡Agnes! ¡Haz el favor de apartar las manos de la cara de la señora!

—¡Oh, déjela! —rio la boca roja de la señora viuda de Kruse—. ¿Son las cosas de Agnes lo que está metido en la pequeña maleta al lado de la puerta? ¿Qué te parece si volvemos a pie a casa, cariño? Hay un buen trecho, pero así podemos aprovechar para conocernos un poco mejor. Me gustaría mucho que llegáramos a hacerlo.

Las hebillas de mis zapatos tintinearon cuando me dejó en el suelo con mucho cuidado y yo hice una profunda reverencia. Hasta el suelo.

—¡Encantada, señora viuda de Kruse! —exclamé con mi voz más alegre, y la tela de su vestido crujió.

—Puedes llamarme Lillemor —dijo en cuanto dejamos el orfanato atrás.

Yo empecé a dar tales saltos de alegría que las señoras se volvían a nuestro paso.

—¿Lillemor?* ¿Realmente te llamas así?

El bolso de Lillemor era tan blanco como su vestido; se detuvo para buscar algo. Una cadena con una cruz de la reina Dagmar. En cuanto cerró la cadena alrededor de mi cuello, retiró con mucho cuidado el broche que yo solía llevar en el vestido. No sé exactamente de dónde salió, pero puede abrirse y dentro hay un camafeo con el perfil de una reina, o eso creo. Ahora siempre lo llevo en la solapa. Entonces a punto estuve de protestar al verlo desaparecer en el bolso, pero me distraje con el espejo de bolsillo que ella me ofreció.

—Sí, me llamo Lillemor —respondió, y yo me ruboricé en el marco de plata. Ella me acarició las mejillas y sonrió—. Mi madre debió de pensar que algún día sería una buena madre, ¿no crees?

Lo cierto es que Lillemor ya había sido madre y esa fue una de las muchas cosas que pronto iba a descubrir. Por ejemplo, que no siempre reía, a pesar de que yo hacía todo lo que podía porque así fuera. A decir verdad, lloraba con frecuencia, cuando creía que yo no la oía, porque su marido había perecido en el mar y su pequeña Agathe había muerto de escarlatina

---

* Lillemor es un nombre, pero también significa «mamaíta» y se utiliza como apelativo cariñoso de una esposa o madre. (N. de la T.)

un par de meses antes de que diera comienzo mi vida en Nyhavn. Era allí, en una de las estrechas casas, donde vivía Lillemor, y Agathe y yo afortunadamente habíamos nacido con pocos días de diferencia. Eso significaba que todas las cosas de Agathe y parte de su ropa pasaron a ser mías (ya entonces era alta para mi edad, así que tuvimos que desechar los bonitos vestiditos) y pronto Lillemor empezó a confundir los nombres.

—¡Agathe! —me llamaba a veces con una voz tan alegre que yo apenas me atrevía a recordarle que me llamaba Agnes.

¿Por qué iba a hacerlo? Habría preferido mil veces ser la niñita rubia de los rizos y la cruz de la reina Dagmar. La que colgaba sonriente en un marco sobre mi cama. La cama, que era de hierro como la del orfanato, crujía, pero no era gris, sino blanquísima y cada una de sus patas acababa en una maravillosa cúpula de oro.

—No es oro. Es latón, mi pequeña Agathe —solía decir Lillemor con una sonrisa, y lo mejor de todo era cuando sonreía y solo me sonreía a mí.

Además la habitación de Agathe se convirtió en mi habitación. Pero no solo estaba la cama de hierro, había una larga hilera de libros ilustrados y muñecas de porcelana sobre un estante, papel y lápices de colores, cubos para jugar y un espejo que llegaba hasta el suelo. No había mucho espacio, pero tenía dos puertas que podía cerrar y bajo mis pies estaba la planta baja, donde Lillemor canturreaba y hablaba con la señorita Iben casi todas las noches y yo las oía. Eran lavanderas de ropa delicada y lo primero que aprendí a leer fue el letrero azul y blanco de la puerta: «Lavandería Francesa», rezaba, y sonaba tan elegante como era.

Llegaban criadas de toda Copenhague con puños y cuellos, lencería y encajes de sus señores y, a menudo, ellas y algunas damas, que pasaban casualmente por la calle, felicitaban a Lillemor por su manera de vestir. «Tiene un aspecto magnífico hoy, lavandera francesa Kruse», le decían las criadas con los ojos como platos, y las damas distinguidas solían mirarla de arriba abajo y luego caían rendidas. «Disculpe que la importune —decían—, pero llevo un rato contemplándola y debo decirle que su vestido es increíblemente bonito y casa a la perfección con sus ojos. ¿Puedo preguntarle dónde lo ha comprado?»

Después de que Lillemor mantuviera esta conversación tantas veces como para estar segura de que los comentarios no eran del todo infundados, empezó poco a poco a ampliar su negocio. Pues ella misma confeccionaba sus vestidos las mañanas en que su amiga, la señora Jensen, recibía la ropa para lavar y ponía orden. Pronto empezó a coser tanto como lavaba. No tardé mucho en descubrir sus vestidos por las calles, aunque no se apreciaba la etiqueta en los cuellos a no ser que uno se acercara tanto como lo hacían los esposos en casa. Pero yo sabía que ponía Agathe Couture con hilos dorados, porque las etiquetas estaban esparcidas por la mesa del comedor de casa. Al poco tiempo nuestro salón estuvo lleno de rollos de tela y vestidos a medio hacer en sus maniquís, cintas de medir, hilo y un montón de recortes y tarjetas autografiadas enganchadas en la pared con alfileres. La mayoría eran de Mary Pickford, con sus rizos y sus románticos y vaporosos vestidos, todavía recuerdo las fotografías. Lillemor me proponía a menudo acompañarlas a ella y a la señorita Iben a la sesión de las cuatro en el Kosmorama de Østergade para ver películas mudas, pero yo solía rechazar la oferta. Ni siquiera yo sé por qué.

De los años pasados en Nyhavn, lo que más recuerdo es el sonido mecánico de la máquina de coser de Lillemor. Eso y los olores de la lavandería en la nariz en cuanto abrías la puerta. Sobre todo la sosa y el jabón en los que la ropa estaba en remojo antes de que la más sucia pasara la noche en lejía. Yo conocía perfectamente el proceso. Luego, la almidonaban con fécula de patata y la planchaban al vapor hasta quedar como nueva. Llamaban «parricidas» a los cuellos altos, y los puños dobles eran para los trajes del domingo. Pero por mucho que supiera, nunca me dejaron que echara una mano.

—Eres sencillamente demasiado desmañada, Agnes. ¡No

sé qué te pasa! —suspiraba Lillemor, y pasaron muchos años hasta que aprendí a ocultar lo mucho que me disgustaba que me dijera eso.

Solo me llamaba Agnes si la decepcionaba mucho, como cuando a los diez años me sorprendió con un vestido de noche guarnecido de perlas que probablemente se parecía a uno de Mary Pickford. Teníamos que ir a la fiesta de las bodas de plata de su hermana, en el sur de Selandia, y Lillemor debió de dedicar semanas a coser y bordar el vestido. Sin duda, el corte habría resaltado la delgada figura de Agathe, pero desde luego no resaltaba la mía. Apenas pude subirme el vestido con dificultad hasta el talle y prefiero no pensar en el aspecto que debía de tener. Hasta la fecha, no he vuelto a ver a la familia de Lillemor.

—¿Cómo vamos alguna vez a hacer de ti una dama? —suspiró Lillemor, y sus suspiros se prolongaron con el paso de los años.

Lo peor no era que yo fuera demasiado alta. Era casi tan alta y tan ancha de espaldas como un hombre. En último caso podía haberlo camuflado con unos zapatos planos, escotes adecuados y una inclinación de cabeza femenina, hasta aquí llego, gracias a las conversaciones de las señoras en la lavandería. También sabía que a menudo hablaban de mí a mis espaldas, porque habían empezado a dudar de que tuviera «lo que había que tener para ser una verdadera dama», como solía decir Lillemor. No creo que lo dijera con mala intención. Sencillamente, no comprendía lo que yo hacía años sabía. Es decir, que yo nunca llegaría a parecerme ni a ella, ni a Agathe, ni al corrillo de damas elegantes que pronto llenaría nuestra casa. Fue en los tiempos en que Mary Pickford realmente irrumpió en la escena, con papeles de niña en películas como *Pobre niña rica* y *Rebeca la de la Granja del Sol*, y con su popularidad, la demanda de vestidos de Agathe Couture creció tanto, que Lillemor pudo comprar el edificio donde vivíamos y montar el taller de costura en la planta de arriba. Fueron tiempos dorados para

Agathe Couture, pero no para mí, que a los diecinueve años, cuando me disponía a acostarme, oí demasiado.

Eran Lillemor y el señor Svendsen, creo que se llamaba Hans, y él la besaba como lo había hecho de vez en cuando, aunque nunca delante de mí. Estaban frente a la puerta principal, justo debajo del letrero «Lavandería Francesa», y deberían haber pensado que mi ventana podía estar abierta. De hecho, solían quedarse allí hablando y lo había visto alargar la mano para cogerla antes de correr las cortinas, pero nunca les había oído hablar de mí de aquella manera.

—Estoy preocupada por ella —oí decir a Lillemor—. ¿Qué será de alguien como ella? Bueno, no le pasa nada a su cabeza, pero... Hay algo que no va bien con ella, supongo que tú también te habrás dado cuenta.

Lillemor lloró y el señor Svendsen carraspeó, a todas luces incómodo.

—Estaba claro lo que se podía esperar —dijo él—. Los niños de orfanato son chusma, deberías saberlo, y ella... Bueno, los dos sabemos perfectamente de dónde viene.

Entonces pensé que se refería al orfanato, pero más tarde llegué a preguntarme si sabía algo más que yo desconocía. Y que sigo desconociendo, por cierto. En mi mundo, Lillemor es la única madre que he tenido y, cuando la oí darle la razón a ese hombre, lloré. Creo que una parte de mí sigue llorando de vez en cuando. La misma parte que demasiadas veces fue recibida con demasiados cuchicheos en el edificio de atrás de Lillemor. «¿Realmente es hija de Kruse?» «No, no es más que su hija adoptiva, ¡es evidente!» «¡Qué pena que no sea Agathe!» «Pues sí, se trata de chusma.»

Esto último no lo decía la gente. Me lo decía a mí misma, y un par de meses más tarde tomé una decisión irrevocable.

Un golpe de suerte

—Me mudo —anuncié una noche, justo cuando Lillemor se disponía a bajar a la lavandería, donde la esperaba la señorita Iben.

Todavía olía a rosas y a canela cuando se volvió hacia mí, pero los años habían lavado el color rosado de sus mejillas. Al volver la cabeza descubrí finas arrugas que antes no tenía alrededor de los ojos.

—Sí, supongo que será lo mejor, Agnes —dijo, y así me ha llamado desde entonces.

Agnes y nunca Agathe. Ni una sola vez. Vista de perfil, su cara parecía la de una muñeca de porcelana. No era de extrañar, pues, que los hombres siempre la hubieran rondado, pensé, aunque ella había dejado de apreciar que yo se lo dijera.

—Sabes que te quiero, Agnes, y siempre te querré —continuó dirigiéndose a la ventana, que nos devolvía nuestro reflejo sombríamente, y yo dije que lo sabía.

Mi voz sonó tan mortecina como la suya y su mano ya no era cálida.

—Pase lo que pase, Agnes —añadió, y apretó mi mano, y creo que realmente lo pensaba.

Al menos lo ha intentado y yo también. Ese fue el motivo por el que entré como aprendiz de secretaria tras unos años que preferiría olvidar, durante los que viví del dinero de Lillemor e intenté escribir la novela que era evidente que no tenía dentro de mí. Mi vida carecía de la misma congruencia que mis manuscritos, y al final me rendí. Tal vez esperara que, de alguna manera, el trabajo de secretaria me convirtiera en uno de esos gráciles objetos de decoración que, poco a poco, habían empezado a aparecer en las oficinas. O que Lillemor volviera a llamarme Agathe y me proveyera de la ropa de Mary Pickford. Pero, no pasó ninguna de las dos cosas. Podía lijar y enmasillar y vivir del aire y de gachas todo lo que quisiera. Pero nunca llegaría a parecerme ni a comportarme como una grácil secretaria; y puesto que nunca llegué a ser quien ponía los textos en limpio por este pequeño detalle, la necesidad tuvo que enseñarme lo que podía hacer. Era demasiado orgullosa para volver a pedirle dinero a Lillemor, a pesar de que me lo ofrecía muy a menudo e incluso llegó a suplicarme que aceptara grandes sumas de dinero que llevaba en el bolso. Es posible que yo fuera chusma, pero no carecía de talento, y pronto mi amigo Ambrosius y yo acabamos viviendo de la beneficencia. Es un decir.

No es un capítulo del que esté orgullosa. Así que, de momento, solo diré que la tierra ardía bajo nuestros pies aquella tarde de agosto de 1936, cuando algo parecido a un golpe de suerte cambió mi vida. Empezó con que pasé por la iglesia local a la que por entonces solía acudir. Por disfrutar de un rato tranquilo. Y luego salté a un tranvía en dirección a la casa de Nyhavn. Mis pensamientos giraban alrededor de Lillemor, que me había invitado a cenar a las seis. Estaba preocupada por mí y yo no quería que supiera que tenía motivos para estarlo, aunque sabía que ella lo adivinaría. Lo notaba aunque me esforzara por confundirme entre la multitud, y aquella tarde no resultaba fácil, a pesar de que era hora punta. Porque me había sentado en uno de los asientos buenos, junto a la ventana, y pronto fui demasiado visible para la legión de copenhaguenses de la tercera edad a quienes debería haber cedido mi asiento. Al principio intenté ignorarlos, pero ellos siguieron tosiendo ostensiblemente e inclinándose sobre mí. Así que al final recogí un diario del suelo, lo abrí, me parapeté detrás de él y aquí viene el golpe de suerte: mis ojos cayeron en un anuncio. «Se busca secretaria competente para poner en limpio un libro de memorias. Cuatro horas diarias. Sueldo a convenir», rezaba, seguido de «Vodroffsvej» y un número de teléfono. Volví a leer el anuncio cientos de veces mientras el tranvía se abría camino a través del centro de Copenhague.

Si había algo que necesitaba en ese momento era un trabajo fijo y respetable, y si al mismo tiempo podía fingir que llevaba trabajando un par de meses, dormiría mucho más tranquila por la noche. Sí, la verdad es que poder dormir por la noche ya sería un lujo que me hacía mucha falta, constaté al saltar del tranvía y verme reflejada en el escaparate de una tienda. Es cierto que el largo abrigo marrón lo tapaba casi todo, pero no las oscuras ojeras ni el pelo encrespado. Por mucho que me lo peinara y lo retirara de la cara, tenía un aspecto deprimente.

Cuando Lillemor abrió la puerta me di cuenta inmediatamente de que ella pensaba lo mismo, pero solo porque la conocía muy bien. Cuando su boca roja y carnosa se abría en una sonrisa como entonces, nadie reparaba en la oscuridad de su mirada.

—¡Agnes! ¡Entra!

Sus besos en la mejilla eran fríos, o tal vez fueran mis mejillas las que estaban encendidas; me acarició la derecha y me preguntó si tenía fiebre.

—No, no —habría querido decir—, no tienes nada de qué preocuparte. Tengo una idea, échale un vistazo a este anuncio...

Sin embargo, ella ya había metido un par de artículos en el bolsillo de mi abrigo que «tenía que leer» y se había vuelto hacia el salón que con el paso de los años había quedado despejado de rollos de tela y maniquís y estaba equipado con muebles confortables. Lillemor se había deshecho de Agathe Couture en 1933, después de ver a Mary Pickford en *Secretos* y comprender que su época dorada como estrella del cine mudo probablemente había llegado a su fin. Sin embargo, Lillemor seguía regentando la Lavandería Francesa y cuando hizo un gesto con la cabeza hacia la cena caí en la cuenta, como tantas otras veces, del buen aspecto que tenía. Mucho más joven que sus setenta y dos años, salvo por una incipiente rigidez en las articulaciones y las manchas oscuras que la edad rociaba incluso sobre los mejores.

—Ahora traigo el asado —dijo.

Debió de ponerse zapatos de tacón alto por mí. Normalmente no se los ponía en casa. Oí cómo andaban de un lado a otro en la cocina, el chirrido de la puerta del horno.

—¿Quieres que te eche una mano?

—¡No, no, tú siéntate, Agnes! Coge la silla buena, ahora mismo vuelvo.

Intenté no mirar el marco dorado que colgaba solitario sobre el sofá con el retrato de una niña rubia, pero como solía pasar siempre, la niña atrapó mi mirada. La cruz de la reina Dagmar le sentaba mucho mejor que a mí. Bueno, la verdad es que le sentaba mucho mejor a ella estar viva que a cualquier otra persona. No importaba que una de sus mejillas tuviera un largo rasgón de cuando el marco cayó al suelo y el cristal se rompió. Yo no tenía más de diez años cuando ocurrió y lo único que recuerdo es la mirada demasiado oscura de Lillemor al quitar los cristales rotos del rostro de bucles rubios, en el suelo de mi habitación.

—No lo habrás hecho a propósito, ¿verdad, Agnes? —preguntó Lillemor desde el suelo, y no recuerdo qué contesté.

Es extraño. Hay una infinidad de preguntas que recuerdo y una infinidad de respuestas que he olvidado. La voz de Lillemor a mis espaldas parecía encerrar una disculpa.

—¿Recuerdas lo mucho que odiabas que te hicieran fotos? ¿Todas las veces que te llevé al estudio de fotografía y tú te negaste a sonreír?

Lo dijo para que no creyera que prefería a Agathe, porque

era ella quien colgaba sobre su sofá y no yo, ni allí ni en ningún sitio. Lillemor simplemente no tenía fotografías de mí de niña (ni de adulta, aunque nunca lo dijo), pero en cambio tenía recuerdos de mí. Nuestras conversaciones habían vivido de ellos desde que me mudé y estaba contenta, siempre y cuando hicieran que su mirada fuera clara, como lo era en ese momento.

—¡Fuiste una niña tremendamente terca, Agnes! ¡Esas muecas que hacías en todos esos retratos de estudio! ¿Y recuerdas la vez que te puse aquel vestido blanco tan bonito para la sesión de fotos y lo manchaste de camino al estudio? Fue de confitura, ¿verdad? Estaba para tirarlo. Bueno, pero ahora siéntate. Espero que la carne esté tierna. Es de la carnicería buena, así que debería estarlo.

—Estoy segura de que estará buena, Lillemor. Estoy muy contenta de estar aquí.

—Sí, y yo estoy contenta de que estés aquí, cariño. Pero ¡sírvete!

La historia del fotógrafo era como el asado y el vino en las copas; pasaba muy bien, pero Lillemor se había quedado callada. Su mirada se deslizó de mí a la última patata en su plato, la pinchó con el tenedor, y entonces supe lo que vendría después.

—Esto... ¿te va bien con... cómo se llama... Paula?

Su cuello siempre se cubría de manchas rojas al preguntar, pero aun así insistía en hacerlo. Yo era absolutamente consciente de que aquello y el puesto de honor de la fotografía de Agathe sobre el sofá eran una demostración de lo mismo. Lillemor había sido sincera al decir «pase lo que pase».

—Hemos terminado. Ya hace un tiempo.

—¡Oh!, lo siento mucho, Agnes. De veras.

Habría preferido un lugar en la pared a uno en la larga lista de preocupaciones de Lillemor. Sus uñas brillaban como el nácar cuando posó su mano sobre la mía.

—¿Agnes?

Sus manos eran fuertes, era lo que amaba de ellas, aunque no permití que atrapara mi mirada.

—Me gustaría hacerte un regalo en dinero. Por favor, acéptalo. Sé que no estás bien, hay algo que te preocupa, lo noto. ¿Por qué no dejas que te ayude? No hay nada que desee más en este mundo que echarte una mano.

Me puse derecha y estaba a punto de decir que no me pasaba nada cuando ella me interrumpió.

—Sé que llevas años soñando con escribir un libro. Una novela, ¿no es así? ¿No recuerdas lo mucho que hablabas de ello en tu infancia? Y Agnes, escúchame, quiero ofrecerte los medios para volver a intentarlo. ¡No tienes más que poner manos a la obra!

Parecía creérselo y todo era como de costumbre. Cuando Lillemor me invitaba a cenar siempre había algún motivo.

—No, gracias, me las apaño.

—Pero hay varias mujeres... como tú... que escriben libros exitosos, Agnes. ¿Por qué no vuelves a intentarlo? Al fin y al cabo, lo de ser secretaria nunca ha sido lo tuyo.

Saqué el diario arrugado de mi bolso, lo alisé hasta que mis manos se tiñeron de negro y se lo pasé por la página de los anuncios. Cuando lo sostuvo a contraluz, el papel crujió en sus manos. Entrecerró los ojos.

—¿Qué es lo que tengo que ver?

—El anuncio. He pensado solicitar el puesto, conseguir un trabajo decente. Supongo que ya va siendo hora.

Lillemor enmudeció tras el periódico. A lo mejor estaba cansada o el nombre de la calle, Vodroffsvej, le recordara demasiado al orfanato y a la chusma que se había llevado a casa sin querer. En cualquier caso estaba lívida cuando dejó caer el periódico. Se puso en pie de un salto y empezó a recoger los platos y los cubiertos en un montón tintineante.

—Voy por el postre —dijo.

Pero solo llegó hasta la puerta.

—No solicites ese trabajo, Agnes, te lo prohíbo.

Parecía alguien a quien todo estaba a punto de caérsele al suelo. Me apresuré a levantarme.

—Pero ¿por qué no?

Pronto estuve a su lado y había canela en su perfume, o tal vez fuera la tarta de manzana que había hecho. La única tarta que como.

—Simplemente, no quiero que lo hagas —contestó con los labios apretados, como si no me conociera.

Si me prohíben algo es precisamente lo que pienso hacer. Tenía treinta y ocho años y necesitaba un trabajo respetable, un sueldo decente y noches tranquilas. No el dinero de Lillemor ni advertencias sin sentido. ¿Acaso no era yo una secretaria competente? ¿Acaso no era capaz de poner en limpio un libro de memorias más rápido y mejor que nadie? La respuesta era obvia. Esa misma noche marqué el número del anuncio y pocos días después me vestí con mis mejores galas y me dirigí a Vodroffsvej. ¡Mi nueva vida!, exclamé con alborozo para mis adentros, mientras saludaba a la gente que pasaba por mi lado en la calle, sin saber si había motivos para alegrarme. De vez en cuando, el momento es, sin lugar a dudas, un regalo del cielo.

Vestidos blancos

Antes de contarle lo que me encontré en Vodroffsvej, tendré que compartir otra experiencia atroz con usted. En realidad, acaba de tener lugar aquí, en el estudio de Antonia, que hace tiempo se convirtió en mi estudio. Me he permitido hacerles un hueco en el cajón a todos los manuscritos y en la estantería a una larga hilera de libros encuadernados de la habitación de la torre, que espero poder leer en algún momento. Según Nella son clásicos imprescindibles y seguramente tenga razón. Nombres como Horace Walpole y Clara Reeve no es que me digan gran cosa. Ann Radclyffe y Wilkie Collins, Charlotte Brontë y Mary Shelley también me esperan (¡vaya nombres! ¿Debería considerar un seudónimo?). A Karen Blixen y a Charles Dickens los conozco de nombre, al fin y al cabo no soy tan inculta. Además, entre los libros de Antonia he encontrado tres novelas de una escritora llamada Daphne du Maurier. Sin embargo, ya no me esperan junto a los clásicos imprescindibles, pues, cuando se los mostré a Nella, me los arrancó de las manos. Se trataba de primeras ediciones inglesas firmadas con un «Con cariño, Daphne».

—¿No te das cuenta de lo que significa?

Nella agitó los libros en el aire cuyos títulos eran algo así como Los amantes malditos, *Nunca volveré a ser joven* y *Adelante, Julio*, y yo insinué que Antonia debió de tener, a pesar de todo, una amiga en su vejez. Nella me miró sorprendida. Diríase que a alguien se le había caído acuarela roja en las mejillas.

—¿Supongo que habrás oído hablar de *Rebeca*? ¿El éxito de ventas?

La miré también boquiabierta, porque creí que se refería a la película *Rebecca*, con Laurence Olivier y Joan Fontaine, de la que todo el mundo ha oído hablar después de haber ganado dos Oscar y un montón de premios más. La verdad es que la habría visto si mi economía me lo hubiera permitido. Pero, al parecer, Nella se refería al libro que se había publicado tras la película, escrito por esa tal Daphne, que en los últimos años había adelantado a Antonia en ventas en el mundo. Siempre se aprende algo nuevo.

—La correspondencia, ¡tiene que haber correspondencia en algún sitio! —exclamó Nella al salir y yo creí que era lo que había encontrado cuando, un momento antes, llamó a la puerta.

Sin duda, era evidente que consideraba que su descubrimiento era más importante que cualquier otra cosa. Que este libro, para ser más concretos.

—¿Qué quieres?

Para decirlo sin ambages, me importaba un pepino lo que ella quisiera. De acuerdo, era consciente de que la correspondencia de Antonia von Liljenholm con Daphne du Maurier valdría su peso en oro; Nella me había hablado del asunto la noche anterior. Pero estaba en medio de uno de esos capítulos en que está por ocurrir algo y acababa de llegar al momento en que abría un archivador con mucha cautela y descubría un portafolio con el nombre de «Antonia». Así que no moví ni las manos ni los ojos de las teclas.

—¿Agnes? ¡Mira!

Los pies de Nella resonaron detrás de mí.

—¿No puede esperar un poco?

El silencio se había instalado de una manera que en sí era una respuesta, y me volví. La miré fijamente hasta que mis ojos empezaron a lagrimear. No era tanto porque Nella llevara una nueva creación de la torre, pues de hecho llevaba una nueva cada vez que la veía. Además de que he visto vestidos más imponentes y, literalmente, más pequeños que el que llevaba en ese momento, así como los que colgaban de su brazo y que ahora dejó sobre el escritorio. Pronto estuvo cubierto de, por lo menos, diez vestidos, todos blancos. Blancos con volantes y drapeados, blancos románticos, guarnecidos de perlas y vaporosos, y con una pequeña etiqueta en el cuello. Mary Pickford los habría querido todos.

—¿Qué demonios hacen los vestidos de Lillemor aquí?

—Eso mismo me pregunto yo.

Nella me dio un montón de hojas del manuscrito. Los capítulos que usted acaba de leer. Atrapó mi mirada. Tenía los ojos enrojecidos.

—Leí los capítulos anoche —dijo—. Realmente me han conmovido, Agnes, tengo que decirlo. No tenía ni idea de todo lo de la difunta Agathe y Agathe Couture.

Puso énfasis en esto último y mis manos fueron más rápidas que mi cabeza. Cogieron resueltas los vestidos y los dejaron sobre el respaldo de mi poltrona.

—¿Dónde los has encontrado?

—¿Los vestidos? En el ropero de la habitación de la torre. De hecho, los encontré hace varias semanas.

Di un paso atrás instintivamente cuando Nella quiso agarrarme.

—¿Hace varias semanas?

Paseó la mirada por su cuerpo y asintió.

—Sí, ya sabes que hasta ayer creía que tu Lillemor solo era propietaria de la Lavandería Francesa de Nyhavn que me mostraste un día que estábamos por la zona. Como comprenderás, me extrañaba que pudiera ofrecerte unas sumas de dinero tan importantes y que a ti se te pudiera ocurrir rechazarlas. No tenía ni idea de que todos los vestidos blancos de la torre fueran obra suya. ¿Cómo quieres que lo supiera?

Tenía razón. Como usted ya sabe, ni siquiera conoce a mi

querida Lillemor, a pesar de que las dos desean conocerse. Hace tiempo que decidí que Nella no tenía nada que hacer allí, pero, tal como estábamos ahora y tal como Nella se volvió haciendo volar la falda, ya no estaba tan segura. La verdad es que Nella estaba especialmente mona con el vestido de Lillemor y, por si eso fuera poco, había peinado sus largos rizos a lo Mary Pickford en *Rebeca la de la Granja del Sol*.

—Tampoco me parezco tanto a *Mary Pickford en Rebeca la de la Granja del Sol* —dijo, como si me hubiera leído los pensamientos.

Querría haber dicho que tenía aún mejor aspecto. Sin embargo, lo único que salió de mi boca fue la pregunta más evidente.

—¿Puede ser una casualidad que los vestidos estuvieran colgados allí arriba?

Nella se encogió de hombros.

—Tú eres quien conoce Agathe Couture, no yo —contestó Nella—. Yo ni siquiera había oído hablar de la marca hasta que tú la mencionaste, así que no tengo ni idea de dónde se podían comprar los vestidos en este país en... Bueno, ¿supongo que este vestido debe de ser de 1920 o por ahí?

Conté con los dedos.

—*Rebeca la de la Granja del Sol* es de 1917.

Nella se dio la vuelta de nuevo.

—¿Quién habría dicho que sabías tanto de películas mudas?

Quería haberle dicho que hiciera el favor de tomárselo en serio, que esto era serio, porque si bien es cierto que, teóricamente, todo podía ser una casualidad, como demuestran los ratones bajo los tablones del suelo y mi contratación en Vodroffsvej, Agathe Couture en el sur de Selandia tal vez sea un exceso de casualidades.

—La verdad es que creo que la ropa de Lillemor se vendió en Copenhague y alrededores.

Nella había dejado de dar vueltas. Sus brazos colgaban laxos a cada lado de su cuerpo.

—Sí, eso creo yo también —dijo Nella, y sus cejas se elevaron lentamente—. Quizá deberíamos hacerle una visita a tu Lillemor en algún momento. ¿Tú qué dices?

Abrí la boca y volví a cerrarla. Lillemor y Liljenholm eran, de por sí, una estampa imposible, pero Lillemor y Nella eran todavía peor. Ellas dos. En una misma habitación.

—Por si acaso —oí decir a Nella—, cuando hayas terminado de escribir lo que quieres escribir, claro. No querríamos que Lillemor tuviera una información que no tenemos nosotras, ¿verdad? No creo que, a la larga, eso sea bueno para la historia.

Escrutó mi rostro detenidamente.

—Al menos podrías pensarlo, ¿no?

Asentí con la cabeza, pero ya lo había pensado. Fueran o no los vestidos de Lillemor en el desván de Liljenholm una casualidad, no había ningún motivo para permitir que Lillemor y Nella se conocieran. Aún menos después de que Nella soltara su última propuesta. O penúltima. Luego llegaré a la última.

—Será mejor que me ponga uno de los vestidos de Lillemor cuando nos veamos, ¿no crees? —preguntó con una sonrisa, e incluso su maquillaje parecía el de Mary Pickford, sobre todo el rímel negro que se había puesto alrededor de los ojos. Se volvían muy estrechos cuando se reía.

»¡Deja de poner esa cara de susto! ¡Tu Lillemor se sentirá halagada al verme con uno de sus vestidos! Es lo mejor que hay cuando alguien adopta tus creaciones. Como cuando yo, en mi infancia, componía pequeñas melodías que luego interpretaba al piano y más tarde alguien las canturreaba sobre mi cabeza.

—¡Eso nunca me lo habías contado!

Se quedó mirándome un buen rato. El maquillaje hacía que el blanco de sus ojos resaltara aún más. Por eso supe inmediatamente que había llorado.

—No —dijo—, no lo he hecho, y eso me lleva a otra cosa. Algo que tiene que ver con tus últimos capítulos. Espera un momento.

Salió del estudio antes de que me diera tiempo a sonsacarla y cuando volvió traía un montón de papeles desordenados.

—Aquí tienes.

Los papeles ocupaban la mitad de mi escritorio y por costumbre me puse a ordenarlos inmediatamente. Sería una pesadilla para mí si se entremezclaban con mi manuscrito. Nella estaba justo detrás de mí.

—No creo que tengas que esforzarte tanto por mantener los montones separados —dijo. Sus manos descansaban sobre mis hombros—. Ayer, mientras leía, se me ocurrió que si hay un sitio donde debe estar la historia de Laurits es en tu manuscrito. No sé en qué estaría pensando.

—¿En un segundo tomo independiente tal vez?

Nella me apretó.

—Le he estado dando vueltas —continuó— y no habrá un segundo volumen independiente. Si quieres, puedes utilizar mi compilación de los diarios de Laurits. De este modo, también te resultará más fácil darnos la palabra a mí o a Laurits cuando llegues a ese punto.

Al volverme hacia ella, su rostro se nubló.

—Yo no sabía que tu infancia hubiera sido así —dijo.

Si tengo que ser sincera nunca sospeché que hubiera hecho nada para evitar que Nella la conociera. Hizo un gesto con la cabeza en dirección al montón.

—Te he añadido un par de páginas. Las escribí anoche, después de leer tu historia. No es más que un borrador y no es tan bueno como lo que tú has escrito sobre tus años en Nyhavn. Pero es mi historia. Puedes hacer lo que quieras con ella.

—¿Tu historia?

—Sí, mi historia. De cómo crecí en medio de todo esto en Liljenholm.

Me lanzó una sonrisa apagada.

—Bueno, tú lee lo que he escrito cuando tengas tiempo —dijo.

Su caligrafía tenía unos rasgos farragosos que hacían que

las páginas parecieran su escritorio. «Cuando era pequeña, solía jugar con mi hermana gemela...» La voz de Nella se interpuso perturbadora.

—¿Ya has contado a tus lectores en qué consistía la sospecha que tenía Laurits sobre Hortensia?

«Jugábamos todo tipo de juegos: al escondite, al pilla pilla, a mis juegos preferidos de muñecas...»

Nella señaló algo que era imposible que pudiera interesarme.

—Podrías sencillamente citar a Laurits. ¿Me estás escuchando? ¡No puedes mantener a los lectores en la inopia para toda la eternidad!

«Se llamaba Bella. Me parecía el nombre más bonito del mundo...»

El dedo de Nella señaló insistente el pasaje en el diario de la señorita Lauritsen, ahora puesto en limpio, que versaba sobre los pensamientos que le había suscitado el suicidio de Hortensia.

—Cítalo —insistió en tono imperativo.

Yo no suelo ser una persona a la que se le puedan dar órdenes, a estas alturas debería haber quedado claro. Pero como por lo visto es muy importante para Nella haré una excepción e incluiré la cita.

La señorita Lauritsen escribió:

> He llegado a ciertas conclusiones acerca de Hortensia después de mi último descubrimiento. Aunque no la conocí, a menudo ha estado muy cerca de mí. Ocupó este cuarto antes que yo. Pero no creo que sea esa la razón por la que me atormenta. Llevo un tiempo pensando que debió de tener sus motivos para poner fin a su joven vida y ahora creo saber con toda seguridad que el motivo fue don Horace. La dejó embarazada. ¡Su propio hermano! Debería habérmelo imaginado, pero no me atreví. ¡Mi señor, no! ¡Don Horace, no! También creo que, en lo más hondo, doña Clara lo sabe,

pero es demasiado introvertida para sacarlo a colación. Antonia y Lily no saben nada, y, por encima de todo, quiero protegerlas. Ellas dos lo son todo para mí. No puede pasarles nada, ¡por encima de mi cadáver!

Debí de quedarme un buen rato mirando fijamente la cita de la señorita Lauritsen. En cualquier caso, la oscuridad se había ceñido a mi alrededor cuando Nella volvió con mi cena. Pollo con puré de patatas. Venden pollos y patatas a un precio asequible en Frydenlund, así que son dos elementos que a menudo forman parte de nuestra dieta.

—Todavía no has leído mi historia, ¿verdad? —preguntó Nella.

Mis ojos buscaron enseguida los folios manuscritos que debería haber leído hace tiempo. Supongo que es el efecto que una revelación como esta tiene sobre una. ¡Un hermano que viola a su propia hermana! ¡Y encima en esta casa! He sido testigo de muchas cosas en mis tiempos, pero nunca de algo igual, y Nella sacudió la cabeza.

—Yo tampoco —dijo—. Es terrible, solo quiero que sepas que, ahora mismo, le estoy dando vueltas a algo igualmente terrible.

Se desplomó en mi butaca. Incluso el vestido de Lillemor parecía infeliz.

—Como ya sabes, he estado buscando la correspondencia entre Antonia y Daphne sin parar —continuó—. Pero, cuanto más lo pienso, más convencida estoy de que el fajo de cartas en inglés que arrojé a las llamas antes de que falleciera Antonia debió de ser la correspondencia de Daphne du Maurier. He conseguido quemar una fortuna.

—Son cosas que pasan, ¿no es cierto?

Mis ojos buscaron la historia de Nella, pero el estudio estaba demasiado oscuro para que pudiera leerla desde donde estaba sentada.

La verdad es que, sin el maquillaje, Nella parecía alguien que se había pasado toda la noche despierta y supongo que así era. Por lo que pude apreciar, me aguardaban varias páginas escritas a mano y, cuando alargué el brazo para cogerlas, Nella posó sus manos sobre la mía.

—¿Crees que vale la pena escribir a Daphne du Maurier para pedirle las cartas de Antonia? —preguntó.

La respuesta sincera habría sido no. Supongo que es lo que debería haber contestado, pero en aquel momento quise estar tranquila para leer.

—Puedes intentarlo.

—Sí, ¿te parece?

Me dejó sola con sus páginas de escritura apretada. Y es extraño. Pensé que poner su historia por escrito me acercaría a ella y resulta que, en realidad, pasa todo lo contrario. Si en algún momento me sentí realmente cerca de Nella fue cuando decidió contarme una historia que jamás se me habría ocurrido reclamar.

Reencuentro con un extraño

Tengo unas ganas inmensas de reproducir la historia de Nella ahora mismo. De hecho, ya la he transcrito exactamente como la escribió ella y en los últimos días no he pensado en otra cosa: Nella que correteaba jugando al pilla pilla con Bella aquí mismo, donde vivimos. Pero por mucho que quiera contársela, tendré que esperar para compartir con usted, estimado lector, su historia, porque a su manera se anticipa a lo que yo descubrí durante las semanas que estuve trabajando como secretaria en Vodroffsvej. Y francamente llevo un buen rato impaciente por contarle esta historia.

¡Y pensar que de eso hace casi seis años! Sin que me haya dado cuenta, ha llegado el verano al otro lado de mis ventanas, y el otro día, cuando Nella entró con la bandeja de mi desayuno y el brebaje de cebada inmundo que nunca podrá sustituir el café, abrió las ventanas de par en par. «Para que puedas oír los pájaros», dijo. Aunque me parece que los pájaros ya debían de haber cantado la mayoría de sus cantos por este año. El verde del jardín ya es casi tan intenso como el de las copas de los árboles de las avenidas de Frederiksberg la mañana de agosto de 1936, cuando me dirigí a pie de la pensión Godthåb en Vodroffsvej.

Aunque tardé menos de media hora en llegar hasta allí, un mundo separaba la modesta pensión, en un extremo de Frederiksberg, del edificio señorial en el otro. Se erguía frente a mí y la puerta principal tenía un extraño parecido con las puertas celestiales, o simplemente mezclara la visión con la de aquel día en que a unas niñas del orfanato, temerosas de Dios, nos enviaron a dar un paseo. Casi podía ver a la niña pequeña que fui antaño. Justo delante de esta puerta principal. A lo mejor había echado la cabeza atrás para poder imaginarme cómo debía de ser vivir allí arriba, tras los grandes ventanales con balcones, con unos padres de verdad. Tuve que parpadear varias veces para hacer que desapareciera la imagen. Cuando crecí, Lillemor me prohibió acercarme al lugar, a esta calle, y sus palabras se repetían una y otra vez en mi cabeza. «No solicites ese trabajo, Agnes, te prohíbo que lo hagas.» Siempre había intentado protegerme, mi querida Lillemor, pero no siempre iba a poder protegerme contra los primeros años de mi vida. Eso fue lo que pensé cuando abrí la puerta principal.

Por dentro, el edificio era muy exclusivo, nunca había visto nada igual (al menos no a plena luz del día, pero esa es otra historia). Además, la iluminación era extrañamente siniestra. Por las lámparas. En todos los descansillos eran de un cristal oscuro y mate, y de ellas parecían colgar nubes cargadas de lluvia. Había además una alfombra azul oscuro a todo lo largo de las escaleras, que silenciaba mis pasos hasta la última planta muy a mi pesar. No le habría gustado a la niña pequeña que fui. Detestaba que la mandaran callar. Mis ojos buscaron las placas con los nombres. Søndergaard, Rosencrantz, Jensen... hasta que llegué a la tercera planta y descubrí la puerta. La del medio. En el buzón ponía «Hansen» en letra cursiva blanca sobre una placa negra; intenté pulsar la melodía alegre del timbre. Me contuve asustada cuando oí el desafinado resultado. De pronto la puerta se abrió y vi a la señora de pelo blanco, y enseguida me di cuenta de que mi ropa de gala no era de su agrado. Al principio, sus párpados de un marrón nacarado caían sobre sus pestañas, pero poco a poco subieron hasta sus cejas. O los restos de ellas. Apenas quedaban dos rayas pintadas donde antes debió de haber cejas. Alargué la mano. Parecía más grande de lo habitual.

—Mi nombre es Agnes Kruse, encantada de conocerla. Soy su nueva secretaria.

Primero miró fijamente mi mano, que pendía en el aire, luego mis zapatos y, la verdad, no creo que los zapatos de hombre, a fin de cuentas, fueran tan raros. En cualquier caso había varios pares pulcramente alineados detrás de mí. La mujer se aclaró la garganta.

—¿Usted es la señora Kruse?

—Señorita Kruse.

Lo dije demasiado rápido. La camisa ya se me había pegado al cuerpo. Y la mano me pesaba mucho.

—¡Oh!, ya veo —dijo, pero no parecía que fuera así.

Tenía la cara casi tan descolorida como el pelo y a punto estuvo de decir algo que requería mucho esfuerzo. Entre sus dientes incisivos había un espacio llamativamente grande.

—¿No sé si fue usted con quien hablé el otro día... acerca del libro de memorias? —se apresuró a preguntarme mientras yo movía el pie, apenas, tal como le gustaba a Paula.

«¡Le confiere un no sé qué de elegancia!», había dicho entre risas la primera vez que nos vimos, pero la señora que tenía delante simplemente retiró una mota de polvo invisible de su falda.

—Sí, habló conmigo.

Su mano era un manojo de carámbanos cuando al final apretó la mía. Sorprendentemente fuerte, teniendo en cuenta lo delgada que estaba. O más bien flaca. Incluso debajo de la holgada blusa de botones que llevaba se presentían sus huesudos hombros.

—Puede llamarme señora Hansen —dijo, y eso yo ya lo sabía.

Aunque había sonado bastante más accesible por teléfono, sobre todo cuando mencioné que podía empezar a trabajar inmediatamente, era lo de siempre. Tenía el trabajo asegurado hasta que la gente me conocía; sin embargo, la puerta se abrió. La señora Hansen dio un paso atrás para que yo pudiera pasar. Me quedé paralizada, apenas me atrevía a dar fe de lo que estaba viendo.

—Puede dejar su abrigo en el colgador de la izquierda.
—Muchas gracias.
—¿Le gustaría tomar una copita de jerez?

Yo diría que había más de una respuesta para esta pregunta, pero la señora Hansen ya iba hacia la cocina. De camino hizo un gesto con la cabeza en dirección al salón de la derecha y me pidió que tomara asiento en la butaca del tresillo de terciopelo azul. El tresillo de diario, barrunté. Daba a un pequeño balcón con una par de sillas pintadas de blanco y una hilera de rododendros en macetas. Mi corazón se saltó varios latidos. Desde allí había vistas al jardín del orfanato y el ciruelo seguía allí. Debía de haber alcanzado una altura de tres plantas, si no más. Unos niños correteaban por el jardín. Niños del orfanato. Chusma. «No solicites este trabajo, Agnes, te lo prohíbo.»

—¿Señorita Kruse?

La señora Hansen parecía llevar un buen rato allí. Detrás de mí, con dos copas de jerez en las manos; me ofreció una. Me miró directamente a los ojos.

—¿Conoce el barrio?

Se volvió y me ofreció un plato con un trozo de pastel amarillo. Al verlo mi lengua creció en la boca.

—Sí, viví aquí de pequeña.

Sin querer, dejé con demasiada fuerza el plato sobre la mesa del salón. Las cejas de la señora Hansen se alzaron en el acto.

—¡Qué interesante! ¿Y dónde exactamente?

El jerez era casi negro. Me quemaba la lengua. Ambas nos sentamos en el borde de una silla y yo dije que no recordaba el número de la calle. Al fin y al cabo hacía mucho tiempo, pero era un barrio maravilloso y había disfrutado mi estancia por aquí.

—¿De veras?

La señora Hansen lanzó una mirada hacia el orfanato y yo me apresuré a preguntar si eran sus memorias las que debía poner en limpio. ¿Había ya un borrador al que echar un vistazo? La señora Hansen enmudeció. Miró hacia la puerta y carraspeó.

—Es... es un poco más complicado, señorita Kruse —contestó—. Espero que pueda vivir con ello. La cosa es que...

Algo se cayó y se hizo mil pedazos en algún lugar del piso, y alguien maldijo en voz alta. Un hombre de voz profunda que estaba acostumbrado a salirse con la suya.

—¡Karen! ¡KAREN!

La voz vibraba y la señora Hansen se puso en pie de un salto. Tenía manchas rojas en las mejillas, pero su mirada era tan firme como antes.

—¿Puede disculparme un momento, señorita Kruse? —preguntó por encima del hombro.

Seguramente tendría la edad de Lillemor, pero sus movimientos eran mucho más rápidos. Como los de un animal, pensé. Era evidente que la señora Hansen era una dama acostumbrada a estar alerta.

—¿Qué haces, cariño? —oí que preguntaba al cerrar la puerta del pasillo a sus espaldas, y no pude más que sorprenderme.

Su voz tenía una calidez nueva, era, sin duda, dulce. No conseguía relacionarla con la señora Hansen que había estado sentada frente a mí con las piernas cruzadas, esforzándose por interrogarme hacía apenas un instante.

—¿Karen?

—Sí, estoy aquí. ¿Te ha pasado algo? Déjame ver tu mano un momento.

El hombre murmuró algo que la hizo reír.

—Espera aquí, voy a buscar una tirita.

Se abrieron y cerraron puertas y a mis pies les costó mantenerse quietos. Querían acercarse a la puerta para que pudiera ver lo que estaba pasando, pero supe resistirme y, en su lugar, me volví y eché un vistazo al salón. Faltaba algo. O quizá faltar no fuera la palabra indicada. De hecho, había más libros en el salón de los que yo siquiera hubiera sospechado alguna vez que pudieran existir. Cubrían la pared más larga, del suelo al techo, hasta la puerta, y las alfombras parecían tan valiosas que se me hacía difícil pisar. Paseé la mirada de las mesitas con las figuras de buena porcelana a las paredes decoradas con un par de cuadros abstractos, y entonces me di cuenta: un hogar como ese debería haber estado lleno de retratos. De fotografías de al menos tres hijos y siete nietos vestidos de escolares, confirmandos, soldados, novias y novios, tal vez con su prole, tal vez incluso bajo distintos arcos de triunfo celebrando alguna boda de plata. Cuando tenía ocasión contemplaba este tipo de fotografías familiares, pero ahí no había ninguna. Ni siquiera una de la señora Hansen y de su esposo, el accidentado.

—¿Qué me ha pasado? —le oí preguntar, y me llamó la atención. Incluso yo había deducido que se habría cortado, y eso fue lo que le respondió la señora Hansen.

—Pero ¡si estoy sangrando, Karen!

—Sí, sí, pero ahora te pondré una tirita. Todo se arreglará, ya verás.

Me apresuré a coger un trozo de pastel con los dedos pulgar e índice, corrí hasta el pequeño balcón, me asomé y lo dejé caer. Con un poco de suerte, el pastel llegaría al suelo entero. Luego volví a toda prisa a la silla, donde tenía que haber estado sentada todo el tiempo. Un pájaro aterrizó sobre un comedero justo delante de la ventana. Se me ocurrió que seguramente alguien solía sentarse ahí para contemplar los pájaros, porque la silla estaba colocada en el ángulo adecuado y había una manta de lana gruesa que colgaba del respaldo. También había una labor de punto en una cesta de mimbre en el suelo, entre el sofá y la otra butaca. Casi me los imaginaba: el matrimonio entrado en años y sin descendencia que, por lo visto, ya se había hartado de leer sus muchos libros.

—Siento mucho la interrupción.

La señora Hansen cerró con cuidado la puerta y no tuve

más remedio que admirar la mirada que me lanzó. Como si no hubiera pasado nada, eso era lo que denotaba su rostro, aunque las manos la delataron. Temblaban un poco cuando sirvió más jerez en las copas.

—No recuerdo si me ha dado tiempo a contarle que su tarea es... un poco especial —dijo, y de pronto me sentí indescriptiblemente cansada.

Lo último que necesitaba ahora mismo eran más tareas especiales de las que ya tenía. De hecho, las únicas tareas que me interesaban eran las honradas, rectas y absolutamente banales. A poder ser, con efecto retroactivo.

—¿Cómo de especial?

—¡Oh!, especial en varios sentidos, me temo.

La tela a rayas de los pantalones me picaba cuando junté las manos sobre la rodilla, y la señora Hansen se quedó un buen rato mirando la mesa de centro.

—¿Le apetece un trozo de pastel más, señorita Kruse? Veo que ya se lo ha terminado.

—¡No! No gracias, estoy bien.

—Solo tiene que decírmelo.

Se sirvió más jerez y yo esperé a tomar la palabra hasta que se hubiera terminado la copa.

—Me veo obligada a decirle que soy una persona íntegra, señora Hansen. Quiero que quede claro.

Ahora había miedo en su mirada. Seguramente, yo conocía mejor que ella ese sentimiento. Mucho mejor de lo que ella jamás llegaría a conocerlo.

—Sí, claro, claro que lo es.

Se llevó la mano a la boca y tosió. Sus uñas estaban tan lustrosas como las de Lillemor, aunque más cortas. Era evidente que esta mujer necesitaba poder ponerse manos a la obra de inmediato.

—Tampoco lo decía en ese sentido —añadió—. Puede estar tranquila, no hay nada vicioso en su misión. No me refería a nada de eso.

—Me alegro.

Pero no estaba nada contenta. Al contrario, tenía la triste sensación de haber vivido esto antes. Dios mío, ¿dónde me había oído yo decir a mí misma, una y otra vez, que la discreción se daba por sentada y que por costumbre no juzgara a nadie?

—Puedo ofrecerle una transcripción impecable, ni más ni menos —me oí decir—. Puede estar tranquila. Se lo aseguro. Sus memorias estarán en buenas manos.

Quería haber dicho algo más acerca del gran servicio que podía ofrecerle, pero me interrumpieron una puerta que se abrió y un hombre que entró.

—¿Karen?

Tenía el pelo blanco alborotado y supuse que había pasado un buen tiempo en el balcón durante los últimos meses. En cualquier caso, su piel tenía un color uniforme y dorado que hacía juego con su camisa a rayas y su porte regio. Había algo en él que lo hacía juvenil, a pesar de parecer mayor de lo que podía conjeturar que fuera. Las manchas rojas habían vuelto a las mejillas de la señora Hansen. Disminuían considerablemente su parecido con un cadáver.

—¡Bueno, pero si es la señorita Lily!

Su voz profunda denotaba esa clase de autoridad que me llevó a levantarme enseguida. La señora Hansen carraspeó un par de veces.

—No, se llama Agnes, cariño. ¿No es ese su nombre? ¿Agnes Kruse?

Asentí con la cabeza. Lo más llamativo de su presencia eran sus ojos. De color verde, me examinaron de pies a cabeza como otros hubieran estudiado un mapa. Para mi sorpresa, su mirada más bien despertó mi curiosidad que mi desagrado. Asintió con la cabeza.

—¿Agnes?

Lo confirmé, y sentí un considerable alivio cuando aceptó la mano que le ofrecí y la sacudió un buen rato.

—Han sido sus ojos —dijo—. Pero usted no es Lily, no con esa vestimenta, es que se me ocurrió que...

Sin duda, tenía una dentadura postiza a la que agradecer su sonrisa blanca, que, por otro lado, no desmerecía sus encantos en absoluto. Los ojos se entrecerraron tanto que el verde casi desapareció entre las pestañas.

—Pero ¿qué se ha hecho en el pelo, señorita Agnes? Pero si parece... ¿Cómo es?

Su mirada se perdió por la ventana, como si los pájaros en el comedero pudieran darle la respuesta, y mis manos se deslizaron instintivamente por mi pelo. Desde hacía poco, lo tenía bastante dominado en algo que parecía un oleaje moderado.

—¿Un almiar? —propuse, y la señora Hansen estaba justo detrás de mí.

Había algo en su manera de apoyar la mano en el hombro de su esposo que me conmovía. Su mano demasiado fina que le daba unas leves palmaditas.

—Esas cosas no se preguntan, cariño —dijo ella en voz baja, y las cejas de él se juntaron.

Parecían arbustos blancos sobre los ojos, arbustos tristes. De pronto parecía inmensamente triste.

—No... no, discúlpeme.

—No tiene por qué. De veras —me apresuré a decir y me pareció que la señora Hansen me lo agradeció, aunque solo por un momento.

Le alisó el pelo con mucho cuidado.

—Bueno, pues aquí tenemos a mi esposo, el señor Hansen —dijo, dirigiéndose a un punto sobre mi cabeza (probablemente mi aureola, teniendo en cuenta la honorabilidad de la que yo había hecho gala poco antes) y, para mi sorpresa, el señor Hansen cogió mis manos y les dio un cálido apretón.

Noté una tirita de considerables dimensiones sobre el dorso de su mano y por lo visto él también.

—¿Qué le ha pasado a mi mano?

—Se ha cortado, señor Hansen.

Sus ojos verdes se iluminaron.

—Es cierto, sí, así es —contestó—. El otro día, ¿verdad? Cuando se me cayó... ese maldito...

Se detuvo en mitad de la frase y me escudriñó. Un buen rato, a mi juicio.

—¿Sería tan amable de llamarme Simon, como usted solía hacer antes?

Soltó mis manos y la señora Hansen carraspeó detrás de él.

—¿No recuerdas por qué está aquí la señorita Agnes, cariño?

Me gustó la manera en que el señor Hansen echó la mano hacia atrás y acarició la mejilla de su esposa. Como si estuviera acostumbrado a contestarle de esa manera. Con una caricia. De pronto me guiñó el ojo.

—¡Agnes! También conocimos a alguien que se llamaba así entonces, ¿verdad?

La señora Hansen intervino.

—Usted no está aquí para transcribir mis memorias, señorita Kruse. De hecho, está aquí para transcribir las de mi marido y me temo que hasta el momento no hay ningún borrador. Así que la idea es que usted ponga por escrito lo que mi esposo le dicte. ¿No es así, cariño? Llevas meses hablando de ello, que necesitas una secretaria porque hay algo que quieres contar. ¿No lo recuerdas?

Los ojos del señor Hansen parecían ahora más oscuros. Desorientado, recorrió el salón con la mirada antes de asentir con la cabeza, pero yo no estaba ni mucho menos segura de que confirmara lo que ella había dicho.

—Entonces, ¿qué ha sido del asunto de la transcripción de un libro de memorias? —me vi obligada a preguntar y la señora Hansen bajó la mirada.

—¡Oh!, ya sabe —dijo—, supongo que podemos llamarlo lo que queramos, ¿no le parece? Memorias, libro de memorias. No creo que deba darle demasiada importancia a este asunto.

El señor Hansen no pudo contener la tos.

—Apreciaría enormemente si usted accediera a ser mi secretaria... Agnes —dijo él y no cabía duda de que era una empresa imposible desde buen principio: escribir lo que dictara un hombre esclerótico que pretendía componer sus memorias.

Y sin embargo acepté, sin pensarlo demasiado. En parte porque el señor Hansen me cayó instintivamente bien y sentía curiosidad por saber qué tenía intención de contarme. Sin duda, también intervino que la señora Hansen me hubiera ofrecido un sueldo por teléfono que superaba en mucho las cantidades con las que solía tener que conformarme. Pero sobre todo dije que sí porque soñaba con un nuevo comienzo. Una nueva vida honrada y recta de la que no tendría que huir y, al menos con el tiempo, todo llegaría a calmarse. No se esperaba mucho de mí, más allá de tomar notas de lo que el señor Hansen me contara durante cuatro horas al día, salvo que recordara otra cosa, y volver al día siguiente. No solo parecía inofensivo. Parecía facilísimo.

Cuando ya me iba, la señora Hansen me llevó a un lado. Su aliento olía a menta.

—Antes de que se vaya, hay un par de cosas que debe saber —dijo, y yo no protesté.

Es probable que entonces presintiera que la información que podría darme el señor Hansen sería escasa. Sea como fuere, la señora Hansen me hizo saber que su esposo tenía ochenta y dos años y que hasta que la edad se instaló en su cerebro había dirigido su propia editorial, Hansen & Hijo. Ahora, la señora Hansen se había hecho cargo hasta donde alcanzaban sus fuerzas, en sus propias palabras, y no podía ser mucho, puesto que también tenía que cuidar de él. Pero de eso no dijo nada. Hacía un buen rato que su rostro había recuperado su forma más inexpresiva.

—Cuando la cabeza de mi esposo está despejada, supongo que me entiende, insiste en que le busque una secretaria —continuó—. Tal vez usted se pregunte por qué no tomo yo las notas, si al fin y al cabo, sería lo más lógico. Verá, he trabajado como secretaria editorial toda la vida y tengo que decirle que se lo he ofrecido muchas veces. Sin embargo, él se niega a decir nada cuando yo estoy presente. Por mucho empeño que le ponga. Por eso está usted aquí, señorita Kruse.

—Pero ¡yo no soy más que una simple secretaria, señora Hansen! ¿No esperará que haga hablar a su esposo?

La señora Hansen abrió la puerta en mitad de mi pregunta.

—Lo único que tiene que hacer es tomar notas de lo que mi esposo le cuente, eso es todo —dijo, y su rostro se crispó levemente—. Si no utilizas la cabeza todo acaba desapareciendo, ¿no es cierto?

Se hizo a un lado para que yo pudiera pasar, y yo intenté interpretar su semblante. ¿Realmente creía que cuatro horas diarias de ejercicios nemotécnicos bastarían para devolverle la memoria al señor Hansen?

—¿Quién es esa tal Lily con la que su esposo me confunde? —pregunté y las cejas de la señora Hansen casi consiguieron responder por ella. Una de ellas se levantó.

—Era la hermana gemela de Antonia, la primera esposa de mi marido, nacida un par de minutos más tarde.

Puso énfasis en «era» y yo debí de parecer muy desconcertada, porque la señora Hansen continuó:

—En esos círculos, el primogénito hereda el título y las llaves de la despensa, los arcones y las puertas. Si le sirve de consuelo —añadió—, usted no es la primera a la que se dirige con ese nombre. Y por cierto, señorita Kruse...

Hizo un gesto con la cabeza en dirección al timbre.

—¿Será tan amable de abstenerse de interpretar sus pequeñas melodías cuando vuelva mañana? Se lo agradeceríamos mucho, al igual que los vecinos, estoy convencida.

—Naturalmente.

—Gracias. ¿Podría también convencerla de que se quite los zapatos en el vestíbulo?

Hizo un gesto comedido a modo de despedida. Mi cabeza

era un enjambre de pensamientos cuando me dirigí a casa. Cambié de opinión y puse rumbo a la iglesia. ¿Qué clase de secretos serían esos para que el tal señor Hansen no quisiera confiárselos a su esposa? ¿Y qué clase de secretos serían los que ella no quería confiarme a mí? Al menos yo habría pensado lo mío si mi marido fuera por ahí llamando a mujeres desconocidas por el nombre de Lily, por mucho que esta tal Lily estuviera muerta y por senil que estuviera mi marido. Pero estrictamente yo no era la señora Hansen, y eso también lo pensé. Me costaba muchísimo clasificarla, dejando de lado una única sensación que no dejaba de rondarme. Eché la cabeza hacia atrás y los ojos se me llenaron de las copas de los árboles. Si no estaba muy equivocada, la señora Hansen y yo sentíamos la misma curiosidad por lo que el señor Hansen había omitido contar durante todos aquellos años. Parpadeé. Un rayo de sol se abrió paso a través del follaje hasta mis ojos, completamente abiertos.

Nace una sospecha

Tenía razón. Sin lugar a dudas, la señora Hansen sentía curiosidad, pero de una manera que me costaba mucho prever. Aunque diré que durante las primeras semanas su táctica fue manifiesta. El señor Hansen y yo nos instalábamos en su habitación cuadrangular, frente a frente en las confortables butacas de terciopelo que invitaban a conversaciones mucho más profundas de las que él era capaz de llevar (¿por dónde íbamos?, ¿quién ha dicho que es usted?). Y la señora Hansen entraba con café y té y jerez y canapés y chocolate y, gracias a Dios, solo de vez en cuando, el pastel amarillo, que por lo visto hacía ella. Debía de acercarse de puntillas sobre sus tacones altos, porque nunca la oía llegar hasta que abría la puerta y dejaba el refrigerio sobre la mesa de tres patas que había entre nosotros.

—Aquí tenéis un poco para calmar el gusanito —solía decir—. ¿O tal vez os apetezca algo de beber?

Sin embargo, a medida que fueron pasando los días se dio cuenta de que los secretos del señor Hansen no salían de su boca precisamente a borbotones, así que cada vez la veíamos menos. Eso no significa que desapareciera, al contrario. En todo caso se hizo más presente. ¿No estaban mis notas colocadas de una manera ligeramente diferente de como las había dejado el día anterior? ¿El silencio al otro lado de la puerta del señor Hansen no era demasiado llamativo? A veces tenía ganas de levantarme y abrir la puerta de golpe, de abrir todas las puertas de los armarios del señor Hansen para asegurarme de que la señora Hansen no estuviera encogida en uno de ellos, con la oreja contra la puerta. «Aunque si así fuera no sacaría nada en claro», pensé, y eso también me consolaba. Si el señor Hansen guardaba un secreto, este se perdía en grandes agujeros negros que intentaba remendar con medias historias y preguntas que yo contestaba o no. De todos modos, el señor Hansen olvidaba nuestra conversación en cuanto finalizaba.

Sin embargo, había empezado a recordar una cosa, o la señora Hansen se lo recordara cada mañana, poco antes de las nueve. En cualquier caso, pronto fue él quien me abría la puerta y lo que voy a contar tal vez suene un poco raro. Pero, cuando llegaba al portal de Vodroffsvej, la idea del señor Hansen en el vano de la puerta hacía que mis pies aceleraran el paso. Las manos cálidas del señor Hansen. Sabía que, un momento después, cogerían las mías, y yo daba saltos de júbilo por dentro. Por mi nueva vida. Por mi nuevo comienzo.

—Bienvenida. ¡Cuánto tiempo, Lily!
—Agnes Kruse, señor Hansen, no Lily.
—Bueno, sí, es verdad, tiene razón. Entre, señorita Agnes, por favor, y puede dejar los zapatos ahí.
—Lo sé.
—Sí, porque no queremos tener problemas con mi esposa, ¿verdad? ¡Déjeme que la vea bien! ¡La verdad es que parece usted muy cansada! Y dígame una cosa, ¿qué ha hecho usted con su pelo? Pero si parece...

De vez en cuando tenía la sensación de que, en realidad, sí recordaba mi nombre y mi pelo y el almiar, pero que sencillamente le gustaba el ritual y a mí me pasaba lo mismo. Me invadía una calma especial en cuanto iniciábamos la misma conversación que el día anterior. Sin embargo, una mañana, cuando llegué a la puerta de en medio, todo fue distinto. El señor Hansen sostenía algo en las manos. Un par de zapatillas marrones de andar por casa. Blancas en la punta de lo gastadas que estaban y con evidentes marcas de un par de tacones en el forro de piel de cordero.

—No quiero que pase frío en los pies, señorita Agnes —dijo, y me las ofreció con un movimiento imperioso—. Casi diría que usamos el mismo número de zapatos, usted, ¿qué cree?

No recuerdo qué fue lo que contesté, pero recuerdo perfectamente que las zapatillas me sentaban como un guante y no supe qué hacer ante un gesto de amabilidad como aquel. Aún menos viniendo de un hombre que, con un poco de buena voluntad, podía haber sido mi padre. Hice todo lo posible por alejar este último pensamiento. Sin embargo, no pude evitar descubrir en él algunas pequeñas cosas que me recordaban a mí. Tampoco pude evitar pensar en ellas, incluso mucho tiempo después. Los dos preferíamos el café muy fuerte con leche y sin azúcar, éramos muy ordenados y mi color preferido era el azul que engalanaba el cuadro abstracto sobre su imponente escritorio. Sin duda, él también lo habría contemplado a menudo mientras trabajaba, porque a veces su cabeza se volvía hacia él y yo descubría el reconocimiento en su rostro. Reconocimiento. Pronto aprendí a buscarlo y aquella mañana en que me ofreció sus viejas zapatillas lo encontré inmediatamente en su mirada. Nunca habría creído que fuera tan agradable que alguien reconociera tu trabajo.

Ese día fue uno de los días despejados del señor Hansen. El primero que yo presencié. La señora Hansen apareció en la puerta de la cocina. Parecía recién planchada por todos lados y su voz era más fría que de costumbre.

—¿Café o té?

—Café, gracias.

Si tenemos en cuenta que todas las mañanas contestaba «café, gracias», en realidad me sorprendía que siguiera preguntándomelo. Pero tal vez a ella también le gustaran los rituales. O a lo mejor la necesidad le había enseñado a apreciarlos. La oí trajinar en la cocina. Sonaba como si lo que más le apeteciera fuera lanzar las valiosas tazas de porcelana contra el suelo, pero en su lugar las dejó sobre la mesa del señor Hansen con fuerza y desapareció sin pronunciar palabra. Alargué la mano para coger mis notas, y ya no tenía dudas. No estaban como las había dejado el día anterior. Más bien estaban en orden inverso y mientras las ordenaba y me hacía cruces por lo inservibles que eran («Tiene que ver con... etcétera, etcétera. ¿Qué fue lo que dije antes?»), el señor Hansen me contemplaba. Había ladeado la cabeza.

—¿Y usted de qué parte del país es, señorita Agnes? —preguntó, y ni se me ocurrió la idea de mentirle. Realmente nunca me había sucedido antes.

—Mis primeros recuerdos son de un orfanato. Puede usted verlo desde su balcón. Orfanato de Vodroffsvej. Más tarde, cuando tenía cuatro años, fui adoptada por una viuda en Nyhavn.

El señor Hansen se quedó un rato meneando la cabeza.

—Interesante —dijo—. Muy interesante. ¿Y qué me dice de un novio? ¿Tiene uno?

Sonaba sincero, como si realmente quisiera saberlo, y todo en él me asombró en ese momento. Como si, a sus ojos, algo de pronto encajara, pensé.

—Tuve una. Se llamaba Paula.

Nos quedamos sentados sin decir nada un rato y, cuando finalmente me obligué a mirar al señor Hansen, él seguía asintiendo con la cabeza. Parecía satisfecho.

—Paula, es un bonito nombre —dijo, y de pronto comprendí el resentimiento de la señora Hansen.

Si yo fuera ella, también estaría furiosa por tener que cederme a mí hoy al señor Hansen en uno de sus días lúcidos como ese.

—Desgraciadamente no he conocido a nadie que se llamara Paula —siguió—, pero hubo un tiempo en que conocí a alguien que se llamaba Antonia. Fue mi primera esposa. Antonia von Liljenholm. Una magnífica mujer con una mente complicada. ¿Es posible que la conozca?

—Sí, sí, naturalmente.

Era una verdad con matices. En aquel momento, mi conocimiento de Antonia von Liljenholm se reducía a las fotografías maquetadas de forma extraña en las revistas y a una entrevista que probablemente había leído unos años antes.

—Entonces, ¿qué le parecen sus libros? —preguntó, y dentro de mí se abrió un desierto.

Sin embargo, conseguí decir que desde luego eran excelentes y él hizo un gesto con la cabeza en dirección a la considerable colección de libros que descansaban en las profundidades de las estanterías empotradas de caoba. Debería haberles echado un vistazo mucho antes.

—Verá, mi editorial publica todos sus libros. Hansen & Hijo. ¿Tal vez conozca la editorial?

Me levanté y vi varias hileras de oscuros y gruesos lomos con su nombre estampado en oro. Antonia, Antonia, Antonia.

—¿Y Lily no escribió ninguna novela? —pregunté, solo por preguntar algo, y se hizo el silencio un buen rato.

—Sí, escribía —contestó el señor Hansen—, pero nunca utilizó su propio nombre.

Saqué con cuidado uno de los libros. Pesaba mucho, sin duda por la encuadernación de piel roja. El título, en letra cursiva y dorada, aparecía solo en la primera página. *Los ojos cerrados de Lady Nella*.

—Tiene que haber ganado mucho dinero con todos estos libros, señor Hansen.

Las palabras salieron despedidas de mi boca y el señor Hansen volvió a enmudecer. Seguramente no debía de ser el tipo de hombre que habla de dinero, pensé con cierta amargura. Supongo que siempre así es cuando lo has tenido en abundancia.

—Yo amaba a Antonia —dijo detrás de mí—. Todo lo que era, sus libros, todo. Me juré que haría cualquier cosa por ella... Cualquier cosa, ¿lo comprende? Y he cumplido mi promesa. Hay tantas cosas que me gustaría contarle, señorita. Hay tantas cosas que pesan sobre mi conciencia sin haberlo pretendido nunca y temo que...

Su voz temblaba. Me apresuré a tomar asiento. Me senté en el borde de la silla para poder alcanzar sus manos, aunque en rigor debería haber cogido lápiz y papel.

—¿Qué es lo que teme, señor Hansen?

Sin embargo, su secuencia de ideas se había roto una vez más y los pedazos habían desaparecido y no estaba segura de que en algún momento hubieran estado allí. Intenté atrapar su mirada.

—¿Señor Hansen?

Miró avergonzado nuestras manos. Como si todavía supiera lo mucho que acababa de desparramar por el suelo.

—No sé lo que... —murmuró.

El sudor empezó poco a poco a correr por mi espalda y eché un rápido vistazo por el estudio. El pesado escritorio con el pisapapeles y el tintero de mármol a la hilera de ventanas, el archivador gris acero y la estantería con las obras completas de Antonia von Liljenholm. Parecía más que nada el museo de toda una vida que estaba llegando a su fin. Eso fue lo que me dio una idea.

—¿Qué le parece si le leo en voz alta? —pregunté—. ¿Los libros de Antonia von Liljenholm? A lo mejor así recuerda algo más.

Por un instante, sus cejas arrugadas me entristecieron.

—¿Antonia von Liljenholm?

—Sí, su primera esposa, la del temperamento impetuoso. Voy a coger un libro y ya verá: *Los ojos cerrados de Lady Nella*. Usted lo editó, ¿lo recuerda?

—¿Nella?

—Sí, *Los ojos cerrados de Lady Nella*. Creo que empezaré por el principio, ¿le parece bien?

Su mirada verde se había oscurecido, casi nublado, pero al menos asintió con la cabeza. Me lo tomé como una buena señal. Cuando abrí el libro me encontré con la misma visión que pronto mi Nella vería en Liljenholm: «Al amor de mi vida, Simon», impreso en la primera página, y luego el gran retrato de Antonia von Liljenholm con la mitad del rostro en sombra. Intenté mostrársela al señor Hansen, incluso varias veces, pero él simplemente la miró y me preguntó quién era yo. Así que me lancé a leer en voz alta.

Al principio, no estaba impresionada, tengo que reconocerlo. Como ya ha quedado claro, yo no era una gran conocedora de la literatura, pero a mí me daba la impresión de que Antonia von Liljenholm había corrido una gruesa cortina de descripciones de paisajes y de espectros sobre su historia. Durante mucho tiempo apenas fui capaz de ver nada que no fuera el agua que corría y goteaba y anegaba, por no hablar de los espectros. Era un enigma para mí qué pintaban realmente en la historia, aunque poco a poco... Bueno, apenas sé cómo explicarlo. Pero de pronto me pareció reconocer algo y cada vez que volvía una página mis ojos leían más rápido.

Lo que me atraía no era la historia en sí sobre la joven señorita que era dada en matrimonio al malvado terrateniente y luego escapaba con el caballeroso hijo. Tampoco eran precisamente los elementos de terror, con sus puertas batientes y los gemidos en el desván, que me llevaban a releer ciertos pasajes y mirarlos fijamente, como si la verdad fuera a penetrar las palabras. No, lo que me atraía de *Los ojos cerrados de Lady Nella* eran las extensas descripciones que Antonia von Liljenholm hacía del caballeroso amante. Poco a poco, empezó a nacer en mí una sospecha.

—¿No tiene que irse a casa, señorita Kruse?

Mi nuca crujió cuando volví la cabeza de golpe y apareció la señora Hansen en la puerta. Tenía los brazos cruzados sobre el pecho.

—Hace una hora que acabó su jornada laboral, por si se ha olvidado.

—¿De veras?

Sus dedos tamborileaban impacientes sobre su brazo y su

blusa rosa ya no parecía recién planchada. Al contrario. Parecía que había dormido con ella puesta.

—Y eso que usted no acostumbra retrasarse a la hora de salir —continuó.

Yo intenté explicarle que, desgraciadamente, me había liado. Sin embargo, ella se quedó mirándome un buen rato sin decir nada.

—¿Cómo liado, si me permite que se lo pregunte?

Nerviosa, eché una mirada al estudio y el señor Hansen parecía llevar durmiendo un buen rato. Roncaba suavemente mientras sus párpados se crispaban. La señora Hansen quiso hacerme salir con una seña. No dudé ni un instante de que me despediría fulminantemente. Miré al señor Hansen una última vez y me disponía a levantarme cuando de pronto él abrió los ojos y sentí que en ese instante un nuevo vínculo se establecía entre nosotros. Por costumbre, yo también me despertaba si alguien se tomaba la libertad de contemplarme.

—¡Lily! ¿Sigue usted aquí?

—Sí, yo...

—Agnes Kruse ya se iba, cariño.

La señora Hansen sonaba como una cantera desde la puerta y, para mi sorpresa, el señor Hansen alargó la mano para coger la mía.

—Me estaba leyendo en voz alta hace un momento, ¿no es cierto?

Tenía mi manga bien agarrada y podía haberlo abrazado. Pero no lo hice, naturalmente. No delante de la señora Hansen.

—¿De *Los ojos cerrados de Lady Nella*? —prosiguió, e hizo un gesto con la cabeza hacia la estantería—. Llévese un par de libros de Antonia a casa, señorita Agnes, ¿quiere? Parecía muy interesada en el que estaba leyendo.

Llegué a la estantería antes de que a la señora Hansen le hubiera dado tiempo a decir algo más que «me gustaría cambiar unas palabras con usted antes de que se vaya, señorita Kruse».

En cuanto salió cerrando la puerta de golpe detrás de ella, saqué a toda prisa los siguientes tres libros de la estantería del señor Hansen. *Las señoritas abandonadas, El aposento de las doncellas* y *El hueso de la suerte*. Todos estaban dedicados «Al amor de mi vida, Simon» y llevaban la misma fotografía de Antonia, la mujer a quien Hansen una vez había amado. O seguía amando, si había que creer en sus palabras. Pero entonces, ¿por qué no seguía casado con ella? Al fin y al cabo, su editorial publicaba sus libros, o eso me había dicho. ¿Y qué era lo que pesaba sobre su conciencia? ¿Qué era lo que tanto temía?

Podía fácilmente habérselo preguntado en aquel momento y solo Dios sabe lo mucho que desearía haberlo hecho. En realidad no dudaba de que tuviera que ser ahí donde estaba enterrado su secreto, pero le pregunté algo bien distinto. Mi sospecha. Quería saber si era o no descabellada.

—¿Señor Hansen?

—Llámame Simon, señorita Agnes. Creo que ya va siendo hora de que nos tuteemos.

El calor se propagó por mi cuerpo. No cabe duda de que habría olvidado sus palabras en breve, pero en ese momento yo le gustaba.

—¿Simon? Hay algo que me gustaría preguntarte.

El señor Hansen se había levantado y, cuando me volví hacia él, alargó la mano y me acarició el pelo. O mejor dicho, le dio una palmadita. Sin duda lo tenía erizado, como el de un caniche asilvestrado, que era el aspecto que solía tener a esas horas del día.

—Debes de tener más o menos la misma edad que Nella —dijo, y por un momento creí que se había vuelto a confundir. Pero entonces ladeó la cabeza—. Mi hija Nella, ¿comprendes? —continuó—. Si tú supieras lo mucho que la he echado de menos todos estos años. La verdad es que no sé cómo he podido soportarlo tanto tiempo.

«O sea, que Antonia y Simon tienen una hija», pensé, y Simon no podía verla. Era evidente que la echaba de menos. Sus ojos eran tan verdes y oscuros como las hojas al otro lado de la ventana.

—Dime, Simon, ¿tu mujer mantuvo una relación especial con una mujer, lindante con lo tórrido? —me apresuré a preguntar y, en ese instante, la puerta se abrió. Volvía a ser la señora Hansen.

—Ya va siendo hora de que recoja sus cosas por hoy, señorita Kruse —dijo, más calmada de lo que parecía, y volví a sentir la mano de Simon.

—Lily.

Tenía agarrada mi manga con fuerza y fue como una mera repetición. Yo, que decía que me llamaba Agnes Kruse. Simon, que repetía el nombre de Lily, aunque algo había cambiado. Sus ojos habían cambiado. Se me ocurrió que habían contestado a mi pregunta. La señora Hansen tamborileó de manera enérgica contra el marco de la puerta.

—¿Viene, señorita Kruse?

—Ahora voy.

Simon se había quedado inmóvil mirando fijamente el archivador y no pude evitar pensar en lo que podía esconderse allí dentro. Parpadeó varias veces, primero hacia el archivador, luego hacia mí, y abandoné su despacho con los libros bajo el brazo y un creciente desconcierto. En el pasillo, el aliento de la señora Hansen me golpeó. Menta y luego algo más. Algo más fuerte.

—No la hemos contratado para hacer preguntas, señorita Kruse. La hemos contratado para que tome notas. ¡NOTAS!

Entrecerró los ojos y una fina red de arrugas se extendió desde sus ojos hasta las mejillas, y se acercó demasiado a mí. Su aliento provocó que se me saltaran las lágrimas.

—Creo haber sido muy clara —dijo en voz baja—. Si pretende conservar su trabajo un día más tendrá que esforzarse mucho. ¿Me oye, señorita Kruse? Me prometió una transcripción impecable, ni más ni menos, ¿lo recuerda? ¿Qué me dice? ¡No me parece haber visto mucho de eso últimamente!

Apreté los libros de Antonia contra mi cuerpo con la misma fuerza que acababa de confirmar mi sospecha. Pensé en ella durante todo el trayecto, pasando por la iglesia hasta que llegué a la pensión Godthåb. Me bastó con hojear los libros que me había prestado Simon. En cualquier caso, decían exactamente lo mismo que *Los ojos cerrados de Lady Nella*, a pesar de que el joven amante adoptaba continuamente nuevas formas. En uno de los libros era el hijo, en otro, era el mozo de establo, en el tercero, el nieto, y en los siguientes cincuenta sin duda sería cualquier otra persona en la viña del Señor. Pero que fuera a ser un hombre solo porque Antonia von Liljenholm se empeñaba en escribir «él» me resultaba muy poco probable, y cuanto más leí, más reconocí la vida que yo misma había vivido. Todas las veces que había dicho «él» porque era imposible que dijera «ella». Pero también todas las veces que había soñado con endulzar mi mentira dejando entrever un poco de verdad. Y entonces se me ocurrió una idea.

De haber sido yo la autora, pensé, habría descrito al amante exactamente de la misma manera que Antonia von Liljenholm: «las suaves ondas de su cabellera, sus labios carnosos y largas pestañas que lanzaban sombras sobre sus mejillas al parpadear». El solo hecho de que fuera posible reescribir la realidad de manera que todo el mundo pudiera soportarla me daba ganas de volver a intentar ser escritora. Era increíble cómo se podía dar la vuelta a todo con las palabras. Si yo hubiera sido Antonia, seguí pensando, habría deseado que las personas adecuadas descubrieran lo que en realidad pretendía decir, ¿y a lo mejor era así? ¿O solo era yo quien reconocía demasiadas cosas al leer?

Normalmente, este tipo de preguntas habría despertado la soledad en mí y esta me habría engullido viva. Era lo que hacía prácticamente todas las noches, hasta que me cambiaba de ropa y salía a la calle. Sin embargo, aquella noche no estaba sola. Antonia estaba allí. Me contó su historia tantas veces como fui capaz de leerla, y esa noche aprendí algo importante acerca de los libros: los libros de verdad son como las personas, pero mejores. Los libros no se cierran y se apartan antes de que te hayan llegado a conocer, y pensé que debería tratar a Antonia von Liljenholm de la misma manera. Por muy interesada que estuviera en su hermana y por muy antinatural que fuera la manera en que lo estuvo.

—¿Así que mantuviste una relación con tu hermana, Antonia? —susurré tanteando los libros sobre mi mesita de noche—. ¿Por qué terminó?, ¿puedes decírmelo? ¿Fue Simon quien se interpuso entre vosotras? ¿O fue Nella? Y Antonia, ¿quieres hacer el favor contestarme sinceramente?

Mi voz era apenas audible. No quería que Paula, que estaba en la habitación contigua, fuera a creer que hablaba sola (sí, esa Paula. Hace tiempo que ella o yo deberíamos haber buscado otra pensión, pero las dos pensábamos que era la otra quien debía mudarse). Me recosté en la cama chirriante, me envolví en el cubrecama de ganchillo de Lillemor y clavé la mirada en la solitaria bombilla del techo, que hacía que mi habitación pareciera aún más desnuda de lo que ya era. Paredes amarillentas y un ropero azul de Dios sabe qué siglo, una mesa con dos solitarios candelabros y dos sillas que no hacían juego. Ni aunque se lo propusieran.

—¿El miedo que tiene Simon tiene que ver contigo, Antonia? —susurré, y ya conocía la respuesta.

Por eso, entre otras razones, dediqué las dos horas siguientes a pensar bien la manera de averiguar algo más.

El archivador

Si en este momento usted tuviera una de las novelas de Antonia von Liljenholm en sus manos, sin duda, la joven heroína habría presentido la catástrofe que se estaba gestando. Y habría tomado sus precauciones. Es lo que hacían siempre las jóvenes heroínas del universo de Antonia, pero resulta que no soy estrictamente una joven heroína, ni siquiera vista de lejos. Así que permítame que me atenga a la verdad, que es que no tenía ni la más remota idea de lo que me esperaba cuando, a la mañana siguiente, me dirigí de la pensión Godthåb a Vodroffsvej. Todo parecía sonreírme, sobre todo mi pequeño plan. Además, todavía podía pasear sin abrigo y con los ojos vueltos hacia las copas de los árboles.

La noche anterior solo había podido dormir una hora, y la falta de sueño fue como una cortina pesada descorrida entre el mundo y yo. La alfombra azul oscura hasta la tercera planta me pareció aún más azul que de costumbre. Casi azul fosforescente. Esperaba ver a Simon en la puerta invitándome a entrar, pero el perfume de una mujer se interpuso. Un perfume de rosas. A cada paso que daba era más penetrante y me topé con la señora Hansen con los brazos cruzados y golpeando el suelo con el pie.

—Tenemos que hablar ahora mismo —dijo, antes de cerrar la puerta detrás de mí.

Su blusa tenía el cuello almidonado y me recordó a la Lavandería Francesa. Por un instante, hasta que conseguí apartar la idea.

—Señorita Kruse, ¿está usted en Babia?

Me apresuré a dejar el abrigo en el colgador de la izquierda y cambié mis zapatos por las zapatillas de Simon; a Simon no se lo veía por ninguna parte. Probablemente estaba detrás de la puerta del estudio, que se había entreabierto un par de centímetros.

—Ayer por la tarde recibimos la visita de la Policía, señorita Kruse. Preguntaron por usted —dijo la señora Hansen.

Tosió ostentosamente hasta que levanté la mirada.

—¿De veras?

—Sí, los dos agentes me hicieron preguntas que naturalmente contesté. Al fin y al cabo, se trata de las fuerzas del orden público —prosiguió, y señaló con la cabeza para indicarme que continuáramos la conversación en el salón de estar.

Esta vez agradecí la copa de jerez que me ofreció.

—¿No piensa decir nada, señorita?

—¿Qué quiere que diga?

A juzgar por sus cejas, que levantaron el vuelo como gaviotas enfurecidas, la respuesta no fue adecuada.

—Bueno, la verdad es que ya no sé qué pensar —continuó—. De usted, me refiero. La Policía quería saber cuánto tiempo hace que trabaja para nosotros y cuántas horas, y un montón de cosas más sobre su pasado que, como es natural, no pude contestar, algo que, como puede imaginar, también me preocupa.

La pelusa de los muebles de terciopelo se erizó al contacto de las palmas de mis manos.

—Entonces, ¿usted qué contestó?

Sus labios parecían más finos que de costumbre. Y de pronto, se difuminaron en algo que, con un poco de buena voluntad, podía recordar a una sonrisa.

—Estuve reflexionando hasta que llegué a la siguiente conclusión —dijo, y cruzó las piernas—. Al menos, esta tal señorita Kruse parece tener el talento necesario para conseguir que mi marido hable, así que quizá debería salvarle el pellejo, solo por esta vez. ¿Entiende adónde quiero llegar? En realidad, usted me importa un pepino, señorita, no es ningún secreto, pero no me dan igual ni mi marido ni su bienestar. Por lo tanto, contesté a las fuerzas del orden que usted trabajaba para nosotros desde hacía un tiempo prácticamente de sol a sol y que usted, por lo que tenía entendido, dedicaba las noches a poner en limpio las notas, donde sea que viva. Pero, como comprenderá, señorita Kruse...

Un anillo de diamantes brilló al sol cuando chasqueó los dedos.

—Con la misma rapidez puedo cambiar de opinión y contarles que apenas lleva dos semanas trabajando para nosotros y que, de momento, no tengo ningún motivo para confiar en usted. Se la contrata para tomar notas y indicó en lugar de eso, usted se dedica a interrogar a mi marido. Espero que entienda el problema.

Se levantó y me indicó que hiciera lo mismo. Sin duda me habría fijado en su espléndido anillo si lo hubiera llevado puesto antes. Si fuera mío, podría vivir varios meses sin tener que preocuparme por el alquiler, me dio tiempo a pensar antes de que ella me interrumpiera.

—A raíz de lo sucedido he decidido, a partir de ahora, supervisar su trabajo —continuó, y una idea anunció su llegada con un dolor latente en mi sien derecha.

La historia de la Policía de la que me hablaba la señora Hansen era mentira, de principio a fin. Reconocía estas cosas a la legua. Sin riesgo a decir demasiado, la Policía y yo nos conocíamos lo suficiente para saber dónde buscarnos y dónde evitarnos. ¿Y mi pasado? ¡Ja! Difícilmente tendrían que acudir a la señora Hansen para enterarse. Tenía unas ganas enormes de decírselo: «Escuche, mi pequeña señora Karen Hansen, ¿cómo cree que he conseguido salvar el pellejo todos estos años? Permítame que le revele que no ha sido, desde luego, creyendo mentiras como la suya y, además, ¿por qué me lo cuenta? Al fin y al cabo está en su derecho de supervisar mi trabajo tanto como le plazca.» Sin embargo, no dije nada y para mis adentros, no tan serenos, adapté mi plan a las circunstancias. También tenía cierta experiencia en estas cosas.

Cuando entramos en el estudio de Simon me di cuenta de que los ojos de la señora Hansen parecían temer algo. O tal vez su mirada fuera la de alguien que se sentía acosado. Procuré no mostrar interés por el cajón inferior del archivador. Estaba segura de que el día anterior no estaba entreabierto y de que las carpetas amarillas en su interior no se veían. Estaba tan cerrado como los demás cajones. La señora Hansen parecía realmente la guardiana, cuando tomó asiento entre el armario y la puerta. Era evidente que había iniciado su propia investigación (muy similar a la que yo tenía en mente, por cierto) y que no quería que yo me acercara a las carpetas.

—¿Le pasa algo, señorita Kruse?

Si una hurga en las cosas de su marido de esta manera tiene que saber mentir mejor que la señora Hansen. Modestia aparte, en este apartado yo la aventajaba mucho.

—No, ¿por qué iba a pasarme nada?

El revestimiento de caoba hacía que la habitación pareciera bastante más oscura que el resto del piso. Más oscura y más cerrada. No era, pues, de extrañar que Simon se hubiera quedado dormido en su silla junto a la ventana, con la cabeza a un lado y el pelo revuelto. De pronto abrió los ojos.

—¿Lily?

La señora Hansen cambió los pies de posición.

—No, cariño, se llama Agnes Kruse. Ya lo sabes, ¿verdad?

—Ah, sí, es cierto, tienes razón.

Simon tendría que haberme dicho que parecía cansada y que mi pelo era como un almiar, pero se limitó a mirar a la señora Hansen sin parpadear. Su aguja ya estaba bordando unas flores en algo que algún día sería la funda de un cojín, y Simon inclinó la cabeza amablemente hacia mí.

—No te preocupes por mí. Me quedaré aquí calladita.

Sin embargo a Simon sí le preocupaba la presencia de la señora Hansen, y a mí también. De hecho, pasé la siguiente semana envuelta en un sopor de frases sin terminar de Simon y sus aburridas historias de cuando era niño. En aquel momento no lo sentí como una catástrofe. Más bien como la pérdida de tiempo que propiciaría que la señora Hansen nos dejara en paz en breve. Sin embargo era una catástrofe y un inofensivo jueves empecé a comprender su alcance.

Eran ya las doce y Simon llevaba horas mostrándose inquieto. Sobre todo sus piernas. No paraba de doblarlas, de estirarlas y de hacer ademán de levantarse, y la señora Hansen también se había dado cuenta. Había palidecido en los últimos días, incluso sus labios estaban blancos; tal vez tuviera que ver con otro de los cajones del archivador, también entreabierto. Ojalá lo supiera, pero la señora Hansen no me había perdido de vista ni por un instante. En ese momento estaba ocupada bordando unas flores blancas sobre un ya de por sí espantoso cubrecama. La cubría tanto a ella como parte del suelo como un vestido premamá enorme. Pero supongo que ella también estaba a la espera. En realidad, las dos lo estábamos, y su aguja se detuvo en el aire.

—¿Te pasa algo, cariño? Se te ve muy inquieto.

Si hay algo que no puedo comprender es que las mujeres borden voluntariamente. Cuando miré a Simon con más detenimiento tampoco él parecía comprenderlo. O tal vez fuera otra cosa lo que lo desanimaba. Ahora su pierna se mecía a un ritmo desenfrenado y sus tupidas cejas chocaron frontalmente.

—¿Serías tan amable de leerme algo, Lily? —preguntó en voz alta, y con el rabillo del ojo vi que la aguja de la señora Hansen se hundía amenazante en la tela.

—¿No sería mejor que siguieras contando, cariño? —le preguntó la señora Hansen a la media flor que tenía entre las manos.

Los nudillos de Simon se tornaron blancos de tanto apretar el apoyabrazos.

—No —dijo varias veces, y entonces descubrí que me reconocía.

Por primera vez en una semana, sus ojos estaban despejados, y al principio me azoré. Yo sabía que él sabía cómo me llamaba y, sin embargo, insistía en llamarme Lily. También sabía que era capaz de ser conciso y, sin embargo, se enredó en una interminable secuencia de «no podrías...», «quiero decir...» hasta que dejé la libreta y la estilográfica a un lado y me puse de pie.

—Claro que sí —dije y cogí el primer libro de Antonia von Liljenholm que encontré en el estante.

El teatro guiñol, que debía de ser una de sus últimas novelas. En la primera página rezaba 1935 y al pasar la hoja me encontré con Antonia, que me miraba fijamente por debajo de unas imponentes pestañas. Su rostro había cambiado tanto con el paso de los años que solo su mirada era reconocible. A mi espalda, la señora Hansen me preguntó si realmente creía que me pagaban por leer novelas. Simon me salvó de tener que disculparme. Y es que desde luego habría sido horrible para mí.

—¡Léeme algo, Lily! —me ordenó, esta vez con voz aún más alta, y una leve crispación en sus ojos hizo que mi corazón se desbocara.

Estaba nervioso, pensé. Nervioso, pero decidido a hacer algo, y yo me entregué a la lectura. No había nada que reprochar a mi dicción, aunque sin duda me hallaba en el peldaño más bajo de la escala social y la señora Hansen apenas podía verme. Sin embargo, la historia de Antonia von Liljenholm no tuvo interés para mí, estaba demasiado ocupada con una única cuestión. «¿No será que compartes mi mismo plan, Simon Hansen? ¿No será esa la razón por la que estoy aquí leyendo para que tu esposa y tú os quedéis dormidos?»

Y eso fue exactamente lo que conseguí tras un par de capítulos, prácticamente anegados en metáforas acuáticas. Pronto la señora Hansen empezó a cabecear sobre su cubrecama floreado, mientras que el señor Hansen descansaba la cabeza contra el respaldo. Me levanté con tal sigilo que ninguno de ellos habría siquiera sospechado que fuera capaz de exhibir. No tenían ni idea de las veces que había necesitado precisamente esta habilidad, y la verdad es que el archivador me habría delatado de no haberle tomado la delantera. Es muy posible que en mi infancia fuera demasiado torpe para Lillemor y su Lavandería Francesa. Pero desde entonces me había tomado la revancha con mi «mano legendaria», como Ambrosius solía llamarla. En aquel momento habría deseado que estuviera allí con sus gotas de morfina. Sin duda, una o dos en el jerez de la señora Hansen habrían facilitado mucho las cosas. Me quedé petrificada. El reloj del salón de la habitación contigua repicó una vez con un sonido metálico que se propagó a través del piso, y la señora Hansen se movió un poco. Sus párpados palpitaron, pero afortunadamente estaba acostumbrada al sonido. Poco después volvía a dormir. Mis manos repasaron las carpetas como los virtuosos tocan el piano. No escribo esto para hacerme valer. Sencillamente sabía con exactitud cómo debían buscar mis manos y mis ojos, disociados pero al tiempo sincronizados, de manera que las puntas de los dedos no tuvieran apenas que tocar los documentos.

Había cuentas anuales, facturas de esto y aquello, correspondencia que no me pareció importante, un montón de contratos y, detrás de todo lo demás, la carpeta que había esperado encontrar. «Antonia», ponía en letras de imprenta inclinadas. Cuando la saqué vi algo que a punto estuvo de llevarme a soltar la carpeta y con ella la gran oportunidad que tenía en mis manos. Los ojos de Simon. No estaban cerrados, sino que me miraban insistentemente. Y mi boca se abrió y cerró. No tengo ni idea de lo que querría haber dicho, de haber podido, y en cualquier caso, no hizo falta. Era evidente que mi plan también era el suyo.

—Date prisa —pronunció su boca sin emitir ningún sonido y seguí su mirada.

Su sola intención casi podría haber abierto el siguiente cajón. Aleccionada por la experiencia, empecé a revolver por detrás. Saqué una carpeta amarillenta que llevaba el nombre de «Lily». Simon había dirigido la mirada hacia la puerta y yo levanté la mano. Mi señal habitual para «espera», pero, evidentemente, la desconocía. Lo único que hizo fue insistir en mover los ojos de mí a la puerta y yo ardía en deseos de contarle lo importante que era para mí. Sin embargo, tuve que contentarme con mostrárselo. Los cajones se cerraron sin rechistar, las carpetas permanecieron calladas como una tumba; al llegar a la puerta, me volví por última vez. Los ojos de Simon estaban tan tristes como estaba yo. Cuando la señora Hansen descubriera el robo se desataría el caos. Estaba segura de que, si por ella fuera, Simon y yo no nos volveríamos a ver e hice algo que no acostumbro a hacer. Sin hacer ningún ruido le lancé un beso con la mano.

El secreto

Nunca había recorrido el trayecto entre Vodroffsvej y la pensión Godthåb tan deprisa como aquella tarde de viernes. Con las carpetas apretadas contra el cuerpo y el abrigo ondeando, como si fuera el fogoso amante de una de las novelas de Antonia von Liljenholm. Donde Danasvej confluye con H. C. Ørstedsvej divisé a una mujer que hacía un rato que me había descubierto a mí. Estaba al otro lado de la calle, probablemente esperando a alguien, y en otras circunstancias habría cruzado la calle y le habría guiñado el ojo. Era bastante evidente lo que significaban su intensa mirada y su vestido negro, además de que nunca hay que despreciar a alguien que se acaba de quedar viuda, a pesar de que Paula, con el tiempo, se haya convertido en una excepción de la regla. Lo que realmente detesto es la dependencia gimoteante que había desarrollado antes de que yo rompiera la relación.

Sin embargo, aquel día apenas aminoré la marcha cuando crucé la calle en dirección a Thorvaldsensvej. Sudaba, la ropa se pegaba a mi cuerpo, y ya sé, ninguna dama que se aprecie de verdad escribiría algo así. «¡No se suda, Agnes! ¡Se tiene calor!» Me parece estar oyendo a Nella decirlo, pero de vez en cuando tener calor no describe, ni por asomo, el exceso de calor que puede sentirse.

Cuando cerré la modesta puerta de la pensión con energía

y eché el pestillo, lo primero que hice fue arrancarme la ropa. Hasta los calzoncillos largos que suelo utilizar porque resultan mucho más agradables que la horrible ropa interior femenina con encajes (horrible para mí, no para las damas de verdad, claro). Luego me puse mi batín rosa de franela, uno de los regalos menos afortunados de Lillemor, abrí la ventana, constaté que todo estaba tan lleno de polvo como el día anterior y me senté en la cama con las carpetas robadas en el regazo. O tal vez robadas no fuera la palabra indicada. Al fin y al cabo, su propietario me había animado para que me las llevara y tenía que haber una buena razón para que lo hiciera. Una que tenía que ver con Antonia y el secreto y el miedo de Simon, pensé cuando abrí la primera carpeta con mucho cuidado.

Y a medida que leía empecé a entender por qué la señora Hansen había perdido el color de su rostro y por qué se oponía a que yo consiguiera hablar con Simon de cualquier cosa de cierta importancia. Si yo fuera la esposa de un hombre con esta clase de secretos también lo protegería con mi vida y protegería el archivador. Pero resulta que, afortunadamente, no soy la esposa de ningún hombre y en mi cabeza da vueltas un claro pensamiento: «¡Lo que pone aquí no puede ser cierto! ¡Simon no es así! ¡En algún lugar tiene que haber otra razón!»

Y eso que empezaba de manera bastante inocente con la esquela de Lily, pulcramente recortada, pulcramente archivada en lo alto del montón. «Nuestra amada Lily von Liljenholm (1884-1914) ha dejado este mundo. Con profunda tristeza, la familia», rezaba bajo la famosa rosa que, evidentemente, entonces no hizo saltar las alarmas en mi cabeza. Debajo encontré la escritura del sepulcro, donde Antonia cedía los derechos sobre ella hasta 1929. Según el siguiente documento, grapado al primero, en 1928 Simon solicitó al fabriquero la renovación del derecho sobre el sepulcro por otros veinte años, y eso me sorprendió. El último documento era de 1935 y aquí el nuevo fabriquero comunicaba que habían decidido desmantelar el sepulcro debido a la falta de mantenimiento. «El sepulcro será cubierto con grava —decía la carta—, pero el usufructo no caducará salvo que renuncie expresamente al derecho sobre el sepulcro.» Durante un rato pensé en esto. A mi parecer, Antonia debería tener los derechos sobre el sepulcro. Al fin y al cabo, ella era la hermana de Lily, mientras que Simon, su cuñado, mejor dicho, su ex cuñado. Y, según lo que Antonia escribía sobre Lily, si es que había interpretado correctamente las descripciones en sus novelas, ella debería ser la primera interesada en preservar el sepulcro. Entonces, ¿por qué había dejado de hacerlo?

Pasé algunas páginas y aparecieron varios artículos periodísticos. En los primeros cinco, Antonia se pronunciaba acerca de la muerte de Lily: «Estoy conmocionada. Nunca hubiera pensado que a mi amada hermana se le pudiera ocurrir saltar por la ventana y acabar con su vida de este modo.» Y la verdad es que a mí tampoco. Si alguien me hubiera amado como al parecer Antonia amó a Lily, no se me habría ocurrido quitarme la vida. ¡Por el amor de Dios, Antonia había escrito treinta y dos novelas enteras donde su amada hermana representaba el papel del amante! Estaba muy sorprendida. En los siguientes artículos, Antonia se pronunció, por lo que pude deducir, acerca de Simon, a pesar de que se refería siempre a él como «mi amado esposo» en lugar de utilizar su nombre. A decir por los artículos, Simon había desaparecido sin dejar rastro el mismo año que murió Lily. «La verdad es que, en este mismo momento en que usted me lo pregunta, no tengo ni idea de qué voy a hacer para seguir viviendo. A medida que pasan las horas, mis esperanzas de volverlo a ver menguan», había declarado en tono dramático, algo que yo no sabía muy bien si debía admirar o lamentar.

Detrás de los recortes había un sobre exquisito. Uno de esos con filigrana y papel de seda rojo en el interior que crujía al sacar el papel y desdoblarlo. No había duda. Era una carta de Antonia von Liljenholm. Con matasellos del 1 de febrero de 1915, cuando Antonia llevaba casi un año viviendo sin su amado Simon, y una dirección en el dorso que probablemente fuera suya. Antonia von Liljenholm difícilmente podía vivir en otro lugar que no fuera el Señorío de Liljenholm, un lugar en el sur de Selandia cuyo nombre yo no había oído jamás. Alargué la mano para coger papel y lápiz. Apunté la dirección, por si acaso, y leí la carta, cada vez con los ojos más abiertos. La caligrafía inclinada se adecuaba mejor al contenido que todos los datos que hasta entonces había recopilado. Bueno, lo más sencillo será que usted mismo la lea:

Querido Simon:
El otro día vi la noticia de la boda en el diario; me alegro de que tú y la pequeña Karen hayáis encontrado la felicidad. Transmítele mi más sentida felicitación. En cuanto al mensaje que me enviaste a través de A. K. tengo que reconocer que me asombra mucho. Aceptaste abandonar Liljenholm, guardar silencio y no intentar nunca ponerte en contacto con Nella, sabes muy bien lo que pasará si no cumples tu parte del acuerdo. Sobre todo con tu editorial, pero supongo que no hace falta que te lo repita. He prometido hablarle a Nella bien de ti y, naturalmente, voy a cumplir mi promesa. Se ha tomado bien los cambios y pocas veces pregunta por ti o por «Lily». Al principio, Lauritsen y yo tuvimos algún que otro problema para convencerla de que aceptara la desaparición de Lily, pero no dudo de que, a la larga, la eliminación sea lo mejor para todos. Te envío el manuscrito de *La novena habitación* para que lo tengas, tal como acordamos, antes del 1 de julio.
Cariñosamente,

ANTONIA

Clavé la mirada en la carta, hasta que la tinta azul se transformó en una acuarela ante mis ojos. Sostuve el papel a contraluz, pero lo único que vi claro fue la filigrana, parecía un escudo de armas y probablemente lo fuera. ¿La eliminación? A lo mejor llevaba demasiado tiempo en malas compañías, pero en mi cabeza sonaba como un asesinato a sangre fría. Volví a leer la carta, esta vez con mayor detenimiento. Seguía, sin duda, sonando a que Antonia y Simon habían asesinado a Lily. Pero ¿Simon? No podía creerlo, por mucho que lo intentara y, además, el tono de la carta me sorprendió. Sencillamente, Antonia no parecía una mujer que, en algún momento, hubiera amado a Simon lo suficiente para escribir «El amor de mi vida» en sus dedicatorias. ¿Y por qué lo amenazaba con cambiar de editorial si se acercaba a su propia hija? Porque esa debía de ser la amenaza a la que se refería. Dejé la carta a un lado y a punto estuve de pasar un importante detalle por alto que abrió mis ojos de par en par. ¿Por qué demonios, pensé, había escrito Antonia el nombre de Lily entre comillas?

En la otra carpeta encontré la respuesta sin darme cuenta. Al menos no hasta más tarde, aquella misma noche, cuando estuve dándole vueltas a todo en medio de la oscuridad y me incorporé en la cama con un grito ahogado. Pero ahora me estoy adelantando a los acontecimientos, porque, una hora después, ya había leído más que suficiente. La carpeta contenía veinticuatro sobres grises con la dirección de Simon, por un lado, y la de Liljenholm a nombre de «Lauritsen». Puesto que esa tal Lauritsen se ocupaba de Nella, supuse que debía de ser una especie de ama de llaves o institutriz, y eso fue lo que también confirmaron las cartas. La caligrafía se abría paso a través del papel basto como si el remitente hubiera escrito con agujas. Las cartas tenían exactamente la misma longitud. Una página con un buen margen a los lados.

Debía de tratarse de un servicio remunerado, pensé, y no solo porque Lauritsen reclamara el pago de la «cantidad, ya sabe», ni porque las cartas estuvieran provistas de las mismas dos fechas, 1 de enero y 1 de agosto en el período entre los años 1914 y 1926, año en que Nella debió de cumplir los dieciocho años. No, lo que me convenció fueron los fríos resúmenes, rayanos en la animadversión, de cada una de las cartas. Podríamos decir la infancia de Nella en pocas palabras. Supongo que, para ser justos, yo debería ser la última en expresar indignación por el dinero fácil. Sin embargo creía conocer bien a Simon. Había tenido que aflojar la mosca generosamente por la información inánime de Lauritsen y lo único que había recibido a cambio era, en la mayoría de los casos, borradores. Llenos de tachaduras y frases inconexas, como si Lauritsen quisiera acabar la página cuanto antes.

Solía empezar las cartas con un «Nella está bien», seguido de «como es habitual, se le dan bien las clases de lengua, aritmética y música». «En primavera sufrió una neumonía que se prolongó durante siete semanas.» «Sigue teniendo miedo a los "espectros" de la habitación de la torre y a todos sus sonidos, que no han disminuido con los años. Pero ha empezado a tocar el piano. Eso parece ayudarle.» «Hacemos lo que podemos por mantener a Nella alejada de la torre. Esperamos que pronto deje de ser sonámbula.» «Lee todo lo que cae en sus manos, pero nunca los libros de Lily Antonia. Antonia se escribe con un par de amistades en el extranjero, pero por lo demás no recibe visitas. No se lleva bien con Nella y nunca lo ha hecho», y «Nella ha aceptado que Lily saltó por la ventana y usted se ahogó en el lago. Es mejor así. Usted también lo sabe.»

Evidentemente me sorprendieron las últimas frases, que afirmaban todo lo contrario de lo que había dicho Antonia en sus entrevistas. O sea, que al final resultaba que Lily no había saltado por la ventana y que la pequeña Nella no debía enterarse de lo que realmente había pasado. Ni en lo referente a la suerte que había corrido Lily (a saber cuál era) ni sobre Simon. Me vi obligada a pasear de arriba abajo por la habitación. El barniz del suelo de madera ya estaba gastado en el tramo entre la cama y la mesa, y seguí mis propios pasos. Posiblemente fuera porque yo misma era huérfana. Porque sabía cómo era encontrarse sola en la calle contemplando a familias al otro lado de las ventanas. Pero no podía dejar de pensar que Simon debía haber enviado a Antonia a freír espárragos y haber insistido en ver a su hija, si realmente la echaba de menos. Y sin embargo no lo había hecho. En algún momento había escogido su nueva y confortable vida con su pequeña Karen y no junto a su hijita en Liljenholm. Simon había elegido la editorial que daba beneficios y rechazado a Nella, así debió de ser. Me gustaría saber si alguna vez le contó a Karen que tenía una hija, o si Karen se enteró cuando empezó a hurgar en sus documentos. Además, cuando Simon muera habrá indudablemente una herencia que repartir. Una hija con la que Karen tendrá que compartirlo todo aunque no le apetezca; pero en ese momento me interesó más bien poco. Supongo que estaba demasiado acostumbrada a que el dinero fuera algo que iba y venía.

No, lo que hizo que mis pies siguieran avanzando mientras caía la noche fue la idea de mi propia madre. Mi verdadera madre. Hasta donde alcanzaba mi memoria había mantenido largas conversaciones con ella en mi cabeza. Para saber exactamente qué decirle si alguna vez, por casualidad, me la encontraba por la calle. «¿Cómo pudiste abandonarme en el orfanato de Vodroffsvej? ¿Por qué no volviste a recogerme? ¡No sabes lo mucho que te he echado de menos!», le diría, y cada palabra sería verdad. Me había sentido extraña desde el principio. Absoluta y completamente extraña, y había pensado que si había alguien que podría hacerme sentir bien, esa tenía que ser ella, la persona que me había engendrado. Un buen día iría caminando por una calle cualquiera, había pensado, y vendría hacia mí y nos reconoceríamos al instante. Sería algo completamente instintivo y a partir de entonces nunca volvería a sentirme sola. Ahora, mientras escribo esto, suena de lo más improbable. Tanto lo de que reconocería a una mujer a la que nunca había conocido, como que ella haría que todo lo extraño y desafortunado en mí desapareciera. Sin embargo, a pesar de todo, mientras crecía seguía esperando que ocurriera.

¡Pero Nella! Ella difícilmente podía haberse inventado una historia acerca de qué diría si, por casualidad, se encontraba con su padre por la calle. Simon y Antonia se habían encargado de arrebatarle esa alegría y a esas alturas yo no sabía qué era peor: saber que tu padre o tu madre te ha abandonado o no saberlo. Cuando al final decidí acostarme, le pregunté a Simon cómo había podido comportarse de aquella manera. No porque esperara una respuesta, por supuesto. Solo porque estaba acostumbrada a preguntarle a mi verdadera madre lo mismo, aunque esta vez fue muy distinto. Porque, al fin y al cabo, yo conocía a Simon. El brillo y el verde de sus ojos. No era un desconocido que había salido corriendo con el rabo entre las patas, dejando a su hijita en un orfanato para no volver jamás. Era el hombre que me había confiado sus documentos privados, aunque yo seguía sin saber qué era lo que quería que encontrase. Algo que le preocupaba, pero ¿qué?

En mitad de la noche me di cuenta. No del motivo de preocupación, sino de lo que había pasado por alto. Un fallo que, aunque había registrado, no le había dado importancia, a pesar de que por experiencia debería haberme dicho que esa clase de errores da que pensar. Se trataba de todas las veces que Lauritsen había tachado precisamente el nombre de Lily y en su lugar había escrito Antonia.

Encendí la lámpara con la intención de hacer un rápido recuento en las cartas de Lauritsen. El nombre de Lily aparecía tachado diez veces y si incluía las aes que a todas luces habían iniciado su vida como una ele, las tachaduras del nombre ascendían a diecisiete en veintitrés cartas. En la carta número veinticuatro, del 1 de agosto de 1926, había, además, otros diez errores, aunque decidí no contabilizarlos, puesto que era evidente que Lauritsen estaba agonizando. «He llegado al invierno de mi vida —escribió—, pero he aguantado lo suficiente para que Nella esté bien encaminada. En los últimos años, su relación con Antonia ha empeorado y creo que abandonará Liljenholm en cuanto yo ya no esté aquí. Sucederá muy pronto y, sin duda, es lo mejor que puede pasar.»

Como es sabido, no nos corresponde a nosotros, los seres humanos, juzgar este tipo de asuntos, aunque sí sabía que todos aquellos nombres tachados difícilmente podían ser fruto de la casualidad. Volví a pensar en el asunto al apagar la luz y no sé cómo fue, pero de pronto mis pensamientos acudieron en tropel. Un momento, quizá sí sé cómo fue y tal vez usted conozca la sensación. Uno cree que no importa estar de un lado o de otro. Sin embargo, en el momento en que se toma posición por alguien y se mira a los demás desde allí, el mundo parece completamente distinto.

Fue exactamente lo que ocurrió cuando, aquella noche, me puse del lado de Simon. Era muy posible que Antonia le negara ver a Nella, que hubiera preferido el dinero a su hija y que incluso la tal Lauritsen solo abrigara animadversión hacia él. Pero yo nunca me había equivocado con las personas que me gustaban. No con las que me gustaban tanto como Simon. Era evidente que la historia del suicidio de Lily encubría otra historia, pero al estar Simon implicado era imposible que se tratara de un asesinato. Los pensamientos se dispararon llevándome consigo. De hecho, tampoco aparecía la palabra «asesinato» en la carta de Antonia, sino que ponía «la ausencia de Lily»; y entonces recordé las palabras de Lauritsen. «Sigue teniendo miedo a los "espectros" de la habitación de la torre y a todos sus sonidos.» No había ninguna razón para entrecomillar los espectros, a no ser que quisiera dar a entender que era poco probable que fueran ellos los que frecuentaban la torre. Al fin y al cabo, ausencia podía significar tantas cosas... Desaparición, huida, confinamiento en la habitación de la torre. «Hacemos lo que podemos por mantener a Nella alejada de la torre.» «Nella ha aceptado que Lily saltó por la ventana.»

Entonces me incorporé en la cama gritando. Clavé la mirada en la oscuridad y lo que vi no fue precisamente agradable. Una casona de nombre Liljenholm, dos hermanas, Antonia y Lily, que fueron muy distintas desde el principio, pues solo Antonia había heredado el título y las llaves, y probablemente también la belleza, a juzgar por los retratos de juventud. Y sin embargo, las hermanas se volvieron la una hacia la otra y se convirtieron en amantes. Probablemente hasta que Antonia se casó con su editor, Simon, o tal vez durante algún tiempo más, pues él era conocedor de la relación y siguió jugando un papel central en los libros de Antonia von Liljenholm. Sin embargo, con el paso del tiempo, la relación entre las hermanas fue cada vez menos pareja. Antonia era mucho más afortunada y posiblemente más lista que Lily. Además del título y las llaves, su matrimonio era feliz y tuvo una hija bien educada, aparte de una carrera lucrativa como escritora. En cambio, Lily no tenía nada y así continuó siendo siempre. «Sí, escribía —me había dicho Simon—, pero nunca utilizó su propio nombre.»

De modo que lo más probable era que Lily se mantuviera en un segundo plano y escribiera novelas en nombre de Antonia von Liljenholm, adiviné, mientras poco a poco se iba resintiendo. Yo al menos me habría resentido de haber sido ella, y entonces algo sucedió. No sabía qué, pero de pronto lo vi claro: «eliminación» significaba confinamiento en la habitación de la torre, y no fue Lily, la hermana en la sombra, quien fue confinada. Fue la afortunada Antonia, que había dejado de serlo. Podía comportarse como le diera la gana allí arriba, pero en Liljenholm mandaría Lily, que de pronto usurpó la identidad de su hermana. Por fin Lily se había convertido en escritora de éxito y en madre en Liljenholm, tal como había soñado siempre. ¡No era de extrañar que, si se comparaba el retrato de su última novela con las fotografías de juventud, Antonia von Liljenholm estuviera irreconocible!

Para mí fue decisiva la frialdad de Antonia en la carta a Simon. Menos de un año después de su divorcio ya no parecía la mujer que lo había amado y es que, en realidad, nunca lo amó. Pues no era su ex esposa, sino Lily, la rival de su esposa. Así era, de la misma manera que Lauritsen siguió escribiéndole, sin querer, todas aquellas Lily tachadas. Probablemente Lily solo sentía desprecio por un hombre que le había quitado a su hermana y que había hecho la vida de esa misma hermana aún más feliz, si cabe, de lo que era. Incluso era posible que lo odiara, así que tenía que castigarlo de por vida. Con Nella. Lily podía amenazarlo para que se mantuviera alejado de su hija porque sabía que el dinero significaba más que nada en el mundo para él y de ese modo llegaron a un acuerdo. Lily y Lauritsen mantendrían el circo en marcha, declararían el suicidio de Lily y la muerte de Simon por ahogamiento en el lago, se ocuparían de todo menos de la afortunada Antonia en la habitación de la torre y harían lo que estuviera en sus manos por que Nella no descubriera nada. Pero a condición de que Simon desapareciera de sus vidas y de la de Nella para siempre. Así se explicaba que él se llevara la escritura del sepulcro. Al fin y al cabo, Simon era quien estaba casado con la mujer que, a partir de entonces, fue declarada muerta. Lily, que en cualquier caso no se merecía más que una muerte apacible. «Aceptaste abandonar Liljenholm y no intentar nunca ponerte en contacto con nuestra hija», como había escrito Lily disfrazada de Antonia; y esa parte del acuerdo había atormentado a Simon todos los días de su vida. Imagine cómo se sentía Simon: «Si tú supieras lo mucho que he echado de menos a Nella todos estos años», había dicho. «La verdad es que no sé cómo he podido soportarlo.»

Estoy casi convencida de que Nella tampoco lo sabía. Tuvo que ser una pesadilla crecer en una casona oyendo a tu madre llorar en la habitación de la torre. Aunque te dijeran que no eran más que espectros. Era un misterio cómo habían llevado a cabo en la práctica el plan. Difícilmente podían haberle hecho creer a la pequeña Nella que la nueva Antonia siempre había sido su madre. A mí, al menos entonces, me costaba creerlo y sin embargo, de pronto, me sentí muy afortunada. Algo que no solía ocurrir muy a menudo. Pues sería mejor criarse con una mujer que te confundía con su hija difunta, que hacerlo en esa casa de locos que fue Liljenholm y que tal vez lo siguiera siendo. Sin duda me resultó difícil ponerme del lado de Simon, que había abandonado a su hija de aquella manera. Pero si realmente creía que nunca me equivocaba con la gente que me gustaba cabía suponer que Simon tuvo otros motivos de peso para aceptar el acuerdo, más allá del vil oro. Pero ¿cuáles?

¡Oh, no!

Debí de decirlo en voz muy alta porque Paula golpeó la pared y preguntó si sería tan amable de calmarme, gracias. Tenía que levantarse temprano. ¡Un poco de silencio! Desde luego que sí, pero no en ese momento, cuando me preguntaba y contestaba a mí misma una respuesta que hizo castañetear mis dientes en mitad de una noche estival. El motivo de Lily estaba claro: quitarse de encima a su afortunada hermana y a Simon para poder disfrutar de la vida de Antonia. Seguramente, Lauritsen solo hizo lo que le ordenaron. Pero Simon había amado tanto a Antonia como a Nella y, sin embargo, había aceptado un plan que lo apartaba de las dos y convertía la vida de Antonia en un infierno. RAZONES DE PESO. Debió de tenerlas y volví a imaginármelo. «Yo amaba a Antonia. Todo lo que era, sus libros, todo», había dicho, y entonces lo supe.

Nadie aceptaría encerrar a una persona amada en la habitación de la torre salvo que: la persona amada supusiera un peligro para sí misma y para los demás, y si no desearan que esa circunstancia se conociera. Yo no tenía ni idea de lo que podía haber vuelto loca a Antonia von Liljenholm. A mi entender, lo tenía todo y más. Pero si por la razón que fuera había pasado, si algo había ido mal y realmente estuviera fuera de sus cabales, sin duda habría sido beneficioso para la futura venta de libros que nadie se enterara de su estado. Que todo siguiera como hasta entonces. Que Lily escribiera los libros y se hiciera pasar por Antonia. A lo mejor había seguido así a lo largo de aquellos años. Veintidós años con Lily en el salón y Antonia en la habitación de la torre. Algo en mí se paralizó. Supongo que la realidad de todo aquello. Porque sonaba a historia de novela rosa, pero no a una historia que simplemente podías cerrar y volver a colocar en la estantería. Era la pura y genuina realidad, y en ese momento estaba ocurriendo a probablemente un viaje en tren desde aquí.

«Entonces, ¿qué es lo que tanto temes, Simon?», susurré a las carpetas que estaban sobre mi mesita de noche y parecían mucho más inocentes de lo que realmente eran. Sin embargo, aquella noche no descubrí nada más. No porque me quedara dormida a las primeras de cambio, tenía varias cosas que escribir, sino por otros motivos. Sencillamente pensé que tenía que haber más información en algún otro lugar, dado que para Simon era muy importante, en ese momento, sacar la historia a la luz. Al fin y al cabo, él hacía años que conocía los detalles. Cuando sonó el despertador, pocas horas más tarde, descubrí que me había quedado dormida por enésima vez sobre mi trabajo, con el antebrazo a modo de almohada y una mancha de tinta inconveniente en la mejilla.

Unas palabras acerca de Wallis

Antes de contar lo que me esperaba cuando, a la mañana siguiente, recorrí la alfombra azul hasta la tercera planta, tengo que decirle que en los últimos días no he podido escribir ni una sola línea. ¡Tres hurras por la tan celebrada tranquilidad de Liljenholm! Frente a mi ventana, Nella trajina con diversas herramientas de jardín cuyos nombres ni siquiera conozco y es evidente que se ha lanzado a arreglar el jardín para desfogarse. Ahora mismo está cortando leña y dando órdenes a un par de temporeros de Frydenlund, que tienen como misión domar las zonas de césped y volver a plantar la rosaleda. Antes, mientras *Simo* dormía echado junto a la gran piedra blanca de la loma, estuvo podando el gran cerezo frente a mi ventana.

—Pero ¿es que el mundo no tiene cosas más importantes que hacer? —me ha gritado las pocas veces que he intentado acercarme—. ¡Dinamarca está ocupada, maldita sea! ¡Las tropas alemanas acaban de llegar a Stalingrado! ¿Y qué hace la gente? ¡Se sienta a leer la correspondencia de Antonia von Liljenholm de 1932!

Tiene razón, está fuera de lugar, pero, en cierto modo, seguramente también sea comprensible en tiempos que no lo son como el nuestro. A pesar de que el número de lectores de Antonia von Liljenholm había empezado a menguar considerablemente cuando ella también lo hacía, la han leído durante décadas, tanto en Europa como en América. Incluso como escritora defensora de la libertad, porque ha escrito sobre mujeres que rompen con las convenciones opresivas para realizarse como artistas. Las más de las veces son personajes secundarios, pero, aun así, ahí están. Sin embargo, un diario británico se ha hecho con una de sus muchas correspondencias y ha filtrado algunas citas explosivas que se han ido extendiendo hasta llegar a Berlingske Tidende. De haberse tratado de la correspondencia con Daphne du Maurier incluso podría haber estimulado las ventas de sus libros. Pero, como seguramente usted ya sabrá, no es, ni mucho menos, el caso.

Por lo visto, Antonia von Liljenholm tenía a una gran admiradora en una tal Wallis Simpson, más tarde duquesa de Windsor. Aunque la verdad es que era más conocida como cazafortunas que como lectora tras su boda con el ahora abdicado rey Eduardo VIII. Ahora mismo, la pareja se encuentra en las Bahamas debido a diversos rumores sobre espionaje para el Tercer Reich. Pero entonces, en 1932, Wallis vivía sola en Londres, por lo visto tenía un *affaire* con el actual ministro de Asuntos Exteriores alemán y escribía largas cartas a Antonia, que desgraciadamente contestó.

Bueno, supongo que no hace falta que entre en detalles, así que me limitaré a señalar que ni Nella, ni yo, ni la editorial nos atreveríamos a opinar con tanta seguridad sobre política exterior como presuntamente Antonia hizo en sus cartas a Wallis hace diez años. Entre otras cosas dijo que los nazis deberían tener carta blanca para exterminar a los comunistas. No creemos que deba mezclarse el arte con la política de esa manera; por eso Nella ha escrito un largo comentario al respecto en calidad de editora de Antonia.

—Pero ¿de qué sirve? —me preguntó hace un rato, cuando pasé por el jardín y ella tenía un hacha en la mano que usaba para cortar ramas de un árbol pelado.

No supe qué contestarle. Porque tal como señalaron los diarios basándose en fotos, Antonia y Wallis guardaban un parecido sorprendente: la misma delgadez, el mismo peinado, el mismo maquillaje, incluso los mismos gestos.

—No creo que sea fácil para los lectores distinguir a Antonia de Wallis, que se ha dejado retratar con una gran sonrisa y cogida de la mano del Führer —continuó Nella, y yo intenté consolarla diciendo que, al fin y al cabo, el rey, que acababa de abdicar, estaba al lado con su mejor sonrisa.

Además, la fotografía había sido tomada en 1937, cuando Antonia llevaba un año muerta. Así que la gente sabía que no podía ser ella. Sin embargo, la única respuesta de Nella fue pasarme un haz de ramas.

—¡Ya sabes lo que quiero decir!

Tiene toda la razón. Lo sé. No beneficia la reputación de Antonia von Liljenholm el que se la relacione con una mujer impopular y divorciada dos veces, que hace tiempo había desembarcado en las Bahamas por un período indefinido. Solo nos queda esperar que no perjudique las ventas de este libro, aunque resulta difícil no considerar la preocupación de Nella. No lo dice directamente, pero sé que está impaciente por publicar el libro cuanto antes.

—¿Has llegado ya a mi historia?

Me dio otro haz de ramas, así que la veía a través de un enrejado de corteza.

—No, todavía me falta descubrir qué era lo que Simon temía, pero que no podía contarme debido a la promesa que hizo.

—O sea, que todavía te falta contar a qué dedicaste tus noches.

—Sí, eso también.

Le sentaba bien estar tanto tiempo al aire libre. Tenía las mejillas ligeramente rosadas y su pelo brillaba como el de una muñeca.

—En ese caso, a estas alturas, los lectores deben de estar sorprendidos —dijo ella, y yo contesté, fiel a la verdad, que espero que estén entretenidos siguiendo mi trabajo de investigación.

Nella me ayudó a llegar al enorme montón de ramas que descansaban contra el muro de la casa. Para encender el fuego una vez que estuviera toda la leña cortada, supuse.

—Mamá te habría querido mucho más de lo que jamás fue capaz de quererme a mí —dijo mientras apilaba las ramas, y yo no supe qué decir.

»Pero ¡si es obvio, déjalo ya! —siguió—. Si había una cosa que ella valoraba era la agudeza. Tu forma de analizar. Ella lanzó sus mensajes ocultos y tú fuiste capaz de descifrarlos.

Nella no lo sabe (al menos hasta ahora, no lo sabía), pero la verdad es que yo misma he llegado a pensar algo similar. ¿Quién sabe lo lejos que podía haber llegado si ella hubiera sido mi madre? Estoy convencida de que Antonia von Liljenholm habría sido un fantástico modelo para la persona adecuada. Podía habérmelo enseñado todo desde cero y así yo me habría ahorrado tener que avanzar a tientas. Por lo que pude ver, a Nella se le había ocurrido algo.

—Ayer estuve en Frydenlund... por otro motivo —dijo, y yo habría querido preguntarle cuál era entonces el primer motivo, pero ella se adelantó.

—Es que me he hecho muy amiga de ellos.

—Sí, me he dado cuenta.

Se ha vuelto perspicaz para ignorar mis comentarios cáusticos.

—La verdad es que he descubierto algo que deberíamos incorporar al manuscrito —continuó, y levantó la mano antes de que me diera tiempo a contestar—. Escúchame, por favor —dijo—, tiene que ver con Clara.

Presentí sus ansias de contármelo.

—¡Imagínate, yo estaba en lo cierto, Agnes! De hecho, don Hans, que le compró Frydenlund a don William, ya sabes, me contó que mi abuela Clara y don William mantuvieron una relación amorosa que, por lo visto, se prolongó durante varios años. ¿Qué decía yo? ¡Clara jamás se habría puesto esa clase de ropa interior provocativa por Horace!

Nella me miró, como si mi rostro fuera el mapa de un continente perdido.

—La difunta hermana de don William se llamaba Elisabeth, Agnes. ¿Empiezas a ver la relación?

Claro que la veía. Supongo que Antonia y Lily se llamaban Elisabeth de segundo nombre porque don William, y no Horace, era su verdadero padre. Sin embargo, aunque es posible que sean cosas mías, francamente no consigo entusiasmarme por un *affaire* entre vecinos de hace sesenta años. Y menos ahora mismo, cuando estoy metida de lleno en mi historia acerca de Simon e intentando poner en orden y por escrito todos los pequeños detalles, no por eso menos decisivos.

—Bueno, pues qué suerte para Antonia y Lily que Horace no sea su verdadero padre —dije, al tiempo que hice ademán de retirarme—. Tratándose de un hombre que había violado a su propia hermana, es difícil que haya alguien dispuesto a perpetuar sus genes.

Simo también se había levantado, meneaba su peludo cuerpo y sentí la mirada de Nella cuando él y yo nos dirigíamos a la casa. Su grito atravesó mi espalda.

—¡Resulta que yo también he dejado de estar emparentada con ese horrible hombre, Agnes! ¿No crees, pues, que puedo sentirme bastante aliviada?

Debería haber dado media vuelta y haberme disculpado, pero no lo hice. Seguí avanzando hasta mi escritorio, donde llevo sentada mirando a Nella desde entonces. Ahora está cortando leña, sus movimientos siguen siendo enérgicos. A estas alturas, hay tantas cosas por las que debería disculparme. Todos estos meses en que me he ido adentrando cada vez más en mi historia. Llegados a este punto, me siento bastante cautivada por ella, pero supongo que no tengo más remedio que acabar de escribirla. A fin de cuentas, a la larga, mi trabajo redundará en beneficio tanto de Nella como mío. Al menos eso sigo esperando.

Un puñado de huracanes

Así, pues, permítame que siga mi relato por donde lo dejé hace un par de días. Sabía más o menos lo que me esperaba cuando, a la mañana siguiente, bajé a toda prisa por Vodroffsvej y subí las escaleras hasta la tercera planta. No me malinterprete, por favor. Naturalmente, jamás he pretendido parecerme a Marlene Dietrich en mi película favorita, *Marruecos*. A fin de cuentas, no llevaba ni su sombrero de copa ni mi pelo tenía sus perfectas ondas (ni tenía el rostro ni la figura de ella, pero no nos detengamos en ello). Debería bastar con decir que la gente se volvía por la calle y que sus miradas me fortalecieron. Si alguna vez ha atravesado usted Copenhague vestido con un esmoquin a las nueve de la mañana y lo ha disfrutado, entonces sabrá a qué me refiero, estimado lector. La tela se convirtió en una cota de malla ceñida, y la camisa blanca y la pajarita hicieron que fuera más erguida de lo habitual. Me sentí invencible durante todo el trayecto hasta la tercera planta y no me importó que la tela lastimara mi cuello cuando saludé en la puerta a la señora Hansen con una inclinación de la cabeza. Sin embargo, ella no me devolvió el saludo.

—Me consta que ayer desaparecieron unas carpetas del archivador de mi marido —dijo—. Unas carpetas muy importantes. Me temo que usted es la única sospechosa.

—¿Yo?

—¿Dónde están las carpetas?

Alargó la mano, como si realmente creyera que yo las llevaría escondidas bajo de la chaqueta del esmoquin.

—Si no me las da ahora mismo está despedida, señorita Kruse —amenazó—. Bueno, lo está de todas formas. No se le ocurra volver por aquí nunca más vestida de esa guisa.

Si su voz hubiera sido equiparable al movimiento de un barco habría dicho que se mecía peligrosamente, y yo estaba preparada para cada uno de los segundos del minuto que siguió. La señora Hansen era consciente de que no tenía ninguna carpeta que darle. Mi zapato más sólido se interpuso entre la puerta y el quicio, consiguiendo que hubiera un resquicio entre nosotras; incluso cuando la señora Hansen reunió todas sus fuerzas para dejarme fuera.

—Puede estar segura de que pienso denunciarla a las fuerzas del orden público ahora mismo —dijo, enseñándome los dientes—. ¡No se puede permitir que siga usted andando libremente por ahí, señorita Kruse! ¡Una bestia como usted!

Y había tantas cosas que desearía haberle dicho: «Escúcheme bien, señora Hansen, entiendo perfectamente que quiera proteger a su marido. Usted cree que su marido es cómplice de un asesinato porque Antonia escribió sobre la "eliminación" de Lily, pero voy a contarle lo que yo creo...» Sin embargo, lo único que dije fue:

—Pero, dígame una cosa, ¿usted lee la escritura taquigráfica?

La señora Hansen dejó de apretar la puerta contra mi pie. Sus ojos se abrieron y cerraron un par de veces en el umbral, dejando ver sus párpados pintados.

—Pero ¿de qué habla, señorita Kruse?

La verdad es que me gustó la manera en que la señora Hansen luchaba enconadamente por el honor y la memoria de su marido y, en cierto modo, también fue bastante cómico oírla insinuar que mi vestimenta era de mal gusto. Sobre todo teniendo en cuenta la horrible blusa rosa que lucía para la ocasión.

—No va a sacar nada en claro de las notas de los últimos días si no me permite ponerlas en limpio —añadí, y en cierto modo era verdad.

Solo taquigrafío cuando me aburro, y soy bastante mala, así que aunque supiera taquigrafía es poco probable que pudiera entender ni la mitad.

—Eso significa más o menos un día —añadí—. Señora Hansen, ¿estaría más satisfecha con mi trabajo si le ofreciera poner las notas en limpio gratis?

Ladeé la cabeza, ¡y ya lo decía yo! La puerta se abrió un par de milímetros, se detuvo para reflexionar y luego la abrió del todo. El rostro de la señora Hansen se había quedado congelado en una mueca de desprecio.

—Le ruego que se dé prisa —dijo, y su voz temblaba tanto que casi cambió de registro—. También la conmino a mantener las manitas quietas y, por cierto, la máquina de escribir está en mi habitación. ¿Supongo que no será ningún problema para usted?

Hizo un gesto con la cabeza hacia una pequeña estancia a la izquierda de la cocina y en mi cabeza vi un carámbano caer al suelo.

—En absoluto, señora Hansen.

—Porque no quiero, por nada del mundo, que se acerque a mi esposo —dijo, y yo me apresuré a quitarme los zapatos y a calzarme las zapatillas de Simon.

—¿Lo ha comprendido? —insistió, y la puerta del estudio de Simon parecía más cerrada que nunca.

—Naturalmente, señora Hansen.

—Y cuando haya terminado, me llama. Entonces vendré y la acompañaré hasta la puerta.

Estaba dispuesta a declararme conforme con lo que fuera. Con tal de que me dejara quedarme para que pudiera desentrañar los últimos detalles. Pues sí, así pensaba en aquel momento, ¡y Dios mío! ¡Qué detalles! ¡Si hubiera sabido lo que me esperaba! En realidad, la habitación de la señora Hansen debería haberme puesto sobre aviso, pues era una pesadilla de por sí. Hacía tiempo que los muebles habían quedado sepultados entre montones de papeles, así que lo único que se intuía eran un par de cajones que ya no se podían cerrar y un par de patas de mesa. De madera oscura y cara, por lo que pude apreciar. Mucho me temía que era la editorial la que había encallado aquí y, en ese caso, el futuro de las novelas de Antonia parecía muy negro. La señora Hansen empezó a mover los montones.

—Un momento —murmuró.

Yo podía fácilmente haber evitado que los primeros cien folios de papel cayeran dispersos por el suelo, pero no creo que la señora Hansen hubiera sabido apreciar mi gesto con el mismo espíritu caritativo. Así que pasé por encima de la riada de papeles y divisé una máquina de escribir. Una Underwood negra y reluciente. Sus teclas blancas inclinadas como una pista de esquí y no pude resistirme a pasar las puntas de mis dedos por ellas, provocando así un leve clic. La señora Hansen levantó la mirada.

—No se atreva a hurgar entre mis cosas, señorita Kruse.

—Nada más lejos de mi intención.

Retiró una pila de papeles de un montículo que resultó ser una silla.

—Porque si no tendré que cambiar algunas palabras con las fuerzas del orden —dijo, y me lanzó una larga mirada que intenté afrontar con un miedo que no sentía—. Voy a buscar sus notas para que las ponga en limpio a toda prisa, ¿lo ha entendido?

Dejó la puerta entreabierta. El siguiente par de horas fue una rotunda demostración de la ironía de la suerte. Llevaba años soñando con una Underwood y luego resulta que la quería en cualquier otro sitio que no fuera aquel. Porque las teclas emitían unos chasquidos sonoros y me delataban cada vez que hacía una pausa. Solo por echar un vistazo a mi alrededor, naturalmente. Supuse que no estaba prohibido conocer mi nueva oficina un poco, pero momentos después apareció la señora

Hansen en la puerta con las cejas levantadas, o como sea que se pueda llamar a esas rayas pintadas que quedaban de ellas.

—Solo quería estirar la espalda —me arriesgué, y ella me miró de arriba abajo con desprecio.

Me había quitado la chaqueta del esmoquin y la había colgado sobre el reposabrazos de algo que alguna vez debió de ser una butaca, pero mi camisa seguía tan almidonada como el papel.

—Le ruego que se quede sentada en su silla para estirar la espalda —dijo, a mi parecer, en un tono demasiado cáustico.

Así podría haber seguido, de no haber sido por Simon, que acudió en mi socorro. Se abrió y cerró una puerta con un chirrido, y sus pasos se acercaron.

—¿Karen?

La señora Hansen desapareció tan rápido como había llegado, y la dulzura de su voz me recordó a su repugnante pastel.

—No, cariño. Es la señorita Kruse, que está escribiendo. No debes molestarla, ¡ven! Vayamos al salón a tomar el café.

—¡Yo no quiero café!

—Sí, claro que quieres café, Simon, ¡para ya! ¿No recuerdas lo mucho que siempre te ha gustado una buena taza de café a estas horas de la mañana?

Mi mirada voló de una pila de papeles a otra. Era, efectivamente, la editorial Hansen & Hijo, que esperaba la llegada de mejores tiempos. Manuscritos, contratos, cartas abiertas. Me pregunto si Simon era el hijo en Hansen & Hijo, o si alguna vez había abrigado la esperanza de tener un heredero con su pequeña Karen.

—¿Está escribiendo, señorita Kruse? —gritó la señora Hansen a través de un par de paredes.

Me apresuré a levantar un montón de papeles y descubrí un par de cartas de la imprenta A. Rasmussen.

—¡Por supuesto que estoy escribiendo!

Pasé los dedos por las teclas en un baile casual que esperaba que sonara como una copia limpia, y mientras tanto leí las cartas. La imprenta A. Rasmussen reclamaba cuatro veces el nuevo manuscrito de Antonia von Liljenholm, *Un puñado de huracanes*, que, por lo visto, tenía que haber sido entregado el 1 de julio. Era evidente que nunca antes se habían retrasado en la entrega de manuscritos, y yo tenía una idea bastante precisa de por qué había pasado esta vez. Indudablemente, el manuscrito se encontraba muy cerca de mí. Busqué, ora con una mano, ora con la otra, mientras un temor empezaba a crecer dentro de mí. Fue ese temor lo que me llevó a levantarme y a seguir buscando cuando de pronto la señora Hansen tuvo que ocuparse de Simon en el pasillo. Él pronunció mi nombre alterado, varias veces incluso, y en el fondo de uno de los cajones que no cerraban encontré un joyero con forma de corazón.

—¡Tienes que prometérmelo! —repitió Simon, tras lo cual siguió un murmullo de un largo minuto que aproveché para deslizar un par de anillos de diamantes de la señora Hansen en el bolsillo de mis pantalones.

No es algo de lo que me sienta orgullosa hoy, se lo aseguro, pero entonces no era más que un gesto rutinario para mí. De todos modos, mi nueva y mejor vida había sido desconvocada, y lo único que me quedaba era lo que ya conocía demasiado bien. Era poco probable que la señora Hansen fuera a denunciarme a la Policía por miedo a lo que yo podría contar acerca de su amado esposo; además, podría haber cogido muchos más anillos de diamantes de los que finalmente me llevé, me defendí. Así que, de hecho, debería estarme agradecida. Las voces en el pasillo subieron de tono.

—¡No puedes estar hablando en serio, Simon! ¡No sabes lo que dices!

—¡Prométemelo! Si no...

Algo se rompió en mil pedazos con un golpe seco y mis manos revolvieron los montones de papeles a una velocidad que habría dejado impresionado incluso a Ambrosius. Una mano tornaba las hojas mientras que la otra las colocaba otra vez en su sitio y cuando volvió el murmullo, yo estaba prácticamente segura: *Un puñado de huracanes* no estaba en el despacho. Por primera vez en su vida, Antonia von Liljenholm había entregado su manuscrito fuera de plazo, y eso, naturalmente, solo podía significar que había soltado las riendas y había decidido disfrutar de un tiempo de ocio. No tenía por qué significar otra cosa, pero...

—¡Simon!

Se había formado un alboroto frente a mi puerta y me apresuré a meter una nueva hoja de papel en la máquina de escribir. Dejé que las letras encontraran su camino hasta el papel en el orden correcto. El manuscrito que faltaba no tenía por qué significar nada, pero mis dientes ya habían empezado a castañetear como nunca los había oído hacer antes, y mis manos aminoraron la velocidad. Había una gran mansión de nombre Liljenholm y dos hermanas que habían sido muy distintas desde el principio. Una había sido afortunada, pero en los últimos veintidós años había estado recluida en la habitación de la torre. La otra había sido desdichada en un pasado lejano, y en ese momento volvía a serlo. Un manuscrito que no podía terminar, un sepulcro que no podía cuidar, ninguna visita en los últimos veinte años, y comida y bebida que ya no podía llevar hasta la habitación de su hermana en la torre... Y si Lily había enfermado seriamente y estaba enferma de muerte, y si esa era la razón por la que no había entregado *Un puñado de huracanes*, entonces Antonia estaría en peligro de muerte y no había nadie para ayudarla. Porque nadie sabía que estaba viva. Nadie más que Lauritsen, que había muerto, Simon, que había enloquecido, y su hermana, que sin duda prefería verla muerta antes que revelar el secreto. ¿Sería ese el final que Simon tanto temía en sus escasos momentos de lucidez?

Una puerta se cerró de golpe. La puerta del estudio de Simon, por lo que pude discernir, e incluso el aire contuvo la respiración. Me vi obligada a levantarme y a abrir la ventana, sobre todo para aprovechar la ocasión y echar un vistazo a una caja negra que había en el alféizar de la ventana. Pero la señora Hansen abrió la puerta del estudio de golpe. Tenía los brazos cruzados, sus dedos tamborileaban contra la tela rosa de su blusa.

—¿No está escribiendo?

—No, estoy abriendo la ventana. ¿Supongo que está permitido?

El viento removió mi pelo y la señora Hansen apartó la mirada. Primero hacia la pared de flores blancas alrededor de la ventana, luego hacia el escritorio. No pareció darse cuenta de que las cartas de la imprenta A. Rasmussen estaban encima de la pila de papeles, y entonces alguien golpeó con el puño algo que, sin duda, era una puerta.

—¡Karen! ¡Déjame salir! ¿Karen?

El perfil de la señora Hansen parecía más anguloso que de costumbre y la piel estaba muy tensa sobre sus pómulos. Nunca la había visto tan pálida como en aquel momento.

—Sería... tremendamente oportuno si usted pudiera darse un poco de prisa con su trabajo, señorita Kruse —dijo, y mis dedos ya se habían puesto en marcha.

—Hago lo que puedo. Puede estar tranquila.

Estaba a punto de añadir algo más, pero entonces su boca se frunció y sentí una punzada en el corazón por Simon, que estaba encerrado igual que Antonia. Sin duda, por su propio bien, según la señora Hansen. Solo para que no se fuera de la lengua y me pusiera sobre la pista del asesinato que solo existía en su cabeza. Las ideas atravesaban mi cabeza a la misma velocidad que las palabras de Simon sobre el papel. Era posible que incluso fuera bueno para él experimentar cómo era estar encerrado, a pesar de que ya era demasiado tarde. Al fin y al cabo, no hacía más que golpear la puerta allí dentro, sin entender por qué no se abría, y de pronto volvió a llamar, esta vez con mayor insistencia.

—¿Lily? ¿Liiily?

Se me ocurrió que sonaba como un gato del que estaban tirando contra su voluntad. Posiblemente yo no fuera la primera a quien se dirigía con el nombre de Lily, pero desde luego sería la última en sentirme halagada, ahora que sabía quién era Lily en realidad. Mis dedos volaron aún más veloces. No quedaba más remedio: tenía que descubrir si la verdadera Lily que se hacía pasar por Antonia estaba viva o muerta. Una página que, por fin, había quedado escrita. Una nueva hoja se introdujo en el rodillo. Tenía que descubrirlo rápidamente, porque mucho me extrañaría que alguien más pudiera hacerlo. A no ser que lo hiciera Nella, aunque a juzgar por las cartas de Lauritsen, no había frecuentado Liljenholm en los últimos diez años. La verdad es que no me extrañaba. Sonidos extraños que provenían de la torre y una mujer que sostenía ser tu madre podían ahuyentar a cualquiera. A esas alturas, Nella debía de ser adulta. De mi edad, había dicho Simon, aunque quizás unos años más joven.

Volví a dejar volar los dedos de una mano por las teclas en un baile fortuito mientras la otra agarraba la caja negra, y no es que ahora pretenda exagerar mis virtudes. Pero mi legendaria habilidad volvió a cumplir con las exigencias, incluso con una sola mano y el corazón en un puño. Tal como había supuesto, la caja contenía un clasificador con las direcciones y los números de teléfono de Hansen & Hijo. Supongo que Nella debería aparecer bajo la «L» de Liljenholm, pero solo encontré la dirección de Antonia, que ya conocía por los sobres. Sin número de teléfono, desgraciadamente. Empujé las fichas hacia atrás y empecé desde el principio. A lo mejor Simon no tenía la dirección de Nella, pensé, o tal vez estuviera registrada con otro nombre para que la señora Hansen no lo descubriera. Ya había llegado a la «E» y no había ni sombra de Nella. También podía haber cambiado de nombre o haberse casado, pero tampoco la encontré ni en la «F» ni en la «G».

Tampoco era completamente descabellado que se hubiera quitado la vida, me dio tiempo a pensar, antes de dar la vuelta a una tarjeta. De pronto, mis ojos cayeron sobre una serie de direcciones bajo la «H» de «Nella Holm». No había duda. Era la verdadera Nella. Simon había seguido minuciosamente sus andanzas por Copenhague desde 1926 hasta la fecha y, pensándolo bien, tenían un parecido inconfundible con las mías. Vi que habíamos vivido en los mismos barrios miserables en los mismos momentos miserables, pero al final Nella había tenido más suerte que yo. Durante los últimos cuatro años había tenido su domicilio fijo en el barrio de Vesterbro. En Hedebygade, bajo techo y seguramente no en un sitio miserable. Yo misma viví en una habitación de la finca de enfrente, al otro lado de la calle. Pero a diferencia de mí, por lo visto Nella se había podido permitir uno de los pequeños apartamentos abuhardillados. O simplemente se había casado con un hombre que ganaba bien. En cualquier caso memoricé rápidamente la dirección y me disponía a cerrar el clasificador cuando una mirada se interpuso. La mirada de la señora Hansen. Estaba exactamente donde antes. Con los brazos cruzados delante de los pulcros botones de la blusa. Y dos manchas se habían extendido por sus mejillas.

—¿Qué es lo que está husmeando?

Antes de que llegara a mi lado yo había devuelto las tarjetas a su sitio, así que ella misma tendría que averiguar el resto. Su voz estaba demasiado cerca de mi oído derecho.

—Desaparezca de aquí, señorita Kruse.

—Pero, entonces, ¿qué hago con las notas?

—He dicho que se vaya.

Su aliento tuvo un efecto casi anestésico en mí, y Simon gritó algo desde su habitación que sonaba a: «¡Lo prometiste, Karen! ¡Lo prometiste!» Me temblaban las piernas cuando retiré la silla, que también tembló. Porque estaba conmocionada hasta lo más profundo de mi alma. Nunca me había pasado algo parecido, que mi oído no se hubiera percatado de que los malos estaban a punto de descubrirme. Sin embargo, mi mano mantenía más o menos la calma. La eché hacia atrás para coger la chaqueta de mi esmoquin y, en cuanto la abotoné, mi cuerpo recuperó la seguridad. Incliné levemente la cabeza a la señora Hansen.

—Bueno, pues entonces me despido —dije, y le ofrecí mi mano, pero ella me miró fríamente hasta que la dejé caer.

Sus ojos habían perdido el color. Probablemente, alguna vez fueron azules.

—Me prometió que no hurgaría entre mis cosas —dijo. Su voz hería mis oídos—. Dijo que nada más lejos de sus intenciones y, sin embargo, acabo de volver a cazarla haciéndolo. ¿Qué demonios quiere de nosotros, señorita Kruse? ¿Qué quiere de nosotros?

Y le dije la verdad:

—No quiero nada de usted, señora Hansen. Puede estar tranquila, no tiene nada que ver con usted.

Sin embargo, parecía todo menos tranquila y su boca se contrajo en una sonrisa torcida.

—Mi marido me ha pedido que le dé un libro —continuó—. Era lo que discutíamos antes, porque a mí no me parece que se merezca ni un miserable panfleto, teniendo en cuenta su comportamiento. Pero puesto que él insiste se lo daré. Allá usted con su conciencia, si es que la tiene.

La señora Hansen me dio un libro grueso de tapas amarillentas. La portada estaba adornada con un sencillo marco de color negro y supongo que dentro del marco esperaba encontrar el nombre de Antonia von Liljenholm. Pero estaba equivocada. Es cierto que ponía *El pozo de la soledad* en letras versales y ese título podía perfectamente haber sido de Antonia von Liljenholm. Sin embargo, debajo del título aparecía el nombre del autor de la novela, Radclyffe Hall, quienquiera que sea, luego una pequeña flor en tinta y en la parte inferior se leía: Hansen & Hijo, 1929. En pocas palabras, no tenía ni idea de qué clase de libro se trataba, además de que francamente había otras cosas que me interesaban más.

—Dele recuerdos a Simon y agradézcaselo de mi parte —dije a la puerta que la señora Hansen acababa de cerrar en mis narices.

Mientras bajaba las escaleras hojeé el libro rápidamente.

Al fin y al cabo podía haber algún mensaje de Simon escondido entre sus páginas, pensé, pero no lo había. A no ser que fuera el que descubrí, semanas más tarde, al leer el libro y encontrar por fin a una persona que se parecía a mí. Stephen se llamaba ella, y ya no creo que haga falta que añada nada más, pero lo haré de todos modos. «Aquella noche estuvieron juntas», rezaba sobre su relación con otra mujer, y al final invocaba al mismísimo Dios nuestro Señor. «Que sepa todo el mundo que nos apruebas. Concédenos el derecho a vivir nuestra vida.»

Cuando salté al tranvía en dirección a la iglesia de mi barrio y, más tarde, recorrí a pie varios kilómetros con el libro bajo el brazo, no tenía ni idea de que esta mujer inglesa se hubiera atrevido escribir así, ni que tuviera que afrontar varios juicios por haberlo hecho en su país. Lo único que sabía era que difícilmente habría alguien más que yo dispuesto a averiguar si Lily estaba viva o muerta, y estaba bastante segura de que tenía que darme prisa. Las nubes se cernieron sobre mi cabeza y enviaron un chubasco sobre Copenhague. Escondí el libro bajo la chaqueta del esmoquin y corrí.

Castillos en el aire y planes para el futuro

Hice dos cosas en cuanto llegué a la pensión. Una fue tender mi esmoquin para que se secara y ponerme un traje más neutral y mi mejor corbata blanca. La otra fue redactar un mensaje para Antonia von Liljenholm (¿o debería escribir Lily?) y transmitirlo por teléfono a la compañía de telégrafos.

¿Nuevo manuscrito? STOP Estoy nerviosa por usted STOP Dé señales de vida STOP Secretaria de H & S Srta. Kruse, Godthåbsvej 5 GO6318

Debo reconocer que fue un atrevimiento hacerme pasar por la secretaria de Hansen & Hijo, pero, por otro lado, les habría venido muy bien tener a alguien como yo. Mi mano firme pero cariñosa pronto habría puesto en orden en los montones de papeles y habría evitado que la imprenta A. Rasmussen tuviera que enviar cartas recordatorias y que ningún autor ni ninguno de sus familiares pudiera fallecer sin que nadie se enterara. Así que, en cierto modo, podía responder sin dificultad de mi pequeña mentira oficiosa. En cambio, no me cabe en la cabeza que pudiera tardar tanto en redactar tan pocas palabras, aunque ya tendría tiempo de acostumbrarme más adelante.

A veces no hago más que darles vueltas a las mismas cinco frases durante horas y sentirme como un jersey de lana por dentro. Nella ya me ha dado por perdida, o eso creo. Solo aparece sigilosamente a la hora de comer y deja una bandeja con comida sobre mi escritorio, y en los últimos meses apenas la he tocado. Pobre Nella. Ha cocinado todo tipo de platos con patatas y pasteles y recetas con colinabo, que, por lo visto, ahora mismo se puede adquirir por muy poco dinero en Frydenlund; y yo, mientras tanto, no he sabido apreciar nada que no fuera mi Remington. Sus teclas blancas. Y encima tengo más que contar. Ciertos detalles que considero que va siendo hora que revele, aunque la verdad es que todavía tengo algunas dudas.

A estas alturas, supongo que usted ya habrá adivinado que fui yo quien le envió un telegrama a Nella aquel día de principios del mes de septiembre de 1936 y lo firmó como «un amigo». Y como es posible que usted también haya adivinado, lo escribí ante la falta de noticias de Lily una semana después del primer telegrama. Concluí que Antonia podía estar en peligro de muerte en la habitación de la torre y permítame, ya que estamos, revelar que estaba en lo cierto. La pobre Antonia estaba realmente en peligro de muerte y yo quizás habría podido, bueno, debería haber llamado a la Policía y haberla hecho partícipe de mi pequeña teoría.

Pero creía que no conseguiría nada, más allá de una larga estancia en la cárcel. No por esta circunstancia, naturalmente, sino por muchas otras. Y aunque yo más bien era una persona a quien se encarcelaba antes de escuchar, podría haberle hecho una visita a Nella y haberle contado cómo estaban las cosas (o mejor dicho, cómo no estaban). La verdad es que, visto en retrospectiva, habría deseado haberlo hecho. Sin embargo, en aquel momento suponía que todo el mundo querría lo mismo que yo en esta clase de cuestiones personales de índole familiar. Y yo preferiría en todo momento descubrir la verdad por mi cuenta, antes que permitir que me la revelara un completo desconocido. Así que decidí tratar a Nella como a mí me habría gustado que me trataran, y a eso tal vez se le pueda llamar un acto de misericordia cristiana o una estupidez supina. Si conseguía convencer a Nella de que volviera a Liljenholm, pensé, ella enseguida descubriría el estado de las cosas; y si no lo hacía, yo estaría cerca para ayudarla. Aunque esto último no fue idea mía, sino de Ambrosius, y aquí es cuando llego a los detalles que me he guardado hasta ahora.

Pues todavía no le he hablado de Ambrosius, ni de nuestro pequeño negocio, el querido restaurante La Silueta, donde teníamos por costumbre reunirnos, ni del plan que urdimos la noche después de que la señora Hansen me despidiera.

—Entonces, ¿cuándo llegarás a ello? —me preguntó Nella apenas hace un rato, cuando me trajo todas las páginas acerca de Simon.

De momento, es la tercera vez que las ha leído. Dice que aprende algo nuevo sobre su padre cada vez que las lee, aunque esta vez se limitó a darme una palmadita en el hombro.

—Los lectores difícilmente pueden creer otra cosa que no sea que eres una buena chica cristiana —dijo—. Quiero decir, por lo mucho que vas a la iglesia. Es impresionante, tengo que decirlo. Varias veces a la semana, más los extras. ¿Quién lo habría dicho de ti?

Quise protestar, pero su mano me dio una palmada más fuerte, como si yo fuera más un perro pastor que un ser humano.

—Ahora en serio, Agnes, no puedes seguir divagando por evitar las noches —añadió—. ¿Me escuchas? Los lectores también deben de preguntarse por tu recurrente cansancio matinal.

Se inclinó sobre mí hasta que su cabeza flotaba al revés frente a mis ojos.

—Estoy segura de que, a la larga, los lectores te lo perdonarán.

Puso el dedo en mi punto más vulnerable: usted, estimado lector. No deseo que piense mal, ni de Ambrosius ni de mí, y desde luego tampoco deseo que piense mal de La Silueta, ni de las personas que lo frecuentaban. Ya hay bastante gente que piensa mal de nosotros gracias al famoso torrente de artículos en *La Gaceta Ilustrada de Criminalística* de los últimos años. Bueno, supongo que ya los habrá leído, con lo comentados que han sido. Así que no creo que necesite entrar en detalles en cuanto a «la panda de varones degenerados que aborrecen a las mujeres y las típicas mujeres homosexuales y demás individuos contranaturales» que los autores de los artículos sostienen haber conocido en las presuntas «oscuras tabernas» del barrio de Larsbjørnsstræde. El Club Central, El Laberinto, La Silueta y un par más. Lillemor solía recortar los artículos y metérmelos en el bolsillo cuando la visitaba, y no lo hacía con mala intención, de eso estoy segura. Simplemente estaba preocupada por mí y tenía motivos para estarlo, pero eso no era culpa de La Silueta. Al contrario, pues La Silueta era mi único verdadero hogar. El verano que trabajé para Simon y la señora Hansen solía frecuentarlo con mucha asiduidad a lo largo de la semana para brindar por las contrariedades del día. Bueno, y luego también para planear contrariedades aún mayores. Entonces no veía otra salida. Ambrosius y yo estábamos para el arrastre, pues nadie quería contratarnos por mucho tiempo y habíamos encontrado el truco perfecto.

El día en que la señora Hansen me despidió, tenía que encontrarme con Ambrosius en La Silueta a las cinco de la tarde. La lluvia saltaba de los adoquines y corría a través de las calzadas como el lecho de un río desbordado. Abrí mi paraguas más grande (y el único que he tenido) en el portal. Respiré profundamente y emprendí el camino hacia el centro. A diferencia del resto de la gente, me encanta la lluvia, siempre y cuando me acuerde de llevar el paraguas. Todas esas cuestiones en que te da tiempo a pensar cuando te encuentras a un palmo de suelo seco, en constante movimiento. Me siento afortunada en estas situaciones. Mucho más afortunada que esos desgraciados que co-

rren con la ropa empapada y sus cosas escondidas bajo el abrigo. Además, aquella tarde era afortunada por otras razones, porque al andar los anillos de diamantes de la señora Hansen tintineaban dulcemente en mi bolsillo izquierdo. Entonces, solo esperaban que los empeñara para que Ambrosius dejara de estar tan preocupado. Estaban a punto de dejarlo en la calle por enésima vez y apenas habíamos hablado de otra cosa en el último par de semanas. De eso y luego también de la investigación que estaba llevando a cabo en casa de Simon y de la señora Hansen. Así que me dirigí a toda prisa hacia Assistenshuset.*
Pasé por los lagos con sus patos chapoteando en medio de la lluvia. A través del barrio de Larsbjørnsstræde y de Gammel Strand hasta que llegué a Nybrogade. Al famoso palacete cuya placa de la entrada rezaba: «Det Kongelige Priviligerede Assistence-Huus».

Como de costumbre había mucha gente que prefería no ser vista de camino al prestamista. Ese día más de la habitual. A lo mejor esperaban que el tiempo hubiera desanimado a los demás, o tal vez la intensa actividad se debiera simplemente a que estábamos a final de mes. En cualquier caso, toda esa gente me recordaba a mí en mis momentos más negros. La manera en que desviaban la mirada o la clavaban en el suelo, como si se estuviera gestando un terremoto. Eran estos momentos de mutuo reconocimiento que a veces me llevaban a pasar por allí, aunque no tuviera nada que empeñar. Sin embargo, ese día tenía los anillos y, a diferencia de la mayoría de ellos, los tasadores no me hicieron preguntas insidiosas. El tasador del día, un hombre pelirrojo de unos cuarenta años y una media sonrisa en los labios, examinó los anillos, asintió con aprobación y me hizo una oferta que acepté de buen grado.

—¿Desea que le prestemos el ochenta y cinco por ciento entero?

---

* Antigua casa de empeños, que existió entre 1688 y 1974, gestionada por la administración pública en Copenhague. *(N. de la T.)*

—Sí, gracias.

Nunca podría recuperarlos en el plazo reglamentario de tres meses, así que los anillos acabarían en el mismo lugar que todo lo que había entregado a lo largo de los años: en una subasta. Si la señora Hansen era un poco lista, seguramente se le ocurriría buscar sus joyas de la corona allí. El tasador hizo un gesto hacia mi viejo broche. El que lleva un camafeo.

—Muy buen trabajo.

Se inclinó un poco hacia delante.

—¿También desea empeñarlo?

Me llevé la mano instintivamente a la solapa y a la vez sacudí la cabeza. Él inclinó la cabeza a modo de despedida.

—Bueno, pues le deseo una velada agradable... señora —dijo; otra persona no habría comprendido el momento en que titubeó como señal de respeto.

Pero yo estaba tan satisfecha que ni siquiera lo corregí con mi habitual «señorita». Me limité a devolverle el saludo con la cabeza y llené mis bolsillos de billetes. Era una sensación extraña, a pesar de que la había experimentado antes. Atestada de papel que carecía de valor hasta que era traspasado o entregado a cambio de otra cosa.

A Ambrosius se le llenaron los ojos de lágrimas cuando, un poco más tarde, le ofrecí la mitad. En aquel momento, estaba apostando a demasiados caballos a la vez, por así decirlo, y ninguno de ellos ganaba. Me abstendré de entrar en detalles, puesto que sigue en el mismo negocio, aunque sí quiero decir que me resulta tremendamente difícil escribir sobre él. Echar de menos a un amigo es como perder esa parte de ti que sueles compartir. En el caso de Ambrosius y en el mío, la parte que rara vez mostramos a los demás. Por eso somos especiales el uno para el otro y así ha sido desde que me atreví a asistir a un *te dansant* en el Hotel d'Anglaterre a mediados de los años veinte. Allí entendí por primera vez que había otras damas como yo y que, además, teníamos un nombre. Nos llamaban «las damas de los cuellos altos», y tal vez se siga haciendo. Apenas presto oídos al chismorreo cuando quiero que me apoyen en que lo mejor que puedo hacer es pegarme un tiro en la sien. Pero entonces, a mediados de los años veinte, estaba allí en la puerta del salón de té del D'Anglaterre mirando fijamente a todos los demás y a mi lado estaba Ambrosius. Bueno, entonces no sabía cómo se llamaba. Simplemente mencionaré que fumaba un cigarrillo con una boquilla tan larga que el humo debió de perderse por el interior del salón y que el traje que llevaba era amarillo brillante. Al ver que yo estaba sudando como un cerdo, se volvió hacia mí y me habló.

—¿Puedo ofrecerle un vaso de agua? —fue lo primero que me dijo y yo respondí «sí, gracias».

Llevaba los ojos pintados de negro y las uñas rojas, y solo por eso él y Nella tendrían que haberse llevado estupendamente. Pero a ella no le cae bien. Sobre todo no le gusta su mirada penetrante. Hace tiempo que aprendí que era cariñosa, pero he abandonado la esperanza de que Nella alguna vez lo haga.

—¡Amiga mía! ¿De veras son para mí todos estos billetes?
—Sabes muy bien que sí, Marguerite.

Cuando nos encontrábamos en La Silueta siempre llamaba a Ambrosius Marguerite, pues todos los hombres del local se transformaban en mujeres, y Marguerite era sin duda uno de los nombres más bonitos. Incluso aunque no me vuelven loca Marguerite Viby[*] y su encanto provinciano. A nuestro alrededor, en torno a las mesas dispuestas en el establecimiento, se sentaban en aquel momento un pequeño y robusto maestro zapatero que se hacía llamar condesa Tilde, un industrial a quien solían dirigirse por el nombre de consejera Tulle, un pintor de porcelana de la Fábrica Real de Porcelanas a quien nunca se dirigían por otro nombre que no fuera Flora, un célebre actor de nombre Fiemor, y luego la Gran Bolette, que se levantó para ir por una copa a la barra. Avanzaba al ritmo de la melodía que interpretaba el pianista, algo por el estilo de *A*

---

[*] Marguerite Viby (1909-2001). Cantante y actriz danesa. *(N. de la T.)*

Fine Romance de Jerome Kern y que probablemente también lo fuera. Ambrosius siguió con la mirada su figura rellena hasta que desapareció donde La Silueta se dividía en dos.

—Cuéntame por qué pareces tan preocupada, Agnes —dijo Ambrosius, y se metió el dinero dentro de la camisa con tal rapidez que yo no sabía realmente si lo había visto.

Por algo será que le pregunten muy a menudo si es maga.

—¿Dices que te han despedido?

Parecía que estuviera hablando al aire, por donde había desaparecido la Gran Bolette, pero yo sabía que lo oía todo y ataba cabos mentalmente. Marguerite era la persona a la que acudir si lo que buscabas no era suerte, sino sentido común.

—Vas a tener que echarme una mano —dije, y ella asintió con la cabeza, como solía hacer en este tipo de situaciones.

—¿Me imagino que tiene que ver con Liljenholm?

Marguerite miraba algo a mis espaldas. Resultó ser la escritora avejentada que frecuentaba mucho La Silueta, acompañada por su amiga francesa, Violette. En el espejo de la derecha vi que Violette llevaba el mismo corte de pelo que la estrella de películas mudas Louise Brooks. La belleza se quitó el abrigo con un movimiento exageradamente lento y se lo dio a la señora del guardarropa, Elsa.

—La señorita Acecinada está aquí con su Pandora.

—Sí, ya lo veo.

El pelo de Violette parecía un abanico que se abría cuando volvió la cabeza hacia mí y sonrió, y para mi desconsuelo, hasta entonces, nunca habíamos llegado más allá de este ejercicio preliminar. Tuve que bajar la mirada al mantel para recobrar el aliento y acto seguido se lo conté todo a Marguerite, a qué conclusiones había llegado la noche anterior y lo que había averiguado por la mañana.

Lo peor de formular esta clase de teorías en voz alta es que tú misma empiezas a dudar de que sea posible. O al menos yo lo hago. De pronto, todo lo que te parecía tremendamente plausible a las dos de la mañana en tu cabeza te parece absolutamente improbable a las cinco de la tarde con una jarra de agua en la mesa, y cuanto más hablaba, más se me trababa la lengua.

—Bueno, y entonces llegué a la conclusión de que podía tratarse del asesinato a sangre fría de Lily, a pesar de que Antonia había escrito algo sobre una «eliminación»... porque... Simon no era así, ¿sabes? Y luego estaba todo eso de Lily y los espectros entre comillas, y Lauritsen, que tachaba el nombre de Lily y luego escribía Antonia en su lugar.

—¡Pero supongo que se parecerían! ¿No decías que eran gemelas?

—Pues sí, pero Antonia no parecía cariñosa en su carta a Simon. También es cierto que acababa de divorciarse de él y... Bueno, en pocas palabras, que la eliminación de Lily podía muy bien significar su reclusión. ¿Pareces algo dubitativa? Pero escúchame: Lauritsen desvariaba sobre la habitación de la torre y el ruido de los espectros, y pensé que podría muy bien tratarse de Lily, que gemía como alma en pena allí en lo alto. Así que até cabos y la verdad es que me pareció que tenía más sentido si realmente era Antonia quien estaba encerrada en la habitación de la torre y Lily quien había suplantado su identidad como escritora de éxito. Si Antonia había enloquecido, pensé, todos preferirían que nadie lo descubriera.

—Se parece a una novela que leí hace tiempo.

—¿Una novela?

—Sí, creo que se llamaba *Jane Eyre*. ¿Has encontrado alguna prueba de que esta tal Antonia se haya vuelto loca?

—No... no, la verdad es que no, pero no veo por qué si no Simon iba a acceder a recluirla. Al fin y al cabo estaban en juego grandes intereses económicos. La obra de Antonia von Liljenholm que él edita y... bueno, ¡ya sé que mi teoría es floja! Pero creo que Antonia puede estar en peligro de muerte, Marguerite. En la habitación de la torre, ¿entiendes? Probablemente debiera darme igual, pero no es así, sobre todo cuando está en juego la vida de un ser humano. Verás, me temo que Lily está muy enferma, que incluso pueda estar muerta, pues no ha entregado el manuscrito de su nueva novela a tiempo y eso nunca había ocurrido antes, y...

—Pero puede haber muchas razones para que no lo haya hecho, vaya, creo yo.

Me quedé un rato intentando encontrar algo que objetar, pero no lo conseguí. Mi querida amiga Marguerite tenía razón. Podía haber miles de razones por las que Antonia von Liljenholm no hubiera entregado su manuscrito a tiempo y, ya puestos, podía haber otras tantas razones por las que Antonia delirara acerca de la eliminación de Lily. Lauritsen deliraba sobre los espectros en la habitación de la torre y ninguna de ellas era capaz de distinguir a Antonia de Lily. A lo mejor la esquela decía la verdad: Lily había muerto hacía muchos años y Antonia gozaba de perfecta salud. Probablemente Simon y Lily habían sido infieles a Antonia antes de que Lily estirara la pata y la infidelidad habría enfurecido tanto a Antonia que no había querido que Simon se acercara nunca más a Nella. Fuera, la lluvia sonaba a aguacero. En mi fuero interno imaginé un castillo flotando en el aire que explotaba sobre Copenhague.

—Agnes, ¿estás ahí?

Alcé la vista y descubrí a Marguerite más pálida que el mantel arrugado que sostenía en sus manos.

—Te creo —dijo, y al principio no entendí nada.

Al fin y al cabo, yo apenas podía creerlo, y la miré a los ojos.

No era ni mucho menos la primera vez que ella me devolvía la confianza en mí misma.

—¿De veras?

Sus altas sienes brillaban de sudor.

—Es cierto que no parece creíble.... cómo lo diría... probable que a alguien se le pueda ocurrir encerrar a su hermana en la habitación de la torre y hacerse pasar por ella durante veintidós años. Pero por otro lado...

Me guiñó los dos ojos.

—Si puede pasar en *Jane Eyre* también puede pasar en la realidad y, además, todavía recuerdo la vez que pronosticaste que el Leopardo nos traicionaría. Y de lo mucho que dudé de que tuvieras razón.

Marguerite se refería a nuestra antaño próspera colaboración con un intermediario que en el mundo real se llamaba Leopold Pedersen. Las dos, tanto Marguerite como yo, conseguimos arreglar una coartada antes de que él tuviera tiempo de delatarnos.

—Si hubieras sido un hombre, hace tiempo que tendrías una gloriosa carrera como detective privada, Agnes —dijo Marguerite, y sacudió la cabeza—. De hecho, también podrías haber escrito varios libros donde fueras la protagonista sin que nadie levantara una ceja.

Espero que no interprete mi reproducción de las palabras de Marguerite como un exceso de orgullo, porque no lo he escrito con ese ánimo, aunque Marguerite estuviera en lo cierto. No creo que pudiera ser el guardián de la moral, pero sé dónde está la mentira. Marguerite carraspeó como lo hace cuando hablamos de negocios y no de placer.

—No te preocupes, te echaré una mano —dijo, y lo bueno de nuestra amistad era que ambas sabíamos lo que eso significaba.

—¿Cuándo quieres que entregue el telegrama? —prosiguió ella, y mis hombros se hundieron. Yo me hundí.

—Dentro de una semana, si no tengo noticias de Lily antes. Y, Marguerite...

Ahora se estaba riendo de mí.

—Sé lo que vas a preguntarme —dijo—, y la respuesta es sí. Claro que te creo. Nunca me has dado motivos para no creerte.

Será mejor que revele ahora mismo que Ambrosius no es el mensajero de la compañía de telégrafos, pero hay que concederle que lo parecía cuando se puso el uniforme reglamentario de los telegrafistas. Sin duda también hay que concederme que a veces puedo sonar como una señorita remilgada, pero la verdad es que hace décadas que perdí mi tierna fe infantil. Sencillamente empecé a introducir un Señor y mis visitas a la iglesia y la cita de diversos versículos de la Biblia cada dos frases cuando me refería al pequeño trapicheo que compartíamos Ambrosius y yo, sobre todo porque no podía olvidar mi coartada. Desde entonces, esta manera de hablar se ha convertido en un hábito y, además, así me resultaba mucho más fácil convencer a todo el mundo de que realmente iba a la iglesia muchas veces a la semana para rezar por mi tía enferma. Sin embargo, la realidad era muy distinta.

Pues cada vez que acudía «a la iglesia» iba a un edificio rojo en Jagtvej que se erguía hacia el cielo con sus enormes ventanales abovedados. Difícilmente se lo podría considerar una iglesia. Más bien se asemejaba a una cárcel y de vez en cuando también me lo parecía, aunque para los mortales comunes no era más que el Archivo Nacional. El hecho de que acabara siendo «mi iglesia» no era, sin embargo, una casualidad, pues mi campo de trabajo eran los registros parroquiales. Nadie puede imaginarse la cantidad de carpetas que he llegado a repasar a fondo en la sala de lectura mal iluminada. Por no hablar de lo trivial que resulta descifrar una caligrafía pulcra con caracolillos uno detrás de otro, o lo triste que es insistir en el mismo orden de inscripción que el día anterior. «Niños nacidos, niñas nacidas, niños confirmados, niñas confirmadas, casamientos (entradas y salidas), hombres difuntos, mujeres difuntas.»

Permítame que subraye que no estaba estudiando a mi propia familia. Aunque a veces me he tomado la libertad de echar un vistazo a las columnas. Sin embargo, en el mundo de los registros parroquiales no eres nadie sin tu parroquia de nacimiento y tu nombre original, así que me encontraba a diario en un mundo donde yo no existía. Supongo que difícilmente se puede interpretar como otra cosa que no sea una rotunda muestra de la ironía del destino que yo, que no sé nada de mi verdadera familia, acabara dedicándome a la de todos los demás. Pero así era la división del trabajo. Ambrosius se encargaba de encontrar los «posibles candidatos», como solíamos llamarlos. Es decir, familias que hubieran acumulado una buena cantidad de objetos de valor en las mejores direcciones de Copenhague a través de los tiempos. Cuanto mayores fueran los candidatos y cuanto menos servicio tuvieran, más idóneos eran. Así había más posibilidades de que un telegrama sobre la repentina enfermedad grave de un hijo o una hija o un familiar cercano hiciera que abandonaran su domicilio a toda prisa sin telefonear antes. Bueno, y de que lo cedieran a nuestros largos pero cuidadosos dedos, ya puestos a revelarlo todo.

Mi tarea consistía en encontrar a los familiares cercanos y redactar los telegramas en formularios muy fieles a los auténticos. La tarea de Ambrosius era repartirlos, vestido para la ocasión, y llamarme en cuanto las pobres almas en pena hubieran abandonado el domicilio. Tal vez hablar del sector de la beneficencia en este contexto no sea lo más adecuado, pero entonces yo pensaba que nuestro trabajo estaba emparentado con él. Con un poco de buena voluntad, ¿no es cierto? Al fin y al cabo, librábamos a la gente de sus horrendas joyas, de sus vajillas de plata igualmente horrendas y de todo lo demás que pudiéramos meternos en bolsillos y bolsas y, además, lo hacíamos respetuosamente. A diferencia de los vulgares rateros, por cierto. No era, ni mucho menos, nuestro estilo poner patas arriba los domicilios para que la gente volviera a casa y se encontrara con el caos saliendo de todos los cajones. Y además, cuando la gente llegaba a casa del pariente «gravemente enfermo» y constataba que correteaba por ahí como una ardilla, el alivio que sentían debía de ser, sin lugar a dudas, enormemente balsámico. Otra cosa habría sido si hubiéramos escrito en el telegrama que alguien había muerto, ese era el límite que nos habíamos impuesto. Desde luego no le deseábamos la muerte a nadie y esperábamos que entendieran que se trataba de un caso de emergencia.

Sin embargo, no todo el mundo lo entendía como era de desear. Por ejemplo, mientras trabajaba para Simon y la señora Hansen, una familia con el funesto nombre de Krogh-Jensen acababa de denunciarnos a las fuerzas del orden público. Y eso que, en mi humilde parecer, la familia debería haber sentido un gran alivio al saber que su hija mayor, Signe-Marie, estaba sana y salva, en lugar de empeñarse en centrarse en que habíamos robado las joyas de la familia. Sea como fuere, las fuerzas del orden público habían empezado a establecer ciertos paralelismos entre los robos y nosotros. Posiblemente porque era de sobra sabido que Ambrosius era un hábil ladrón de domicilios con un glorioso pasado en los vestíbulos de la estación central de Copenhague, mientras que yo me había dedicado esporádicamente a la falsificación de documentos en la noche de los tiempos, y durante parte de la mañana, para no apartarnos del lenguaje figurado.

Pero no nos detengamos en esto y pasemos a constatar que Ambrosius y yo necesitábamos un par de coartadas convincentes y preferiblemente unas que justificaran buena parte de nuestro pasado. Podríamos decir que mi coartada con Simon y la señora Hansen acabó siendo una tapadera muy breve y la de Ambrosius resultó aún más corta. Pues no consiguió encontrar un trabajo honrado y digno, y por eso su caja de caudales estaba más vacía que de costumbre. Sobre todo porque su inclinación por el juego con su correspondiente mala suerte galopaba desenfrenada en ese mismo período.

—Y entonces, ¿qué hacemos si esta tal Nella empieza a revolotear por Liljenholm sin entender que su verdadera madre corre peligro de muerte? —pregunté a Marguerite aquella noche en La Silueta, cuando urdimos nuestro plan.

Por cierto, no incluía liberar a Nella ni de un solo céntimo cuando finalmente abandonara la finca de Hedebygade. Supongo que eso también dice algo de nuestros límites. Mientras Marguerite reflexionaba, su frente me sonrió con las arrugas vueltas hacia arriba.

—Pues la acompañas —dijo, y no creo que yo le devolviera la sonrisa.

—¿La acompaño?

Marguerite asintió con la cabeza. Su frente seguía sonriéndome.

—¿Sin que se dé cuenta?

—Sí, claro —asintió Marguerite—. No lo descubrirá hasta que pases por Liljenholm y preguntes por la salud de su madre y de ella... Y, ¿cómo expresarlo? Tú le preguntas tranquilamente por los espectros de la habitación de la torre, ¿te parece?

Empieza mi pesadilla

En el fondo, nuestro plan, el de Ambrosius y el mío, era excelente, si me permite que lo diga, pero no conseguimos, ni por asomo, tener en cuenta todas las eventualidades. Por ejemplo, las cosas cambiaron mucho más de lo esperado por el hecho de que no se tratara de una de nuestras habituales «visitas», como solíamos llamarlas. Yo me encargué, naturalmente, de la redacción del telegrama, y Ambrosius, de la entrega, pero mi presencia en el domicilio era, en rigor, innecesaria. Lo acompañé hasta Hedebygade, a fin de cuentas tenía que ponerle cara a esa tal Nella, ahora que realmente nos encontraríamos. Pero aquel día la lluvia era una cortina impenetrable y desde donde yo estaba, apoyada contra la fachada de un edificio de enfrente y medio al resguardo de un saliente, apenas pude ver un contorno borroso. Si hubiera aguantado con Ambrosius hasta la mañana siguiente, cuando el sol no brillaba pero al menos estaba visible un par de horas, sin duda, habría visto su rostro. Pues Nella estuvo dando vueltas por el vecindario durante una hora buscando la poco apreciada caja de bombones para Antonia. Sin embargo, como mi asistencia no era indispensable volví a dormir a la pensión pasada la medianoche.

¡Y el sueño me costó muy caro! Entre otras cosas, me impidió darme cuenta de que era Nella quien estaba sentada frente a mí en el tren con destino al sur de Selandia. Simplemente le ofrecí mi pañuelo porque estaba llorando. En aquel momento pensé que sería una de esas estúpidas chicas que se ha metido en un lío y se dirige a casa de un familiar lejano antes de que sea evidente para todo el mundo. Parecía una de ellas. De piel muy blanca, muy pulidita. Las muchachas virginales eran las peores, me decía mi experiencia, y esta encima se sonrojó cuando le lancé mi mirada más pícara. Yo tenía predilección por las mujeres que eran tan pudorosas como ligeras de cascos y se atrevían a mirarme a los ojos, como la que tenía delante. Si bien es cierto que la criatura, que sin duda estaba esperando, no entraba en mis planes de futuro, tampoco podía decirse que tuviera planes de futuro que no pudiera mejorar. Cuando le guiñé el ojo, ella me devolvió el guiño. «¿Por qué no?», pensé, y dejé que se quedara el pañuelo con el número de teléfono de la pensión bordado en un costado. Obra de Lillemor. No creo que Lillemor llegara a comprender alguna vez para qué quería sus pañuelos bordados en Navidad y por mi cumpleaños.

Tardé siglos en darme cuenta de que la mujer a quien había dado mi pañuelo era la Nella a la que había ido a conocer al sur de Selandia. Si me hubiera dirigido directamente a Liljenholm lo habría descubierto muy pronto, pero entonces creí ser previsora. Así pues, pasé antes por casa de Anna, la hermana de Lillemor, que dirigía la Pensión de la Señora Viuda Anna en Køge, a unos quince kilómetros de Liljenholm. Así tendría un sitio donde pasar la noche por si mi presencia era necesaria durante varios días seguidos, pensé, aunque había borrado de mi mente la tremenda verbosidad de Anna. Si a eso añadimos el fabuloso almuerzo al que tuvo necesariamente que dedicar toda la mañana, me fue del todo imposible salir de allí hasta bien entrada la tarde.

Mis habilidades al volante eran más bien escasas, si no inexistentes, pero eso no lo sabía mi tía Anna. Pues sin duda, de haberlo sabido, no me habría prestado su recién lustrado Ford 30 gris claro. Y menos aún en medio de aquella tormenta. El vehículo se puso en marcha con un quejido, y así continuó, aunque al final conseguí sortear la mayoría de los obstáculos salvaguardando mi honor. Los obstáculos que no logré esquivar me costaron en reparaciones la mitad de mis ganancias por los anillos de diamantes de la señora Hansen. Estaba furiosa. ¡Malditas carreteras, todas tan parecidas! ¡Malditos árboles que obstaculizaban el paso! El haya llorona delante de mi parachoques me lanzaba miradas torvas.

—¿Dónde estoy? ¿Dónde estoy, idiota?

El haya llorona parecía un perro mojado que necesitaba que alguien le cortara el pelo y lo peinara, y di marcha atrás, viré y retomé el control del vehículo lo mejor que pude. No me ayudó que, por entonces, mi vista ya había conocido mejores tiempos, sobre todo a la luz del crepúsculo, pero por fin, tras una colina, divisé los chapiteles de un par de torres cubiertos de cardenillo. Una ligeramente más alta que la otra y ambas envueltas en una densa niebla. Las torres desaparecieron y volvieron a asomar a medida que me acercaba y recorría la larga alameda de tilos. Estaba decepcionada. Supongo que al principio pensé que Liljenholm sería un castillo majestuoso y no una casona cochambrosa. Además, también había esperado que me abrieran la puerta, pero cuando llegué y pulsé el timbre a fondo no pasó absolutamente nada.

¡Imagínese! Liljenholm era diez veces más grande que cualquier otro lugar que yo hubiera visitado jamás, ni siquiera por razones de índole laboral, y allí estaba yo, embobada. Los ladrillos rojos ni se dignaron mirarme. Las ventanas de la planta baja eran tan altas que no podía mirar a través de ellas, ni saltando, y la puerta principal, ya entonces cubierta de maleza, estaba flanqueada por dos estatuas de piedra cubiertas de musgo. Unos leones rugientes con toda la dentadura intacta, consté. Hacían juego con la puerta, que rugía «mantente alejado de aquí» cada vez que intentaba abrirla a patadas. En su día, el jardín debió de haber tenido espectaculares macizos de flores y una enorme explanada de césped, pero hacía tiempo que se había fundido con el bosque cercano. En medio de la maraña vislumbré un par de magnolias y una hilera de tejos que parecían seguir lo que quedaba de los senderos. Sin embargo, no encontré otra entrada.

La tormenta arreció y me metí en el coche. Esperé. Un par de horas después de medianoche volví a llamar a la puerta y al ver que el resultado era el mismo di una última vuelta por el jardín. La tormenta, aunque no había pasado por completo, sí estaba en declive, porque de no haber sido así no creo que me hubiera atrevido a acercarme a un montón de leña que había contra el muro más cercano. Era el muro del salón de té, aunque nunca llegué a constatarlo. En parte porque el interior estaba a oscuras, en parte porque el montón de leña era demasiado bajo. Tuve que saltar para poder siquiera asomar la nariz por encima del marco de la ventana, pero cuando el montón de leña amenazó con tirarme me vi obligada a desistir de mi propósito.

Sin embargo, al otro lado del cristal estaba Nella (¡que creía que yo era un ciervo! ¡Ja!). Naturalmente, me he preguntado si habría cambiado algo de habernos conocido entonces. Si me hubiera quedado al pie de la mansión un rato más, o si Nella hubiera salido corriendo detrás de mí y hubiera doblado un par de esquinas, hasta llegar al Ford 30 de la tía Anna. Pero no pasó ninguna de las dos cosas.

En cambio, sucedió otra, y no sé muy bien si debería contarlo. Al fin y al cabo, mi visión nocturna deja tanto que desear que pudo perfectamente haberme jugado una mala pasada. Cuando llegué al coche y me volví por última vez vi algo en la portalada. Parecía una enorme figura encorvada y, si no estoy muy equivocada, me hizo una seña para que me acercara. Hoy, sin duda, me habría preguntado qué demonios estaba haciendo la señorita Lauritsen allí. Pero entonces corrí hacia la figura y le grité que no podía entrar y tenía que hacerlo, que era importante. ¿Qué podía hacer? A modo de respuesta, la figura se desvaneció extrañamente ante mis ojos y, cuando llegué al lugar, me di cuenta de que estaba hablando a la nada. La figura debió de ser una de aquellas largas plantas que arrojaban sombras, pensé, y abandoné la entrada. Sin siquiera considerar volver a probar la puerta principal para comprobar si seguía cerrada. En lugar de eso, volví, estúpida de mí, a la pensión y regresé catorce horas más tarde.

Fue el vehículo lo que me retrasó. Y como ya dije, había cambiado ligeramente de aspecto; le ahorraré el drama que se desarrolló en la pensión de la Señora Viuda Anna por este motivo. Solo diré que al día siguiente tuve que recorrer el camino hasta Liljenholm a pie. Los zapatos me corroían tanto por dentro como mis dudas. Ambrosius había creído en mi teoría porque no tenía ningún motivo para no hacerlo, pero ¿y si resultaba que sí lo tenía? ¿No volvería a creer en mí? En cuanto las torres de Liljenholm aparecieron detrás de la colina salí corriendo.

Dicen que a la tercera va la vencida, pero no fue precisamente la buenaventura en persona quien fue a mi encuentro cuando se abrió la puerta principal. Por entonces llevaba varios minutos tocando el timbre, todavía sin considerar probar a abrir la puerta y, por un momento, la mujer que tenía delante también pareció asombrarse al ver que no estaba cerrada. Parecía más pequeña y delgada de lo que yo la recordaba del tren, pero no dudé ni por un momento de que era ella. Mi boca se abrió y se cerró como si me hubiera transformado en un maldito pez dorado. Tenía el pelo revuelto y su piel estaba cubierta de arañazos por donde tenía desgarrado el vestido. Parecía haber visto un fantasma, y supongo que así era. Un fantasma en vida que, en realidad, era su madre, pensé. Parecía saberlo. Por la mirada perturbada que me lanzó cuando le ofrecí mi mano a modo de saludo.

—Me llamo Agnes Kruse.

Parpadeó varias veces, por lo visto sin siquiera sospechar que me había visto antes. La mano que me tendió estaba helada y sin fuerza. La mujer hizo una mueca que me llevó a soltarla de inmediato.

—Buenas noches.

Tenía la voz ronca y no pude evitar clavar la mirada en su mano. El dorso estaba cubierto de largos arañazos y las puntas de los dedos eran heridas abiertas. Las metió revoloteando entre los pliegues de su falda y desaparecieron. No tuve que explicar el propósito de mi visita ni confesarme, por entonces se había apartado a un lado. Mis piernas echaron a andar bajo mi cuerpo, me llevaron hasta el vestíbulo de Liljenholm y tuve la molesta sensación de hallarme en una capilla. Tal vez se debiera al techo, que se arqueaba en lo más alto y hacía que resonaran nuestras respiraciones. Pero por lo demás reinaba el silencio. Un profundo silencio.

—Disculpe que la importune.

Mis pasos crujieron sobre los cristales rotos de los cuadros, que alguna vez debieron de estar colgados de las paredes, dando lustre a la cómoda lacada bajo el espejo. Nella se había detenido en medio de la estancia. Sus brazos colgaban laxos a ambos costados.

—Cuidado con los pies.

Podría afirmarse que su advertencia llegaba un poco tarde, puesto que ya me hallaba en medio del montón de cristales caídos. Sin embargo, su gesto me reconfortó. Era muy triste que no hiciera falta más que una simple gentileza y me apresuré a entrecerrar los ojos. En la esquina había un par de peldaños que conducían hasta una puerta que, a su vez, llevaba a algo que parecía un salón, y a la derecha unas escaleras señoriales. Mis pies avanzaron instintivamente hacia ellas.

—Su pañuelo. Todavía lo tengo —oí decir a Nella desde algún lugar detrás de mí, y cuando me volví hacia ella ya había dejado de sentir que estaba frente a una desconocida.

Metió la mano dentro del escote y apareció el pañuelo, manchado de sangre.

—Gracias.

De pronto, todo lo que tenía pensado decir parecía haberse esfumado. Mi larga disquisición, reducida al mínimo para que pudiéramos ir al grano. Lo único que quedaba era una sencilla pregunta.
—¿Antonia sigue viva?
Y la respuesta de Nella me inquietó.
—Ven —dijo.
En realidad, no me sorprendió que permitiera que una persona completamente desconocida la siguiera a través de los salones de Liljenholm. Supongo que ya entonces deberían haber armado bastante bulla los salones, a los que nunca les habían agradado demasiado las visitas. Tal vez lo intentaran, aunque yo solo percibí algunos detalles dispersos. La luz que atravesaba sesgadamente la ventana de la antesala y caía sobre la mesa en un cono, la extraña butaca en el salón de té, los trozos de una vasija azul claro rota en el comedor, los muebles que parecían demasiado grandes, el olor a lirios blancos, una puerta abierta. La puerta del estudio, que pronto fue mío un año entero.
Lo primero que vi aquí dentro fue el escritorio despejado al lado de la ventana con una máquina de escribir negra en medio. Nella dio un paso a la izquierda. Hacia una cama donde yacía una persona consumida con las manos juntas sobre el edredón.
—Mamá murió esta mañana —dijo Nella, y el rostro de la mujer estaba hundido como una máscara fatigada.
Me acerqué. No había nada en ella que me resultara conocido, pero podía deberse a que solo la había visto maquillada. Intenté respirar con normalidad. No lo conseguí.
—¿Y qué ha sido de Lily? —pregunté, y se hizo el silencio durante demasiado tiempo.
—¿Lily? ¿A qué te refieres?
En el instante en que lo dijo supe que algo andaba mal. Nella no debería haberlo preguntado de ese modo. Se pasó una mano agitada por el pelo y murmuró que Lily llevaba muerta muchos años. «¿Y tú quién eres, por cierto? ¿Qué estás hacien-

do aquí?» De pronto vi a Ambrosius frente a mí. «Por supuesto que te creo, Agnes. Nunca me diste razones para no hacerlo», y Dios sabe bien que yo no habría soportado conocer la verdad acerca de mi familia a través de una persona a la que no conocía de nada. Sin embargo, no existía mentira oficiosa lo bastante grande para tapar lo que sabía, por mucho que la estirara como una maldita goma elástica.

—Fui la secretaria de su padre, Simon —dije—. No durante mucho tiempo, desgraciadamente, pero lo bastante para saber que temía lo que acaba de suceder... y...

Enseguida me di cuenta de que una fina red de mentiras habría sido mucho más delicada que un agujero negro de verdad. El rostro de Nella se partió en dos, como si fuera dos personas a la vez, y la otra persona sonó extrañamente chillona. Como una niña pequeña llamando a su madre.

—Pero ¿qué está diciendo?

—Fui yo quien le envió el telegrama, porque quería salvar a Antonia. Eso es lo que digo.

La mirada torva de Nella no me gustaba nada.

—Pero si Antonia está muerta.

Realmente, yo no tenía ni la menor idea de lo que podían llegar a significar las palabras hasta que respiré profundamente y la corregí.

—Creo que es Lily quien está echada en la cama, Nella. Es Lily quien ha muerto, y Antonia, tu verdadera madre... Me temo que lleva muchos años encerrada en la habitación de la torre. Tenemos que rescatarla. Ahora mismo.

—Tiene que irse ahora mismo, ¿me ha entendido?

Hoy comprendo que Nella prefiriera mantener su teoría según la cual Lily y Antonia, en realidad, eran la misma persona. Pero entonces no comprendí la fría inclinación de cabeza que me dispensó. De hecho, me recordó bastante a la señora Hansen.

—Desaparezca de aquí.

Cruzó los brazos y empezó a mover el pie imperiosamente.

—Pero es posible que Antonia esté en peligro de muerte. ¡No podemos permitir que se pudra ahí arriba!

—¡Váyase! —me espetó, y se acercó a mí mostrando sus dientes y manos, dispuestos a desgarrarme.

La alejé de un empujón, con bastante dureza, me temo. En cualquier caso, chocó contra un montón de libros con gran estrépito y yo salí corriendo por la puerta y atravesé los salones escaleras arriba. Francamente me sorprendió que Nella me pisara los talones y desde luego no estoy orgullosa de haber propiciado que sus alaridos rodaran escaleras abajo mientras yo seguía el camino opuesto. En mi cabeza revoloteaba todo lo que tal vez estaba a punto de acabar mal. ¿Y si Antonia nunca había estado encerrada en la habitación de la torre? ¿Y si no eran más que imaginaciones mías que, sin duda, me acarrearían una sentencia condenatoria? ¿Y si había esperado demasiado tiempo para acudir al lugar? Ese maldito Ford 30. ¿Y si mi habilidad al volante hubiera podido salvar la vida a Antonia? Y entonces me detuve.

Donde terminaban las escaleras podía elegir entre las escaleras que conducían a la torre oeste o el largo pasillo, y elegí el pasillo. Era más largo de lo esperado. Los pasos renqueantes de Nella resonaban en algún lugar a mis espaldas, así que doblé rápidamente a la izquierda y subí las escaleras de la torre oeste. Al final de las escaleras había una puerta cerrada con una llave en la cerradura; escuché. Lo único que pude oír fueron los pasos de Nella que se acercaban. Jadeaba ostensiblemente, de forma entrecortada, y tuve que girar la llave varias veces hasta que la cerradura cedió. ¡Ojalá Antonia fuera tan resistente como su hija Nella! Así seguiría allí dentro, en silencio, pero viva. Lo cierto es que, en ese momento, si no me hubiera movido, Nella me habría atacado por la espalda. La vi caer hacia delante, hacia el interior de la habitación de la torre, a cuatro patas.

La habitación de la torre

Los últimos rayos de sol de aquel día cayeron a través de las ventanas enrejadas en lo alto y las paredes se precipitaron sobre mí. A pesar de los armarios apilados a lo largo de una de las paredes y de los libros encuadernados a lo largo de la otra pude ver el diván al fondo, y Nella también. Gimoteaba a mis pies e intentó levantarse. Entró en un rayo de luz y volvió a salir, evitó por un pelo un montón de pedazos de vidrio roto. Querría haberle ayudado a levantarse, pero apartó mis manos de un golpe. Sus gemidos aumentaron cuando llegó al lado de la mujer esquelética que estaba medio incorporada, medio echada en el diván, envuelta en un vestido negro demasiado grande. Y no sé qué fue peor, si ver a esa mujer con los labios contraídos en un grito congelado y demencial o ser testigo del terror de su hija al caer en la cuenta de quién había estado encerrada en la habitación de la torre todos aquellos años. Porque no había ninguna duda. Incluso con sus mejillas famélicas y sus ojos sin vida, aquella mujer se parecía tanto a Nella que casi podía verla en ella.

—¡Mamá!

Nella se había subido al diván y yo podía haberle dicho que el grito congelado ya no se dejaría callar, por mucho que apretara. Al fin y al cabo, la rigidez de la muerte nos llega a todos; pronto pude constatar que la muerte debió de producirse en las últimas veinticuatro horas. De haber pasado más tiempo, esta habría remitido y el cadáver habría mudado de aspecto poniéndose verde e hinchándose. Nella chilló como un animal condenado a muerte.

—¡No se atreva a tocarla!

Pero por entonces yo ya había bajado las medias de la difunta para examinar la piel, que, a esas alturas, ya tenía la misma temperatura que el aire. Alrededor de unos quince grados, con frío por dentro.

—¿Qué está haciendo?

Moví una de sus piernas con dificultad para que Nella pudiera apreciar las manchas moradas que se extendían por detrás.

—Morados.

Nunca había puesto estas palabras en mi boca antes, y comprendí por qué. Sabían tan mal como sonaban.

—La sangre baja hacia las extremidades del cuerpo —me vi obligada a explicar—, y estos son permanentes, ¿lo ve? No se asientan hasta transcurridas unas ocho o diez horas. Yo diría que estos son más antiguas. El color es muy oscuro y el cadáver ya está frío, pero el cuerpo todavía no ha empezado a descomponerse.

Nella se había incorporado. No conseguí interpretar su mirada perdida.

—Así que murieron al mismo tiempo, Antonia y Lily —dijo—. Esta mañana oí un extraño gemido que provenía de aquí. Y unos gritos. Llamaba a Simon, pero yo creía que... Durante todos estos años me dijeron que eran los espectros, que plañían. No sabía que... ¿Acaso podía saber que era mi madre quien se lamentaba aquí arriba?

Decidí que el silencio era mejor que la verdad, que por mucho que me esforzara no lograría jamás entender cómo Nella no había descubierto a su propia madre durante todos aquellos años. De haberse tratado de mi madre, yo habría reconocido su voz inmediatamente, pensé. Es algo que se reconoce sin más.

—¿O sí? —insistió Nella, y su tono de voz subió—. ¿Por qué no dijiste nada si lo sabías todo?

Nella había cogido la mano de la difunta como si hablara en su nombre.

—Pensé que deberías descubrirlo por ti misma —contesté, pero incluso a mí me sonó mal.

¡Descubrirlo tú misma! Como si mis estúpidos ideales fueran más importantes que la vida de Antonia. No me apetecía quedarme sentada allí, tartamudeando y murmurando que lo sentía mucho, aunque realmente era así. Era evidente que habría sido preferible que hubiera ido inmediatamente a Hedebygade para hacer partícipe a Nella de mi excelente teoría, en lugar de enredarme en todo aquello del telegrama y el maldito Ford 30 de la tía Anna.

Nella cerró con mucho cuidado los deslumbrantes ojos azules del cadáver.

—¿Por qué demonios tenía que descubrirlo por mí misma, puedes explicármelo?

Su dedo acarició una de las mejillas hundidas del cadáver.

—¿No contestas?

No pude más que apartar la mirada.

—No espero que lo entiendas —dije—. Pero, hasta donde alcanza mi memoria, siempre había imaginado cómo sería el día en que encontrara a mi madre, y todo tenía que ser perfecto.

No sé si Nella fue capaz de comprender lo que quería decir, porque las lágrimas saltaron de mis ojos, algo que, gracias a Dios, no había ocurrido en años. No desde lo de Lillemor y el señor Svendsen. Intenté disculparme ante Nella. Era, sin duda, lo último que deseaba.

—Así que mamá decía la verdad —añadió Nella, cuando finalmente conseguí recuperar el control sobre mí misma.

Saqué el pañuelo manchado de sangre de mi bolsillo y me sequé las lágrimas rápidamente. Olía a yodo y a miedo.

—¿En qué decía la verdad? —pregunté, y Nella acomodó el cadáver en el diván con mucho cuidado.

—En que ella era Lily —contestó Nella—. Es lo último que me dijo antes de morir.

—¿Y eso no te llevó a sospechar algo?

Hoy sé que Nella ha tenido tiempo de desarrollar una teoría en la que todo encajaba, salvo por un par de detalles, pero entonces se limitó a encogerse de hombros. Juntó las manos del cadáver sobre el pecho lo mejor que pudo. Con mi ayuda también consiguió encajarle la mandíbula.

—Sabes mucho de cadáveres —comentó, y si ella podía encogerse de hombros yo también.

Estábamos una al lado de la otra mirando a Antonia, a la que ambas podíamos haber salvado. Allí echada, seguía sin tener un aspecto apacible, pero al menos había dejado de gritar.

—¿Serías tan amable de sacarme de aquí? —oí preguntar a Nella, y al principio creí que estaba hablando con Antonia. Incluso llegué a ponerme nerviosa, pero en ese momento dijo—: Me gustaría conocer a Simon. ¿Podrías llevarme hasta él... Agnes...? ¿No era ese tu nombre? ¿Y contarme cómo descubriste todo esto mientras enterramos a Antonia en el jardín?

Todavía hoy no sé si estuvo bien hecho, pero hice lo que Nella me pidió. Después de que, en cierto modo, hubiera contribuido a privarla de la posibilidad de conocer a su verdadera madre en vida, estaba en deuda con ella y haría cualquier cosa que me pidiera, pensé; además quería proteger a Simon, que ya había sido bastante castigado. Sencillamente no estaba dispuesta a hacerle cargar con una muerte en la que no había participado, ni con todo el resto.

Sin embargo, la larga historia de cómo había atado cabos hasta llegar a la habitación de la torre no se la había dado hasta ahora, porque al enterrar a Antonia en el jardín desapareció con ella todo lo que habíamos vivido.

Recuerdo el momento como si acabara de pasar. Nella y yo habíamos cavado un hoyo en la loma bajo el viejo cerezo. Alrededor de la loma había una maraña de árboles que atravesamos con Antonia, ligera como un gorrión, envuelta en un paño limpio. Aquella noche, el jardín olía a madreselva y el silencio se acurrucaba tras los troncos de los árboles. Estábamos de pie, una a cada lado de la fosa, y nos turnábamos para echar tierra sobre el cadáver con un sonido sordo y arenoso. Nella me pidió que no mencionara a nadie lo ocurrido. Ni siquiera a ella.

—Bien mirado, creo que es mejor así —dijo cuando coronamos nuestra obra con una piedra blanca sin nombre que encontré cerca de la loma.

Con un poco de buena voluntad podía pasar por una lápida. Lo que no podía entender, de ningún modo, era la falta de curiosidad de Nella. En realidad sigo sin entenderla. Nella se volvió hacia mí y de pronto parecía mucho mayor, o tal vez fuera porque tras su pálida piel vislumbré las cuencas hundidas de Antonia.

—Créeme —continuó—, es la manera de seguir adelante con tu vida. Sé de qué te hablo.

Yo abrí la boca, pero para entonces ya se me había hecho un nudo en la garganta.

Naturalmente, Marguerite la llegaría a conocer en toda su extensión en cuanto Nella y yo volviéramos a Copenhague. A pesar de que había conocido a Nella en el sentido bíblico y de que, además, me había visto obligada a renunciar a la iglesia, a las visitas a domicilio y a la beneficencia, seguí encontrándome con Marguerite en La Silueta varias veces a la semana.

—Algún día pondrás por escrito toda la historia, ya verás —solía decirme Nella, pero yo pensaba que lo único que pretendía era consolarme.

A lo que quedaba de mí. Porque las pesadillas acerca de Liljenholm me fueron carcomiendo poco a poco por dentro. Todas las noches se llevaban un mordisco que luego escupían en las primeras horas del día; al final no supe qué quedaba de mí. Más allá de la misma historia contada de mil maneras que siempre acababa con que yo llegaba sin remedio una fracción de segundo tarde a lo que realmente importaba.

—Algún día desaparecerá, Agnes. Sé que lo hará —me repetía Marguerite una y otra vez, cuando me quejaba, y al final tuvo razón.

Durante los últimos meses, las noches han dejado de ser una pesadilla, pero en cambio echo tanto de menos a Marguerite que todo aquí dentro me recuerda a ella. Los libros, que, estoy segura, le encantarían. Mi vieja Remington, que admiraría. Los árboles del jardín, que se cubren de sus colores favoritos, el amarillo y el marrón. Si ella hubiera estado aquí ahora mismo me habría sonreído con su curiosa sonrisa cuadrada.

—¡Lo has conseguido, Agnes! —me habría dicho—. Has escrito toda la historia. ¿No te decía yo que algún día lo conseguirías?

Y yo le preguntaría si había algo que hubiera olvidado. El mayor lujo del mundo es tener una amiga que conozca tu historia mejor que tú misma, y creo que ella hubiera asentido. Es un lujo muy grande también saber con seguridad que tu amiga te conducirá por el buen camino.

—Todavía quedan algunos detalles que no están del todo claros —diría ella—. Sobre Antonia, por ejemplo. ¿Se volvió loca así porque sí? Y es posible que sea yo la indiscreta, pero ¿serías tan amable de ahondar en...?, ¿cómo lo llamabas...?, ¿la «relación especial con una mujer lindante con lo tórrido» que mantenían Antonia y Lily? ¿Cómo fue, si siguieron o lo dejaron? ¿Qué pasó, Agnes? ¡No puedes de pronto mostrarte tan puritana!

—Soy una persona pudorosa, Marguerite.

—¿Tú, con todos tus pañuelos? ¡Ándale con ese cuento a otra, hazme el favor!

Marguerite tiene razón. Supongo que no soy lo que tradicionalmente se suele entender por pudorosa, pero esta historia sobre la vida en Liljenholm de la que pronto tendré que hacerle partícipe a usted es de armas tomar. Incluso para mí, que no se puede decir que me ande con chiquitas. De hecho, la única circunstancia atenuante que se me ocurre es que podría dejar que

Nella lo contase. Porque, como ya es sabido, ha puesto en limpio y compilado los diarios de la señorita Lauritsen y me los ha cedido, añadiendo su propia historia, que hace tiempo que puse en limpio. Difícilmente podríamos decir que las páginas que faltan constituyan un volumen independiente. Hasta ahora, el capítulo que falta es el de la historia de Nella. El tiempo antes de su nacimiento, los primeros años, que ha olvidado, y los años que en todo momento ha recordado, pero que no por eso ha sentido necesidad de compartir con nadie. Hasta ahora. Hace un momento, ella y *Simo* estaban en la puerta del estudio con la bandeja de mi desayuno. Gachas de avena pastosas y un gran vaso de leche de las vacas de Frydenlund.

—¿Recuerdas lo que tenemos que hacer hoy? —me preguntó, mientras *Simo* meneaba alegremente la cola.

Me costó Dios y ayuda ignorar que se había rizado el pelo como Mary Pickford en *Rebeca la de la Granja del Sol*. Y que llevaba los ojos pintados de negro.

—Ha llegado la hora, Agnes.

Eso mismo me había dicho la noche anterior, antes de acostarse, abandonándome a la noche, que, a estas alturas, conocía mejor que a ella. Es extraño cómo la vida se desarrolla, o deja de desarrollarse. ¡Y yo que había creído que el trabajo de este libro me acercaría más a Nella! Durante mucho tiempo incluso me pareció que así era. Pero mientras yo he luchado por poner por escrito la historia de Simon y la habitación de la torre, ella poco menos que ha desaparecido para mí. ¡Tanto trabajar en el jardín! El último par de días apenas he sabido qué hacía, aparte de que, por lo visto, se ha permitido obrar en mi nombre. Para mi espanto lo comprendí anoche.

—Estabas pensando en Ambrosius hace un momento. ¿Y, Agnes...?

Cambió el peso de un pie al otro.

—Mañana podrás volver a verlo, porque nos vamos a Copenhague, de hecho, ya lo he organizado todo. Hace un par de días, escribí a Lillemor. Pasaremos por su casa a saludarla y le preguntaremos si sabe qué hacen todos sus vestidos en el desván de Liljenholm. No podemos permitir que ella sepa algo que nosotras no sepamos, ¿no te parece?

—¿Qué dices que haremos?

—Bueno, ya va siendo hora de que nos reunamos con ella —apuntó Nella a su manera especialmente imperiosa, que, sin duda, me hace sentir más pequeña de lo que soy.

Y cuando hace un momento dejó la bandeja sobre mi escritorio, me acordé de Agathe. Fue por culpa del vestido. Uno de los modelos largos con bordados y cintas para enlazar debajo del pecho. Siempre me había imaginado a mi antecesora moviéndose con gracia y parsimonia envuelta en uno de esos.

—Déjalo ya, Agnes —suspiró Nella, mientras *Simo* empujaba mi mano con el hocico—. Agathe murió hace cuarenta años. ¿No podrías dejarlo?

Últimamente, Nella brilla de otra manera. También sus formas se han vuelto más redondas. Desde luego, no cabe duda de que el trabajo en el jardín le sienta bien.

—¿Vienes, Agnes?

No creo que me quede más remedio que acompañarla a Copenhague y dejar que la historia de Nella pase a un primer plano por un tiempo. Solo me cabe esperar que usted, a diferencia de mí, tenga nervios de acero.

El capítulo que faltaba

He temido que llegara este momento y sé muy bien que no es así como yo, Nella, debería empezar este relato. Debería empezar escribiendo que he esperado con ansias que llegara la hora de plasmar estas palabras sobre papel. Solo que las palabras nunca se me han dado bien. Sobre todo, si tengo que escribir sobre Laurits; aun así empezaré por ella.

Cuando pienso en Laurits, pienso en sus pasos, el peso de sus pasos, cómo se arrastraban por las escaleras al subir y bajar de la torre este por la mañana y por la noche, y pienso en algo más: en su mirada. Era gris, pero detrás de lo gris brillaba algo que yo solía asociar a sus manos. La manera cariñosa con la que me retiraba el pelo de la frente y me decía que yo era su pequeña Nella. Si Bella y yo teníamos miedo de los espectros de la torre podíamos acudir a su cuarto y sentarnos en su cama. ¡Chisss! Debíamos permanecer en silencio para no estorbar su pluma. Si prestábamos oídos a su pluma sobre el papel y al ruido al pasar las páginas, pronto todo cesaría. ¿Es que no nos dábamos cuenta? De hacerlo así, no habría realmente nada que temer.

Veo mi cabeza subir y bajar. Tras el pelo, allí dentro, desde donde mis ojos oteaban, me hallaba en una cueva de seguridad cuando Bella y yo nos sentábamos en la cama de Laurits. Su espalda era tan ancha que estaba convencida de que ella sería capaz de cargar con cualquier cosa, también con Bella y conmigo, si llegaba a ser necesario. Al fin y al cabo, no sabía que Laurits ya entonces soportaba todo el peso de la historia de Liljenholm, y desde que lo supe una idea ronda mi cabeza. He pensado que a lo mejor, en realidad, era la historia de Liljenholm la que la iluminaba por dentro, que brillaba en lo gris. No dudo de que albergara cálidos sentimientos por todos nosotros, pero en realidad creo que todas las noches vivía por, para y de los secretos. También creo que fueron los que la mantuvieron con vida. De lo contrario, no entiendo cómo fue capaz de sobrevivir tanto tiempo.

Las palabras son traicioneras. Dependiendo de quién seas les atribuyes un sentido u otro y no quisiera que alguien atribuyera a las mías un reproche a Laurits por todo lo sórdido que ha sucedido. Todos los años en que mi verdadera madre estuvo encerrada en la habitación de la torre y que acabara muriendo de hambre y sed allí arriba. Sé, por supuesto, que Laurits fue cómplice, porque no reveló la historia, pero también sé que me salvó la vida. Agnes[*] siempre me mira de una manera muy rara cuando lo digo.

—Fue la señorita Lauritsen quien mantuvo a Antonia con vida en la habitación de la torre durante tu infancia, ¿acaso lo has olvidado? —suele preguntarme—. Te despojó de la posibilidad de conocer a tu verdadera madre, Nella. No digo que debas sentir rencor, pero creo que, después de todo, es lícito pensar que tal vez no fuera tan santa como tú crees que fue.

¡Agnes y toda su cháchara sobre madres de verdad! Apenas sé qué pensar del asunto. La única madre de verdad que he tenido es Laurits. No habría podido criarme en Liljenholm de haber sabido lo que ella sabía. O si ella no hubiera estado allí. De hecho, estoy convencida de que Laurits me protegió; que era consciente de que era la verdad o yo, y en mi cabeza veo a

---

[*] Nota de Agnes a Nella: ¿Es posible que realmente te amara? No creo que sea tan difícil imaginárselo. A. K.

mi madre burlándose de mí por esta última frase (sí, así sigo llamando a Lily. Agnes no es capaz de comprender por qué). «¡Tú o la verdad! ¿Quién te crees que eres? ¿Una escritora, tal vez?»

Aunque esté en lo cierto, me dolió que Agnes escribiera que mamá podía haber sido un fantástico modelo a seguir para la persona adecuada. Yo soy, ¿qué duda cabe?, la hija equivocada. Incluso tras la muerte de mamá la he oído burlarse de mí cada vez que he intentado escribir, aunque solo fuera el más insignificante relato corto o la más trivial de las cartas. «¡Pero si escribes como hablas, Nella! ¿No ves que te interrumpes a ti misma constantemente? ¿Para qué crees que se inventaron los puntos? ¿Por pura diversión?» Mamá debe de tener francamente miedo de lo que se me pueda ocurrir escribir esta vez, porque apenas me oigo a mí misma en este momento. Sin embargo, pienso seguir adelante. Y ella, pues que intente taparme la boca todo lo que le plazca. Haré lo que esté en mis manos para ser breve y concisa y escribir frases enteras. Realmente intentaré esforzarme por no omitir nada importante.

Laurits padecía de quistes y abscesos desde que yo era pequeña, pero solo los compartía con sus diarios. En ellos escribió detalladamente cómo los quistes crecían justo debajo de su piel y deformaban su cuerpo, obligándola a llevar vestidos aun más grandes de lo habitual. «Vestidos de camuflaje», solía llamarlos. Se vio obligada a poner nombre a los quistes a medida que fueron apareciendo para que no se convirtieran en un peligro sin nombre y, además, estaban las manchas que se extendían por sus brazos. Eran mapas de un mundo de heridas supurantes de los que no quería saber nada. «Nella todavía es demasiado pequeña. No es conveniente abandonarme a él», escribió, al tiempo que se procuraba mangas de vestido cada vez más largas y más pausas durante el día. Supongo que mamá debería haberse extrañado, pero siempre ha estado más ocupada con sus libros que con cualquier otra cosa. Laurits ni siquiera la involucró cuando estaba en las últimas. Considerándolo bien, el talento de Laurits para hablar con los vivos era, en muchos casos, tan limitado como su talento para hablar con los muertos, a pesar de que originalmente la contrataron para meter en razón a los muertos.

En 1884, Horace y Clara la trajeron a Liljenholm y he visitado todos los rincones de los diarios para averiguar qué ocurrió antes de su llegada. Me parece haber leído algo sobre una granja importante en Dannemare, en algún lugar recóndito de la isla de Lolland. Aquí se crio Laurits como la penúltima hermana de cinco y pudo tener una infancia feliz o todo lo contrario. Laurits no hablaba de eso. Solo hace mención de una noche especialmente pasada por agua en que su padre se jugó la granja a las cartas y la perdió, y su madre se vio obligada a casar a toda prisa a sus hijas en edad de merecer con grandes y acaudalados terratenientes de la zona. Por entonces, Laurits era una muchacha guapa y rubia de catorce años y no quería casarse. Ni por todo el oro del mundo, jamás, así que empezó a devorar. Tragó hasta engordar cuarenta kilos y nadie la quiso, y entonces reflexionó.

Su formación académica era como la de la gran mayoría por esos pagos y, si bien tenía vastos conocimientos de economía doméstica moderna, nadie quería contratar a una criada o a una cocinera de catorce años que comía por dos y pesaba más de cien kilos. Ni siquiera la quisieron en la más pobre de las granjas, además de que ella no estaba dispuesta a conformarse con cualquier cosa. Porque Laurits quería alejarse de Lolland y, sobre todo, no quería ser pobre. Así que tomó una decisión. Adquirió rápidamente dones especiales y unos años más tarde empezó a correr el rumor más allá de las fronteras de Lolland. Aunque por aquel entonces había muchos que leían las cartas y hablaban con los muertos, la gente estaba de acuerdo en que Laurits sacaba mucho más provecho de ambas disciplinas que todos los demás videntes juntos. «No resultaba demasiado difícil si aplicabas tu imaginación», anotó en los diarios. «Solo había que mirar bien a la gente, mirar fijamente las cartas o a la nada e inventarte una historia convincente que pudiera ajustarse a la persona.»

Al principio, Laurits sobre todo se dedicó a leer las cartas. Los tréboles y los diamantes eran economía y prosperidad, los corazones y las picas eran amor y bienestar, pero con el tiempo los muertos se convirtieron en un negocio mucho más rentable. «Cada vez era más atrevida», escribió. «Cuando tenía unos veinticinco años era habitual que mi cuerpo temblara de los pies a la cabeza, como si estuviera en trance, y dirigía largas sesiones espiritistas con familias que querían entrar en contacto con sus difuntos.» Laurits no escribe nada acerca del desarrollo de estas sesiones más allá de que tenían lugar en la casita de paredes de madera que había alquilado a las afueras de Køge. En cambio, menciona varias veces que su buena estrella estaba condenada a moverse. En algún momento, alguien descubriría que había llegado a todo con patrañas y, entonces, ¿qué sería de ella?

Llevaba meditándolo un par de años cuando un buen día un hombre con traje sastre y rasgos marcados apareció en la puerta de su casa y le ofreció un empleo fijo como ama de llaves y niñera en Liljenholm. El hombre era mi abuelo paterno, Horace von Liljenholm, y al igual que el resto de la gente había oído hablar de Laurits a través de alguien que conocía a otra persona que... Por eso sabía de antemano que no era «la mejor elección para realizar trabajos domésticos», como él mismo se lo confesó. Y era verdad. Laurits había aumentado considerablemente de peso a lo largo de los años. Sin embargo, Horace le dejó bien claro que no importaba. Y también era secundario que el único niño al que Laurits había cuidado alguna vez fuera su propia hermana, diez años más joven que ella. Teniendo en cuenta la situación en que la casona se encontraba, lo único importante era que Laurits pudiera hablar con los muertos. Laurits se dio cuenta de que Horace era un hombre cuyos movimientos denotaban autoridad, pero le costaba ubicarlo. «Tengo la sensación de que las distintas partes que lo componen no encajan —escribió—, pero parece que él mismo ha encontrado una lógica intrínseca en algún lugar y eso es lo más importante.» Es probable que sudara más de lo que cabría esperar de un caballero distinguido, de hecho, el cuello de su camisa estaba empapado, pero, pensó Laurits, seguramente tendría sus razones. Por regla general, la gente las tenía cuando acudía a ella.

—Mi esposa, doña Clara, y yo llevamos esperando un heredero veinte años, ¡imagínese! —dijo, y eso se le daba muy bien a Laurits.

Las parejas sin descendencia llevaban años siendo sus mejores clientes.

—En todos estos años, mi esposa apenas ha hablado de otra cosa que no fueran los herederos que no llegaban.

—Me lo puedo imaginar.

—Bueno, y de repente, cuando ya habíamos abandonado toda esperanza, tuvimos gemelas.

Dos meses antes había llegado al mundo Antonia Elisabeth, seguida de Lily Elisabeth cinco minutos más tarde, pero no todo marchaba bien.

—Supongo que usted estará acostumbrada... a eso de los espectros, ¿verdad? —preguntó él, a todas luces disgustado, y Laurits lo comprendió.

Una parte de ella también estaba disgustada porque alguien pudiera creer en serio en esa clase de disparates. En cualquier caso, ella no había conocido ni uno solo en toda su vida.

—Puede estar seguro —contestó Laurits, y los hombros de Horace se relajaron.

En Liljenholm había habido espectros durante siglos, le contó Horace en voz baja, y desde el nacimiento de las niñas gritaban y armaban jaleo todas las noches.

—Yo no soy sensible a esta clase de desmanes, pero nunca

he conocido otra cosa —comentó Horace—. En cambio, la vida de doña Clara se ha convertido en una pesadilla, señorita Lauritsen. Ahora mismo, no se atreve siquiera a abandonar Liljenholm ni a las gemelas por miedo a lo que se les pueda ocurrir a los espectros, y es una situación del todo insostenible. Se pasa todo el día y toda la noche sentada junto a la cuna de las niñas temblando.

—¿Teme por su vida?

Sus ojos crecieron.

—Temo por su vida y por la de mis hijas, señorita Lauritsen. Estoy dispuesto a pagarle generosamente si usted logra hacer entrar en razón a los espectros.

Con el tiempo, Laurits había aprendido a pensar las cosas dos veces. «Puesto que doña Clara era la única a quien atormentaban los espectros solo debían de existir en su cabeza. Al igual que los demás espectros que he conocido a lo largo del tiempo», escribió. «Sin embargo, el sueldo era mucho mejor de lo que yo estaba acostumbrada, y luego estaba la casona. Las perspectivas de vivir allí. Para mí, casi significaba tener una vida de lujo y, además, nadie esperaría que entrara en trance a la vista de todos ni mirara fijamente un juego de naipes. Así que no dudé ni un momento de que, al fin, me habían tocado las buenas cartas y aproveché la ocasión con entusiasmo.»

Cuando Laurits eligió la segura y ancha alameda de tilos y Liljenholm al final de ella, no sabía, por supuesto, que, en realidad, William de Frydenlund era el padre de las gemelas, y no Horace. Tampoco tenía ni idea de que la gente de la zona ya había empezado a murmurar y a conjeturar cuál de las recién nacidas sufriría el cruel infortunio de Liljenholm. ¿Sería la primogénita, Antonia, o la enclenque Lily? ¿Cuál de las dos se quitaría la vida y cuándo sucedería?

Sin embargo, los rumores acerca de la paternidad tardarían aún un par de años en llegar a Laurits. Confirmaban una sospecha que llevaba un tiempo bullendo en su cabeza. Pues hacía tiempo que había observado que William de Frydenlund pasaba demasiado a menudo por Liljenholm para ver a doña Clara, que siempre vestía ropas llamativamente elegantes cuando él iba de visita. Además, según Laurits, saltaba a la vista que las gemelas no compartían un solo rasgo de su padre. En realidad, nunca llegaron a hacerlo cuando crecieron y se convirtieron en dos niñas que correteaban alrededor y querían saber cómo se llamaba todo. Sin embargo, Horace no parecía darse cuenta de nada. «Adora a sus hijas —escribió Laurits—, al menos casi siempre.» Y era una suerte, porque la solicitud que Clara mostraba hacia sus hijas se limitaba a unos tremendos ataques de ansiedad, cada vez más frecuentes. En parte, Laurits la entendía. Por aquel entonces era bastante evidente, incluso para Laurits, que había puertas que se cerraban y voces que susurraban y cosas que desaparecían en Liljenholm. «Tengo que reconocer que Liljenholm tiene su propia vida insondable —escribió—. Hay algo y es imposible decir si es bueno o si es malo. Pero el pavor de doña Clara es desproporcionado. Ve cosas que sencillamente no existen y se asusta sin motivo por las cosas que desaparecen.»

—¡Los espectros! —gritaba desde la habitación de las niñas, y cuando Laurits acudía a toda prisa señalaba esquinas vacías con dedos temblorosos.

¡Están ahí dentro, señorita! ¿No los ve?

Desde un principio, Laurits tomó una decisión muy sabia. Dijo que no. Estaba ciertamente acostumbrada a entrar en trance delante de cualquiera, pero no había venido a Liljenholm para seguir haciéndolo. «Siento un malestar físico solo de pensar en que tengo que ponerme a temblar con todo el cuerpo y a hablar con voces distorsionadas», escribió. «Pero tengo que encontrar una solución. Pronto no quedará nada más de doña Clara que un saco de huesos temblorosos, y a pesar de que hago lo que puedo por las niñas, necesitan a su madre.»

Las habitaciones de las torres le dieron una idea a Laurits.

—¡Los espectros están allí arriba! ¡Lo sé! ¿No oye cómo gritan? —llevaba meses diciendo Clara, y un día, en que parecía especialmente asustada, Laurits subió las estrechas escaleras de la torre este y habló con voz firme y alta.

«Al principio, estaba un poco acongojada por la situación, pero no se rindió», escribió, y cuando volvió al salón, Clara había recuperado el color de sus mejillas. La sonrisa que le lanzó a Laurits era tan amplia e inocente como las de Antonia y Lily.

—Ha calmado usted a los espectros —dijo alborozada—. Ahora solo murmuran ahí arriba. ¡La insto a que lo haga más a menudo, señorita Lauritsen!

Y así fue. Laurits empezó a visitar las habitaciones de las torres por la mañana, a mediodía y por la noche; «y, naturalmente, no había ni un solo espectro al que calmar, pero no podía quejarme —comentó—. Hablo conmigo misma en las torres y doña Clara parece mejorar. Es una suerte que baste con esto».

Sin embargo, que Clara mejorara no significaba que fuera a curarse. Demasiadas cosas se habían descolocado en su interior. Ante todo, sustituyó el miedo a los espectros por una marcada apatía. Pronto se la vio echada todo el día en el diván de la habitación redonda de la base de la torre (donde Agnes tiene su estudio en la actualidad). Ni siquiera tenía fuerzas para ver a William de Frydenlund, y cuando Laurits, en alguna extraña ocasión, le pedía que se implicara en la educación de las niñas, Clara se limitaba a encogerse de hombros.

—¡Oh!, haga lo que a usted le parezca mejor —solía decir con la mirada puesta en el bordado de flores que tenía en las manos—. Por cierto, ¿no hemos hablado ya de esto, señorita?

Todo podía haber sido perfecto, observó Laurits, si las niñas hubieran sido como la mayoría de las niñas. De haber sido así, ella se habría hecho cargo de su educación de la mejor manera posible. Sin embargo, ya de pequeñas se comportaban de un modo que habría preocupado a cualquiera, sobre todo teniendo en cuenta que la locura estaba en la naturaleza de la familia. Pero, por extraño que pueda parecer, eso no preocupaba ni a Clara ni a Horace.

—No entiendo qué es lo que insinúa —era todo lo que Horace le dijo, las pocas veces que Laurits intentó hablar con él del extraño comportamiento de las niñas y del amodorramiento de Clara—. A mi entender, todo está perfectamente, señorita.

Pero según Laurits algo marchaba muy mal y sufría muchísimo al tiempo que la sensación iba creciendo en su interior. «Al fin y al cabo, quiero a las niñas como si fueran mías y el cariño es mutuo, de eso no me cabe ninguna duda», escribió. Visto desde fuera, Antonia y Lily eran, en efecto, tanto dulces como educadas. Saludaban con una reverencia cuando convenía y daban las gracias cuando tocaba, y el hecho de que sobre todo Lily adoleciera de algo de celos era natural. «Como primogénita, Antonia ha nacido, en todos los sentidos, con una cuchara de plata en la boca y las dos son muy conscientes de ello», escribió Laurits. «Además, Lily no es ni tan guapa ni tan encantadora como su hermana y no va a heredar ni el título ni la casona. Mientras Antonia se echa en el suelo y se pasa horas gritando, Lily, sentada, se mece en una esquina con las manos tapándose los oídos. Esa es la relación entre ellas.»

Pero, aunque Lily parecía frágil, Laurits tenía la sensación de que era la más inteligente de las dos. Además, tenía un talento indiscutible para escribir historias. Cuando ella y Antonia escribían juntas, Lily era más imaginativa y perseverante. «Con el debido estímulo creo que puede llegar muy lejos —escribió Laurits—, así que ¿por qué me preocupo a diario por ella por Antonia? ¿Por qué me paso el día espiándolas como si fueran delincuentes?»

Leyendo los diarios de Laurits era evidente que sentía tanto repulsión como atracción por la vida que las niñas llevaban en secreto. No es que lo escribiera, pero sus diarios están repletos de anotaciones detalladas de lo que veía a través del ojo de una u otra cerradura. Y no eran bagatelas. Cuando las niñas estaban solas dejaban prácticamente de existir como dos individuos independientes, observó, y tal vez se debiera a que eran gemelas. Laurits no tenía experiencia con esta clase de relación fraternal. «Pero se trata de dos niñas de trece años que duermen en la misma cama», escribió. «También hacen manitas, y me cuesta escribir esto, pero duermen desnudas. Muy abrazadas. Se besan en la boca. A veces, una se coloca encima de la otra. Lo he visto con mis propios ojos y la verdad es que no sé cómo solucionar el problema. Pero es evidente que habrá que solucionarlo cuanto antes.»

Sin embargo, Laurits nunca llegó a hacerlo, pues se interpuso otro problema, mucho mayor. A saber, los espectros de Liljenholm. Y eso que hacía muchos años que no provocaban ataques de ansiedad a Clara, pero, por si acaso, Laurits había visitado todos los días la habitación de la torre. Durante ese tiempo no había visto ni la sombra de un espectro, y la acongojó que las niñas de pronto empezaran a decir que los veían por las noches.

—Llegan cuando ya estamos dormidas —contó Antonia, que era la más comunicativa de las dos. En sus ojos se veía el miedo. No cabía duda de que había visto lo que decía—. Los vemos con toda claridad, tanto Lily como yo. Tienes que creerme cuando te lo digo —insistió—. Tenemos miedo de que nos ataquen, Laurits. No sabemos qué hacer para que desaparezcan, y tú ya sabes cómo es Lily. ¿No te has fijado en que prácticamente ha dejado de hablar?

Pero, como ya es sabido, Laurits se había hecho una idea bastante exacta de lo que sucedía tras los ojos cerrados de Antonia y Lily. También estuvo a punto de decir que nunca había visto ni la sombra de un espectro desde su puesto de vigilancia detrás del ojo de la cerradura. Pero no llegó a decirlo nunca, pues los espectros empezaron a atormentar a Clara también.

—¡Socorro! ¡Socooorro! —solía gritar en los momentos más angustiantes.

Cuando Laurits llegaba a su lado, Clara señalaba los mismos rincones vacíos de cuando las niñas eran pequeñas. Laurits registró que sus altibajos eran más frecuentes que entonces, y eso la preocupaba. O bien Clara entraba en pánico, o bien se mostraba hasta tal punto apática que finalmente Laurits se vio obligada a registrar todos sus objetos personales. «Llevo años sospechándolo, y ahora tengo la confirmación definitiva», escribió a toda prisa una noche, justo antes de prepararse para acercarse a hurtadillas al ojo de la cerradura de las niñas. «En el tocador del vestidor, detrás de todo, doña Clara guarda gotas de morfina suficientes para matar a varias personas. Debe de haberse medicado durante años. ¿Por qué demonios las gotas han dejado de surtir efecto? ¿Qué es lo que está pasando a mi alrededor?»

Al final, Laurits tomó aire y acudió a Horace, que se había atrincherado en la habitación que ahora ocupo yo. Entonces estaba equipada con pesados muebles de oficina que «por decir algo, no le hacían ningún bien a la estancia», según palabras de Laurits.

—¿Qué quiere, señorita? —le había preguntado sin apartar la mirada de las cuentas; lo cierto es que Laurits no había esperado otra cosa. Hacía tiempo que sospechaba que el capital líquido de Liljenholm estaba a punto de agotarse, pues en el último par de años Horace había aplazado una reparación de la casona detrás de otra, había vendido tierras y anulado una reforma del jardín. Aunque no parecía que hubiera servido de nada, ni para las finanzas ni para el humor de Horace.

—Su esposa y sus hijas están muy mal —dijo Laurits con toda la tranquilidad que consiguió reunir—. Las tres están terriblemente asustadas por los espectros, señor. Las cosas están tan mal que doña Clara apenas ha podido pegar ojo en meses, y Lily está terriblemente delgada y pálida. No sé qué puedo hacer.

Horace levantó su mirada más pesada de los montones de papeles que había a su alrededor.

—Si mal no recuerdo, señorita, la contraté para calmar a los espectros. ¿Me equivoco?

Laurits descubrió algo en sus ojos. Eso aumentó su miedo.

—Si usted no es capaz de asumir la tarea, estoy convencido de que alguien habrá que pueda, señorita Lauritsen —prosiguió Horace, y hojeó descuidadamente el montón de documentos que tenía más cerca—. No tardaré muchas horas en encontrarle una sustituta, supongo que lo sabe.

Tenía razón. La gente haría cola por un buen sueldo, vivir en una mansión y la posibilidad de llevar la casa y dar clases a dos niñas educadas, y la sola idea de perderlo todo la horrorizó. El problema no era el dinero, pues había ahorrado bastante a lo largo de los años, ni desde luego la idea de abandonar Liljenholm. Era la idea de abandonar a Antonia y a Lily. «Quiero a estas dos niñas, de veras —escribió—. He cuidado de ellas como si fueran mis hijas, pero Liljenholm es una casa de locos y todo va de mal en peor. El otro día, Antonia se me acercó y dijo que los espectros habían empezado a atacarlas a ella y a Lily, y no hizo siquiera falta que lo dijera. Hace tiempo que advertí los moratones alrededor de sus muñecas. Ayer por la mañana, Lily incluso tenía la boca hinchada. Por mucho que lo intente, esta vez la presencia de los espectros es irrefutable. Tienen que estar aquí por fuerza, aunque yo no los vea. ¿Qué puedo hacer?»

Laurits lo intentó todo. Peregrinó por las dos habitaciones de las torres y gritó a los espectros que dejaran en paz a la familia. Corrió al sótano y dio tumbos entre botellas de vino polvorientas mientras maldecía a todo y a todos. Al final incluso lo intentó con un largo tembloroso trance, pero no consiguió acceder a ellos. Ni siquiera llegó a verlos. Noche tras noche se sentaba frente al ojo de la cerradura y custodiaba a Antonia y a Lily, que yacían completamente rígidas, cada una a un lado de la cama. «Antes me preocupaba el comportamiento de las niñas, pero el de ahora me preocupa aún más —observó—, y también me agota. No sé qué hacer para mantenerme despierta tanto de día como de noche.» Le era imposible mantener los ojos abiertos toda la noche y, cada vez que se quedaba dormida y volvía a despertar con un sobresalto, los espectros ya habían estado allí. Las niñas yacían una al lado de la otra, con las piernas y los brazos enredados y nuevas marcas por los tiernos cuerpos de mujer. «Es una pesadilla. Tengo que conseguir que pare antes de que muera alguien.» Sin embargo, no lo consiguió.

Era mayo de 1898 y en uno de sus momentos lúcidos a Clara se le ocurrió que debía ayudar a Lily, de catorce años, a salir de Liljenholm. Con el tiempo, la niña se había vuelto transparente, tenía las mejillas hundidas y los ojos asustados; además, pensó Clara, ya era hora de que Antonia asumiera su papel de heredera legítima de la casona, ya que Lily se haría respetar como esposa en Frydenlund.

—¿Sería tan amable de decirle a Lily que le he encontrado el mejor partido posible? —preguntó a Laurits, que asintió con la cabeza mientras lo que amaba se iba alejando, cada una por su lado.

»Si esperamos más, terminará por no quedar ni un solo hombre adecuado —añadió Clara, y miró fijamente a Laurits—. Supongo que usted también se habrá dado cuenta, ¿verdad, señorita?

«Tenía unas ganas inmensas de sacudirla y gritarle que no podía hacernos esto», le confió Laurits a su diario. «Y de todas las personas de este país, ¿por qué precisamente don William? Tiene al menos cuarenta años más que Lily, y lo que es aún peor, también he oído rumores sobre su parentesco. Parece cierto cuando los ves a él y a Lily uno al lado del otro. Sus facciones demasiado grandes y masculinas y su constitución poco agraciada. Es imposible que doña Clara haya reflexionado sobre ese matrimonio y, sin embargo, Lily parece extrañamente satisfecha con la decisión.» Más tarde, Laurits moderaría su observación. Lily más bien parecía embotada, casi apática, y Antonia no daba rienda suelta a su ira.

—Supongo que no hay más remedio —fue todo lo que Laurits consiguió sacarle a Antonia. Apretó los dientes con tal fuerza que su mandíbula tembló—. Tal como yo lo veo ahora mismo, las cosas no pueden seguir así, supongo que tú también te habrás dado cuenta.

Tal vez, la repentina disposición de Clara a hacer cambios se debiera a que Horace, pensó Laurits, acababa de ordenar el arcón y de poner en marcha una reforma a gran escala de las dos torres. Laurits no sabía muy bien si se debía a las expectativas de una economía saneada o a una vida sin espectros. Pero lo que sí sabía era que su débil plan consistía en alquilar las habitaciones a señoritas nobles y solteras de determinada edad. Pronto en la casona, habitualmente desierta, resonaban martillazos, golpes y voces desconocidas. Laurits no vio otra salida que suspender sus múltiples visitas a las habitaciones de las torres, un gran alivio para ella, y la decisión no pareció molestar ni a Clara ni a las niñas. Clara dedicaba todo su tiempo a preparar la boda y a conseguir la licencia real de matrimonio, y parecía, si no recuperada, algo menos angustiada; y las niñas, cuando no trabajaban en una de las muchas historias que escribían juntas, pasaban el tiempo en el dormitorio.

«A pesar de que los albañiles hacen ruido ahora mismo, el ambiente de Liljenholm es casi plácido», escribió Laurits. «Cuando, hace un rato, me dejé caer por la habitación de las niñas (estaban abrazadas en la cama), llegué incluso a pensar que lo mejor que podía pasar era que doña Clara hubiera decidido actuar en nombre de Lily. Mi pequeña Antonia ya se las apañará, sobre todo si yo estoy por aquí, y espero que Lily pueda rectificar su conducta si ahora la salvamos.»

Sin embargo, de pronto una noche la realidad fue otra. «El episodio», como a partir de entonces llamaría Laurits a lo sucedido (o eso creo, nunca explica qué ocurrió). Laurits había estado sumida en sus propios pensamientos, poniendo por escrito las vivencias del día y, de pronto, de la nada, se oyeron dos gritos de terror. Uno fuerte y otro ahogado, seguidos por pasos saltarines y más gritos. Gritos de niñas. Se puso de pie con tal ímpetu que sintió vértigo y siguió los ruidos por el pasillo. Encontró en la puerta del dormitorio de Horace y Clara a Antonia y a Lily abrazadas y vestidas con unos largos camisones blancos, y en medio de la cama de matrimonio, sentados, a Horace y a Clara. Sus rostros expresaban sorpresa y miedo a la vez y sus ojos estaban fijos en la esquina vacía junto a la ventana. El pelo de Clara caía sobre uno de sus hombros en una trenza sin brillo y su cuerpo descansaba contra el de Horace, como si buscara protección contra algo que ya había sucedido. «Entonces comprendí lo peligrosos que podían ser los espectros», escribió Laurits. Porque no cabía duda de que los espectros habían estado en la habitación y se habían llevado las almas de Horace y Clara. Si bien es cierto que sentados sobre la cama parecían estar vivos, no lo estaban. Estaban muertos.

—Oímos los gritos —dijo Antonia y sus ojos se llenaron de lágrimas.

Lily se había vuelto. Se había llevado las manos al estómago, como si estuviera a punto de devolver, y Laurits actuó por instinto. Sacó a las niñas de la habitación, cerró la puerta, llamó a la Policía y superó los interrogatorios y los entierros envuelta en una neblina que no desapareció hasta varias semanas más tarde. Al menos para Laurits. Sin embargo para las niñas fue muy distinto.

La causa oficial de las muertes fue el suicidio provocado por una sobredosis de morfina. De hecho, los agentes de policía estaban tan seguros que los interrogatorios casi concluyeron antes de empezar.

—A menudo vemos esta clase de tragedias cuando la gente comprende que se halla frente a la ruina económica —arguyó el agente rural Jensen, y miró ávido a su alrededor. Hacía tiempo que sentía curiosidad por saber qué podía estar pasando tras los muros herméticos de la casona—. El suicidio es un pecado, todos lo sabemos —continuó—, pero para muchos, la pobreza es aún peor. Tal vez no lo sepa, señorita Lauritsen, pero resulta que sus amos han hipotecado Liljenholm. La reforma se ha realizado con dinero que llevan años sin tener.

Laurits esperaba no haber pestañeado siquiera. Tampoco cuando Antonia apareció en la puerta con la expresión salvaje, que tenía desde la muerte de sus padres, en los ojos.

—Los espectros asesinaron a mamá y a papá —dijo con una voz que debería alarmar a cualquiera, y el agente se volvió.

Antonia respiraba aceleradamente.

—¡Fueron ellos!

Señaló en dirección a la habitación de la torre.

—Fueron los espectros de allí arriba. Laurits no consiguió calmarlos porque había que restaurar las torres, ¡y entonces se enfurecieron!

—¿Enfurecieron?

El agente rural escudriñó a Antonia con la mirada.

—¿No habrá sido usted quien enfureció por alguna razón y les dio a mamá y papá una lección, señorita mía?

Antonia dio un par de pasos atrás y sacudió la cabeza.

—No... no, no fui...

De pronto, su voz había perdido toda la fuerza y el agente rural no insistió en el asunto. Al fin y al cabo, la niña seguía temblando después de la conmoción, era evidente para cualquiera, y su hermana estaba aún peor. Permanecía echada, completamente muda bajo de un sinfín de edredones, y alrededor de sus ojos la oscuridad se extendía como anillos en el agua. Laurits no dudaba de que aquella oscuridad se extendería aún más y la cubriría por completo. «Es normal que piense lo mío —escribió—, conociendo la disposición de la familia para la locura. Lily parece cada vez más apática y Antonia no está mucho mejor.»

—Procure usted descansar un poco, señorita —dijo el agente rural Jensen a Antonia, pero la niña no encontraba descanso.

Deambulaba de una habitación a otra y, por lo que Laurits pudo apreciar, hablaba al aire a su alrededor.

—¡Ha estado mal, pero que muy mal! —la oyó Laurits reprender al aire—. Pero no nos iremos a ningún sitio, que lo sepáis. Volveremos a reflotar todo esto, lo prometo, y os trataremos bien a todos.

«Me siento tan culpable», escribió Laurits, y su caligrafía se derramó por las páginas del diario en grandes manchas negras. «De no haber sido por todas mis mentiras, tal vez don Horace y doña Clara todavía estarían vivos. Fingí que podía calmar a los espectros, y ahora es demasiado tarde para confesar. Antonia y Lily llevan creyendo en mis dones toda la vida. No puedo traicionar su confianza, debo retomar mis visitas a las habitaciones de las torres inmediatamente y esperar...» Aquí Laurits había tachado un par de frases. Seguía una línea más abajo. «Lo único correcto sería ceder mi trabajo a alguien que posea los dones necesarios, pero eso tampoco puede ser. No puedo abandonar Liljenholm, Ahora no puedo abandonar a las niñas, así que tendré que hacer lo que pueda y esperar que cambie la suerte.»

Y tras varios meses sucedió. Antonia dejó de deambular incansablemente por Liljenholm y Lily se levantó de la cama. Empezaron a susurrar entre ellas, bueno, más que eso. Sus cabezas morenas casi estaban unidas frente a la ventana de la antigua habitación de Clara al fondo de la torre. Antonia acarició suavemente la mejilla de Lily y Laurits sintió un pinchazo en el corazón. Fue la ternura en los ojos de Antonia lo que la atrajo. Los labios que Antonia plantó en los labios de Lily. «Casi los siento», escribió Laurits, y es cierto que a Lily todavía se la veía algo débil. «Pero cuando Antonia le bajó la falda por debajo de las caderas descubrí que Lily empezaba a parecerse a su hermana. Es esbelta de la misma manera angulosa que su hermana. Antonia la llevó al diván. Se echaron. ¡Oh! Casi podía sentir cómo debió de ser para Lily cuando la mano de Antonia se deslizó entre sus piernas.»

Más tarde, aquel mismo día, Antonia y Lily bajaron a la cocina, donde Laurits revolvía una enorme olla de sopa de guisantes. Las facciones de Lily se habían relajado. Sus labios estaban más carnosos que de costumbre y por primera vez en meses se dirigió a Laurits.

—He decidido cancelar mi boda con don William —dijo—. No quiero casarme, tienes que entenderlo. Quiero quedarme aquí en Liljenholm con vosotras, si es que quieres quedarte, por supuesto. Espero realmente que sí quieras, y Antonia y yo...

Lanzó una larga mirada en dirección a su hermana, que estaba al otro lado de la cocina.

—Hemos decidido enderezar la economía de Liljenholm para que nos podamos quedar las tres aquí —añadió.

La inflexión de su voz no daba lugar a dudas. Lo decía de verdad.

—¿Es eso lo que queréis?

—Sí.

La mano de Antonia hizo que el hombro de Laurits ardiera de una manera que hizo que dedicara varias páginas de su diario a recrear la escena.

—En primer lugar pensamos vender los muebles de la primera planta, los de las habitaciones que de todos modos no utilizamos —dijo Antonia—. Supongo que sacaremos bastante dinero, ¿no crees?

Sus mejillas se habían encendido y habían adquirido un tono muy favorecedor.

—Luego pensamos escribir historias de amor y terror y conseguir que la revista literaria *Revuen* las publique. De hecho, ya hemos escrito unas cuantas que apenas hay que retocar.

Laurits hizo lo posible por mover el cucharón de la sopa de guisante con calma, pero le resultaba difícil. Llevaba tiempo leyendo las historias de las chicas furtivamente, y no se sentía ni mucho menos cómoda con ellas. «A las chicas ya les cuesta distinguir el derecho del revés», escribió. «Me extrañaría mucho que lo de escribir historias en las que la realidad y la fantasía se confunden vaya a mejorar las cosas. Por otro lado, me he fijado en que las dos parecen más alegres que nunca. Les debo esta alegría después de mi incapacidad para controlar la situación. Me temo que mi conciencia ha sufrido daños irreparables.»

—Estamos realmente convencidas de que podemos hacer que todo funcione —oyó decir a Lily, y evocó su imagen desnuda en el diván, Antonia encima de ella.

—Si tú te quedas aquí y apaciguas a los espectros estamos seguras de que todo irá bien —añadió Antonia, y ahora la sopa de guisantes parecía olas verdes en la olla.

—En tal caso —dijo Laurits, y respiró hondo—, podéis contar conmigo. Me quedo con vosotras.

La hermana de la cuchara de plata

En muchos aspectos, los años que siguieron fueron los más felices de la vida de Laurits. Lo escribió con frecuencia mientras lo eran y más a menudo cuando dejaron de serlo para siempre. Pero Agnes ya ha perfilado las líneas fundamentales: que Antonia y Lily, con el seudónimo de Antonia Lily, trazaron con sus planes de escribir historias de amor y terror y publicarlas como folletines en la revista literaria *Revuen*. A lo largo de seis años, la publicación de los folletines *Los malditos*, *El último secreto*, *Los invertidos* y *Los muertos vivientes* hizo crecer el número de lectores. Su apogeo llegó, en 1904, con la publicación de *Los ojos cerrados de Lady Nella* como folletín y al año siguiente como novela. La editorial de mi padre publicó el libro con Antonia von Liljenholm como autora y la fotografía de Antonia en la primera página en lugar de la foto de la guapa Karen. La que había adornado los folletines. Y sí, como ya debe de haber adivinado, se trata de la misma Karen que Agnes conoció en Vodroffsvej muchos años después. Sin embargo, me cuesta reconocer la descripción que hizo Agnes de la malvada Karen Hansen, pero eso puede deberse, naturalmente, a que Karen y yo nos hicimos amigas con motivo de la muerte de Simon y que, desde entonces, hemos dirigido la editorial juntas. La quiero mucho, pero esa es otra historia, distinta de la que estoy contando ahora mismo. La de Antonia y Lily y Laurits. Y Simon, dentro de nada.

A estas alturas, no sé qué es peor: conocer la historia o contarla, pero Agnes debe de pensar lo último.

—¡Sinceramente, Nella, me parece que la historia de las tres es demasiado estrafalaria! —no para de decirme.

Sin embargo, es obvio que lo que realmente considera demasiado estrafalario es el comportamiento de Laurits. Que encontrara placer en espiar a Antonia y a Lily y que casi se sintiera parte de esa relación íntima. A lo mejor yo habría sentido lo mismo si no hubiera conocido a Laurits y no supiera que siempre actuó con la mejor de las intenciones. Desde luego, no hay duda de que se tomó ciertas libertades con sus habladurías sobre espectros y su fisgoneo a través del ojo de las cerraduras, y ella también era consciente del asunto. «Mi conciencia está cada vez más negra», escribía cuando espiaba a Antonia y a Lily. «Puedo intentar convencerme a mí misma de que tengo buenos motivos para vigilarlas por las noches, pero no los tengo. Lo hago por una única razón y es que disfruto.»

Sin embargo, Laurits tenía más motivos que los escarceos amorosos de las gemelas para alegrarse. Pues Antonia y Lily florecieron hasta el punto de que casi llegaron a ser igual de guapas, y Lily empezó realmente a hacerse respetar por su cabeza bien amueblada. «Lily ha adquirido una confianza en sí misma que le sienta muy bien», observó Laurits. «En general, ahora mismo la relación de poder entre las chicas está cambiando y espero que Antonia pueda soportarlo. ¡Ella, que está tan acostumbrada a mandar! Es evidente que le cuesta situarse, pues las historias son, aunque no se sepa, obra de Lily. Su pluma es bastante más fluida que la de Antonia y las tramas son suyas. Francamente, el seudónimo de las chicas debería ser Lily Antonia, pero Dios me libre de volver a sacar el tema a la luz. Antonia estuvo a punto de despedirme la última vez que lo propuse.»

Regularmente llegaba un montón de cartas de los lectores y Laurits fue la primera en descubrir la que se distinguía de todas las demás. Escrita en papel de empresa, con marca de agua y firmada por Simon Hansen, editor.

—¡Os ofrece publicar vuestro próximo folletín como libro! —le dijo a gritos a Lily, que estaba sentada en el escritorio moviendo el pie y deslizando la pluma por el papel a toda prisa.

—¿Quién?

—¡Un editor, Lily! Simon Hansen. Dice que tiene su propia editorial. Hansen & Hijo, ¿la conoces? Os invita a Copenhague para que podáis discutirlo en detalle.

Lily levantó la cabeza de golpe. Salía tan poco que su piel era como la más fina porcelana. A diferencia de la de Antonia, cubierta de pecas porque se sentaba en el parque a escribir. O lo que fuera que hacía allí. La mayor parte del tiempo, dejaba que Lily trabajara por las dos sin sentir ni el más mínimo cargo de conciencia.

—¿Qué estás diciendo, Laurits? ¿Un editor?

Lily se había levantado, pero, fiel a la costumbre, Antonia se le adelantó. Laurits no supo decir de dónde había venido, pero siempre era así. «Supongo que sencillamente Antonia es así», reflexionó Laurits, mientras la veía leer la carta de Hansen & Hijo. Sus ojos habían empezado a brillar. «Aunque no le den algo a ella primero, Antonia lo coge. Incluso cuando no le corresponde.»

Durante las siguientes semanas, Laurits sintió desasosiego. «Algo que está creciendo dentro de mí y que probablemente quiere acabar conmigo», escribió. Una podría creer, a bote pronto, que se estaba refiriendo a los quistes y abscesos. Fuera lo que fuera, en ese momento empezó a ponerles nombre a los más grandes. Llamó al primero Horace, al segundo Jens y al tercero Clara (sí, a mí también me han sorprendido los nombres). Más tarde incluso llegaría a ponerle Simon a uno de sus quistes. Por la razón que fuera, yo juraría que su desasosiego más bien se debió a los cambios que estaban a punto de producirse en Liljenholm. «Las chicas no hablan de otra cosa que de la publicación» —escribió—. Yo también me alegro por ellas, no faltaría más. Al fin y al cabo, Lily lleva meses trabajando en la trama del nuevo folletín, *Los ojos cerrados de Lady Nella*. Ojalá fuera ella también a Copenhague para hacerle una visita a Simon Hansen, me quedaría mucho más tranquila.»

Pero Lily no quiso ni oír hablar de abandonar Liljenholm. Ni a tiros, jamás. En cambio, Antonia parecía extrañamente animada con la idea de irse, e incluso hizo acopio de valor y revolvió todos los armarios de las habitaciones de las torres para buscar un vestido para el viaje.

—¿Crees que estos vestidos están completamente pasados de moda? —preguntó a Laurits, mientras sostenía un par de vestidos de crinolina en el aire.

Laurits no pudo más que asentir con la cabeza. Al fin y al cabo, cuando acudía a la ciudad para hacer las compras no podía evitar reparar en los muchos corpiños y vestidos de seda festoneados con los senos altos en el paisaje urbano, y Antonia quiso acompañarla. Sus pies dieron saltitos impacientes.

—¿No quieres que te compre también a ti un par de vestidos, Lily? —le ofreció Laurits, pero Lily negó con la cabeza desde el escritorio.

—No, podemos ahorrarnos ese dinero —contestó.

«Ella es así —anotó Laurits esa misma noche—. Antonia derrocha el dinero en cuanto puede, y Lily se contiene. Sin ella, la economía de Liljenholm sería aún más catastrófica de lo que ya es.»

Pocos días después, Antonia estaba lista para partir. «Estaba en el vestíbulo con su pequeña maleta, llena de expectación y perdida en su vestido repulido —escribió Laurits—. Es una beldad, pero también es muy, muy joven. Le pregunté: "¿Estás segura de que quieres ir, Antonia? ¿No crees que deberíamos invitar a Simon Hansen a venir aquí en su lugar?"»

Pero Antonia frunció el ceño y dijo que ella se ocuparía de todo. Presentaría el borrador, firmaría el contrato y discutiría los futuros proyectos. Antes de irse besó a Lily y prometió comprarle una gran caja de bombones. Ya entonces era el único lujo que se permitía Lily. Ni siquiera cuando, mucho tiempo después, Antonia no había vuelto, hasta que no se supo sola no se permitió sentirse desgraciada.

—Lo más seguro es que Antonia solo se haya retrasado un poco —fue el único comentario de Lily, cuando Laurits dio rienda suelta a su preocupación.

Acto seguido, Lily siguió escribiendo *Los ojos cerrados de Lady Nella* con tal ímpetu que las páginas se amontonaban a su alrededor. Y estaba en lo cierto. Antonia realmente se había retrasado. De hecho, no volvió hasta tres meses más tarde y, en el ínterin, Laurits intentó varias veces hablar con la editorial de Simon Hansen cuando bajaba a la ciudad para hacer las compras. O mejor dicho, fingía ir a la ciudad a hacer compras para llamar por teléfono. Sin embargo, nunca llegó más allá de la antipática secretaria de la editorial, la señorita Kvist.

—El señor Hansen y la señorita Liljenholm no quieren que les molesten —contestaba en un tono cortante, cada vez que Laurits preguntaba por Antonia—. Están ocupados, lo siento. Pero puedo dejar un mensaje y pedirle a la señorita Liljenholm que le devuelva la llamada.

Un par de semanas después, Antonia dio señales de vida, efectivamente, aunque con un telegrama:

Disfruto de la ciudad STOP No os preocupéis STOP Vuestra A.

«¿Que disfruta de la ciudad?», escribió Laurits con grandes letras que cubrían toda una página de su diario. «Creo más bien que disfruta de Simon Hansen, ¡menuda golfa!» De no haber sido por Lily, Laurits también habría ido de visita a la ciudad y se habría llevado a la chica indomable a rastras a casa, al lugar que pertenecía. Esas fueron sus palabras. Pero Lily sacudía la cabeza cada vez que Laurits sacaba el tema a colación.

—Tú te quedas donde estás, Laurits —decía—. Antonia hace lo que considera mejor. Sin duda, tendrá sus motivos para hacerlo, todos los tenemos.

—Pero, ¡si te ha dejado en la estacada, Lily! ¡Haz el favor de reaccionar! ¿Y si no vuelve?

Lily apretó los labios, y eso tranquilizó un poco a Laurits. En los meses que siguieron a la muerte de Horace y Clara, su rostro se mostraba impasible de tal modo que Laurits de ninguna manera quería que volviera a ocurrir.

—Fue Antonia quien me devolvió a la vida cuando los espectros asesinaron a mamá y papá —dijo—. Ahora no me va a dejar en la estacada. Tú espera y verás.

Lily tenía razón. Una tarde, Antonia apareció en el vestíbulo, con diez maletas y un hombre que, en palabras de Laurits, «había superado su primera juventud». Antonia, en cambio, parecía que acababa de entrar en ella. Llevaba el pelo entrelazado en un peinado suelto, muy atrevido, su cuerpo se había torneado y la piel era de un tono aún más dorado.

—¡Lily! —exclamó, y rodeó con los brazos a su hermana, que, de pronto, parecía bastante desvaída—. ¡Te he traído chocolate, tal como te prometí! Y este es Simon, mi futuro esposo. Hemos decidido comprometernos y mudarnos a vivir aquí con vosotras. ¿No deberíais felicitarme?

Lily la felicitó a su manera. Apretó su boca ligeramente abierta contra la de Antonia, y Antonia aceptó su beso, un poco sorprendida tal vez, pero no mucho, puesto que le devolvió el beso. Luego sonrió e incluso sus dientes eran distintos. Más blancos, le pareció a Laurits. Tuvo que respirar hondo, hasta que se sintió con fuerzas para darle la mano a Simon.

«Fue una situación terriblemente violenta», escribió aquella misma noche. «Antonia podía al menos habernos informado de lo que había decidido, pero es típico de ella. Totalmente impulsiva. Además el objeto de su amor es un hombre de aspecto ordinario que tiene mi edad. ¡Cincuenta años, si no más! No deja de mirarme fijamente, sin disimulo. Es evidente que encuentra mi aspecto de lo más repugnante, debería mirarse en el espejo. Es demasiado mayor para una chica de veinte años. Sobre todo una chica como Antonia, que parece incluso más joven de lo que es, pero eso no parece preocuparle. Todavía no. Me gustaría saber qué le ha dicho ella de Lily y Liljenholm. ¿Sabrá, siquiera remotamente, lo que le espera?»

Pronto estuvo claro que la respuesta era «no». Es cierto que Simon había oído hablar de Liljenholm y de los espectros que habían asesinado a Horace y a Clara. Sin embargo, en su cabeza los espectros pertenecían estrictamente a la literatura y era probable que le pasara lo mismo con las relaciones íntimas como la de Antonia y Lily. Laurits nunca se lo preguntó. Simplemente tomó buena nota de que Lily estaba reconquistando a Antonia poco a poco. «Me alegro muchísimo —escribió—. De hecho, las dos semanas al mes que Simon pasa en Copenhague ocupándose de la editorial todo vuelve a ser casi como antes.» Durante esas semanas, Antonia no duerme en su lecho conyugal, sino abrazada estrechamente a Lily; mientras Laurits hace guardia frente al ojo de la cerradura. En realidad, lo único que temía era que Simon descubriera lo que estaba pasando. Y eso fue lo que finalmente terminó por pasar. Pues una noche, Simon irrumpió en el estudio de Lily y encontró a Lily y a Antonia echadas en el diván en medio de un juego erótico. «Yo estaba en la cocina preparando una deliciosa sopa fría de suero de leche y vainilla —escribió Laurits—, cuando Simon entró y me di cuenta enseguida de lo que había sucedido. Tenía el pelo revuelto y erizado y desesperación en la mirada. "¿Sabía usted algo de todo esto, señorita?", me preguntó, casi implorándome, y tengo que reconocer que disfruté con mi respuesta. "No sé a qué se refiere, don Simon", contesté. "¿No será que ha visto fantasmas, amigo mío?"»

Más tarde, Laurits se arrepentiría seriamente de su rechazo. «Don Simon no es, ni mucho menos, un mal hombre, solo que su presencia me resulta desagradable —escribió—. De hecho es un hombre tan leído como cortés, y es evidente que está enamorado de Antonia. Además, a menudo trae nuevas novelas de las cuales las chicas parecen disfrutar, y supongo que eso solo puede ser bueno. Pero debería haber sido lo bastante lista para darme cuenta de que sus celos podían convertirse en un problema si no los atajábamos a tiempo. Tal como están las cosas ahora mismo, él vigila a Antonia y a Lily como si fuera un viejo perro guardián. Es absolutamente insoportable.»

Antonia se lo tomó bastante mejor que Lily. Parecía complacida con toda la atención que de pronto se le había empezado a dispensar y disfrutaba de los regalos que Simon le hacía. Los vestidos caros y los zapatos de tacón alto, los frascos de perfume y los sombreros de ala ancha. En cambio, Lily se fue metiendo cada vez más en *Los ojos cerrados de Lady Nella* y allí se quedó. De vez en cuando, Antonia añadía algún pasaje sin interés o adjetivo al manuscrito, pero, por lo demás, la novela era obra de Lily. También fue ella quien propuso que buscaran una fotografía de una bella mujer para que los lectores de los folletines pudieran ponerle una cara a Antonia Lily.

—Una que no sea ni Antonia ni yo, alguien con quien los lectores se puedan identificar —dijo, y le dio el último par de capítulos a Simon que él aceptó pensativo.

—Creo que conozco a alguien —contestó él—. Una mujer joven y guapa de nombre Karen Kvist.

—¡Es una buena idea! —intervino Antonia—. La señorita Kvist es la secretaria de la editorial —añadió dirigiéndose a Lily—. Eso sí, si conseguimos que sonría... ¿Crees que podremos, Simon? La verdad es que podría salir muy guapa, sobre todo si le presto mi ropa y le recogen el pelo de una manera adecuada en la peluquería. ¿Crees que podrás convencerla?

Como seguramente habrá adivinado, Karen Kvist se convertiría más tarde en Karen Hansen y, a pesar de que no tenía ganas de hacer de Antonia Lily, Simon consiguió convencerla. Estaba metido de lleno en la edición de todas las entregas del folletín para que pudiera publicarse el libro en cuanto los primeros veinte capítulos hubieran salido en la revista *Revuen*. Según su plan, de esta manera se conseguiría el mayor número de compradores posible y, como es sabido, resultó estar en lo cierto.

Sin embargo, con el tiempo, el plan de Simon tomaría mucho más vuelo. Sin duda porque Antonia le mostraba, cada vez más y sin ningún disimulo, su cariño a Lily, que trabajaba por dos y parecía un cadáver. «No es que Simon tenga motivos para sentirse desatendido —observó Laurits—. Recibe como mínimo las mismas atenciones que Antonia, al menos cuando está aquí, aunque me temo que él no lo vive así.»

Y eso que al principio todo parecía ir a las mil maravillas. *Los ojos cerrados de Lady Nella* se publicó como folletín con la fotografía de Karen Kvist y la tirada de *Revuen* creció; se publicaron varios miles de ejemplares semana tras semana. Las cartas de los lectores llegaban a la casa en sacas de correo, «y aunque en realidad debería haber sido Lily quien las abriera estaba demasiado ocupada escribiendo», anotó Laurits. «Ahora mismo, Antonia está sentada en la biblioteca con las piernas sobre la mesa, leyéndole en voz alta a don Simon, como si los lectores la pusieran por las nubes gracias a su trabajo. No sé cómo lo aguanta Lily.»

Pero como Agnes ya comentó, las tribulaciones de Lily apenas habían empezado. Pues cuando *Los ojos cerrados de Lady Nella* finalmente se publicó, encuadernada en piel roja con estampación dorada, Antonia Lily se había convertido en el nombre de Antonia y de nadie más. De pronto, la dedicatoria rezó «Al amor de mi vida, Simon», en lugar de «A nuestra querida Laurits» (según la misma Laurits, pues en el manuscrito original que quemé no había, sin duda, ninguna dedicatoria), y en la primera página no era la mirada firme de Karen Kvist la que daba la bienvenida al lector. Era la mirada hipnótica y seductora de Antonia von Liljenholm bajo un bosque tupido de pestañas.

—Realmente no sé cómo ha podido llegar a pasar —sostuvo Simon, cuando Laurits intentó sacarle una respuesta.

Sus ojos eran tan inocentes como los de Antonia. Ella estaba sentada en el salón que daba al jardín leyendo el libro como si lo hiciera por primera vez. Y quién sabe, tal vez así fuera.

—En cualquier caso, ahora ya es demasiado tarde para cambiarlo —añadió Simon—. Hace tiempo que el libro está en las librerías y probablemente la edición ya esté en manos de los compradores. Estas cosas pasan, señorita Lauritsen. Así es la vida, me temo.

Sin embargo, Laurits sabía muy bien que las cosas eran así porque Simon pretendía vengarse de su rival y, si Lily hubiera sido otra persona, sin duda, se habría tomado su venganza con creces. No le habría costado nada montar un enorme escándalo, haber publicado los siguientes muchos libros con su nombre, o no escribir ni una sola línea más. Pero Lily tomó una decisión bien distinta.

Entonces Laurits decidió bautizar a un enorme y doloroso quiste con el nombre de Simon. Creció por debajo de sus costillas del lado derecho y adquirió un color amoratado permanente «que me inquieta», según sus propias palabras. «Simon no se parece a los demás quistes y, sin embargo, no deja de ser la expresión de una misma enfermedad.»

Una noche, Lily llamó a la puerta del cuarto de Laurits. «Entró y se sentó sobre mi cama», escribió Laurits. «¡Pobre chica! Estaba completamente transparente, dejando de lado sus ojos, que eran claros como el acero, y dijo que sería como Antonia y don Simon habían decidido que fuera.» Laurits exclamó consternada que Lily no podía de ninguna manera seguir escribiendo en nombre de Antonia, ¿es que acaso había perdido el juicio? Sin embargo, Lily se limitó a asentir con la cabeza.

—Le debo la vida a Antonia —contestó—. Es un gran sacrificio, pero sería mucho más terrible no volver a escribir jamás.

Laurits propuso, con gran tiento, que Lily al menos podría escribir y firmar con su nombre. Lily von Liljenholm era, a fin de cuentas, un buen nombre para una escritora, ¿es que no se daba cuenta? Pero por entonces Lily ya se había puesto de pie.

—Después de *Los ojos cerrados de Lady Nella* todo el mundo conoce el nombre de Antonia y nadie el mío —dijo—. En realidad, siempre ha sido así.

De pronto parecía mucho mayor que sus veintiún años. Tenía algo que ver con su boca.

—Si compito con Antonia perderé. Es mi destino, lo sabes tan bien como yo, Laurits.

Lily se enderezó al llegar a la puerta.

—Sencillamente no creo que pueda hacer nada que no sea sacar el mejor partido de la situación, así que lo he pensado bien. Tengo la intención de proponerles que dividamos los beneficios en dos partes iguales.

—¿Dividir los beneficios en dos partes iguales?

Lily asintió con la cabeza.

—Sí, una mitad para ellos y la otra mitad para ti y para mí y para Liljenholm.

Al fin Laurits ató cabos: «Quiere salvar Liljenholm del ineludible desastre. De eso se trata —escribió—. Pero mucho me temo que, a la larga, acabará pagando un precio demasiado alto. Temo que mi amada Lily fracase.»

El temor de Laurits estaba más que justificado. Aunque es cierto que Antonia y Simon aceptaron la propuesta de compartir los generosos beneficios que devengó el libro, hasta el punto de que ni siquiera la compra de vestidos de Antonia pudo seguir el ritmo de los ingresos. Aún menos cuando Lily acabó de escribir la siguiente novela de Antonia von Liljenholm, *Las señoritas abandonadas*, y más tarde, *La torre de marfil* y *El hueso de la suerte*, que se vendieron por millares, tanto en el país como en el extranjero. «Ahora Liljenholm está libre de deudas, pero Lily se está consumiendo por dentro», apuntó Laurits. No era de extrañar. Después de *Los ojos cerrados de Lady Nella*, Antonia von Liljenholm se había convertido en una celebridad que se dejaba fotografiar y entrevistar y aclamar e invitar a todo tipo de bailes y banquetes. Siempre se presentaba sola. Y fue tan lejos que hasta les pedía que desaparecieran cuando recibía invitados o fotógrafos. Simon lo hacía sin rechistar. «Por lo visto, él se siente bastante cómodo permaneciendo en un segundo plano tirando de los hilos —escribió Laurits—. Pero Lily ha empezado a volverse si lo ve en compañía de Antonia y se pone lívida de cólera cuando debe abandonar Liljenholm.»

En suma, supongo que la ira de Lily alcanzó nuevas cotas durante ese período, sobre todo contra Simon. Laurits no lo dice directamente ni falta que hace; recuerdo perfectamente las palabras de mamá en su lecho de muerte. Creo recordar que Agnes lo escribió y mamá llegó a decir que era un demonio manipulador y un cerdo repugnante que le había quitado a su hermana. Bueno, incluso que había abusado de ella. Debió de ser así como Lily lo vivió; lo que sintió por él y por su relación con Antonia, aunque nunca lo demostrara. «No hace más que escribir y, por lo que he podido apreciar, sus manuscritos siguen hablando de su relación amorosa con Antonia —escribió Laurits—. Aunque me temo que, en la práctica, hace tiempo que terminó.»

Al principio, Antonia parecía ligeramente desconcertada por el hecho de que Lily le hubiera dado la espalda. Luego actuó por despecho (al menos en opinión de Laurits) y se casó con Simon. «Van por ahí retozando y tonteando, sobre todo cuando Lily está cerca», anotó Laurits. «Aunque de vez en cuando Antonia sigue siendo absurdamente dominante e histérica, no cabe duda de que se pegan la gran vida mientras los demás andamos a la brega.» Y como seguramente ha adivinado, esa gran vida tuvo sus consecuencias. Llegué al mundo en 1908 y para sorpresa de todos no había ninguna gemela. «Eso al menos nos da esperanzas y a lo mejor no tendremos que soportar las habladurías sobre el delirio de los gemelos encima de todo lo demás —comentó Laurits—, pero ¡vaya nombre el de la niña! ¡Dios mío! Por lo visto, Antonia opina que ha sido muy ingenioso darle el nombre de la Nella con talento artístico de *Los ojos cerrados de Lady Nella* a la pobre niña. A mi entender, Antonia y Simon son los únicos que han alcanzado la felicidad con este libro. Bueno, o lo que sea que hayan alcanzado.»

No cabe duda de que a mi madre y a mi padre les había hecho mucha ilusión mi llegada. Habían arreglado el antiguo dormitorio de Horace y Clara para mí, habían repasado nanas y Antonia se pasó los nueve meses de mi gestación parloteando con su barriga y llamándome su «muñequita». Pero yo no era ninguna muñequita cuando finalmente salí. Ni siquiera era guapa, con mi escasa cabellera y mis grandes orejas. Y lo que era peor, gritaba como una posesa y me negaba a parar. Enloquecí a mis padres un mes tras otro. Sobre todo a Antonia, que no podía entender por qué seguía gritando cada vez con más fuerza cuando ella, fuera de sí, me propinaba un golpe detrás de otro para que me callara. No como Lily, que siempre había sabido guardar el decoro.

—¡Cierra la boca de una maldita vez! —la oía Laurits gritarme—. ¿Es que no entiendes danés, niña de mierda? Estate quieta de una puta vez, ¿me has entendido?

Al final acabé haciendo casi lo que me pedía. Dejé de gritar y empecé a hablar, en voz muy baja para no molestar a nadie. Pero las cosas no mejoraron por eso. Si hay que creer a Laurits, lo de menos fue que yo no dijera más que «Bella», «¿dónde está Bella?», mientras miraba a mi alrededor, buscándola. A veces también agitaba la mano o señalaba a ningún lado. Pues, a pesar de mis esfuerzos, Antonia cada vez estaba peor. Y repetía más a menudo que no podía más. Y Laurits conocía su rictus severo. Lo decía en serio.

—¿Qué es lo que ya no puedes, Antonia? —le insistía, pero

Antonia se limitaba a menear la cabeza, como si ni siquiera ella lo supiera.

Para entonces había empezado a vagar por Liljenholm como en los meses siguientes a las muertes de Horace y Clara. Aunque peor. Porque en la cabeza de Antonia los espectros habían vuelto de verdad, cada vez con más insistencia, y yo era uno de ellos.

—¡Laurits! —gritaba desde extraños rincones de la casona.

Y cuando Laurits acudía a toda prisa, solía encontrarse a Antonia temblando y señalando esquinas polvorientas o a la nada. Alguna vez incluso arañaba, sobre todo el papel pintado del vestíbulo, donde las sombras le parecían más reales.

—Los espectros nos asesinarán —susurraba bajo el pelo enmarañado.

Debajo del vestido blanco que se negaba a quitarse para que Laurits pudiera lavarlo, su piel estaba cubierta de manchas rojas. «Pero sigue siendo increíblemente bella», observó Laurits, incluso cuando la boca de Antonia creció.

—¡La niña! ¡Todo es culpa suya! ¡Me han enviado a la niña equivocada!

—¿Quiénes?

—¡Los espectros! Me han enviado a una niña malvada en lugar de la que tenía que haber tenido, ¿no te das cuenta?

Laurits se vio obligada a contestar que no. «Es lamentable, pero empiezo a sentir que digo siempre lo mismo —escribió—. Esto es Clara una vez más y aquí no sirve de nada la morfina. Antonia se pone hecha una fiera y me amenaza con lo peor si lo insinúo siquiera y lo peor es que ha empezado a mirarme con aversión. Como si yo también fuera la maldad personificada. No sé de dónde lo ha sacado.»

Para alivio de Laurits, también Lily y Simon estaban de acuerdo en que, en ese momento, los espectros existían fundamentalmente en la cabeza perturbada de Antonia. Laurits incluso los vio hablando un par de veces. Tanto en el jardín como en la biblioteca. Él la miraba atentamente y asentía con la cabeza cuando ella hablaba. Una vez incluso posó su mano sobre la de ella. Ella la retiró cuando Laurits apareció en la puerta para comunicarles que la cena estaba servida. «La verdad es que la conducta de Lily también me preocupa», anotó Laurits un par de horas más tarde. «Supongo que se puede considerar un avance para la paz doméstica que ya no haya una guerra abierta entre Simon y ella, pero en el caso de la relación entre Nella y Lily no observo ningún avance. La pequeñita puede caerse y echarse a llorar desconsoladamente y Lily quedarse mirando fríamente o levantarse e irse a la biblioteca. Y yo sé, como nadie, que Lily no es una persona insensible. Creo que lo que de verdad le pasa es que tiene demasiados sentimientos. Sentimientos negativos. Pero debería dirigirlos hacia quienes lo merecen, en lugar de a la pobre niña. Nella necesita a una madre tanto como la necesitó Lily a su edad. Al fin y al cabo, la niña no tiene la culpa de ser el vivo retrato de Antonia y dejando de lado su eterno "¿dónde está Bella?", la verdad es que es tan encantadora como lo era Antonia de pequeña.»

Sin embargo a Laurits no le cabía la menor duda de que Lily hacía examen de conciencia. De vez en cuando la veía alargar la mano vacilante hacia mí, pero sus ojos denotaban rechazo, «tal vez rechazo no sea la palabra adecuada», reflexionó Laurits. «Es más bien una mezcla de tristeza y desprecio que ningún ser humano sería capaz de manejar. Por eso disculpo a mi Lily.» Además, Lily empezaba a sentirse prisionera en su propia casa. Laurits no lo formula así, pero debió de ser la sensación que mamá me describió hace unos años. Cuando me dijo que «los celos de Antonia» eran «insoportables» y en realidad debía de referirse a los suyos.

«Apenas podía abandonar esta habitación sin que me asaltara con sus demenciales acusaciones», dijo, como ya es sabido, entonces, y se fue encerrando cada vez más en sus historias. «Se encierra más en su estudio, de la mañana a la noche, incluso duerme allí», escribió Laurits. «Solo la veo cuando le llevo la comida.» A veces, yo también la veía, según dicen los diarios de Laurits. Pues Lily dejaba que me sentara en su cama si le prometía que estaría callada. «Pero supongo que incluso Lily es consciente de que Antonia empieza a suponer un peligro mortal, tanto para sí misma como para los demás», escribió Laurits. «Está convencida de que Nella es el mal personificado. El otro día incluso llegó a decir que los espectros le habían ordenado matar a la niña si quería "recuperar a su verdadera hija". No quisiera ponerme demasiado dramática, pero en mi opinión empieza a ser un milagro que Nella todavía no haya sufrido ningún daño.»

También Laurits llegó a preguntarse qué pintaba Simon en todo aquello. Se había instalado con su escritorio y todos sus libros en el viejo despacho de Horace al lado de la cocina, donde yo sigo sentándome a escribir, y de vez en cuando también se sentaba a esta mesa que yo ocupo. Sin embargo, la mayoría de las veces solía atrincherarse tras las puertas cerradas del estudio con sus manuscritos o «su escasamente impresionante talento para tocar el piano», como decía Laurits. Sin embargo, con el paso de los meses, cada vez estaba menos tiempo en Liljenholm. Al final, apenas un fin de semana al mes en la finca, y cuando estaba, parecía no saber qué hacer. «Un hombre que nunca ha conocido la adversidad —escribió Laurits—, si no, habría sabido que no desaparece porque te niegues a hacerle frente.» A menudo, Laurits fantaseaba con darle un sonoro bofetón para que se despertara. «Por lo visto, cree que el mayor problema es la personalidad pública de Antonia», escribió. «Esta noche estuvo dando vueltas, preocupado por si Antonia podría dejarse entrevistar y aclamar cuando la nueva novela de Lily, *El aposento de las doncellas*, se publicara el mes que viene. Y yo le dije: "¿No se da cuenta de que su amada puede hacerse daño a sí misma y de que su hija corre peligro de muerte, don Simon? El otro día sorprendí a Antonia golpeando a Nella con una percha sin ningún motivo aparente. Por enésima vez. La niña anda sonámbula demasiado a menudo y casi parece carne de correccional con todas esas heridas y cicatrices en su cuerpo. Tiene que tomar conciencia de que Antonia está fatal.» Sin embargo, él simplemente le dio la espalda. "Le ruego que se dedique a hacer su trabajo y nada más, señorita. Si no es capaz de hacerlo, tendré que pedirle que haga las maletas inmediatamente."»

Laurits sintió unas ganas irrefrenables de chillarle que ella no recibía órdenes de él. «¿Acaso cree que no sé que hace tiempo que su pequeña Karen se ha convertido en algo más que la secretaria de la editorial? Sí, ¿y quién sabe?, ¡a lo mejor lo ha sido siempre! ¡Y encima viene usted aquí a hacérselas de señor de la casa!» Pero en su lugar repitió que Nella estaba en peligro de muerte, y Simon la miró cansado.

—¿De veras?

Laurits ya sabía entonces lo que seguiría:

—¿No cree que es usted la que ve fantasmas, señorita?

La historia de Nella

Hasta ahora, todo lo que he contado no ha despertado ni un solo recuerdo en mí. Pero por los diarios de Laurits tengo entendido que pasaron varios años así. Con el tiempo, que Antonia von Liljenholm no apareciera en las revistas, los reportajes fotográficos y las reuniones de sociedad se convirtió en un problema real. «La gente piensa lo suyo y también habla», escribió Laurits. «Se pregunta si Antonia está en sus cabales o ha muerto, puesto que ha desaparecido, y eso no beneficia las ventas de sus libros. Es lo que se deduce de los números rojos de las cuentas de la editorial.» En ese mismo período, la salud de Laurits se resintió seriamente. A esas alturas tenía tantos quistes que había dejado de tener sentido ponerles nombres, además estaban las grandes heridas, abiertas y supurantes, que se negaban a cicatrizar. «Hasta ahora he podido ocultarlas con mangas largas y cuellos altos, pero no cabe duda de que el fin está cada vez más cerca —escribió—. Hace tiempo que me habría abandonado a él, de no haber sido por Nella. No puedo morirme y abandonarla. No hasta que esté segura de que se ha abierto camino.»

Y esa fue mi suerte. Pues un día, los espectros se mostraron especialmente insidiosos y atormentaron a Antonia con mensajes en que la incitaban a acabar con mi vida para que pudiera recuperar a su verdadera hija. Casualmente era el día de mi sexto cumpleaños. Una radiante mañana del mes de mayo sobre mi mesilla de noche me esperaba un paquete de Antonia que resultó contener un par de zapatos de charol de suelas duras. Tal vez ya pueda imaginárselo. Todos los muebles que descollaban a mi alrededor. Los zapatos de charol que brillaban en mis pies. Quería encontrar a Antonia para darle las gracias y corrí a través de las estancias de Liljenholm.

—¿Mamá? Mamá, ¿dónde estás?

Pero en el momento en que abrí los brazos hacia ella esperando que me cogiera entre los suyos noté unas manos fuertes alrededor de mi cuello. Como ya sabrá, he tenido pesadillas sobre ese momento desde entonces. El aire, que desapareció, a pesar de que jadeaba. Los ruidos extrañamente mecánicos en mi nuca, como engranajes cuyos dientes se salían. Intenté resistirme, pero las manos eran demasiado fuertes y temblaban por el esfuerzo. Sentí presión en los ojos y los oídos me zumbaban, y unas manchas negras se extendieron hasta que no pude ver nada.

No recuerdo que Lily llegara corriendo. En general, no recuerdo nada hasta casi medio año más tarde, cuando fui testigo del desagradable episodio del abrecartas. Pero entiendo por los diarios de Laurits que Lily se abalanzó sobre Antonia y retiró sus brazos de mi cuello y la obligó a bajarlos hasta que estuvo tendida en el suelo boca arriba. «Cuando llegué, Lily estaba sentada a horcajadas sobre Antonia. Ojalá la hubiera visto así antes —escribió Laurits—. Era una leona que atacaba, mi Lily. Enseñaba los dientes. "Quédate quieta, asesina", gritaba a Antonia, que seguía siendo muy bella, incluso cuando volvió su rostro desencajado hacia mí. "Laurits es la asesina, no yo." ¡Eso fue lo que dijo! Sin embargo, Lily no le hizo caso y me pidió que me ocupara de la niña. "Está allí, no creo que esté con vida", dijo, y yo hice lo que me pedía. Siempre lo he hecho.»

Sin embargo, el intento de asesinato de Antonia fue más de lo que Laurits estaba dispuesta a aceptar. «He asistido a muchas cosas a lo largo de los años en Liljenholm, solo Dios sabe a cuántas —escribió—. Pero no puedo quedarme con los brazos cruzados mientras Antonia maltrata a su inocente hija hasta la muerte. Ahora mismo, la niña está conmocionada. Está echada en mi cama mirando al techo sin decir siquiera un solo "¿dónde está Bella?" Lily debió de intervenir en el último momento. La niña, de vez en cuando, sufre hemorragias en los ojos y en las mejillas, y su cuello está cubierto de manchas violáceas. YA HE TENIDO SUFICIENTE.» Laurits escribió esto último con sus enormes mayúsculas negras y actuó. Acudió a Simon y a Lily y les dio a elegir. O bien acudía ella, Laurits, a la Policía inmediatamente y denunciaba el intento de asesinato y el maltrato, o se deshacían inmediatamente de la loca de Antonia. «Dios sabe que quiero a Antonia más que a nadie, pero ya no es bueno ni para ella ni para Nella que pueda moverse libremente entre nosotros. Simon y Lily también se han dado cuenta. ¡Por fin! Pero la propuesta de Lily... ¡apenas oso pensar en ella!»

Mas Lily sí podía y ya se había decidido.

—Por lo que puedo ver, tenemos dos opciones —dijo—. Podemos elegir medicarla por nuestra cuenta y encerrarla en la habitación de la torre, o internarla en un manicomio y dejar que el rumor de su presencia allí se extienda.

De hecho, esto último fue idea de Laurits. Incluso llegó a ofrecerse para acompañarla en calidad de señorita de compañía, descubrimos Agnes y yo en sus diarios. Por eso no pude evitar echarme a llorar. Todavía me resulta doloroso pensar que la persona más importante de mi infancia estuviera dispuesta a dejarme sola en Liljenholm a los seis años. Por eso no puedo haber sido tan importante para ella como ella lo fue para mí, ¿no es cierto? Sea como fuere, Lily volvió a salvarme. Pues decidió que Antonia y mi Laurits se quedarían aquí, en Liljenholm. No sabría decir si a esas alturas Lily odiaba tanto a

Antonia como para empujarla por la ventana alegremente, o si fue algo que dijo por decir hace unos años. Para hacerme creer toda la historia acerca de «Lily», que estaba muy celosa, y de mi padre, que había sido víctima de una mujer enajenada. En cualquier caso, no cabe duda de que los sentimientos de Lily hacia Antonia se habían enfriado considerablemente.

—Si el rumor de la locura de Antonia se filtra significará que Antonia von Liljenholm estará acabada como la reina de los espectros y yo no puedo permitirlo —dijo Lily—. Tengo mucho más que escribir y prefiero seguir haciéndolo para Hansen & Hijo que para cualquier otra editorial.

Miró fijamente a Simon, que apartó la mirada. Sabía tan bien como Lily que si ella publicaba sus libros en otra editorial se le acabaría su caro estilo de vida con la señorita Karen Kvist. Los únicos libros que daban beneficios eran los de Antonia von Liljenholm, y hacía muchos años que era así.

—Si hacemos lo que propongo, me comprometo a sacrificarme y dejarme matar —añadió Lily, y Laurits se sobresaltó.

Lily le dio una palmadita tranquilizadora en la mano.

—No literalmente, pero sí a ojos del mundo, cariño. Demos por muerta a Lily, y a Antonia von Liljenholm, por resucitada. Y yo ya me encargaré de que la vida oficial de Antonia vuelva rápidamente a las portadas. Por no hablar de las ventas de novelas.

Se quedó mirando a Simon hasta que él levantó la vista; y Laurits vio lo mismo que él. Lily puso la misma cara que Antonia sin problema. Debió de ensayarlo durante años, a tenor de la rapidez con la que lo consiguió.

—¿Qué me decís ahora? —preguntó—. ¿No creéis que me las sabré arreglar en los círculos más selectos de la ciudad?

«Simon casi me da pena», escribió Laurits aquella misma noche. «No es divertido depender completamente de una mujer que por fin quiere cobrarse su legítima venganza, pero, por otro lado, se lo tiene bien merecido.» Más tarde moderaría su afirmación. Fue cuando Lily exigió que él contribuyera con «otro sacrificio», dijo. Ahora que ella había accedido a fallecer por una buena causa, él debería desaparecer en el acto de Liljenholm y no volver a intentar ponerse en contacto con Nella nunca más. «Es injusto lo que ha hecho Lily y no quiero ni pensar cómo debe de vivirlo Nella», escribió Laurits. «Primero, su madre desaparece "por la ventana", como suele decir Lily cuando Nella* pregunta por ella. Luego su padre "se ahoga en el lago", y ahora Lily incluso ha exigido que Nella la llame "Antonia" o "mamá". ¿Cómo acabará todo esto?»

La respuesta a la última pregunta ya la conocemos. Para mí fue sobre todo como nadar en un lago muy oscuro. Los años se confundieron y no sabía sobre qué nadaba.

—Pero ¿cómo pudiste olvidar a tu verdadera madre? —me pregunta Agnes a menudo, como si mi verdadera madre fuera una mujer a la que tuviera algún motivo para recordar—. ¿Cómo no ataste cabos?

No sé qué responder cuando me lo pregunta de esta manera. ¿Qué dices en estos casos? ¿Que sin duda cualquier mentira era preferible a la verdad? Yo diría que es así como debe de ser para mí. Al fin y al cabo, Lily era mejor madre que Antonia, que quería asesinarme, y el Simon ahogado era un padre bastante mejor que el que nunca estaba. Pero no son más que conjeturas. Lo único que sé con toda seguridad es que crecí sin saber por qué siempre tenía miedo. Con una tía que había saltado por la ventana, un padre que se había ahogado en el lago y una madre que santificaba a mi padre y enviaba a mi tía a lo más profundo del infierno con sus palabras. Donde, de hecho, ya me encontraba yo.

Lo primero que recuerdo es, como ya se ha dicho, la extraña historia del abrecartas. Mamá, que estaba completamente histérica en la sala de juegos. Yo, que temblaba de fiebre y

---

* Permítame intervenir brevemente y advertir que, en este punto, el manuscrito de Nella cambia en las últimas páginas manuscritas. Lo he transcrito todo palabra por palabra. A. K.

miedo tras la puerta. Laurits, que repetía que «ella» no podía gritar porque «ella» estaba muerta, fuera quien fuera «ella». Por supuesto, también he reflexionado sobre el asunto, pero puesto que no hay absolutamente nada en los diarios de Laurits que apoye mi temprano recuerdo me permito conjeturar que sobre todo sucedió en mi cabeza. Como el resto de mi infancia, por cierto.

Mientras Laurits hizo todo lo posible por sobrevivir hasta que yo fuera lo bastante mayor para poder valerme por mí misma y mamá hizo todo lo que estuvo en sus manos por devolver a la cima a Antonia von Liljenholm, escribiendo, yo fui volviendo en mí poco a poco. Tardé mucho, pues cada vez que estaba a punto de recuperarme, sufría un nuevo ataque de neumonía o de anginas o de escarlatina. En el último estuve a punto de perder la vida. En aquella época, mi hermana gemela, Bella, se sentaba a menudo en el borde de mi cama sin hablar apenas. A veces, sobre mi edredón, jugaba a las cartas sola. Otras cantaba canciones infantiles en un idioma extraño como conocido. Pero las más de las veces se quedaba sentada esperando que yo me curara, y cuando lo conseguí, jugamos todos los días. Bella era el nombre más bonito que había oído jamás y compartíamos toda clase de juegos: el escondite, el pilla pilla, mis favoritos con las muñecas.

Tal vez debería escribir que Bella, en realidad, no existía, pero sería como decir que mi infancia tampoco existió. Así que en su lugar diré que ni siquiera Laurits era capaz de ver a Bella, «pero claro que está allí, si tú lo dices, mi pequeña Nella», solía decirme. «Tú nunca le mentirías a tu vieja Laurits, ¿verdad?» Más tarde descubriría que varias veces al día, Laurits subía las empinadas escaleras de la torre este para calmar a los espectros con un chute de morfina, comida muy elaborada y libros muy gordos. Lo cierto es que yo tenía que mantenerme lejos de las escaleras y de las dos torres y nunca vi lo que llevaba allí arriba. Además, Liljenholm no era un lugar donde se preguntaran las cosas. Era un lugar donde te daban con la percha por respuesta. Incluso después de que la verdadera Antonia hubiera terminado en la habitación de la torre.

Laurits nunca me pegó, pero mamá sí lo hacía. «Al menos Lily es más contenida que Antonia con la percha», escribió Laurits. «Pero sigue siendo preocupante lo que pasa. No puedo evitar pensar que Lily castiga a Nella por su propia incapacidad de amarla, y eso que la niña hace todo lo que puede por complacerla. Considerar a Lily como su madre, escuchar todas sus historias fantásticas sobre don Simon sin cuestionarlas, tolerar que la compare con «la hermana difunta» de su madre y jugar con su Bella sin molestar a nadie. ¡Por no hablar de la terrible noche en la torre! Estoy casi segura de que Nella estaba despierta cuando Antonia la atacó por la espalda (por cierto, tengo que acordarme de aumentar la dosis de morfina a Antonia), pero ella hace como si nada. Lily no podría desear una hija de trato más fácil, aunque admito que quizá no llegue nunca a ser una gran escritora. Lily se lo repite una y otra vez, y tal vez ayudaría que no lo hiciera y dejara a la niña escribir en paz. No creo que alguien pueda desarrollar un don si se lo machaca constantemente. Las pocas veces que me he permitido señalarlo, ha terminado en terribles y violentas escenas. Me siento tan culpable por todo lo que podría haber hecho de otra manera, pero ¿qué puedo hacer ahora? Más allá de seguir con vida, claro.»

Laurits escribe con más frecuencia que se siente culpable y eso que yo diría que es la que menos razones tiene para estarlo. ¡Culpable! Me salvó de una muerte segura y nos cuidó tanto a Bella como a mí. Aunque no pudiera verla.

—¿Queréis una galleta, Bella y tú? —solía preguntar, o—: ¿No tenéis frío, Bella y tú, sin vuestros jerséis?

Bella nunca tenía frío, pero alguna vez que otra yo sí. En general, Bella era mucho más fuerte y valiente que yo.

—Tú ignora a los espectros —solía decirme cuando estaba en la cama sin poder dormir por miedo a los ruidos que nos llegaban de lo alto de la torre.

Y cuando lloraba, me decía:

—¡No hagas caso de mamá cuando te dice que no tienes talento, Nella! A lo mejor tiene razón cuando dice que no escribes lo bastante bien para ser escritora, pero, por otro lado, ¿por qué ibas a serlo? ¡Párate un momento a pensar, fíjate bien! Está sentada en su habitación escribiendo sus estúpidos libros todo el tiempo. ¡Alégrate de no acabar así!

También fue Bella quien me propuso que empezara a tocar el piano de Simon por las noches.

—Pero ¿qué quieres que toque? —le pregunté, y ella dijo que daba igual. Con que ahogara todos los sonidos bastaría.

No recuerdo muy bien cuándo empecé a tocar el piano, pero según Laurits tenía unos ocho años y medio. «Es indiscutible que Nella tiene talento», apuntó varias veces. «Mucho más talento que el inútil de su padre. Acabo de escribírselo: que la niña tiene talento, no que él sea un inútil, claro, pero lo más probable es que ni siquiera lo lea. ¿Por qué iba a hacerlo? Sin duda, hace tiempo que tiene una nueva familia con su pequeña Karen Kvist, mientras los restos de la antigua intenta que los extremos se unan.»

Bella y yo no sospechábamos lo mucho que Laurits había tenido que luchar por conservar la paz en Liljenholm. A fin de cuentas, parecía tranquila como una montaña cuando nos sentábamos en su cama, y eso que lo hacíamos muy a menudo, porque Liljenholm seguía dándome miedo.

—Tú lo que tienes que hacer es tocar un poco más —me decía Bella—. He pensado que, a lo mejor, de esta manera consigues tranquilizar a los espectros. Si sigues tocando, es posible que funcione.

Tardé varios años. No recuerdo cuántos, pero una noche oímos algo, y Bella fue quien lo oyó primero.

—¡Escucha! —me dijo—. ¡Los espectros canturrean la melodía que acabas de tocar!

Era una melodía que yo misma había inventado y, efectivamente, a través del techo se oyeron retazos. Algo desentonado pero inconfundible.

—¿Los espectros suelen canturrear? —le pregunté a Bella, que ladeó la cabeza.

—Pueden hacerlo —contestó ella—, si quieren, pueden. Los espectros pueden hacerlo todo, ¡y creo que les gustas, Nella! ¡Escucha! ¡Ahora vuelven a canturrear!

Nunca se lo conté a nadie, ni siquiera a Laurits, pero desde entonces sentí que los espectros y yo teníamos una relación especial, una especie de entendimiento. No como Bella y yo, naturalmente. Al fin y al cabo, ella era casi yo, hasta que, poco a poco, empezó a desaparecer. No sé por qué ni estoy segura de cuándo. Sencillamente fue desdibujándose cada vez más hasta desvanecerse. Pero a los espectros de la torre les transmitía mi estado a través de la música y ellos canturreaban en respuesta. A veces un canturreo furibundo; otras, quedo o consolador, o simplemente desentonado. Los espectros, como de costumbre, también gemían y, como usted ya sabe, sus altos y roncos gritos acabaron salvándome aquel día en la ventana del suicidio. Los gritos de mi madre. Supongo que nunca sabré si fue o no una coincidencia que diera señales de vida cuando yo más lo necesitaba. Sin embargo, me resulta más fácil pensar que sí. Que fue una coincidencia. No tiene ningún sentido para mí que la mujer que me ha provocado tantas pesadillas a lo largo de los años acabara salvándome a propósito, por mucho que Agnes insista en que yo significaba algo para ella.

—Al fin y al cabo eras su hija —no para de repetir—. Está claro que siguió tus pasos todos aquellos años lo mejor que pudo.

—¿Por qué claro?

—Bueno, pues eso, que te echaba de menos.

Y, Agnes, hay algo que no te he contado. Algo que, en cierto modo, respalda tu teoría y que puedes no poner en limpio después, si te parece que no encaja en la historia. Pero se trata de *La reina de los espectros* de madame Rosencrantz. Nunca has entendido por qué no me gusta hablar de ella, ¿verdad? Fue Antonia quien la escribió. Mi verdadera madre. Hasta que Karen me lo contó, creí que había sido mamá (bueno, es así como sigo llamando a Lily), pues echando cuentas, nadie más sabía de la existencia de Bella. Al fin y al cabo, hacía tiempo que Laurits había muerto.

El libro se publicó cinco años antes de que Antonia y Lily murieran. Es decir, en 1931, y leer sobre Bella fue lo peor que jamás me había pasado. Mucho peor que el hecho de que alguien hubiera intentado asesinarme o de que me salvara de un suicidio. Espero que puedas comprenderlo, Agnes. No querría que me rechazaras por ser demasiado sensible para este mundo. Pero Bella era el secreto que me mantuvo con vida durante todos los años en Liljenholm. Ella era «mi» secreto al igual que la historia de Liljenholm lo fue para Laurits y de pronto aparece Bella en las páginas de la novela. Era ella y no lo era, y se mezclada con la mentira y las especulaciones sobre sórdidos infanticidios.

—¡Escribes sobre alguien que no puede defenderse! —grité a las paredes de mi piso en Hedebygade, después de leer el libro—. ¿Por qué lo haces, mamá?

Y eso que hacía ya unos cuantos años que Bella no se me había aparecido. Sin embargo, aquella noche apareció, completamente transparente, como si fuera de agua.

—Tienes que entender que mamá está desesperada —me dijo, cuando nos hubimos saludado cordialmente—. Supongo que te habrás dado cuenta de que su carrera está en declive, y seguramente los reportajes fotográficos han dejado de favorecer las ventas. Al fin y al cabo, hace años que tiene mal aspecto, ya no es la de las revistas. Es demasiado vieja, y, además, tú misma has llegado a preguntarte si había enfermado al ver lo delgada que estaba. Lo que más necesita ahora mismo... lo único que necesita es un escándalo que pueda darles un motivo renovado a sus lectores para seguir leyendo sus novelas, y ahora lo tienen.

—Pero ¿por qué nos tiene que mezclar a nosotras en las ventas de libros?

No tenía intención de chillarle a Bella, pero cuando respiré profundamente casi desapareció entre mis manos.

—Escúchame un momento —dijo—. Seguramente fue lo

único que se le ocurrió escribir a mamá. ¿No crees que da lo mismo? A fin de cuentas, nosotras sabemos que no es verdad.

Repitió la frase la última vez que nos vimos. Fue en la cocina, tú y yo acabábamos de llegar a Liljenholm, Agnes. ¿Recuerdas que te fijaste en que me quedé mirando a la nada? Era Bella, que volvía a estar allí, aún más transparente que la última vez.

—Sabemos que la historia es pura invención, así que déjalo ya y vente conmigo a la habitación del piano —dijo—. Te sentirás mucho mejor dentro de un rato, ya lo sabes.

Pero la verdad es que mi relación con esa historia no ha hecho más que empeorar desde que Karen me contó quién era la verdadera madame Rosencrantz: Antonia en la torre, mi verdadera madre. No puedo dejar de repetírmelo. Por lo visto, estuvo trabajando en el manuscrito en los años posteriores a la muerte de Laurits. Le puso el título de *Mis memorias*, y un día que Lily le había llevado la comida y la morfina, estaban todas las páginas sobre la mesa y el libro terminado. O al menos así lo interpretó Lily. No sabía si el manuscrito era para ella o no, pero se lo llevó abajo. Según Karen, dejaba bien a las claras el frágil estado mental de Antonia.

Me habría gustado leerlo, pero hace tiempo que Karen quemó el original, la versión revisada de Lily y la carta que la acompañaba y todo lo que contenía el archivador de Simon. Fue lo primero que hizo cuando finalmente se libró de ti, Agnes, y en cierto modo la comprendo. Cuando Antonia conoció a Simon, Karen hacía varios años que era su amante. Su relación continuó mientras Simon vivía su aventura en Liljenholm y Karen accedió a esperar. Tal vez supiera que era cuestión de tiempo que Simon volviera y le pidiera la mano, y cuando eso ocurrió, cuando finalmente lo tuvo para ella, hizo todo lo que estuvo en sus manos por proteger su matrimonio. Sobre todo, diría yo, cuando supo la verdad acerca de Lily. Por lo visto, no se enteró hasta que leyó la carta que Lily escribió con su nombre.

—Parecía extrañamente exaltada —comentó Karen cuando me lo contó; y tiene sentido.

Al fin y al cabo a Lily le encantaban las historias que recordaban ligeramente a la realidad, pero que en el fondo no eran más que un fragmento reescrito de ella. Además, esta historia era más trágica que lo que su imaginación habría sido capaz de concebir. «La he aligerado en un par de puntos, he pulido el lenguaje y convertido a madame Rosencrantz en la narradora», escribió. «¡Tienes que publicar el manuscrito, Simon! ¡Madame Rosencrantz es una magnífica invención! ¡Una cotilla de gran calibre!»

En honor a Simon hay que decir que él no estuvo nunca de acuerdo con su publicación. Lo escribió en muchas cartas que envió a lo largo de varios meses, pero, ahora que Laurits había muerto, no había nadie que cuestionara a Lily. Tal vez estuviera realmente desesperada por conseguir lectores, según sugirió Bella. O a lo mejor pretendía, de una vez por todas, que Antonia experimentara de primera mano lo que era que publicaran tu obra con el nombre de otra persona. En cualquier caso, al final Simon creó una filial que pudiera publicar *La reina de los espectros*. Para que nadie relacionara el libelo de madame Rosencrantz con Hansen & Hijo y los libros de Antonia.

Es tan extraño, Agnes, De no haber sido por ese horrible libro, seguramente hoy no habría tenido una editorial que dirigir. Pues sin él la obra literaria de Antonia von Liljenholm nunca habría sido redescubierta. Y ahora yo estoy aquí, esperando que vuelva a suceder. Con nuestro libro, ¿sabes? No creo que debas poner en limpio lo que ahora pretendo escribir, pero no puedo dejar de preguntarme quién ha pecado más. Antonia y Lily, que expusieron mi secreto, o yo, que ahora hago todo lo que puedo por exponer todos los suyos. Por no hablar del cadáver de Antonia en el jardín, bajo la piedra blanca, a la sombra del cerezo. De hecho, acabamos enterrándola al amparo de la noche, porque yo se lo pedí, lo sé, mientras que ella se contentó con postular que Simon y Bella estaban también enterrados allí fuera. Sin embargo, creo que debe de estar bastante satisfecha de yacer donde yace. Al fin y al cabo, Liljenholm era suya. Ella era la hermana de la cuchara de plata, al menos hasta que Lily se la quitó.

Bueno, y una última cosa, Agnes. Si a pesar de todo acabas incluyendo este capítulo, tal vez deberías mencionar que no sé si la verdadera Antonia alguna vez llegó a leer su obra impresa. No la habrás encontrado casualmente en la torre cuando sacaste libros de allí, ¿verdad?*

Anduve buscando en la habitación de la torre, pero no había ni rastro de *La reina de los espectros*. Solo encontré un ejemplar en la estantería, cuando estuve aquí hace seis años, y no sé quién puede haber escrito «Madame Rosencrantz, gracias de todo corazón». Pero, cuanto más lo pienso, más conveniente me resulta el agradecimiento. Gracias de todo corazón a los ratones, al caso y a la gobernanta que decidió decir la verdad. Todo lo que he escrito aquí, se lo dedico a su memoria. Y a mi querida hermana Bella.

NELLA VON LILJENHOLM,
Liljenholm, 21 de agosto de 1942

---

* De Agnes a Nella: No, solo encontré diversos clásicos de indispensable lectura, lo que me recuerda que me gustaría que me permitieras leer los libros de Daphne du Maurier que me quitaste de las manos. A poder ser pronto, si no es demasiado pedir. A. K.

UN MES MÁS TARDE

Historia de un pecado

Tengo que reconocer que no tengo ni idea de lo que Agnes había pensado escribir aquí. También que daría cualquier cosa porque fuera ella y no yo (Nella, como tal vez haya adivinado), quien estuviera sentada frente a la vieja Remington sobre el escritorio de mamá. «¿Tú quién te has creído que eres? ¿Una escritora, tal vez?»
Hace exactamente un mes Agnes y yo visitamos a Lillemor para preguntarle qué hacían todos sus vestidos de Agathe Couture en el desván de Liljenholm. Los cajones empiezan a estar a rebosar de páginas manuscritas de Agnes y algunas de las mías, para las que Agnes, por fin, por lo que veo, ha encontrado sitio. Incluso sin corregir. Los montones empiezan, poco a poco, a pedir a gritos que alguien los junte y envíe a la imprenta. La editora que hay en mí está impaciente por hacerlo, pero Agnes está echada en la habitación del suicidio con un sinfín de edredones cubriéndola y se niega a levantarse. Si le suena a repetición le diré que yo también he llegado a pensarlo. Y se lo he dicho, pero o bien no contesta, o bien me pide que archive todo lo que usted acaba de leer. Y no creo que eso le convenga a nadie.
—Déjame que te diga que no eres la única que está conmocionada —le he dicho a su espalda—. Escúchame, Agnes, tienes que recuperarte, es importante. Tenemos que acabar nuestro libro. Ser escritora es el sueño de tu vida, ¿lo has olvidado?

—Al infierno con el sueño de mi vida. No habrá libro. Punto final.

—¡Claro que habrá libro! Has estado trabajando duramente este último año y ahora yo también he asumido mi parte de responsabilidad. He decidido acabar de escribir nuestro libro lo mejor posible, e indudablemente no es ni de lejos lo bueno que podía haber sido de haberte encargado tú, querida Agnes. Pero ahora mismo es mucho más importante para mí que el resto de la historia sea narrada de la forma más clara y fiel a la verdad posible. Todo lo que ocurrió en casa de Lillemor y que ninguna de nosotras podía haber previsto. Por imposible. De haber sido así, nunca habría presionado tanto para que saliéramos de aquí aquella mañana.

—¡Agnes! ¡Venga, vamos!

Me estoy oyendo a mí misma; y en aquel momento, Agnes detestaba todo lo relacionado conmigo. Mi largo vestido de Agathe Couture, los rizos y el maquillaje, que no se parecían ni mucho menos a los de Mary Pickford, como quiso dar a entender antes. Entornó los ojos, sus rizos estaban erizados.

—No quiero ir.

—Tienes que hacerlo. Solo te pido que pienses lo mal que fueron las cosas cuando Antonia tuvo que ir sola a Copenhague. ¡Apuesto lo que sea a que Lily se arrepintió de haberse quedado en casa!

No fue una comparación justa, pero funcionó. Agnes se levantó a regañadientes del escritorio, domó su pelo con brillantina y se puso uno de los muchos trajes oscuros de Simon. Me gustaría poder escribir que se parecía a Marlene Dietrich en la película *Marruecos*, pues sé que la haría feliz. Pero me recordaba sobre todo a una nube muy oscura que se acercaba lentamente a Copenhague, e intenté desviar sus pensamientos hacia otra cosa.

—A mí me parece que hay algo raro en las muertes de Horace y Clara —dije, dirigiéndome a su nuca rizada.

—¿De veras?

Agnes llevaba la última hora y media mirando fijamente por la ventanilla del tren, y seguía haciéndolo.

—No entiendo a qué te refieres.

Ella es así. Cuando ella no domina la situación se niega a participar, y suspiré hondo para provocarla.

—Creo que, a estas alturas, es bastante evidente que los espectros no mataron a Horace y a Clara —dijo—. ¿O sigues creyendo que sí?

—No. Yo diría que Horace y Clara se las apañaron muy bien solos.

—¿Y eso te parece que va con ellos?

Agnes no contestó, y tengo que reconocer que empieza a hartarme. La manera en que se hace la ofendida. Es capaz de pasarse días disgustada y huraña por cosas sin importancia (¡y no, no estoy diciendo que fuera una tontería organizar la visita a Lillemor sin contar contigo, Agnes!). Cuanto más kilómetros recorríamos más irritada estaba yo, además de más sorprendida. Tanto por las manos de Agnes, que no paraban de hacer nudos al mismo hilo suelto en la solapa de su americana, como por sus pies, que no dejaba de mover de un lado a otro. Estaba visiblemente nerviosa. Yo, en cambio, estaba más bien ansiosa por conocer a la legendaria Lillemor. ¿Quién no lo estaría? Sin embargo, poco a poco, empecé a comprender el malestar de Agnes cuando finalmente llegamos al letrero de la «Lavandería francesa» y empezamos a subir por las claustrofóbicas escaleras que conducían a la primera planta.

La atmósfera era extraña. Como si hubieran lavado y planchado la escalera varias veces, y Lillemor debió de oírnos llegar, a pesar de que el toque de queda nos había retrasado casi una hora. Estaba esperándonos en la puerta. Mis piernas reaccionaron al verla antes que el resto de mí. Se detuvieron a mitad de las escaleras, mientras las de Agnes siguieron subiendo los últimos peldaños. Afortunadamente, Lillemor solo tuvo ojos para ella.

—¡Oh, empezaba a temer que no llegarais antes del toque de queda, Agnes! ¡Cuánto tiempo sin verte!

Intentaba sonar despreocupada y alegre. Dio un paso adelante y se puso de puntillas para poder besar las mejillas de Agnes. Pero Agnes reculó. Era tan típico en ella, que su gesto me habría divertido en cualquier otra circunstancia. Pues el aspecto de Lillemor era completamente diferente al que había imaginado, y lo de menos era que fuera muchos centímetros más baja de lo esperado. Su pelo negro cortado a lo paje y su boca roja casaban mejor con el traje de chaqueta que llevaba que con su cutis marchito. Los colores parecían pintados, y su alegría, impostada.

—¡Mi querida niña!

Alargó las manos para coger las de Agnes, se agarró a ellas.

—¡Qué contenta estoy de que estés en casa, y qué buen aspecto tienes! ¡Qué traje tan... elegante llevas!

—Perteneció al difunto padre de mi amiga.

Agnes hizo un gesto con la cabeza hacia mí y la mirada de Lillemor se perdió escaleras abajo. Se le saltaron los ojos. Nos miramos fijamente. Entonces la boca de Lillemor articuló un nombre inesperado.

—¿Agathe?

Sus ojos parecían vacíos y al instante siguiente se llenaron de lágrimas.

—¡Agathe!, ¿realmente eres tú?

Mis pies subieron las escaleras solos. No pude hacer nada por detenerlos.

—Laurits, ¿qué estás haciendo aquí?

Y una parte de mí ya conocía la respuesta. Era imposible que Lillemor fuera Laurits, porque Laurits estaba muerta, yo misma había visto su cadáver hacía muchos años e incluso me había echado a su lado. Además, Laurits pesaba al menos cien kilos más que la mujer que tenía delante. Sin embargo, su rostro y sus movimientos eran los mismos. Como si Lillemor fuera la mujer que Laurits había sido por dentro, aunque no fue lo que pensé entonces. En ese momento, lo único que pensé fue que no había nada que encajara, y tal vez Lillemor pensara lo mismo. Se volvió con una mano bien cuidada tapándose la boca y, por un instante, temí que fuera a cerrarnos la puerta en las narices. Agnes dio un paso adelante.

—Es Nella von Liljenholm, mamá.

Agnes lo dijo tan alto que su voz resonó a través del hueco de las escaleras, y Lillemor se volvió sobresaltada.

—¿Von Liljenholm?

Había desconfianza en su voz.

—Sí, allí es donde vivo, mamá. En la casona de Liljenholm, siento... siento mucho no habértelo escrito. Ya sabes, el tiempo pasa...

«¡Llevas viviendo allí un año y medio y tu madre ni siquiera sabe dónde!», estuve a punto de exclamar, pero en su lugar me quedé boquiabierta. Porque el rostro de Lillemor pareció desplomarse y en ese momento maldije mi ridículo vestido blanco. ¡Agathe Couture! ¿Cómo se me ocurrió que sería una buena idea presentarme de esa guisa?

—Con mucho gusto me cambiaré de vestido, señora Kruse —dije, sin dudarlo.

De todos modos, no tenía intención de jugar a ser Mary Pickford durante el resto de la visita, pero Lillemor se limitó a menear la cabeza. Su boca colgaba torcida y no dejaba de parpadear.

—No, tranquila, entrad, por favor —añadió con una voz que sonaba más muerta que viva.

Seguí a Agnes, que avanzaba de una manera extrañamente rígida con aquellos pantalones de pinzas. El olor a pollo nos dio en la cara y me di cuenta de que Lillemor intentaba calmarse. Incluso de espaldas se parecía tanto a Laurits que tuve que apartar la vista. Mi querida Laurits. ¿Qué estaría haciendo en el cuerpo demasiado pequeño de Lillemor y entre sus cosas demasiado bonitas?

—Sentaos, por favor, os traeré un refresco —dijo.

Sobre la elegante mesa de comedor, un florero con tulipanes nos dio la bienvenida, incluso los cojines bordados del sofá estaban colocados con esmero. Por eso también caí inmediatamente en la cuenta de que la fotografía en el marco dorado que colgaba en la pared sobre el sofá no era una casualidad. La rubia Agathe con la cruz de la reina Dagmar. Había sido sustituida por una niña morena que hacía muecas por debajo de sus rizos. Su nariz era desproporcionada para el resto de la cara y entrecerraba los ojos. Agnes se inclinó hacia mí.

—¿Por qué has dicho eso? —susurró—. ¿Lo de Laurits? ¿Qué querías decir?

Me habría gustado contestarle, pero en ese instante Lillemor apareció en la puerta con una jarra de agua. Me di cuenta de que había intentado recomponer su semblante con una expresión más amable, aunque no lo parecía. Parecía asustada. Pero, la verdad, es que estaba muerta de miedo. Me levanté.

—Voy un momento a cambiarme de vestido, señora Kruse —dije, pero Lillemor no se movió para que pudiera pasar.

—Está bien, señorita Liljenholm —admitió—. No se moleste. Solo me ha sorprendido verla, eso es todo. Es evidente que no es ella. Son el vestido y el pelo. Mary Pickford, ¿verdad?

—Sí, así es, y Agathe Couture del desván de Liljenholm.

Lillemor asintió con la cabeza, como si hubiera dicho algo del todo trivial, y tuve que reprimirme para no mirarla fijamente.

—¿No estará usted emparentada casualmente con una tal señorita Lauritsen? —pregunté, y su silencio casi respondió por ella.

—Yo misma fui una señorita Lauritsen en su día, señorita Liljenholm —contestó finalmente—. Antes de casarme. Lauritsen es mi apellido de soltera.

—¿Y... conoce usted...?

Lillemor me interrumpió con un gesto de la cabeza en dirección a la mesa de comedor.

—Tomad asiento las dos, por favor —dijo—. Tenía muchas ganas de conocerla, señorita Liljenholm, ¡a pesar de que haya tenido secuestrada a mi Agnes tanto tiempo! ¡Habrase visto!

—Llámeme Nella, por favor.

—¿Nella? Bueno, pues tuteémonos entonces, ¿te parece? Yo me llamo Lillemor, pero supongo que Agnes ya te lo habrá contado.

Se fue a la cocina y volvió con una gran fuente de pollo y patatas antes de que me diera tiempo a contestar. Los trozos de pollo pasaron de la fuente a nuestros platos. Lillemor debía de haber visitado el mercado negro para procurarnos esta clase de productos de lujo.

—¿Has rescindido tu contrato de alquiler en la pensión, Agnes? Han pasado tantas cosas, con la guerra y todo lo demás. Sí, ¡y el toque de queda y el oscurecimiento de las ventanas! ¡No es que les siente bien a las ventanas, como podréis apreciar!

Agnes abrió la boca y la volvió a cerrar, mientras Lillemor cubría el mantel blanco de más manchas grasientas. Sus manos temblaban cuando tapó las manchas con servilletas. En su lugar se extendieron por sus mejillas y se disculpó.

—Hoy no soy del todo yo —dijo, y me habría gustado preguntarle quién era entonces. Pero Agnes se me adelantó.

—¿Conociste a la señorita Lauritsen, que fue gobernanta en Liljenholm?

El asombro en la voz de Agnes colmó el salón.

—¿Lillemor? ¿La conocías?

El tictac del reloj resonaba en la pared a nuestras espaldas y Lillemor miró a Agnes y luego me miró a mí. Fue imposible pasar por alto el miedo que reflejaban sus ojos, y ella volvió la mirada hacia la estantería de libros. Parecía que había clavado sus ojos en algo en los estantes medio vacíos, entre una colección de clásicos encuadernados y un par de candelabros dorados. Nunca había visto a Agnes tan pálida. Ni siquiera cuando me encontró deshecha en Liljenholm tras las muertes de Antonia y Lily.

—¿Lillemor? —insistió, y debo decir que Agnes no hacía más que repetir lo mismo.

Después de todas estas páginas en que se ha presentado a sí misma como la determinación personificada, me reconforta poner las cosas un poco en perspectiva.

—¿Lillemor? —dije yo, a diferencia de ella con calma—. ¿Y si te cuento cómo Agnes y yo nos conocimos y lo que hemos descubierto acerca de la historia de mi familia? Quizás así, a lo mejor, puedas decidir, con conocimiento de causa, si tienes algo que contarnos o no.

Lillemor volvió la cabeza lentamente hacia mí. Yo supongo que esperaba que asintiera con la cabeza o todo lo contrario, pero simplemente me miró como si estuviera muerta.

—¿Mamá?

Ahora Agnes sonaba histérica y la interrumpí. Empecé a contarlo yo. Le relaté todo lo que Agnes y yo acabamos de contarle a usted, y algo más. Lillemor se levantó en cuanto concluí, ya avanzada la noche, mucho más ronca, pero extrañamente aliviada. En ese mismo momento, el reloj repicó dos veces y Lillemor se tambaleó ligeramente sobre sus altos tacones antes de ponerse en movimiento. Hacia la estantería. De hecho, al verla iluminada por un costado por una sola lámpara descubrí que se parecía a uno de los candelabros dorados que retiró del estante con cautela. Erguida y con la piel apagada. Se quedó a un lado un buen rato. La mano cerrada alrededor de algo en la oscuridad.

—La verdad es que tenía intención de desprenderme de este libro algún día, pero nunca encontré el momento. Supongo que, cuando llegaba el momento, no podía hacerlo.

Se volvió y me ofreció una pequeña libreta roja.

—Será mejor que lo leas y decidas... Al fin y al cabo es tu familia, ¿no es verdad?

Puso énfasis en el «tu» y me quedé un rato dándole vueltas a la libreta. Se parecía a la pequeña libreta roja de Laurits. La de mi pesadilla. Las letras bailaron ante mis ojos. «Ha llegado la hora de que confiese mis pecados...»

Lillemor protestó cuando me disponía a leer en voz alta, como si realmente hubiera creído alguna vez que me guardaría la información para mí sola. No le hice caso. Ahora que Agnes y yo habíamos llegado tan lejos era, sin lugar a dudas, demasiado tarde para tener secretos entre nosotras. Así que aquí está lo que leí:

Liljenholm, 4 de marzo de 1926

Todo el mundo me conoce como Laurits. Laurits de Liljenholm. Pero mi querida niña, ya va siendo hora de que confiese mis pecados para que comprendas quiénes somos tú y yo en realidad. Hace años que querría habértelo contado, desde que viniste al mundo. Me ha mortificado terriblemente, hasta el punto de que, de vez en cuando, pienso que ha traspasado mi corazón. Ahora late lenta y pesadamente. Me encuentro en el invierno de mi vida y siento que tengo que darme prisa si quiero que conozcas la verdad antes de morir atragantada por ella. Se trata de tus padres y de los padres de tus padres. No puedo remontarme tanto como me gustaría, ni profundizar todo lo que querría. No hay tiempo. Ahora, cada letra me fatiga, así que tendrás que pedir a Lillemor las respuestas que puedan faltarte. Puesto que te ha dado este libro, espero que esté preparada para tus preguntas.

Mi querida niña, tienes que saber lo mucho que pienso en ti. Siempre he intentado hacer lo correcto, o tal vez no. Ya es bastante difícil hacer lo correcto para uno mismo, así que ¿cómo hacer lo correcto para los demás? En los últimos años, todos y cada uno de los días que han pasado me han recordado lo mucho que me he equivocado y me han parecido un justo castigo, créeme. Las personas más cercanas a mí han sufrido infortunios por mi culpa. La única esperanza que me queda es que tú seas feliz y, antes de cerrar los ojos y expirar, le ruego a Dios que así sea. De este modo, todo lo que he intentado hacer no habrá sido en vano.

Mis pecados empezaron cuando era muy joven y decidí mentir para sobrevivir. Sostuve que tenía dones especiales. Estos se convirtieron en mi medio de vida y más tarde me procuraron el trabajo de gobernanta en la casona de Liljenholm que, según decían, estaba fustigada por un montón de gemelos muertos. En otras palabras, por espectros. Aquí va mi segundo pecado. Pronto descubrí lo que en realidad amenazaba Liljenholm, pero decidí quedarme y guardar el secreto antes que irme de un portazo y denunciarlo. Podría decirse que me obligaron a hacerlo. Pues mi amo, don Horace, descubrió, con celeridad, que yo no poseía ni un solo don especial y me dio a elegir. Si yo desvelaba lo que sucedía en Liljenholm, él se encargaría personalmente de que nadie, en todo el país, volviera a contratarme nunca. Ni de gobernanta, ni de adivina ni de cualquier otra cosa de la que pudiera vivir decentemente. No espero que lo comprendas cuando oigas el resto, pero por entonces vivir decentemente era para mí más importante que la verdad. Bastaba un buen sueldo y la perspectiva de una vida señorial. Así que no dije ni una sola palabra a nadie, ni siquiera a mí misma, y lo que es aún peor, seguí el juego lo mejor que pude.

Fingí creer que la frágil esposa de don Horace, doña Clara, estaba muerta de miedo por los espectros y que las pequeñas gemelas, Antonia y Lily, simplemente estaban muy unidas y eran un poco especiales. Te lo cuento porque tú provienes de todo esto. Liljenholm es un lugar extraño, repleto de fenómenos imposibles de explicar de forma racional y en ningún caso los espectros son parte de ellos. Es cierto que, de vez en cuando, desaparecía alguna cosa, para volver a aparecer en algún lugar extraño, y que la mansión crujía, como suelen hacerlo todas las casas viejas, pero no eran los espectros los que hacían de las suyas. Solo estaba don Horace, que aparecía a su manera. Aterrorizaba a la pobre doña Clara cambiando cosas de sitio y haciendo a las niñas lo que ningún padre debería hacer a sus hijas. Creo que podrás imaginarte el resto. Dada la madre que tienes, supongo que sabrás hacerlo.

Las niñas apenas tenían un par de años cuando empecé a espiarlas a través del ojo de la cerradura y las vi desnudas en la cama con don Horace en medio. Doña Clara también lo sabía y estaba fuera de sí, hasta que don Horace la acalló con morfina. Así pasaron los años cargados de malos presagios. Los abusos de don Horace fueron en aumento y las niñas se unieron cada vez más, hasta que casi llegaron a fundirse, allí, en el ojo de la cerradura, y sin querer empecé a amarlas. Protégete de estas cosas, mi niña. Es imposible mantener la cabeza fría y al tiempo amar, o al menos yo no supe hacerlo. Me convencí a mí misma de que las niñas saldrían adelante, siempre y cuando yo las quisiera lo bastante y fingiera que nada de esto estaba ocurriendo. Podríamos llamarlo la interpretación peligrosa de la realidad. Todas las noches ensayaba en mi soledad, hasta que al final casi llegué a creerme que las cosas eran así. Sin embargo, sucedió algo determinante que no había previsto.

Y eso que por aquel entonces yo hacía tiempo que había descubierto que don Horace había tenido más suerte al dejar encinta a su hermana melliza, Hortensia, que a su propia esposa. Y si Hortensia a los catorce años había saltado a la muerte porque esperaba a su hijo, doña Clara esperó veinte años en vano, hasta que al final se quedó embarazada en secreto de don William, de la casa vecina. Así pues, Antonia y Lily no eran hijas biológicas de don Horace, aunque, por lo que sabemos, él así lo creía, y yo lo escribo porque, en breve, supongo que te parecerá una circunstancia atenuante.

Pues don Horace también dejó encinta a Lily a los catorce años, y yo debería haber estado preparada para impedirlo, pero en cambio entré en shock. Bueno, todas estábamos conmocionadas. Antonia y Lily no querían separarse, yo no quería separarme de ellas, y Lily sufrió terriblemente durante el embarazo. Perdió peso durante meses, cuando debería haber engordado, y en su estado, por entonces de permanente aturdimiento, doña Clara tomó una decisión de la que no viviría suficiente tiempo para arrepentirse. Decidió casar a la entonces visiblemente embarazada Lily con el único hombre que, con toda seguridad, la quería. Es decir, con don William. Él llevaba años enamorado de ella y eso probablemente le impidió darse cuenta de que era su propia hija y deducir que era imposible que su criado personal, Jens Nielsen, la hubiera violado. Jens Nielsen contó la verdad un sinfín de veces. Ni siquiera conocía a Lily y, sin embargo, fue condenado a veinte años de presidio por la violación, pocos meses antes de la fecha fijada para la boda.

Ahora hemos llegado a mi tercer y mayor pecado: asesiné a don Horace y a doña Clara para salvar a Lily de una vida como esposa de su padre. Podría escribir que no fue mi intención, si eso sirve para que resulte más fácil digerir, pero es mentira. Fue con premeditación y con tantos chutes de morfina pasada la hora de acostarse que debí de matar a ese hombre loco y a su mujer varias veces. Es un alivio para mí poder escribirlo tal como fue, después de tantos años. Los asesiné y los espectros me hicieron un buen servicio. Sí, pues incluso Antonia y Lily creían que habían sido los espectros y no yo quienes se habían deshecho de don Horace y doña Clara, y llegados a ese punto, todo debería haber ido a mejor. Sin embargo, no fue así. También puedo explicarte por qué no. Cuando has empezado a bailar al compás equivocado eres incapaz de percibir lo que está bien. Pues, verás, empiezas a tomar decisiones que nunca deberías haber tomado. La mía fue que Lily nunca tuviera un hijo. Era demasiado joven, la relación con Antonia demasiado infecta, y bueno, será mejor que lo reconozca, quería tener a mis niñas para mí sola. Así que volví a pecar.

Cuando la hija de don Horace salió del seno sangrante

de Lily dije que la niña había muerto, y podía perfectamente haber sido así. Al fin y al cabo tuve que taparle la boca hasta que se puso morada antes de mostrarla en el resquicio de la puerta y desaparecer, so pretexto de que lo mejor que podíamos hacer era entregarla para que fuera incinerada inmediatamente. Pero en su lugar me fui a Copenhague y la dejé en un orfanato. Recuerdo el suceso con toda nitidez. La niña estaba apoyada en mi pecho durmiendo, y debido a mi corpulencia la directora creyó que yo era su flamante madre. «¿La niña tiene un nombre?», me preguntó, y no quise decir que no. En realidad, la niña también era un poco mía, o eso sentía, con lo mucho que yo amaba a su madre y a su tía. Así pues, decidí darle mi nombre. Era lo más natural, pensé. Agnes es un nombre danés muy bonito y sin duda le sentaría mucho mejor a ella que a mí, que, por esa misma razón, nunca lo he utilizado. En su pequeña mano, que no paraba de agitar, dejé la única joya que llevaba encima. Un broche. ¿No sé si todavía lo tendrás, Agnes? Dentro hay un camafeo con mi perfil, de antes de que engordara tanto para que nadie quisiera casarse conmigo. Entonces, cuando te lo di, pensé que tal vez algún día te acordarías un poco de mí al abrirlo. ¡Vana esperanza! Hoy pienso más bien que conseguí cargarte con la silueta de una pecadora.

En ese mismo instante, Agnes, Lillemor y yo miramos el broche que, por costumbre, adornaba la solapa de Agnes. Creo que los segundos y los latidos de nuestros corazones se acompasaron. Era evidente que Agnes quería decir algo. Sin embargo, no salió ni una sola palabra inteligible de su boca. Mientras Lillemor lamentaba haberme entregado la libreta. «¡NUNCA! Hace tiempo que tenía que haberla arrojado a las llamas.» Yo seguí leyendo, con toda la calma de que fui capaz, lo que a Laurits le faltaba por contar:

Eres la única hija biológica de Horace, Agnes. Asesiné a tu padre para salvar a tu madre de una vida como joven esposa de su padre en Frydenlund, pero no estoy ni mucho menos segura de que efectivamente la salvara. Estoy llegando a un pecado del que he temido dar cuenta. El quinto. Debí de contarle a Lily dónde estabas cuando comprendí lo mucho que tu «muerte» la afectó. Durante meses no hizo más que dormir y, cuando alguna rara vez despertaba, me acusaba de las cosas más terribles. «Oí a la niña gritar, y tú me la quitaste —me dijo—. ¿Dónde está, Laurits? ¡Dime dónde está!» Sin embargo, yo solo le repetí que hacía tiempo que estabas muerta e incinerada, ¿de qué me estaba hablando? ¿Acaso no había yo dejado una pequeña lápida blanca en el jardín, en lo alto de la loma? Y luego, por lo demás, confié en que algún día volvería en sí y aceptaría tu muerte.

Pero nunca la aceptó y a mí me atormentaba la más negra de las conciencias. ¡Con qué facilidad volvía a verte en el orfanato de Copenhague, completamente sola en el mundo! Así pues, cuando mi hermana pequeña me escribió contándome que había perdido a su pequeña Agathe, decidí compensaros a las dos. De hecho es la única decisión que he tomado de la que luego me he sentido orgullosa. Le propuse a Lillemor que se hiciera cargo de ti. Al fin y al cabo tenías la misma edad que Agathe y con la educación apropiada, le aseguré, llegarías a ser tan guapa y talentosa como tu madre. Pues cuando ella superó tu muerte se convirtió en una afamada escritora, Agnes. Por diversas razones que ahora no vienen a cuento, firma con el nombre de su hermana, Antonia von Liljenholm, seguramente reconocerás el nombre, y por entonces sus libros se vendían tan bien que el dinero abundaba en Liljenholm. De este modo, pude ofrecerle a Lillemor una importante pensión alimenticia anual para tu sustento, además de un acuerdo de compra de cierto número de vestidos Agathe, y he cumplido con esta promesa. No lo escribo para recibir tus elogios. Sé muy bien que la lista de mis pecados es demasiado larga para este tipo de reconocimientos. Y desgraciadamente es aún más larga.

Y eso que durante unos años pude respirar tranquila. Lily dejó de hablar de ti y produjo un folletín y una novela detrás de otra, e incluso tuve ocasión de verte una vez. ¿No sé si recordarás la fiesta de las bodas de plata de la tía Anna? Tendrías unos diez años y Lillemor te había hecho un vestido que tal vez no fuera el que mejor te sentara. ¡Pero aun así te parecías tanto a Lily! Apenas me atreví a acercarme a ti, por miedo a desvelarlo todo, pero te vi sentada, contemplando a los demás niños que estaban jugando. Es un recuerdo muy querido que guardo en mi corazón, Agnes, quiero que lo sepas.

Poco después, Antonia tuvo una hija con su editor, Simon. Es tu prima Nella, que tiene diez años menos que tú y que heredará la casona cuando Lily muera, a pesar de que me consta de que tanto la propiedad como el título te pertenecen a ti, únicamente a ti, Agnes. En el momento en que Nella vino al mundo, las heridas de Lily volvieron a abrirse. Sufrió los más terribles ataques de rabia y un buen día, cuando yo había ido de compras a la ciudad, arregló toda una sala para ti. La llamó la sala de juegos. Sostenía que te presentía en la estancia, aunque eso no hizo más que empeorar las cosas. Varias veces estuvo a punto de quitarse la vida allí dentro, mientras chillaba que estabas viva y que yo te había apartado de su lado. Pero entonces ya era demasiado tarde para confesar.

Además, yo estaba muy ocupada encargándome de Antonia, que, al igual que su madre, se volvió totalmente loca tras dar a luz. Apenas tengo fuerzas para seguir escribiendo, mi dulce niña. Así pues, solo esbozaré los principales hechos y, por lo demás, te animo a que busques en mi cuarto de Liljenholm si quieres saber algo más acerca de tu familia. Nella podrá contarte de qué se trata. Verás, he llevado un diario durante todos estos años, que he pensado muchas veces, a lo largo del tiempo, en destruir antes de que tenga que irme de aquí. Sin embargo, he decidido dejártelo a ti para que puedas conocer mejor a tu familia. Aunque tendrás que disculparme que mis pecados estén mejor descritos en esta libreta que en todos los diarios, donde sobre todo ensayé la interpretación inofensiva de la realidad. Lo único que tienes que hacer es levantar la trampilla en el suelo. Debajo de la alfombra redonda. Los he guardado en una gran caja metálica que espero haya mantenido a los ratones alejados (y no te preocupes por ellos, no hacen daño a nadie).

Ahora, pues, solo me queda decir que acabamos encerrando a Antonia en la habitación de la torre, donde sigue mientras escribo esto. Hace tiempo que se acostumbró a la situación, y yo también. A pesar de que a una vieja como yo le cuesta subir hasta allá arriba, lo hago gustosamente varias veces al día. Al principio, Antonia me odiaba y me llamaba asesina cada vez que aparecía. «Mataste a mi madre y a mi padre», decía, y tenía razón, pero sigo sin entender cómo lo supo. Durante todos estos años solo me ha visto a mí. Bueno, podríamos decir, sin riesgo a equivocarme, que lo soy todo para ella, por mucho que los vestidos de tu Lillemor se hayan convertido en una pasión para ella. Creo que juega a los disfraces con ellos y a menudo se echa en el antiguo diván de Lily, por el que estuvo preguntando hasta que se lo subimos. Tal vez le recuerde a los viejos tiempos. Supongo que pasa la mayor parte del día dormitando y, por lo demás, lee un poco de sus viejos libros favoritos y escribe para el cajón del escritorio. Espero y deseo que lo que está escribiendo no llegue nunca a salir a la luz.

También querría mencionar que tu prima Nella es el objeto de mis desvelos. Desde que era un bebé a Lily le ha recordado tanto a ti que apenas ha podido soportar estar en la misma estancia que ella. Con el paso de los años, Lily se ha vuelto cada vez más resentida y atormentada, a pesar de que Nella es la hija más encantadora que se pueda desear en el mundo. Ya verás cómo te gusta, Agnes. A menudo he pensado que vosotras dos os caeríais bien y, ¿quién sabe?, a lo mejor incluso podríais llegar a haceros amigas íntimas. Además, para mi gran alegría, le han salido bien las cosas a Nella y, a decir de Lillemor, a ti también.

Hemos llegado al único de mis pecados del que me siento un poco orgullosa. El sexto de la lista. Cuando Antonia acabó en la torre y Lily y yo echamos al inútil de don Simon y le negamos volver a ver a Nella. Sin embargo, yo solía escribirle dos veces al año, a cambio de una suma importante de dinero que fue creciendo, una cartita sobre el desarrollo de Nella. Al fin y al cabo echaba de menos a su hija y por aquel entonces yo echaba de menos dinero en efectivo para tu sustento, puesto que las ventas de los libros de Antonia ya no eran lo que habían sido en su día. Así pues, una cosa por la otra, pensé. Al menos el dinero de don Simon se invertía íntegramente en ti; una vez más, no espero agradecimiento, pero sí un poco de comprensión. A fin de cuentas, te has criado en un ambiente acomodado y feliz, ¿no es cierto?

Sé por Lillemor que no has llegado a ser lo que yo le prometí, pero dice que tienes talento para escribir. En las condiciones adecuadas, está absolutamente convencida de que podrás llegar lejos, tal vez incluso más lejos que tu madre. No sé si esta carta podrá hacer las veces de testimonio para que se reconozca el título y la herencia que te corresponde, Agnes. Tienes que saber que he confesado con la esperanza de que así sea. Siempre he querido lo mejor para todas, pero como escribió el apóstol San Pablo con gran acierto: «Porque lo que hago no lo entiendo; pues no hago lo que quiero, sino lo que aborrezco, eso hago.»

Ahora mismo estoy escuchando a Antonia, que se lamenta allí arriba porque es hora de su dosis de morfina vespertina. Prepararé su jeringa en cuanto haya escrito mi carta a Lillemor y haya preparado el sobre para su envío, y luego rezaré por que mis dos últimos deseos se cumplan: que recibas este diario inmediatamente y que mi amada Antonia no muera, dentro de unos días, conmigo. Lily y yo hablamos muy pocas veces, así que no sé si odia lo suficiente a su hermana para dejar que se consuma allí arriba, y Nella es demasiado joven y frágil para involucrarla.

Así, pues, te pido de todo corazón, Agnes: ¡haz lo que puedas por salvar a mi Antonia! Al menos conseguí sacarte de este lugar a tiempo, ¿no es cierto? De vez en cuando alguien tiene que perder la vida para proteger a los demás, mi niña. Tu madre y yo estaremos muy orgullosas de ti si continúas el nombre de la familia.

Tuya afectuosamente,

AGNES LAURITSEN

AGOSTO DE 1947

Un nuevo final

Como podrá ver, no pude añadir ni una sola palabra antes de que Nella hubiera publicado el libro que acaba usted de leer de cabo a rabo. Mi libro, quiero subrayar, por cierto. Teniendo en cuenta los antecedentes supongo que debería estar agradecida de que no haya sustituido mi nombre por el suyo. Y llegados a este punto, cuatro años más tarde, también tengo que decir que sigue costándome figurar como A. von Liljenholm en la cubierta. Por mucho que Nella se empeñe en afirmar que cambió mi nombre con buena intención. Tampoco me he acostumbrado al título. No es que *Historia de un pecado* como tal me desagrade. Simplemente habría preferido que la decisión fuera mía y no de los demás, aunque como bien dice Nella: en ese caso tendríamos que haber esperado mucho tiempo, y tiene razón. Tendríamos que haber esperado el año que pasé echada en la habitación del suicidio, mirando el papel pintado mientras intentaba aceptar que mi padre fue un desquiciado y mi madre una escritora amargada a quien no conocí en vida por llegar unas horas tarde. Lo cierto es que a la implacable luz de la posteridad no habría sido beneficioso para el libro publicarlo siquiera un minuto más tarde. Al menos no por razones comerciales.

Seguramente ya lo sepa, pero *Historia de un pecado* acabó convirtiéndose en un éxito aún mayor que *Los ojos cerrados de Lady Nella*. En tan solo quince días se vendieron veinticinco mil ejemplares de mi libro (¡mi libro!), y un año más tarde, Nella pudo sacar la octava edición al mercado. Y así continuó con traducciones y vistosas ediciones de bolsillo, igual que los libros de Antonia, cuya obra además volvió a venderse como habíamos soñado. Pero la dicha no duró mucho, pues cuando la guerra terminó, la obra de Antonia y *Historia de un pecado* chocaron contra un muro. Ahora mismo, mi libro probablemente no se esté vendiendo mucho, como Nella previó, o eso sostiene. Al fin y al cabo, las simpatías nazis de Antonia eran conocidas por el público gracias a la filtración de la famosa correspondencia que había mantenido con Wallis, duquesa de Windsor. Así pues, debería estar agradecida porque se hubiera preocupado por que mi libro saliera a tiempo. Antes del colapso del Tercer Reich.

Todo está bien y, a estas alturas, el dinero no significa lo mismo para mí de lo que significó para mis desquiciados parientes. Yo no quiero ni fingir, ni asesinar, ni recluir a nadie, ni abandonar a la prole que no he tenido para obtenerlo. Así pues, cuando finalmente desperté de mi depresión y me di cuenta de que hacía tiempo que había sido proclamada sucesora de Antonia y había recaudado suficiente dinero para vivir varias vidas, todos mis pensamientos fueron para Lily. Lo terrible que debió de ser para ella que su libro se publicara con «ciertos cambios». Pensé que debió de sentir la misma impotencia que yo no conseguía sacudirme y, sin embargo, encontró las fuerzas y las ganas para seguir escribiendo. ¡Mi madre! Eso me inspiró para hacer lo mismo. Esta vez, con mi nombre, Agnes Kruse, como supongo que ya sabrá. Pues el nombre Liljenholm sigue significando una rémora, debo admitirlo.

Y eso que he hecho constar en cada una de las malditas entrevistas que he concedido con motivo de la publicación de mis relatos *La casa de locos*, *La chica de la cuchara de plata* y *Retraso fatal*, que mi madre y yo somos dos personas completamente distintas. Aun así, me siguen preguntando de vez en cuando acerca de mis simpatías nazis. Afortunadamente, el interés por esta parte de mi pasado inexistente está disminuyendo. Sobre todo, después de que una de mis más o menos recientes amistades, la querida baronesa Karen Blixen, se dejara citar generosamente en la primera página de *Retraso fatal*. «Agnes Kruse es una persona peculiar y una escritora nata. Se la recomiendo encarecidamente», escribió. También por ese motivo Nella me pidió que escribiera este epílogo.

El otro día entró con la pequeña Bella de la mano en mi estudio aquí en Liljenholm y entonces me di cuenta de que Bella había crecido. También se le ha aclarado el pelo durante el verano y sus ojos son más curiosos de lo habitual, y es posible que Nella vuelva a estar embarazada. Seguí su mano con la mirada. Se la pasó por el vientre mientras hablamos.

—Quería preguntarte algo —dijo, y echó un vistazo a su alrededor.

Creo que todavía no se ha acostumbrado a que he hecho pintar las paredes con el azul profundo que Simon y yo amábamos. Pero se ha deshecho en cumplidos porque he cambiado las cortinas verde parduzcas. No hay duda de que unas cortinas blancas le dan un aire nuevo y más fresco a todo.

—¿Y qué quieres preguntarme?

Estaba metida en un capítulo complicado de la novela que estoy escribiendo, así que me limité a apenas levantar la vista, al tiempo que esperaba que fuera breve. Hizo un gesto aprobatorio con la cabeza hacia la belleza negra que he adquirido. Una Underwood, por fin.

—Veo que tienes máquina de escribir nueva.

—¿Te gusta?

En ese mismo instante, Violette asomó su bella cabeza por el resquicio de la puerta. Sí, esa Violette. Se parece a Louise Brooks más que nunca.

—¿Qué dirías de un vaso de jarabe de bayas de saúco del jardín, mi pequeña Bella? —preguntó con su desenfadado acento francés, y una vez más me alegré de haberla contratado.

Liljenholm lleva años necesitada de una gobernanta competente y Violette ha demostrado, entre muchas otras cosas, que es excelente manejando a niñas pequeñas que quieren abrirlo y revolverlo todo. Además, su figura es perfecta con esos vestidos de corte de reloj de arena que me he permitido regalarle. Bella soltó inmediatamente el cajón del escritorio que acababa de abrir y siguió a mi belleza francesa dando saltitos. Nella las siguió con el ceño fruncido. En ese momento, no supe adivinar lo que estaba pensando.

—Quiero saber si estarías dispuesta a escribir un epílogo para *Historia de un pecado* —dijo finalmente, y dirigió la mirada hacia la ventana, como suele hacer cuando visita mi estudio.

La lápida blanca de Antonia (me temo que es la misma que la señorita Lauritsen puso en mi memoria) brillaba bajo el sol. Para ser franca, tengo que decir que ya hacía un tiempo que no pensaba en el libro. Es posible que suene raro, teniendo en cuenta el tiempo y las energías que dediqué a desentrañar y poner por escrito la historia de Nella y de Liljenholm, aunque así son los libros. Cuando abandonan tus manos viven su propia vida. Nella asintió con la cabeza cuando lo dije.

—Ya sé que sueles decirlo.

Miró fijamente un punto sobre mi cabeza.

—Pero resulta, Agnes, que *Retraso fatal* se ha convertido en un éxito, así que se me ha ocurrido reeditar tu primera novela en una nueva edición revisada con epílogo y la cita de la baronesa y todo lo demás. Quiero darle una vida más larga, ¿sabes? Así tú también podrás decir la última palabra, que es lo que te gusta.

—¿Dices que te parece sospechoso?

—¿Eso he dicho?

Nella respiró hondo al tiempo que levantaba la mano. No sabría decir si quería advertirme a mí o a sí misma.

—De hecho me debes un epílogo —dijo—. Desde la última vez.

Hacía alusión al momento de la publicación de *Historia de un pecado*, cuando ella se quedó completamente sola con todas las acusaciones porque yo no había sido de ninguna ayuda. Me lo había reprochado muchas veces. Los diarios exigieron que Ambrosius y yo fuéramos enjuiciados inmediatamente. ¿Acaso no había reconocido que éramos unos ladrones organizados, que nos dedicábamos a falsificar documentos, a narcotizar a gente con gotas de morfina y a empeñar objetos robados? Nella consiguió milagrosamente sacarnos del apuro con una crónica en Berlingske Tidende. «Defensa de una pecadora», la tituló. «En *Historia de un pecado*, A. von Liljenholm sostiene, efectivamente, que cuenta la verdad, pero la cuestión es si podemos dar crédito a sus declaraciones», escribió Nella, entre otras cosas. «En la portada del libro pone, como es de sobra sabido, "novela" no "*exposé*" y, por lo tanto, debemos dar por supuesto que se trata de una recreación de la realidad. Juzgar a un autor basándose en una pieza literaria va en contra de todas las normas vigentes. Y espero que nunca lleguemos al punto en que los artistas tengan que responder moralmente de su arte.» Yo no lo habría escrito mejor, aunque sí quiero hacer hincapié en que puede fiarse de mis declaraciones. Es cierto que se trata de una recreación literaria, pues al fin y al cabo ahora soy una artista, pero es, ante todo, la pura verdad. Así que espero que con esto todo haya quedado en su sitio.

Como tal vez haya adivinado, Nella y yo ya no somos pareja. De hecho, la ruptura se produjo poco después de la visita que le hicimos a Lillemor. No puedo decir que entonces comprendiera demasiado bien nada, aunque lo que sí entendí es que Nella había conocido a alguien durante mi largo retiro literario. O quizá sea más exacto decir a una nueva persona. A saber, que conducía directamente a la alcoba de Frydenlund, donde Nella había pasado muchas horas y, probablemente, sobre todo en posición horizontal. Sea como fuere, estaba embarazada cuando visitamos a Lillemor. El vestido holgado de Agathe Couture a duras penas podía ocultarlo, supongo que por algo soy la hija de Lily. En cualquier caso, al igual que ella, no protesté cuando mi amada me abandonó. Después de haberle arrebatado a Nella la posibilidad de encontrar a su verdadera madre con vida le debía cualquier sacrificio, pensé entonces. También ser feliz con otra persona que no fuera yo.

Hans Nielsen es el nombre completo de mi sucesor, y si le suena no es por casualidad. Es un especulador inmobiliario e hizo una oferta por Liljenholm cuando Nella y yo volvimos aquí para ordenar los documentos personales de Antonia von Liljenholm e inventariar las reliquias. Bueno, ya conoce la historia y solo puedo añadir que el plan original de Hans Nielsen fue arrasar con Liljenholm y Frydenlund. En cierto modo, lo comprendo. Fue su padre, Jens Nielsen, quien fue acusado y posteriormente condenado a veinte años de cárcel por la violación de Lily. Cuando Nella anuló la venta de Liljenholm, su hijo decidió cobrarse su legítima venganza sobre Frydenlund.

En un primer momento, resultó fácil. La casona llevaba vacía desde que William de Frydenlund murió sin dejar herederos. ¡Afortunadamente, si tenemos en cuenta que estuvo dispuesto a casarse con su propia hija! Sin embargo, cuando Hans Nielsen experimentó cómo era vivir aquí, sus planes cambiaron. No estoy insinuando, naturalmente, que su nuevo plan consistiera en seducir a la dueña de Liljenholm para hacerse con la casona. De todos modos habría sido un plan desastroso, puesto que la casa ahora me pertenece a mí. Creo que simplemente se enamoró de Nella. Y ella de él, debo suponer, y bien mirado, solo me había prometido quedarse en Liljenholm hasta que su historia dejara de atormentarla. Es evidente, pues, que lo dijo en sentido literal. Marguerite dice que, llegados a este punto, tengo que andarme con cuidado para no parecer una amargada.

—Ibas tan bien hasta ahora, parecías tan noble —ha dicho, hace un momento, cuando entró para darme las últimas páginas que usted acaba de leer—. Todo eso de que le debías a Nella que fuera feliz con otro y no sé qué más. Una casi podría enamorarse de ti, con esa pose tan galante que exhibes.

Me guiñó el ojo.

—Además, ya no tienes ningún motivo para quejarte, querida.

Marguerite tiene razón, no me quejo, desde luego que no. A ver, naturalmente hay cosas que podrían ir mejor, pero la gran mayoría ha mejorado más de lo que cabía esperar. Marguerite desempeña el papel de gobernanta, secretaria privada y lectora a mi entera satisfacción, y ha mejorado mucho desde que le dimos el último adiós a Ambrosius y colocamos una lápida en la loma junto a la de Antonia. Sin embargo, prescindimos de poner una esquela, aunque consideramos hacerlo, por supuesto.

Supongo que también habrá endulzado su carácter que le haya cedido toda la primera planta, y también ha endulzado el mío, desde luego. Todas aquellas habitaciones vacías que no hacían más que gritarse entre ellas me sacaban de quicio, y ahora la verdad es que resultan incluso acogedoras, todas y cada una de ellas. Marguerite ha convertido cinco de ellas en «salas de convalecencia», que es como suele llamarlas. En la práctica, significa que sus amigos y conocidos de Copenhague pueden venir a pasar un tiempo aquí cuando necesitan, por distintas razones, esconderse o hacerse notar. Aunque me temo que suelen pasarse un par de días abrumados después de leer este libro. Sobre todo, los amigos y conocidos que ocupan el antiguo dormitorio de Horace y Clara. También conocido como la sala de juegos de Nella. Pero, por lo demás, todos sostienen que una estancia aquí tiene efectos curativos, con su jardín y su bosque y los espléndidos salones de Liljenholm. Que la paz sea con ellos.

Y aunque Liljenholm aún conserva su propia personalidad, nuestros invitados no suelen sentirse incomodados por ella. Me alegro de que Marguerite y Violette estén aquí conmigo y de que ellas también la perciban. No creo que me acostumbre nunca ni a las puertas que se cierran de golpe ni a los chirridos, ni a las sombras que van y vienen y recorren el papel pintado de las paredes. Todas las historias siguen estando extrañamente presentes. Sobre todo la de Horace, que volvía locas a las mujeres que lo rodeaban y las llevaba al suicidio en estos salones. De vez en cuando me pregunto si no estaría loco desde el principio y si hay más historias de las que conocemos. Es probable que no lo sepamos nunca. Es cierto que la señorita Lauritsen dio rienda suelta a su lengua y contó lo que realmente sucedió en sus tiempos, pero ella no había nacido en Liljenholm. De haberlo hecho, habría sabido que se trataba de destruir todo lo que lejanamente pudiera perturbar la paz doméstica y luego esperar a que, efectivamente, se restableciera la paz. Por citar a Nella.

Así pues, yo tampoco llegaré a ser nunca una verdadera Liljenholm. Incluso ahora, cuando me he acostumbrado a mis raíces infectas, Marguerite sigue siendo la única persona que siento de verdad de la familia. Bueno, además de Nella y Bella. Y supongo que también de la señorita Lauritsen. Tal vez se deba a que releí su libreta muchas veces. En cualquier caso para mí es como si siguiera viva, a pesar de que pronto hará veintiún años que se despidió de la vida a regañadientes. De vez en cuando me parece ver su silueta encorvada deambulando por Liljenholm, y a veces también me siento observada cuando estoy sola. Aunque espero que no sean más que imaginaciones mías. Después de todo lo que hizo la señorita Lauritsen por ponerme sobre la pista de mi familia, creo que se merece descansar en paz. Aunque también sospecho que ella contribuyó a que esta historia fuera más larga y más compleja de lo que tenía necesariamente que haber sido.

Sea como fuere, cuando volvimos de nuestra visita a Lillemor en Copenhague, el medallón de la señorita Lauritsen estaba sobre mi almohada y no en el escritorio de Nella. Nunca habíamos conseguido abrirlo, pero de pronto la tapa estaba abierta y el camafeo era exactamente igual que el mío. No puedo evitar preguntarme cómo habría sido *Historia de un pecado* si hubiera tenido constancia de esa conexión al empezar a escribir.

Ojalá pudiera contar que un buen día, casualmente, encontré una libreta o una carta o cualquier cosa de Lily para mí, pero no he hallado ni una sola palabra. En fin, aparte de «Encuentra a mi niña» y todos los ataques de histeria de Lily en la sala de juegos, naturalmente, y supongo que eso dice casi todo. Ahora he convertido la sala en un invernadero. Al fin y al cabo hay unas magníficas vistas del jardín desde aquí. La presencia de un ser extraño, sin embargo, se hace más patente con los años. A veces es más manifiesta a mi lado, en el viejo diván de Antonia que antes estaba en el desván («francamente, me parece macabro que lo hayas bajado». Casi estoy oyendo a Nella decir). Otras veces, la presencia es más evidente justo detrás de mí, frente a la ventana. Doy por sentado que es Lily y que es su manera de conocerme, y la verdad es que desearía haber llegado a tiempo para conocerla en vida. Aunque probablemente no la habría reconocido. A la hora de la verdad, ¡qué poco han valido mis sueños acerca de cómo sería reencontrarme con mi madre! Habría sido preferible ser Nella, que no tenía por qué fabular con conocer a su padre.

En cualquier caso, durante mi larga estancia en la habitación del suicidio fueron las fantasías las que, sobre todo, me asediaron. Fue un verdadero tormento ver cómo se desmontaban una detrás de otra, hasta que no quedó ni una sola fantasía en pie. Pero entonces, poco a poco, empecé a ver las cosas de otra manera. Pues, al fin y al cabo, todas las novelas de Lily siguen aquí, listas para entrar en ellas cuando me apetece formar parte de su mundo, y además... Bueno, transferirme las ganas de escribir y su amor por la literatura, cualidades que ella probablemente acabó apreciando por encima de las demás, no creo que haya sido un acto consciente. Sin embargo, de no haber sido por todos mis encuentros indirectos con Lily a lo largo de los últimos años, seguramente no estaría hoy aquí escribiendo. Dándole vueltas y estrujando mi historia, ¿no? Imagínese lo que significa heredar tanto de una persona que ni siquiera has conocido en vida. Por no hablar de ser el mayor enigma de mi prima Nella durante estos años. ¡Con lo del abrecartas y todo lo demás!

En cuanto a Lillemor, no sé muy bien qué decir. Las primeras veces que la vi después de la visita que Nella y yo le hicimos, estaba sentada en el borde de la cama de dosel que seguía sin cortinaje. Estrujaba y alisaba sin cesar uno de sus pañuelos bordados a mano.

—Hice lo que creía que era mejor para ti —repitió una y otra vez, hasta que yo me volví hacia otro lado—. ¿Agnes?

—Esa libreta era la clave de todo, y tú no me la diste. ¿Cómo puede eso ser lo mejor para mí?

Yo sabía que no servía de nada gritarle al papel pintado, pero no pude evitarlo.

—¿Y si, por casualidad, no hubiera topado con el anuncio de Simon? ¿Debería haber vivido el resto de mi vida sin saber quién era mi familia?, ¿o qué habías imaginado que tenía que pasar?

Oí que Lillemor volvía a llorar. Francamente, me sorprendió que pudiera seguir haciéndolo.

—Pero, cariño mío, lo único que pretendía era que me consideraras tu verdadera madre. ¿Para qué querrías dos? ¿Agnes? Lo único que pretendía era protegerte.

—Nunca te pedí que me protegieras.

Se hizo el silencio a mis espaldas.

—Proteges a los que amas, ya lo sabes.

Me la imaginé aquel día de verano de hace tanto tiempo. Cuando se acercó a mí con su precioso vestido blanco que ondeaba al andar. «Puedes llamarme Lillemor, Agnes.» Mis brazos alrededor de sus piernas. «Mi madre debió de pensar que algún día sería una buena madre, ¿no crees?» Entonces posó una mano sobre mi hombro. Yo no sabía cómo apartarla.

—¿Cómo podía yo saber que era tan importante para ti conocer todos esos detalles tan terribles, Agnes? ¿Me escuchas? Y en cuanto a Liljenholm y la fortuna, ¿cómo querías que yo supiera que te importaba tanto? Al fin y al cabo, yo podía haberte dado el dinero. ¡Todo el que hubieras querido! ¿Por qué nunca me permitiste que te diera nada?

Supongo que este libro ha contestado a sus preguntas. En cualquier caso, no ha vuelto a preguntarme nada desde que lo leyó, pero viene de visita a menudo con sus muchas maletas y afirma disfrutar de sus estancias. Sin embargo, estoy bastante convencida de que lo que en realidad disfruta es de sus numerosas visitas a Nella y a Bella (y me imagino que a Hans Nielsen también) en Frydenlund. Sé que les lleva vestidos cosidos a mano y que hace tiempo que Bella tiene su cruz de la reina Dagmar. Sin embargo, Nella se ríe cuando confieso mi preocupación.

—¿Sabes qué? — dice—. Mientras tu Lillemor no llame a la niña Agathe, yo no tengo ningún inconveniente. Tienes que intentar superar lo que oíste cuando ella te cuestionó con el señor Svendsen, ¿escuchas lo que te digo? Ha corrido tanta agua bajo el puente desde entonces que, a estas alturas, debe de haberse formado un océano. Lillemor es muy simpática con Bella y está tremendamente orgullosa de ti. Lo menciona cada vez que nos vemos.

—¿O sea, que habláis de mí?

Nella sigue siendo la única que puede poner los ojos en blanco sin que yo monte en cólera, y hace un momento pasó por Liljenholm para decirme que tenía una idea para este epílogo. O, mejor dicho, me preguntó:

—¿Todavía no has terminado ese epílogo, Agnes?

Y yo le contesté, ligeramente irritada:

—¡Haz el favor de darme un poco de tiempo! Todavía me falta iniciar al lector en una historia muy importante. Sí, porque, de hecho, quería haberla contado hace cuatro años, si no hubieras sido tan amable de concluir el libro por mí.

Nella pareció contar hasta diez, mientras estudiaba el enorme cuadro que adorna la pared sobre mi cama. El retrato preferido de Lily, su retrato. El de las largas pestañas y con Nella, al fondo, que parece más una lámpara que una niña. Debajo, Marguerite ha colgado una sencilla cruz de plata. Por razones que desconozco, piensa que va muy bien conmigo.

—Odio esa fotografía de mamá —dijo Nella, y estuve a punto de decir que yo también la odiaba, pero que, a pesar de todo, me gustaba tenerla allí colgada.

Tener a mi madre colgada. Pero entonces vi algo. El libro que Nella sostenía en las manos, de cubiertas blancas y letras escarlatas. Cuando lo dejó sobre mi escritorio resulta que era *Rebeca*, de Daphne du Maurier.

—Ya lo he leído.

Nella asintió con la cabeza.

—Sí, no soy idiota. Te regalé un ejemplar en Navidad, cuando descubrí que solo habías visto la película, que tiene un final completamente distinto y mucho peor que el del libro. Después hablamos de lo mucho que cierto personaje nos recuerda a cierta pecadora conocida.

—Que tú conoces.

—Es verdad. Pero resulta que la pecadora te dejó todos sus diarios y la lista entera de sus pecados a ti y no a mí. También me parece recordar que fuiste tú quien comentó que la mistress Danvers de *Rebeca* te resultaba extrañamente conocida, ¿no es verdad?

Sus dedos tamborileaban impacientes sobre la mesa.

—Está permitido abrir el libro, Agnes. Es posible que esto no sea precisamente la correspondencia de Antonia von Liljenholm con Daphne du Maurier, pero en cualquier caso es un detalle que deberías incluir en tu epílogo.

Daphne du Maurier nunca respondió a la misiva de Nella, así que me extrañaría mucho que apareciera la correspondencia. Aprovecho la ocasión para recalcar que no hay nada que me moleste tanto como que Nella se haga la lista y me diga lo que tengo que escribir o incluir. Sin embargo, en este caso haré una excepción, puesto que casualmente tiene razón. En la primera página de Rebeca, Daphne du Maurier escribió con un trazo fino en tinta azul:

For Antonia
In kind remembrance of your dear Miss Lauritsen
With affection,
Daphne

—¿Dónde has encontrado este libro?
—En Frydenlund.
Nella parecía haberse caído de las nubes.
—Por lo visto, Daphne du Maurier lo envió a Liljenholm cuando se publicó en 1938, pero, como mamá había muerto y Liljenholm estaba abandonada, el cartero lo entregó en Frydenlund. Como ya sabes, Hans no es un gran lector, así que lo dejó en la estantería, donde, casualmente lo encontré el otro día. Naturalmente, lo he vuelto a leer, ahora con otros ojos, y tú deberías hacer lo mismo, Agnes. No sé si Laurits se sentiría especialmente halagada al verse descrita de esta manera, pero ¿quién no se sentiría halagado de formar parte de un éxito mundial?

En ese caso, todas las personas mencionadas en el libro deberían sentirse tremendamente halagadas, pues, hasta el momento, *Historia de un pecado* se ha editado varias veces y en quince idiomas. Eso fue, como es natural, antes de que se supiera que Lily simpatizaba con el nazismo, lo que acabó con las ventas del libro. Sin embargo me consta que, sobre todo, Karen Hansen, nacida Kvist, no se siente ni pizca halagada. Ni por el jerez que insinué que bebía, ni por la reclusión de Simon, que más que insinuar dije que ella había orquestado. Pero espero que le alegre leer lo que sigue aquí. Eso espero, al menos, teniendo en cuenta lo loca que está Nella por ella y ella por Nella.

Hemos llegado a la última historia que quiero contar. Con la que habría querido terminar hace cuatro años, de haber tenido ocasión de poner el punto final a mi propio libro. Casualmente, también es el detalle sobre el que más me han preguntado en las entrevistas y en las cartas en el último par de años. A saber, si Nella llegó a conocer a Simon y cómo fue el reencuentro. Así pues, retrocedamos diez años en el tiempo, a aquel día de invierno de 1937 en que Nella de pronto apareció en mi puerta de la pensión Godthåb y me dijo que yo había prometido acompañarla.

—¿Adónde?

Es indudable que soné tan malhumorada como me sentía. En aquel momento, llevaba varios días aburrida, poniendo un texto en limpio. Si bien es cierto que era un trabajo honrado y de lo más corriente, no era, ni de lejos, tan lucrativo como el trabajo en la iglesia de antaño. Los telegramas. Desde Liljenholm no me había sentido con fuerzas para redactar ni uno solo, así que Ambrosius tuvo que buscarse otro colaborador que tuviera ganas de dedicarse al negocio de la beneficencia y a las visitas a domicilio. En su afán por ser simpático, solía decir que Paula no era ni la mitad de profesional que yo.

—Me gustaría hacerle una visita a Simon —dijo Nella, y se inclinó hacia mí.

Tenía copos de nieve en el pelo, descubrí. Goteaban de sus ojos y sobre mi transcripción.

—¿Quieres visitar a Simon... ahora mismo?

—Sí, eso había pensado.

—Bueno, ya me lo imaginaba.

Me apresuré a poner los papeles a salvo e intenté en vano encontrar una buena excusa para quedarme en casa. Permítame que haga un inciso y cuente que esto ocurrió varios años antes de que Nella y yo encontráramos los diarios de la señorita Lauritsen y, por lo tanto, fue un motivo para hablar de todo lo que lo había precedido. Tanto en los días previos a la muerte de Lily, como en el piso de Simon y Karen y en nuestras vidas en general. Nella había estado más que ocupada intentando superar las muertes de Antonia y Lily, y yo intentando sobrevivir. En esa situación, durante largos períodos de tiempo, la vida puede parecer tremendamente trivial sobre el papel. Lo cierto es que Nella no sospechaba que Ambrosius y yo lleváramos metidos en el negocio de la beneficencia tantos años, y ese era, en gran medida, mi problema el día que ella quiso que la acompañara. Los anillos de diamantes eran mi problema, pues no veía otra salida que hablarle a Nella de ellos.

—¿Robaste dos anillos de diamantes?

—Lo cierto es que fueron tres. Fue por el bien de todos, créeme.

Nella se había puesto derecha. Tenía las manos en las caderas y un largo signo de exclamación en las cejas. Sinceramente, me sorprendía que todavía siguiera allí. Si había algo que realmente aborrecía eran las estafas; en su caso era fácil aborrecerlas. Quiero decir, teniendo en cuenta su distinguida procedencia.

—Pero, ¿qué clase de persona eres, Agnes? —preguntó.

Hoy sin duda habría recalcado que mis pinitos relativamente inocentes en el mundo del hampa no eran nada comparados con los delitos de los Liljenholm. Sin embargo, entonces bajé la cabeza y pedí perdón. No volvería a hacerlo nunca más, de veras.

—¿Lo prometes?

Yo hice una reverencia detrás de otra.

—Entonces tendrás que ofrecerle un régimen de pago a plazos inmediatamente.

¡Hasta aquí podíamos llegar! Y, sin embargo, acepté. Como ya es sabido, es imposible pensar con claridad y al tiempo amar.

—Pero ¿tú crees que nos recibirán, Nella?

Saqué mi abrigo Loden y mis botas más gruesas del armario, y Nella intentó en vano domar mi pelo con el peine que siempre llevaba encima.

—Yo, en tu lugar, consideraría usar un sombrero —dijo, y supuse que eso era un no.

Por otro lado, pensé, estábamos muy acostumbradas a no ser bien recibidas. Yo un poco más que Nella, hay que decirlo, y además, nunca hay que subestimar la importancia de la agilidad de un pie derecho. Fue nuestra salvación cuando llegamos a la conocida puerta con «Hansen» en letra cursiva blanca sobre la placa negra del buzón. Pues en cuanto la señora Hansen entreabrió la puerta y me vio, intentó dejarnos fuera. Pero mi pie fue rápido. Estaba donde estaba, por mucho que la señora Hansen empujara y apretara. Pienso que fue un gesto un tanto dramático por su parte pedir ayuda a gritos. Al fin y al cabo, solo éramos dos personas que pretendíamos charlar un ratito con Simon; y entonces Nella se me adelantó.

—Me llamo Nella von Liljenholm —dijo—, y soy la hija de Simon. ¿Sería tan amable de dejarnos pasar?

Aunque no era la primera vez que veía a Nella desplegar su autoridad innata, no salía de mi asombro. Porque la puerta se abrió lentamente al decir su nombre y por la naturalidad con la que entró y le dio la mano a la señora Hansen. Luego se disculpó por imponerle nuestra presencia de aquella manera.

—Realmente me gustaría conocer a mi padre —dijo Nella, y la señora Hansen se quedó paralizada.

Ahora que lo pienso, tenía cierto parecido con Lillemor aquella célebre noche, seis años más tarde. Su rostro se hundió de la misma manera, intentó acomodarse la blusa azul celeste y nos preguntó si podía ofrecernos una copa de jerez.

—Preferiría café o té, si no es molestia.

—Pero naturalmente que no, señora Liljenholm.

—Señorita Liljenholm.

—Discúlpeme, de veras. Un momento, ahora mismo vuelvo.

Creo que ya entonces yo sabía lo que había sucedido. Simon había desaparecido. A pesar de que apenas lo había conocido sentí enseguida su ausencia en todos los rincones de la casa, y es probable que Nella la sintiera también. Paseó una mirada escudriñadora por el salón, con sus muebles vacíos rodeando el balcón. En el exterior, las sillas estaban cubiertas de nieve. Hice un gesto con la cabeza hacia fuera.

—Yo viví los primeros cuatro años de mi vida en el orfanato de allí abajo.

Nella se acercó, hasta la puerta, que parecía estar cerrada con llave.

—¿Tú viviste en un orfanato?

—Sí, tal vez debería habértelo contado, pero es que de eso hace muchos años. Yo no importaba a nadie.

Una verdad con matices, podría decirse hoy. En ese mismo instante, la señora Hansen entró en el salón.

—¡No salga, señorita Liljenholm!

Nella retrocedió asustada y la señora Hansen llegó a nuestro lado en una fracción de segundo. Sus manos se cerraron alrededor de los brazos de Nella.

—¡Oh, Dios mío! ¡Si se parece! ¡Sus ojos verdes...!

Habría jurado que nunca vería a la señora Hansen llorar de aquella manera. Como la nieve, que de pronto empezó a caer en el exterior. Pero yo tampoco sabía entonces cuántos años había tenido que esperar a Simon mientras él vivía su aventura en Liljenholm, lo poco que él le había hablado de Nella y lo mucho que temía que ella fuera a reclamar su parte legítima de la herencia. (Por cierto, la señora Hansen niega que lo temiera, así que debe de ser resultado de mi interpretación artística.)

—Simon saltó del balcón —dijo finalmente—. Un par de días después de su última visita, Agnes Kruse. Mi marido se lanzó a la muerte. Murió en el jardín del orfanato y yo... discúlpenme...

Se sentó en la butaca de terciopelo más cercana, mientras una tormenta de pensamientos recorría mi cabeza. Yo, hablándole a Simon del orfanato. La manera en que él había asentido con la cabeza. Mi asombro cuando algo de pronto pareció encajar en sus ojos. Es posible que hubiera decidido acabar con su vida en ese momento, en el mismo lugar donde la mía empezó, mientras todavía era capaz de recordar por qué no podía seguir viviendo consigo mismo. Me temo que tenía más sentido en mi cabeza entonces que ahora, sobre el papel. Nella debió de dejar las tazas frente a nosotras y servir el café en ellas. De pronto preguntó si alguien quería azúcar y, en tal caso, cuántas cucharaditas. Había una pequeña corona en el extremo de la cucharita de plata que hundió en el azucarero. Se oyó un crujido. Echó una cucharadita de azúcar en su taza y removió golpeando suavemente la porcelana. La señora Hansen la miró fijamente.

—Ahora que la veo, desearía que Simon hubiera esperado a reencontrarse con usted, antes de saltar —añadió—. Es su vivo retrato, señorita Liljenholm. Habría sido muy feliz. No fui capaz de... Bueno, verá, nosotros nunca tuvimos hijos. Entonces creía que solo me preocupaba a mí, pero estaba equivocada. Simon lo sufrió mucho más de lo que jamás imaginé.

Se miró las manos.

—No fue hasta después de su muerte, y yo... en serio... repasé sus documentos y me di cuenta del dolor que le había provocado que no tuviéramos hijos. Y lo mucho que la había echado de menos a usted. Creo que fue un shock. En cualquier caso, me apresuré a quemar todos los documentos y fotografías y todo lo que había juntado. También sus inútiles transcripciones, señorita Kruse.

Miró en mi dirección, con clemencia, se me ocurrió.

—Esperaba poder olvidar todo —prosiguió—. No quería verme mezclada en nada.

En otras circunstancias me habrían divertido las ironías del destino. Yo había robado dos carpetas del archivador de Simon, una con el nombre de Antonia escrito con letras de imprenta torcidas, la otra con el de Lily y las había salvado de acabar entre las llamas. Ahora Nella tiene las dos carpetas.

—Le escribía cartas todos los días, señorita Liljenholm —le oí decir a la señora Hansen.

Nella había acercado su silla. Y entonces alargó las manos y cogió las de la señora Hansen.

—¿Es eso cierto?

Los nudillos de la señora Hansen estaban blancos.

—Sí, la echaba de menos, y yo prefería no saberlo. No quería saber nada de sus días en Liljenholm. Fue el acuerdo al que llegamos cuando lo volví a aceptar y me casé con él después de que usted naciera. Respetó nuestro acuerdo, de la misma manera que respetó el que ahora sé que cerró con la gente de Liljenholm. Acerca de Antonia. A la hora de cumplir su palabra era un caballero. Y eso que, al principio, cuando leí su correspondencia, creí que había participado en el asesinato de Lily, y quise hacer todo lo que estuviera en mis manos por protegerle.

Yo le habría dado toda la razón del mundo, pero la mirada de Nella me detuvo y la señora Hansen miró insegura el fondo de su taza.

—Después comprendí que Simon tenía que compartir sus miedos con alguien. No entendí, en su momento, por qué se empecinaba en tener una secretaria, aunque supongo que no podía enfrentarse a la muerte antes de haber iniciado... Bueno, al final sería usted, Agnes Kruse... temiendo que Lily hubiera sufrido algún percance y que, por lo tanto, Antonia estuviera en peligro de muerte en el desván. Porque supongo que fue así, ¿verdad?

Nella y yo asentimos con la cabeza.

—Y tengo entendido que Antonia ha muerto.

Nella fue más rápida que yo.

—Desgraciadamente, las dos murieron.

La señora Hansen quiso coger la taza de café, pero su mano se detuvo a medio camino. Parecía un pájaro con el ala quebrada cuando cayó en su regazo y me miró de reojo.

—¿Cómo lo descubrió, señorita Kruse? ¿Se lo contó Simon?

—No, Simon no rompió su promesa. Yo misma lo descubrí, pero eso es una larga historia...

La señora Hansen no parecía escuchar. Y eso que me habría gustado añadir que algún día lo pondría por escrito.

—Compartimos demasiado poco, Simon y yo —añadió—. La echó de menos porque estaba completamente solo, señorita Liljenholm. La echó de menos todos estos años. Si fuera posible perdonar algo así, yo lo haría.

Nella apartó la mirada de la señora Hansen. Hacia las vistas al otro lado de la ventana, que la nieve cubría sin cesar.

—Podría intentarlo —contestó Nella y le dio una palmadita en la mano.

De vez en cuando pienso que, haga lo que haga y por lejos que llegue, siempre seré la que abandonaron en un orfanato hace muchos años. La que se tiene que ganar el amor de los demás; Nella, en cambio, siempre fue la deseada desde el principio y es capaz de aceptar sus privilegios con una naturalidad que apenas consigo comprender. En su cabeza no hay nada raro en que Karen y Lillemor hayan reencontrado a sus hijas perdidas o inexistentes en ella y en Bella. La devoción es evidente, y en mis momentos más tristes desearía... Bueno, supongo que se lo podrá imaginar.

Pero entonces me acuerdo de Simon y el golpe de suerte que supuso llegar a conocerlo. Es muy posible que desapareciera demasiado pronto de la vida de Nella, pero entró en la mía cuando más lo necesitaba. Incluso a veces pienso que él se dio cuenta de quién era yo en realidad. ¿Acaso no me llamó Lily e insistió en que me parecía a alguien que él conocía? ¿Y acaso no comentó que conocía a otra persona que se llamaba Agnes? Sea como fuere, me puso sobre la pista de todo lo que debería haber sabido sobre mí misma desde un principio y, si por mí fuera, el libro estaría dedicado a él. Pero como suele decir Nella: «¡Haz el favor de dedicárselo a los vivos, Agnes!» Y supongo que tiene razón (aunque, por lo que yo recuerdo, ella dedicó su parte del libro a la más que difunta señorita Lauritsen. Pero por lo visto hay personas y personas).

Los vivos. Lo mejor que tienen los muertos es que sabes

cómo acaba la historia. Qué decisiones condujeron a lo bueno y cuáles no deberían haber tomado nunca. Pero, por otro lado, también resulta extrañamente liberador encontrarte en mitad de una vida que nadie habría podido predecir. Eso solo podría haberlo hecho mi pecadora personal, que sigue adornando mi solapa.

Todo lo que he contado debería, sin lugar a dudas, ser mentira, por lo improbable que parece y, sin embargo, es tan cierto como que yo estoy ahora aquí. Además, tengo la fundada sospecha de que todavía faltan los mejores capítulos.

AGNES KRUSE, *Liljenholm, 31 de agosto de 1947*

ÍNDICE

AGOSTO 1973

Un nuevo comienzo............................. 11

NOVIEMBRE 1941

La llegada 23
Liljenholm se muestra desde nuevos ángulos......... 45
Una gobernanta se va de la lengua................. 61
Una idea cobra forma............................ 67
Los últimos ejercicios preliminares................ 79

SEPTIEMBRE 1936

Telegrama de un amigo........................... 91
Pesadilla en la biblioteca 97
Reencuentro con los muertos 107
Un par de semanas memorables 115
Nella descubre ciertas cosas...................... 123
El diario de Hortensia 131
Cuando el fuego se lo llevó todo.................. 137
Un largo adiós.................................. 143
Asuntos vecinales y libretas...................... 161

La teoría de Nella 169
Salvada por el timbre 179

AGOSTO 1936

Lillemor y Mary Pickford 187
Un golpe de suerte 195
Vestidos blancos 203
Reencuentro con un extraño 213
Nace una sospecha 227
El archivador 239
El secreto 247
Unas palabras acerca de Wallis 261
Un puñado de huracanes 267
Castillos en el aire y planes para el futuro 279
Empieza mi pesadilla 295
La habitación de la torre 305
El capítulo que faltaba 313
La hermana de la cuchara de plata 333
La historia de Nella 351

UN MES MÁS TARDE

Historia de un pecado 367

AGOSTO 1973

Un nuevo final 387

OTROS TÍTULOS
DE LA COLECCIÓN

AZUL

Lou Aronica

A sus cuarenta años, Chris Astor está viviendo el peor momento de su vida. Poco antes, su mundo era perfecto: tenía un trabajo importante, un hogar acogedor y una preciosa hija, Becky, que lo adoraba. Y de pronto el divorcio lo deja solo.

Becky tuvo que superar un enorme desafío antes de convertirse en una joven alegre y vital. Pero la separación de sus padres deja huella, sobre todo en su relación con su padre. Antes intercambiaban largas historias de mundos imaginarios. Hoy casi no se hablan.

Paralelamente, Tamarisk, el mundo imaginario que Becky y Chris crearon a lo largo de los años, ha desarrollado vida propia. Pero Miea, su joven reina, solo sabe que la ecología de su maravilloso reino está ahora en peligro.

En el momento crucial de sus vidas, Becky y Miea se conocen. Para Becky, es casi inconcebible que Tamarisk sea un mundo real. Para Miea, es casi imposible que una niña haya creado su mundo. Para Chris, es casi un milagro volver a vivir algo importante para Becky, su hija. Juntos deberán guardar el secreto de por qué esos dos mundos, el uno real y el otro imaginario, se han cruzado en un mismo plano.

LA FAMILIA FANG

Kevin Wilson

«El señor y la señora Fang lo llamaban arte. Sus hijos, gamberrada.»

Así empieza la novela que ha seducido unánimemente a la crítica más prstigiosa. No en vano las revistas *Time*, *Esquire*, *Kirkus Reviews* y *Booklist* la han elegido como uno de los diez mejores libros de 2011. Libreros y autores de la talla de Nick Hornby se rinden ante el magistral encanto de una obra que ha alcanzado las listas de más vendidos del *New York Times* y ha encumbrado a Kevin Wilson como la voz más original de los últimos tiempos en lengua inglesa.

Bajo la forma de una comedia tremendamente original y provocadora, *La familia Fang* es una profunda reflexión sobre las familias nucleares, y disfuncionales, y sobre qué ocurre cuando se borra la línea que separa arte y familia. Será difícil no sentirse identificado.